ハヤカワ文庫JA
〈JA1441〉

日本SFの臨界点［怪奇篇］

ちまみれ家族

伴名 練編

早川書房
8540

目次

日本ＳＦの臨界点［怪奇篇］

ちまみれ家族

序

SF作家
伴名練

『日本SFの臨界点［怪奇篇］』をお届けする。本書は、SFかつ広義の怪奇（ホラー）テーマにおさまる、またはおさめたいと思って強引に私が選んだ作品を集めたアンソロジーだ。

SFと怪奇テーマの相性の良さは遥か昔から証明されている。

何しろ現代SFの祖と呼ばれることが多い、メアリ・シェリー『フランケンシュタインあるいは現代のプロメテウス』からして、科学者の生み出した「フランケンシュタインの怪物」を巡るマッドサイエンスホラーである。

また、日本のSF史を紐解けば、第一回（一九六一年）ハヤカワ・SFコンテストでトップ（佳作第一席）だった山田好夫「地球エゴイズム」は宇宙生物ホラー。日本SFの歴史はSFホラーと共にあったと言っても過言ではない。あまりにも有名な怪談「牛の首」を書いた小松左京を筆頭に、星新一、筒井康隆も含む「御三家」をはじめ、日本SF第一世代作家も優れたホラー作品を多数発表している。それ以前まで遡れば、海野十三や夢野久作や蘭郁二郎の怪奇小説が日本ＳＦの先駆となっていた部分もある。

もっとも、怪奇篇といっても、本書で「怖い」ことを主眼に置いた作品はそんなに多くない。グロテスクだったりコミカルだったり幻想的だったり、世にも奇妙な物語的だったり嫌な話だったり異形譚だったり、と趣向は様々。軽く読めるショートショートから中篇サイズのものまで長さもバラバラで、一番新しいものは二〇一六年発表、一番古いものは六十年近く前と、年代も分かれている。とにかく単に私が好きだとか読んでほしいと思うものを集めた一冊であり、なるべく光の当たっていない作品を取り上げたので、三本を除いて個人短篇集未収録という、比較的レアな掘り出し物が集まっているはずだ。

先にざっくり内容をご紹介すると、驚くべきインディーズバンドを描くロックノベル「ＤＥＣＯ－ＣＨＩＮ」、バカ話系ショートショート二連発（グロテスクな現象に見舞われた男「怪奇フラクタル男」／大阪特有のトラブルを解消する珍発明ヌルが生む騒動「大阪ヌル計画」）、人間が増えすぎてギチギチの状態で暮らす悪夢の社会「ぎゅうぎゅう」、タイムマシンを相続した男の行末「地球に磔《はりつけ》にされた男」、人間の脳に干渉する奇妙な結晶を巡るサスペンス「黄金珊瑚《おうごんさんご》」、日常的に血まみれになってしまう家族のドタバタ「ちまみれ家族」、実態不明の閉鎖環境で繰り広げられる狂気のディスカッション「笑う宇宙」、遠未来の異形の少年によるボーイミーツガール「A Boy Meets A Girl」、人間を奴隷化した獣人たちの織り成す攻城戦「貂《てん》の女伯爵、万年城を攻略す」、戦前の北海道の診療所に担ぎ込まれた女性の症状を巡る幻想「雪女」。前から読んでも好きなところから読んでもＯＫです。

各短篇の前には作家紹介ページが設けられている。ここは通常、著者の経歴や受賞歴を羅列すべき箇所ではあるが、本書では各作家の作品、とくに短篇に重点をおいて紹介している。今時、検索画面に作家の名前を打ちこめば受賞歴などの基本情報は大体出てくるし、Ａｍａｚｏｎにあらすじが書いてある長篇よりも、内容を知りにくい短篇を紹介した方が短篇読者へのガイドになると思ったのである（基本的には三ページにおさまっているが、ググっても基本情報が出てこない作家に関しては五ページになっています）。作品を読んで興味をお持ちいただけたらぜひその作家の別の作品にどんどん手を伸ばして頂ければと思います。

著者紹介の中には、やれ自作が影響を受けたとか、やれ思い出深い作品だとか、個人的な思い入れなどを書いて出しゃばっている部分もあるが、私がかつて読み、参考にしまくったブックガイドは、そういう個人的な観点が多分に含まれるものばかりだった（そしてそういう部分が他の作品にも手を伸ばすきっかけになった）ので、先人にならった次第である。

手軽に使えるＳＮＳなど生まれていなかった時代の作品も多く、当時の読者は、面白いと思ってもその感想を作者や出版社に届けづらかったに違いない。なので、一冊読み切らなくても、好きだとか面白いとか思った短篇があればぜひ作品・作家タイトルと一言感想などを呟いて頂けたら幸いです。たまにアンソロジーとか雑誌に短篇が載るだけでなかなか短篇集が出ない作家にとっては執筆のモチベーションを維持するのが大変なので（経験者談）。

それではどうぞ、ごゆっくりお楽しみください。

DECO-CHIN

中島らも

サブカルシーンにおいては、若者たちがタトゥーやピアス、スプリットタンやインプラント（皮下への樹脂埋め込み）など、ファッションとしての小さな身体改造を当たり前に行っている。そんな彼らに興味を惹かれる雑誌編集者の主人公が、インディーズロックバンドの取材で衝撃的な出会いを果たす……。ホラーアンソロジー発表のフリークステーマの作品であるが、後半の展開はSFとしても読むことができる。二〇〇四年刊『蒐集家《コレクター》 異形コレクション』（光文社文庫）初出。

《異形コレクション》の編者・井上雅彦は、本作を「現代カルチャーの〈魔〉に精通した中島らもならではの逸品中の逸品」と絶賛している。後年、企画本『異形コレクション讀本』では、「《異形コレクション》の中で好きな作品は？（複数回答可）」という質問に対して、八百篇以上の選択肢の中から、太田忠司、薄井ゆうじ、安土萌、福澤徹三、木原浩勝の五名がこの作品のタイトルを挙げているほか、皆川博子もエッセイで本作に言及しており、書き手に与えた印象の強さを物語っている。

中島《なかじま》らもは一九五二年兵庫県尼崎市生まれ。大阪芸術大学放送学科卒。コピーライターとして出発し、小説家、エッセイスト、劇団主宰、放送作家、ミュージシャンなど、多方面で活躍した才人だった。ウィリアム・バロウズ『裸のランチ』（河出文庫）に強い衝撃を受けたことを語っており、一九八六年刊行の小説家としてのデビュー作『頭の中がカユいんだ』（集英社文庫）について後年、「昔のビート派の小説に近いところ、W・バロウズに似たところがある」と述懐している。一九九二年には、アルコール依存症をテーマに

初出：『蒐集家《コレクター》　異形コレクション』／光文社文庫／2004年刊
底本：『中島らも短篇小説コレクション――美しい手』／筑摩書房／2016年刊

した『今夜、すべてのバーで』（講談社文庫）で第十三回吉川英治文学新人賞を受賞。SF読者から強い関心を集めたのは、第四七回日本推理作家協会賞受賞作であり、最高傑作の一つと目される、一九九三年刊行の『ガダラの豚』（全三巻、集英社文庫）だった。アフリカの呪術を研究する民俗学者を主人公に据え、テレビ番組の超能力ショーや新興宗教団体が起こす〝奇跡〟のトリック暴きから始まり、ケニアの呪術師村に訪れたTV取材クルーを襲う怪異、そして大量の犠牲者を生みだす最強の呪術師との対決、と展開していく。オカルトブームを反映させつつ、その謎解きに纏わる蘊蓄を大量に盛り込んだ上で、呪術・超能力テーマのホラーサスペンスとして一級のエンターテイメントに仕上がっていた。SFマガジンで行われた「ベストSF1993」投票では、国内部門第三位に輝いている。

基本的にはホラーテイストの作品やオカルトもの、音楽小説などを多く手掛けており、ジャンルSF作家でこそなかったものの、『異色作家』としてSF界からも注目を浴び、たとえば巽孝之の評論集『ジャパノイド宣言――現代日本SFを読むために』（早川書房）においても「九〇年代日本SFの異色作家――中島らも」と一項目を設けて紹介されていた。

異色短篇の中でもSFに区分しやすい作品を含む本を一冊挙げるなら『白いメリーさん』（講談社文庫）だろう。一年に一度だけ殺人が許される日、商店街の店主たちが己の商売道具を用いて殺し合う「日の出通り商店街いきいきデー」は、ドラマ「世にも奇妙な物語」で映像化されたほか、夢枕獏・大倉貴之編『日本SF・名作集成　第8巻「不条理な世界」』にも収録されている。「脳の王国」は、他人の心を読む能力を持った男が、五感を持たない少年の心を探ろうとする物語。「ラブ・イン・エレベーター」は長期間エレベーターに閉じ込められた男女を描く、七〇年代日本SFを彷彿させる奇想掌篇。

他の短篇集においても、著者本人を主人公に、多忙から解放されるためクローンサービスを利用して自分自身のクローンに小説を書かせようとする「仔羊ドリー」（講談社文庫『寝ずの番』）、ピラミッドパワーに入れ込むあまり、新宿にクフ王のものと同サイズのピラミッドを建造してしまう「ピラミッドのヘソ」（集英社文庫『人体模型の夜』）、地球人類の滅亡原因を探るために、六百年後の火星コロニーから二十世紀末に調査隊がやってくるという枠の「フレームレス・TV」（集英社文庫『ぷるぷる・ぴぃぷる』）などはSFのガジェットを用いた作品になっている。

二〇〇四年没。「DECO-CHIN」を執筆した三日後に遭った転落事故がもとで亡くなったため、本篇は遺作となった。未完となった長篇『ロカ』（講談社文庫）でも、作者本人を思わせる主人公が、「DECO-CHIN」とほぼ同内容の作品（ただし舞台を戦時中の上海に変え、七三一部隊を絡めている）の構想に言及する部分があり、思い入れの深い短篇だったことが推察される。

没後も、中島らも作品は読者の支持を受け続けており、二〇〇六年には『君はフィクション』（集英社文庫）が《異形コレクション》初出作三篇を含む最後の短篇集として刊行された。更に二〇一六年には未収録作品を加えた傑作選『中島らも短篇小説コレクション――美しい手』（ちくま文庫）が刊行されており、前述の作品のうち、「DECO-CHIN」「日の出通り商店街いきいきデー」が収録されている。

「最近はな、頭のどっかの配線が狂ってるとしか思えない若い連中が増えてきてね。啞然《あぜん》とすることが三日に一回はある」

白神《しらかみ》は苦い顔でバーボンのグラスを置いた。

僕はカウンター越し、バーテンにウォッカマティーニのお代わりを注文した。そして白神に言った。

「そうかい。でもな、昔から言うぜ。〝最近の若い者は〟って言い出したら、おっさんの証拠だって」

「松本。インプラントって知ってるか」

「インプラント？　ああ、もちろん知ってるよ」

「なぜお前がそんなことを知ってる」

「そりゃ僕が若い者向けのサブカルチャー、カウンターカルチャーの音楽誌の編集者だからさ。インプラントの子にもスプリット・タンの子にも、もちろん顔面にタトゥを入れている子にも何度も会ったよ」

「わからん。何なんだあれは」

白神は頬杖をついて僕の目を見た。

インプラントというのは丸い輪っか状の直径五〜六㎝の樹脂で、それを皮下に埋め込む。手の甲や額、胸などに埋め込む。異物排除作用は起こらず、前から見るとそこだけがぽこんと輪っか状に浮き出ている。ピアッシングも大流行《おおはや》りで、耳は勿論のこと、鼻の穴、唇、舌、ヘソ、小陰唇にピアスを入れる子もいる。スプリット・タンは舌先を蛇のように二つに分断したもの。手術はそういった身体改造専門のスタッフが行うが、外科医の資格を持っているかどうかは定かでない。本物の外科医が、今、僕の隣に坐っている男、白神だ。中学校の同級生で年に三、四回はこうして会って飲む。白神は昔から少し変わった男で、本質的には古風な男なのだが、自分の未知の領域に遭遇するとそれに対して頭から突っ込んでいくようなところもある。その辺りはフレキシブルなのだ。

共に三十五歳だ。僕は白神とは全く別の道を歩み、大学時代はロックバンドに熱中していた。が、途中で自分の音楽的限界を悟り、バンドも解散、当時ちょいちょい顔を出していたロック誌でアルバイトを始め、二年後に正社員となった。その後何社かを転々とし、今は「OPSY《オプシー》」という特殊な雑誌の編集者をしている。この雑誌はインディーズ系ミュージック、ドラッグ、アブノーマル・セックスを三本柱としたもので、反社会的若者に受けがいい。

社員数を減らし、外注のプロデューサー、ライター、カメラマンを使っているので利益率は良い。月刊で十二、三万部売れている。今ではマイノリティー、パンクスのバイブルといった評価までされている。

新しいマティーニが来た。

「で、何かい。モヒカンとかスキンヘッドなんかが白神んとこへ来て、インプラントを埋めてくれって言うのかい」

「そうなんだ。完全に勘違いしている。私は形成外科医なんだ。美容整形外科じゃないんだ。形成外科というものは人体の組織欠損、変形を矯正するものだ。それによって美的な観点から患者および他人の不快感を減少するのが目的だ。だからもともと正常なものを美化しようとする美容整形とは全く別のものなんだ」

僕は白神の言った「美的」という言葉に少しひっかかった。

「今、〝美的〟と言ったね。その〝美〟に対する感性が我々と彼らとでは違うんじゃないだろうか」

「ふむ。そこかも知れんな」

「美の概念はパラダイムと同時に変わっていくもんだ。たとえば何年か前に流行った渋谷の〝ガングロ〟。あれをだな、平安時代の人間に見せたらどういうだろう」

「そうさなあ」

白神は考え込んだ。

「……化け猫ってとこかな」

僕は微笑《ほほえ》んだ。

「ま、そんなとこだろう。ところがね、白神、その平安時代の美人の基準は何だったか、知ってるだろ」

「ああ、〝三平二満《さんぺいじまん》〟だな」

「そう。頬が満々としてる。〝二満〟だね。おでこが張って鼻は低くて顎が出てる。この三つが一直線になっているのが〝三平〟だ。この顔は現在でいうところの〝お多福〟、〝おかめ〟だ。貴族はおかめに宛ててせっせと恋歌を書いてたんだよ。それくらい、美というものは時代に流されるんだよ」

「それは解《わか》る。ギリシャの裸体像を見ると男性は必ず〝包茎〟だ。それをもって良しとしていたんだ。確かに時代とともに美意識は変わる。だがな松本。私が祖父から受けた教えはこうだ。〝身体髪膚《しんたいはっぷ》これ父母より授かる〟だ。傷つけたり粗末にしてはいけないんだ。爪一つにしてもな。それが最近の若い奴はどうだ。刺青《いれずみ》を入れてる奴の多いこと。昔なら極道博徒のみがしていたことだ。これは親子の縁を切り、堅気の世界との縁を切る、ということだ。ところが最近は女の子までがファッションで刺青を入れている。インプラント、手の甲に輪っかが浮き出ていて何が面白い。鼻の穴や乳首へのピアス。私は何の感動も覚えないし、〝美〟のかけらも感じないんだがな。自分の身体《からだ》を虐《いじ》め、奇形化して何が嬉しいんだ。どうなんだい松本」

「それは……」

僕は煙草に火を点けて紫煙をあげながらしばらく考えた。

「彼らは〝外の〟人間であることを訴求しているんだと思うよ。自分がスクウェアな社会に帰属する人間ではない、ということを信号として発している。奇形であればあるほど、世界で類のない存在になっていく。だから人体改造はエスカレートしていく。極端な例では、たとえば左腕一本を切断してしまう者までいるんだ」

白神は目を丸くした。

「ほんとかい、それ」

「ああ、そこまで行くんだ。それに比べりゃ、インプラントなんて可愛いものさ」

「それはマゾヒズムの狂気化したものではないのか」

「究極のマゾヒズムかもしれない。だがね、彼らは会ってみると意外に健全で明るく常識もある。ポジティブだよ。自分がアウトサイダーであることの証《あかし》として刺青、インプラントなどの烙印を押し、それを見る度に自己認識をしている。そこには一般社会と自己との差別化が明確に形となって顕《あら》われている。僕は彼らを責める君のような、既存社会の交通信号を守る人間よりも、どちらかというと彼らの方にシンパシィを覚えるね」

「ほう、私にケンカを売ってるのか」

「白神とはもうケンカし飽きたよ。ところで若者がインプラントを入れてくれ、と言って来た場合、白神はどう対処するんだね」

「まずここが形成外科であり、何をどう治療する所であるかを説明する。次に形成外科と整形外科の違いについて説明する。整形外科は、脊椎《せきつい》、四肢の運動器官の形態異常の矯正、機能回復を目的とする外科だ。患者はみんな重い疾患に苦しむ人々だ。だから形成外科も整形外科も、決してあなたのような浮かれ気分のファッションのために奇形化手術するようなことはしない。どうしても望むならどこかの拝金主義の美容整形外科でも探すんですな、そう言って帰す」

「皆、しょんぼりして帰るだろう」

「そうだね。ただ私は常々自分のことを〝外科医なんて大工だ〟と卑下しているが、勿論大工を蔑視《べっし》しているわけじゃない。尊敬さえしているよ。腕のいい大工を見ていると、〝ああ、自分も早くこのレベルまで到達したい〟と思うからね。外科医は大工だというのは、むしろ医学界内部での、他の内科や脳神経科などの発達に比べて外科の進化が遅々としているために言ってるんだ。メソッドに進歩がない以上、後は毎日ひたすら腕を磨き、勘を冴えさせるしかない。毎日が修羅場だ。インプラントなんかに関わっているヒマはない。わかるだろ?」

「ああ、よくわかるよ。ただな、僕はあの連中、自己傷害者、自己奇形化をする連中の感性がよく解るんだ。自分を特殊な存在にしたい。世界で唯一つの肉体の所有者でありたい。そのために、中には生理食塩水を顔に注入して人工的〝瘤《こぶ》〟を作る奴もいる。そうなるともう〝美〟とは何の関係もなくなる。天上天下唯我独怪。さっきのガングロだっておそらくはそういったとこから来てるんだ。みんな勇気があると思うよ」

「それなら松本もタトゥを入れてインプラントを埋めたらどうだい」

僕は笑った。

「僕を見ろよ。スーツを着てネクタイをしめてんだぜ。僕は既存社会の中の人間で、アウトサイダーじゃない。名刺も持ってる。肩書きは〝副編集長〟だ。作ってる雑誌は〝対抗文化〟の御旗《みはた》を掲げてはいるものの内容はエロ、グロ、ナンセンス、それにインディーズ・ロックシーンの〝よいしょ〟記事で成り立っている。だから見た目はアウトサイダー的だが正体は株式会社だ。引くべき線、ボーダーは持っている。だから死体写真などは載せない。ちゃんとした広告出稿会社の人間と名刺交換をするときに、手の甲にインプラントしてたらどうなる。雑誌経営の四十％は広告出稿で成り立っているんだ。だから僕はインプラントする資格のない人間なんだ。そういう意味では奇形化をエスカレートさせていく連中を羨《うらや》ましく思うこともあるね」

「というよりは、君はインプラントがしたいんだろう」

白神が強い語調で言った。僕は頬杖をついてしばらく考えてから言った。

「誰だって、別の人生を夢見ることはあるだろう？　違うかい白神」

二人は急に寡黙になり、僕は新しいマティーニを頼んだ。

校了日が猫足で近づいてきている。

印刷所に放り込むまでの前日三日間はほぼ徹夜になる。毎月のことなのでもう慣れてしまったが、僕は副編集長の立場上、濃いコンテンツの端から端まで、欄外の一行情報にまでじっくりと目を通さねばならない。色校が出たら出たで、写真の見当ずれ、モアレ、色調整、トリミングの可・不可まで凝視する。決して健康にいい仕事ではない。よく遠い目をしたモヒカン君が雇ってくれ、といってやってくるが、そういう子には四百字一枚の作文と、世界地図を書いてもらうことにしている。百人中百人、文は文章の体《たい》を成しておらず、誤字を怖れて平仮名だけで書く奴もいる。世界地図に至っては噴飯もののオンパレードだ。アリューシャン列島の辺りに中くらいの島が有って、そこに「満州」と書かれていたりする。アメリカとイタリアが地続きになっている地図もあった。毎回それが夜の酒の肴《さかな》になる。僕たちはそれをカウンターの上に広げ、腹をかかえて笑い転げる。

この商売をしていて胃に穴をあけない者は珍しい。円形脱毛症などは日常茶飯事だ。編集も大変なら営業も大変だ。取次店や出稿元の企業の間を走り回っている。広告主は一部上場企業もあれば風俗チェーンのエロおやじまで多種多様だ。詐欺商法、各種団体、裏世界のとば口まで踏み込むことだってあるが、こいつらは金を払わない。内容証明付きの文書を送ろうが何しようがお構いなしだ。半分命懸けで取ってきた手形が、割ってもらえない手形だったり不渡りだったりすることも稀《まれ》ではない。

こうして出来上がった雑誌を毎号拝む思いで取次に搬送するのだが、それで終わりではない。完売すれば文句なしだが、返本の山ができる号もある。俗に「二八《にっぱち》」というが、本当に二月八月は返本で頭を抱えることになる。返本はバックナンバーとして一応貸倉庫に保管しておくが、三月末には全て断裁処理して紙屑とする。うちの会社は四月締めの決算だ。本を大量に保管していると、それは「資産」と見なされるので税務上不利益をこうむる。だから精魂込めて創《つく》った、自分の分身のような雑誌を断腸の思いで紙屑にするのだ。

だいたい昼は一時か二時に出社。ゲラを校正したり、作家と打ち合わせをしたりで日が暮れる。僕はインディーズ・ロックの担当だから、ほんとうの仕事は六時を過ぎてからだ。事前にチェックしておいて、ライブハウスを二〜三軒回る。バンドのライブ写真は僕が撮る。プロのカメラマンを雇うだけの予算はないからだ。面白いバンドがいればライブ後の楽屋に行ってインタビューする。レコーダーは必ず持参している。ミュージシャンは、ステージはアグレッシブでも、素顔は生真面目で考え込みがち、といったタイプの人間が多い。しかし、たいていは何かやっている。イリーガルかリーガルかは知らないが、何かやっている。一ステージ一時間でフォアローゼズを一本空にしたヴォーカリストもいた。そんな奴等からまっとうな答え、考え方を引っ張り出すのはかなり困難なことだ。しかし僕はやる。十五年間この手の仕事をしてきて、自分なりのノウハウとタクティクスを保持しているからだ。

それにしても最近の若手バンドは詰まらない。本当に詰まらない。例えばバンドのヘッドが若い女の子だとすると、彼女の音楽の根底は「お母さんがいつも聴いていたから自然と好きになった戸川純」なのである。その戸川純を妙に歪《ゆが》んだ解釈をして、よりエキセントリックでドロドロした曲を創り、怨念を込めて歌う。商売だから観ているものの、内心は、他人の腐った臓物をなすりつけられたようで、大変に立腹している。

それでもインタビューを録《と》り、多少〝よいしょ〟した記事を書かねばならないのだ。それでさえ編集長の三波からは、

「辛口過ぎる」

と、ＧＯサインが出ない場合が多々ある。毎日が口論だ。今日もそうだった。取材に出ようと六時くらいに、背広を着ていたら、三波編集長が僕の後ろに立った。

「松本君、今日はどこへ行くんだ」

僕は振り向いて答えた。

「はい。まず下北沢の〝Que〟へ行って〝A MEDICAL DOCTOR FOR THE DOCTORS〟を観ます。それから新宿ロフトで〝THE RED SKELETON〟、それに続いて出る〝GROSORALIA〟を観ます」

編集長は眉をひそめて言った。

「どうも旬じゃないな。そのうちどこか一つを削って、こいつらを取材してきてくれんかね」

三波は一枚のピンク色をしたＣＤを僕に渡した。見ると、五人の男が座禅を組んで目をつむっており、その頭上に赤い文字が入っていた。

「〝THE PEACH BOYS―THE HEAVY BLOOM OF PUNKS〟。先月ＣＤデビューしたばかりのバンドですね。僕、これ聴きました」

「旬だよ、旬」

僕は居心地の悪い思いになった。いつもそうなる。

「お言葉ですが編集長、この子達は唯のコミックバンドですよ」

「コミックバンド？」

「歌詞は駄洒落、語呂合わせ、アナグラム、そんな物ばっかりです。ダブルミーニングを使うほどの知能もない。内容が空疎です。音は自称しているように、ビーチ・ボーイズを意識していますが、あのディミニッシュ・コードみたいな、結果的にそうなってしまった下手糞なハモ。あのハモで『ピーチ・ボーイズ』を名乗るのはビーチ・ボーイズに対する侮辱です。このCDのバッキングは多分スタジオミュージシャンでしょう。そんなシロモノのライブを観に行けとおっしゃるんですか」

三波は困った顔になって僕を見た。

「うーん。しかしねえ、松本君。URAの近藤社長からプッシュが入っとるんだよ。あそこは下手なメジャーよりでかいインディーズの会社だ。そこが売る気でいるんだ。近藤は〝三万は売る〟と言ってたよ。インディーズで三万枚というのがどういう数字か、君なら先刻承知だろう」

僕は口答えした。

「バカが作った音楽をバカに売ろうってんですね。よくある事だけど。しかしいくらパンク野郎がバカだといっても、そんなバカが三万人もいるかなあ」

三波は声のトーンを少し高めて僕に言った。

「メディアとしての『OPSY』の価値は〝青田買い〟にあるんだ。どこよりも早いビジュアルと評価。それが大事なんであって、君は極力主観を排したレポートを読者に届けねばならない。それが君の仕事だ。レコード会社とOPSYは持ちつ持たれつの関係だ。人という字はどう書く。え？　こうだろ」

三波は両手を僕の前にかざした。右の握りこぶしから人差し指を一本立てて、

「一人と」

次に左のこぶしから立てた人差し指を、先の右手の人差し指に重ね、互いにもたれ合う格好にした。

「一人と一人が……。寄り添い合ってそれで初めて〝人〟という字ができるんじゃないか。レコード会社とメディアだって同じことだ。支え合って初めて〝人〟、つまり〝人気〟になるんだよ。違うかい、え？」

僕は背広の襟を正しながら答えた。

「お言葉ですが編集長。それは〝人〟という字ではなく、〝入れる〟という字ですよ」

三波は黙ったまま無表情に自分の作った文字を眺めていた。

「わかりました。下北沢をカットしましょう。何時にどこですか」

「七時。渋谷クアトロだ」

「では行ってきます」

「ありがとう。君にはいつも感謝してるよ。電話を入れとくから向こうでバックステージ・パスをもらってくれ」

僕は返事もせずに、エレベーターまで歩いていった。

驚いたことに、クアトロには百人以上の客が来ていた。この店はスタンディングにすると四百人くらいは入るが、今日はテーブルと椅子を出しているので百人も来れば満員御礼といった感じになる。僕は二、三十人くらいの客数を想定していた。長年の経験から推測したのだ。不況はロック界にも演劇界にも痛打を与えている。客はチケットを買うのに慎重だ。何年にもわたってこつこつとツアーを重ね、少しずつファンを得てきたバンドならば話は別で、ここをスタンディングで満員にしても不思議はない。しかし「ピーチ・ボーイズ」は多分プロダクションがオーディションをして五人を選び、何カ月か特訓をして〃創り上げた〃バンドだ。このバンドがライブ活動をしているという情報に僕は触れたことがない。そんなものがCDを出したからといっても、インディーズの情宣力は乏しいのだ。客が百人も来る訳がない。なのにハウスは人で溢《あふ》れていた。八割くらいは二十歳《はたち》前後の女の子だ。フライヤーをいくら飛ばそうが、無名の新人バンドのワンマン・ライブに百人も女の子は来ない。僕は首をかしげた。

〃ネットだな。ネットを使って何かとんでもないイメージ情宣を流したんだ。それもあっちからこっちからあの手この手で。プロダクションのアイデアじゃないな。近藤だ。URAがネット上で何かトンボをきるようなことをして見せたんだ〟

そうとしか考えようがなかった。

かろうじてありついた椅子席で煙草を吸っていると、時間がきた。客電が落ちた。ステージ上には暗幕が張られている。やがて場内に低く太く聞き覚えのある、そう、小林克也のナレーションテープが響き渡った。

「NOW, LADIES AND GENTLEMEN. TONIGHT IF YOU ARE HUNGRY, EAT THEM, EAT THEM, EAT AND EAT AND EAT THEM. HERE THEY COME, LET ME INTRODUCE, THE PEACH BOYS！」

するするっと暗幕が上がった。幕内に溜《た》められていたドライアイスのスモークが舞台から溢れ、客席に向けて放たれた照明のために五人の人影が逆光になって見えた。一人が中央のマイクをつかむと叫んだ。

「ARE YOU READY? WE ARE THE PEACH BOYS！」

ドラムスのフィル・インから一斉に演奏が始まった。照明が変わって、ステージがピンク色に染められた。

エレクトリック・ギター、ベース・ギター、キーボード、ドラムス、そしてヴォーカルは得物無し。手ぶらで身体をリズムに合わせて揺らせているが、ステージ慣れしていないのだろう、動きが微妙に全体のリズムと喰い違っている。

僕は順番にメンバーを見ていった。

ドラムスは、ヤマハのドラム・スクール初級者コースを、そろそろ卒業しましょうか、ぐらいの腕だ。両耳にイヤフォンをつけている。多分リズムマシーンの音を流し、それに合わせているのだ。E・ギターは下手ではないが弾き方がフォーク・ギターのそれだ。ベースは上手《うま》いのか下手なのかよく解らない。コードの根音だけをぼーんぼーんと弾いている。キーボード。こいつは要注意で、けっこう上手いな、と思ってじっと見ていると、解った。シーケンサーをラインでキーボードにつなぎ、楽器のアウトプットからシールドをアンプにつないでいる。つまりこいつはコンピュータに記憶させた楽譜をキーボードでチョイスした音色にしてアンプで再現する。要するに〝弾いてるふり〟をしているだけなのだ。

ヴォーカルは甘味も苦味も旨味《うまみ》もない、無味。癖が無いというのは賞《ほ》め過ぎだろう。Bメロ（サビ）に入る度に、ドラムス以外の三人がコーラスに参加するが、三人ともピッチが非常に悪い。このコーラスは「枯木も山のにぎわい」という奴で、無い方が良い。

歌詞はよく聞き取れなかったが、

♬僕は好き
　君の桃が好き
　ピーチ、ピーチ、オン・ザ・ビーチ
　かぶりつきたいよお〜♪

みたいなモノであった。

僕はカメラを出してきて、二枚ほど、アングルを変えて撮った。フィルムがもったいなく思えた。

会場を一旦《いったん》出て、エレベーターホールの地べたに腰を下ろし、ポケットの煙草を探す。

「何という……」

僕は思った。

「何という無為な人生だろう」

仕事だ、商売だ、プロだ、メシのためだ。今までそうやって自分に言い聞かせ、なだめすかして「仕事」をし、口を糊《のり》してきた。結婚もしないいまま、この十五年間働いてきた。走り続けてきた。が、

「徒労だった」

そう、徒労。僕の人生は、虚構のために費やされてきたのだ。何というでっかい空振りだ。

頭が痛む。少し眠ろう。あのバカどもの写真は、エンディングの二曲くらい付き合えばゲップが出る程撮れるだろう。あと、三、四日したらまた徹夜が続くぞ。今なら少し眠れそうだ。そうだ、少しだけ眠ろう。

とろっと柔らかな眠りに落ちる瞬間にチラリとこう思った。

「もう二度と目が覚めなきゃいいいな」

人間の眠りというものは四十五分周期で深くなり、浅くなるそうだ。

はっと目を覚ましたとき、まずそれを考えた。自分は四十五分眠っていたのか、それとも一時間半眠っていたのか。九十分眠っていたなら今夜のライブはとっくに終わっているだろう。ピーチ・ボーイズのレパートリーなら、よく持たせて六十分。それ以上は不可能だ。のろのろと立ち上がり、再びライブハウスに入る。入口の女の子にバックステージ・パスを見せて通してもらう。

連中はまだやっていた。ヴォーカルがMCをしているところだった。

「え、今日は皆さんほんとにありがとう。いよいよラストのナンバーになってしまいました。僕たちザ・ピーチ・ボーイズのシングル・カット。ちょっぴりエッチな、お寿司の歌です。ラスト・ナンバー、『THE SUSHI BOYS』OK、カモン、レッツ・ゴー！」

ジャカジャーンとギターの一発が入って一斉にG B♭G Fのリフが数回リピートして、ヴォーカルが歌い始めた。

♬おれのあそこは　小僧寿司
それでもあの娘は穴キュー
握りっ放しでトロトロ
イカしてイカしてシンコ巻き
もう　バッテラ～♫

僕は歌なんぞ聴かずに、ハウス内をうろつき回り、とにかくバシャバシャ写真を撮りまくった。

ラストのリフが終わると、パシュッと銀打ちが放たれ、ステージ上空から小さな銀色の紙片がキラキラ輝きつつ無数に舞い降りてきた。

「じゃあね、みんな。今度は紅白でね」

ヴォーカルの一言を残して全員が銀のみぞれの中を退出していった。

暗幕が降りた。

客席がざわざわしている。みんな帰る準備を始めているのだ。僕は思った。

〝今日みたいな夜は、誰にも会わずに一人で飲もう。高級ホテルの三十階くらいの高級バーで、このくだらねえ街の夜景を見下《みくだ》しながら、持ってる金を全部使って、ベロベロになるまで飲みまくってやろう。そして全部「打ち合わせ費」にして会社に払わせよう。編集長にリベンジだ。この俺様に愚劣なものを観させおってからに。ところで金持ってたっけ〟

僕は財布を出して中身を確認しようとした。と、その時、暗幕の前に一人の男が立ち、ワイヤレスマイクで話し出した。四十前後の渋いスーツを着た男で、少し後退した額がなぜか知的な印象を与える。男は言った。

「え、私、当ライブハウスの支配人五百鬼頭《いおきず》でございます。本日は御来場まことに有難うございました。まだニューフェイスですが、これから大きく伸びるであろう桃の木『ザ・ピーチ・ボーイズ』のライブ、お楽しみいただけましたでしょうか。ところで各情報誌、フライヤーには『ザ・ピーチ・ボーイズ』の名しか出ておりませんので、彼らのワンマン・ライブだと思ってお越しのお客様ばかりだと思いますが、実はそうではございません。この後にもうワン・バンドの演奏がございます。彼らをご覧になった方は少ないと思います。年三回くらいしかライブをやらないバンドだからです。このバンドは、その、何と言ったらよろしいでしょうか」

半腰になっていた客が徐々に席に坐り始めた。僕も奥のテーブルの椅子に腰かけ、男の話を聞き始めた。男は話し続ける。

「〝ユニーク〟という表現がありますが、その〝ユニーク〟という言葉をぶっ壊してしまう程の存在感を持つバンドです。演奏力には舌を巻くものがありますが、そんなことよりも、〝稀有《けう》〟。そう、日本のみならず、世界でも稀有なバンドなのです。もう、ごちゃごちゃ言わずに早くご紹介しましょう。『THE COLLECTED FREAKS』! ザ・コレクテッド・フリークスですっ!」

途端にバスドラムの音が、ドッドッドッドッドッと心臓と同じリズムで鳴り始めた。同時に暗幕がゆっくりと上がり出した。ドラムスのスネアが、ハイハットが加わり出した。それらが絡まり、うねり出した上に、タムタム、テナードラム、シンバルが参加し、ついにドラムセットはフル稼動し始めた。リズムは最初の心臓リズムから少しずつテンポアップしていき、最終的には人間の叩ける最速の部分で定着した。おそらく三十二分の三十二拍子くらいだろう。上手い。上手いなんてもんじゃない、素粒子レベルの波とうねりだ。それに時々どう考えても人間には不可能なビートの絡みがある。ドラマーが二人いる？　最初僕はそう思った。

幕が上がり切って照明が当てられたその時、この「ザ・コレクテッド・フリークス」の全貌《ぜんぼう》が明らかになった。奥中央にセットされたドラムス用椅子に坐っている男は左腕は普通だが、右の腕が二本有った。おそらく肩関節も二つあるのだろう。右の二本が別々に独自の動きをしている。つまり彼は三本のスティックを握り、それをフルに使ってドラムスを叩いているのだった。超絶技巧が軽々と叩き出されるのはそのおかげなのだ。

ベースのリフがドラムスに加わった。密林をアナコンダが這《は》っていくようなうねり具合の重低音。ベーシストは小人症の男性だった。子供のような顔つきをしている。おそらく下垂体性小人症だろう。ヒト成長ホルモンの欠乏によるものだ。

このベーシストは身長が百㎝くらいだ。ベース・ギターというのは長大なシロモノだ。手が届くのかしらんと思って見ていた。やはり彼は楽器のボディを身体の右横の空間へ押しやり、ネックの部分のみを身体の前に位置させ、ネックの上で演奏していた。左手でフレットを押さえ、右手の人差し指、中指、薬指を太いゴム紐《ひも》で括《くく》り合わせ、それで太い弦を下から上へ弾き上げている。ただ、たまにリフの合間に親指を使ってチョッパー奏法で味を付けたりしている。テクニシャンだ。

突然、ギュイーンという耳をつん裂くような轟音《ごうおん》に不意を突かれた。ギターが始まったのだ。

ギタリストは巨人症の大男だった。身長は二百三十㎝くらいか。巨人症に特有の顎の出た面相をしている。だが顔立ちは整っている。ことに目が大きく白目が青味がかっていて美しい。頭髪は短め。角刈りに近い。よく肥《ふと》っている。体重は多分二百㎏あたりだろう。特筆すべきは彼が「三台」のギターを装備している、ということだろう。一台目は彼の両鎖骨の下あたりにぶら下がっている。これはガットギターだがマイク内蔵なのだろう。アウトプット・ホールからシールドが伸びている。二台目は一台目のすぐ下、彼の胃の前くらいの所に有る。三台目は電気十二弦ギターで、これは彼の下腹部周辺に有る。この二台はフェンダー製のヴィンテージ・エレクトリック・ギターだ。これらが実際に使用される、つまりこけ威《おど》しのデコレイションでないことは、配線を見れば一目で解る。ギターアンプがいつの間にか三台に増えていて、三台のギターが三台のアンプにシールドで接続されている。中には途中でエフェクターをいくつか噛ませたものもある。今、彼が弾いている真ん中のギターがそれだ。ディストーション、ディレイ、オーバードライブがいい味を出している。

今、彼はベースとドラムスに合わせてインプロビゼイション（アドリブ）を弾いているのだが、彼のギターには他のミュージシャンにはない味わいがある。なぜなら、彼は指も身体に合わせて大変太いので、一本の弦だけを押さえるということができない。最低でも一本の指で二本の弦を押さえてしまう。だから彼のインプロビゼイションの音は全て二音ないし三音の和音によって構成されているのだ。これはジャズギター、チェット・アトキンスやレス・ポールと理屈は似ているが、彼が弾いているのは紛れもないロックンロールそのものだ。

僕が見ていて驚いたのは、彼が三本の弦をチョーキングして、一・五〜二音を上げたとき。それと彼が剛力をちょいと出してギターのネックを前に向かって折れる寸前まで撓《たわ》め、弦の張りをゆるめて三〜四音下げて見せたときだった。トレモロ・アームが付いておればあれに似たことはできるが、似て非なるもの。常人にできる技ではない。

彼はビートの利いたセブンス系のフレイズをゆっくり楽しむように弾くが、速く持っていくときには信じられない程に速い。要するに緩急自在の弾き手なのだ。フレイズの抽出《ひきだし》は無限にあるように思える。それらを紡《つむ》いで音のラインを描いていく訳だが、そのスケッチは味わうと辛口のロックンロールだが、どこかに大男特有の優しさが感じられる。そんなプレイだった。

一曲目が約七分で終わった。最後の盛り上がらせ方も見事なものだった。バンドの全員が客に一礼する。百人程の観客だが、まさに万雷の拍手である。僕もありったけの力を込めて拍手を送ったが、途中でふと疑問を抱《いだ》いた。

〝今の演奏にヴォーカルはなかったけど、このバンドってインストゥルメンタル・バンドなのかな〟

この疑問には大巨人がマイクで答えてくれた。巨人症者特有のくぐもった声で、

「ありがとう。ザ・コレクテッド・フリークスです。でもさあ、大巨人に超小人にトリプル・アームズのドラムス。男ばっかりだ。むさ苦しいじゃねえか。歌姫たちを呼ぼうぜ。こいつらなんだよ、俺達奇形人をコレクトしたのはさ。悪い娘っ子だよ、まったく。いいな、呼

ぶぜ。ヘイ、カモン・ガールズ！」

プシュッとスモークが焚《た》かれ、一人の女性が現われて舞台中央のマイクにゆっくり歩み寄ってきた。大巨人は確か〝GIRLS〟と言った。しかし出てきたのはスモークで定かではないが一人の女性のフィギュアだ。真紅のチャイナドレスを着ている。脚部には深いスリットが入っていて、眩《まぶ》しい程に白く美しい脚が時として腰下まで見え隠れしている。大変エロティックだ。

スモークの霧が晴れて、女性の頭部が見えた。双頭だった。肩の上に全く同じ造作の顔と首が並んでいる。ぱっちりと開かれた目は大きく、インドの女神像を彷彿《ほうふつ》とさせる、澄んで、愛らしい美眼だった。反対に鼻は小さく控えめ。そのすぐ下に在る口も幅はせまい。しかしその上下の唇《つぶ》は円らで紅く濡れ、どこか異国の果実のように妖艶、肉感的だった。その蠱惑《こわく》的《てき》でチャーミングに整った顔々が我々を見渡しているのだ。アルカイックスマイルのような謎めいた微笑をかすかに浮かべて。

全ての客が沈黙して「彼女達」を呆然として見詰めていた。僕もその一人だ。「彼女達」のチャーミングさが与えた耽美的《たんびてき》なショック、そしてそれらが一つの胴体手足の上に並んでいるという事実の奇異さ。この二つのショックの中で僕は混乱していた。彼女達の年齢はよく解らないが、二十五、六くらいに思えた。

右の方の頭の女性が、マイクに向かって話しかけた。

「あたし達はザ・コレクテッド・フリークスのヴォーカルを担当しています。ご覧のようにシャム双生児です。シャム双生児の中でもかなり珍しい一体双頭の奇形です。私の名前は、〃ああ〃。そして彼女の名前は」

もう一つの頭が透明感のある声で答えた。

「〃あああ〃といいます。あたし達は、奇形人の天職として、皆さんに音楽を届けます。楽曲は全てオリジナルです。ご退屈でしたらどうぞお引き取り下さい。では『IN THE DEEP FOREST』という曲を演奏します」

同時に大巨人が一番下の電気十二弦をアルペジオで弾き始めた。バロック調のスローな曲だ。十二弦の甘酸っぱい音色がリュートやハープシコードの音感を醸し出している。Am、Dm、E_7を使ったシンプルな曲だが大巨人はクラシックにも練達しているのだろう、美しい装飾音をたまに入れながら前奏を進めていく。ベース、ドラムスが入るとそれは聖歌隊の前奏の香気を放ち、荘厳な教会に我々が居るような錯覚を与えた。

やがて双頭の女性が歌い出した。最初は高音のユニゾンで、そして後半は完璧なハーモニーを共鳴させた。

♬昔、人無き森陰に　墓を護《まも》れる姫在りて
奥津城《おくつき》深く　銀《しろがね》の　時の亡骸《むくろ》は饐《す》えて有り
月が欠ければいやましに　細く鋭く爪を研ぎ

月満つ夜は嫋々《じょうじょう》と　紫淡く歌を織り♪

ここで大巨人が鎖骨下に下げていたクラシックギターでソロを弾いた。ガットギターでナイロン弦だが、それをピックアップするデジタルマイクを内蔵している。アンプからは十分な音量が出る。スパニッシュを大幅に取り入れた演奏だ。ふと見ると小人のベーシストはチェロに使う馬毛の弓で弦を擦《こす》って発音していた。ドラムスはコツコツとスネアのエッジを叩くだけ。たまにここぞという所でシンバルを入れる。

間奏が終わって歌の三番が始まった。

双生児のユニゾンが神々しく共鳴する。

♬摘みし葡萄《ぶどう》に指染めて
　絃《いと》無きリュート掻《か》き鳴らす
　想へば眠りの浅き夜《よ》に
　御身《おんみ》の姿の白きこと
　御身の姿の白きこと
　御身の姿の白きこと♪

最終伴奏がワンコーラス分あってそれに女の子の軽いスキャットが彩りを添え、Amの長い終音《カデンツァ》で演奏は終了した。

僕は客席でくわえ煙草の火が燃え尽きるのにも構わず聴き入っていた。唖然としていて拍手を送ることも忘れていた。

他の客も同じで、場内はしばらくシーンとしていた。感動の余り拍手することを忘れたのだ。約六秒ほどの静謐《せいひつ》の後、猛然たる拍手の大爆発がはじけた。

この音楽は日本にかつて存在したことのない音楽だ。疑似古典主義の形態を借用しているが、醸し出すフレイバーは古今東西のどこにも無かったものだ。詞もいい。北原白秋や西条《さいじょう》八十《やそ》の作品だろうか。いや、そういう詩人たちは美しい言葉を美しく紡ぐが正体はセンチメンタリズムだ。今の歌にそういった物はなかった。彼らは明治・大正の古本の山の中からあの詞を見つけてきたのだろう。僕はこの大ワシのような曲にぐっとつかまれて空高く連れて行かれた。

演奏はその後四曲プレイされた。

最初の音楽は中近東音楽をロック化したものだった。何をどう工夫しているのかは解らないが、大巨人はギターでアラブ音楽を奏した。アラブ音楽は西洋音楽と違って「半音の半音」つまり四分の一音を駆使する。それによってあの官能的な音の綾《あや》を織り出すのだ。ギターは半音ごとにフレットで区切られているから四分の一音を出すのは構造上不可能だ。

しかし大巨人は何をどうしたのか知らぬが四分の一音を何十回と出してしまったのだ。

ああとあああの歌は日本語で、内容は村の生活の描写。

〟私の家の裏の川には、時々豚が流れます〟といった短いセンテンスのデッサンが、二人の掛け合いで点描法のように歌われる。楽しくウィットに富んだ曲だった。

二曲目はスピーディなメロコアで、大巨人がクライベイビー（ワウワウ）とファズを使って七〇年代風の超バカテクをちらりと見せた。この男は賢い。〟弾かずにいる〟のも高度なテクニックの一つだ、という事をよく知っている。ミュージシャンの中にはやたら音の壁で四周を隙間なく塗り固め、音の砦《とりで》を造ろうとするタイプもいる。が、ふと上を見ると天井がら空きで、全部丸見えだったりする。頓馬《とんま》で笑えるが、こんなのに仕事で当たって九十分聴かされたりすると、〟工事現場〟の騒音の中にいた方がむしろ良いような捨て鉢な気持ちになることもある。

あああああも元気一杯だった。二人は自分の高音の限界をはるかに踏み超えて、宇宙遊泳に出た。つまりファルセットを使い、もの凄いシャウトをして見せたのだ。手に汗握った。

ああがマイクに向かって言った。

「次は短い歌を歌います。子供用の歌です」

大巨人は一番上のガットギターでポロロンと和音を奏で始めた。大巨人に弾かれると、ギターはまるでウクレレのように見えた。

♬笛ひとつ吹けば
星ひとつ降り

笛ふたつ吹けば
星ふたつ降り
笛吹けば　星が降り
笛吹けば　星が降り
夜明け前にもう一度
哀しめ♪

たったそれだけの歌だった。美しいが短い。

だが僕の胸深くに、ぽっかり口を開けていた傷口が、誰かの手によって優しく縫合されたような、そんな感銘を受けた。

最後の曲が始まった。実はこの曲のことをあまり覚えていない。僕の頭は「音楽酔い」していて、フリークスの演奏を聴けば聴くほど頭の中が酔ってくる。ビジュアルイメージと言葉とメロディと器楽が心に龍巻をおこし、ふらふらになって思考能力を失わせる。「受ける」「感じる」だけの存在になってしまう。彼女達のチャイナドレスのスリットから見え隠れする脚線が僕をエレクトさせる。アクメを抑えるためにはかなりの努力を要した。こいつらはまるでドラッグだ。しかも僕はそいつを六曲も注射されてしまった。

最後の曲はイントロにベースの長いソロがあって、その後全員参加のロックンロールが爆音を引き連れて始まった。覚えているのはああ、とああ、ああが互いに首をねじ曲げてディープキスをしたこと。大巨人が小人を肩車して互いに楽器を弾きながらステージ上を走り回ったこと。彼女達の歌う詞が非常にアグレッシブなものであったことだ。壮大な演奏が終わり、あとあああが同時にユニゾンでマイクに語りかけた。

「皆さん、今夜はありがとうございました」

　ああが後を受けて言った。

「今度また皆さんにお会いできるかどうか、それはわかりません。なぜならこのバンドは、いつ、どこで、何時にプレイするか、そういった告知を一切しないからです。お会いできるかどうかは運命次第です」

　あああが代わった。

「あなたのそれが良き運命であることをお祈り申し上げます。今日はほんとうにありがとうございました」

　ステージに楽器を置いて全員が立ち去った。すぐに若いスタッフ二人が舞台に上がり、楽器類を回収して去った。こういうケースでの楽器盗難はたまにある。慣れたスタッフだ。激しい拍手はなかなか鳴り止《や》まなかった。だがアンコール・プレイはなかった。やがて客電が点いて、さすがに諦《あきら》めた客達は帰る準備を始めた。その時、僕はＥＸＩＴを出て廊下を走り始めていた。突き当たりの「関係者以外入室厳禁」と明示された扉をはねのける。狭い廊下が少しあって、そこに三つの楽屋があった。コレクテッド・フリークスは第二楽屋に居た。戸にバンド名を書いたプレートが貼ってあったのでそれと解った。

その隣の第一楽屋は大変うるさかった。ピーチ・ボーイズの連中が酒に酔ってはしゃいでいるのだ。若い女達の嬌声《きょうせい》も耳に入った。それに比べるとフリークスの楽屋は物音ひとつしない。

僕は大きく息を数度して、魅惑され混乱した自分の心を可能なだけ鎮静させた。しかし手がまだ震えている。その震える手でドアをノックした。中から、

「はい」

という涼やかな女声がドア越しに返ってきた。

「あ。入ってよろしいでしょうか」

「どうぞ」

僕はドアを開け、中に入った。

中ではああとあああがチャイナドレスを脱いで、Tシャツとジーンズに着替えている最中だった。

「あ、すみません、お着替えでしたか。失礼しました」

「いえ。後はジッパーを上げるだけですから」

とああ。あああが尋ねた。

「どちら様?」

「はい。月刊OPSYの副編をやっています松本と申します。初めまして」

「OPSY?」

太い声が聞こえた。大巨人だった。彼は三台のギターをハード・ケースに収め、シールド類やエフェクター類を一つのバッグに詰めているところだった。

「悪いけどなあ、俺はOPSYは大嫌いなんだ。エキセントリックでグロテスクだ。カウンターカルチャーか何か知らんが、若い連中を誘導して異界へ導いてだな、あんた達の描いた絵そのままの新しい文化をでっち上げようとしている。な、そうじゃねえのかい？」

小人がベースを布で拭きながら甲高い声で言った。

「僕もそう思うね。OPSYは汚れた雑誌だよ。取材ならお断りするよ」

僕は微笑んだ。彼らの言う通りだ。OPSYは腹黒い腐った、既にもう終わった雑誌だ。認めざるを得ない。だから僕は胸ポケットから取り出して、いつ誰に渡そうかと考えていた自分の名刺を彼らの眼前でゆっくりと引き裂いた。そして言った。

「今夜はOPSYの記者として取材に伺ったのではありません。一人の音楽愛好者として来たのです。来ずにおられなかったのです。ですから無論レコーダーもカメラも使いません。会話を記憶して記事に投影させるといった事も絶対にしません。出版社の看板は今、外しました。その上で何分でもいい、お時間を頂けませんでしょうか」

大巨人が作業を終えて、床にどっかりと胡座《あぐら》をかくと太いハバナに火を点けた。彼が手にする葉巻は、僕たちサイズの人間がシガレットを持った、くらいの比率に見えた。大巨人はにっこり笑うと、言った。

「そういうことなら、ああ、いいよ」

僕も煙草に火を点けて、一服してから言った。

「僕は四歳からピアノを始め、中三くらいからブルーズ・ピアノを覚え始めました。やがてシンセサイザーやハモンド・オルガンも揃え、ひたすら毎日ロックを練習していました。一日に十二時間キーボードに向かっているような日々でした。そして大学へ行って、厳選したメンバーでバンドを組みました。楽曲も沢山書きました。バンドは日に日に息が合っていき、それに連れてファンも増えていきました。僕は舞い上がりました。うちこそ、誰にも負けない日本でトップのバンドだ、と思っていました」

「その頃の音源残ってます？　聴いてみたい」

とあああが言った。

「音源は全て捨ててしまいました。現実が僕の他愛もない夢を打ち砕いたんです。僕はバンドを世界レベルにまで引っ張り上げるために、ジュリアード音楽院に入学しました。そこに三ヵ月居て気づきました。あ、こりゃ駄目だと。あそこには本当の天才がごろごろいるんですよ。左右の指が一本ずつ無いドイツ人のピアニストがいました。天才でした。僕が十指を駆使して挑んでもそいつの片腕一本に負けてしまう。上を見ればキリがない。僕は自分の限界に気づきました。日本に帰ってバンドを解散し、食わなければなりませんから、以来、音楽評やコラムを書いて生きてきました。この十五年間、大変な数のバンドを観てきましたが、心から酔わせてくれたバンドは唯の一つも無かった。今夜貴方達《あなたたち》の演奏を観るまでは、です」

「気に入ってくれたんだ」

とああが微笑んだ。

「気に入るとかそんなレベルじゃない。魂を丸ごとどっか知らない世界へ持っていかれたんですよ」

「それは私達が奇形だから？」

「いえ、違います。それは付加価値です。貴方達は自分のハンディをテコのように逆転してメリットにしている。その姿には感動しました。しかしそれよりも奇形ゆえに可能な音楽性の高さ、ビジュアル的なスペクタクル、ああさんとあああさんの官能美。それらが混然となって僕の心を歓喜させたんです」

ああはにっこり笑うと、ジーンズのポケットから細く巻いた煙草状のものを取り出し、私に差し出した。

「よろしければどうぞ」

「麻ですか」

ああは首を横に振った。

「サルビアの三十一倍濃縮よ」

僕はそれを受け取り、点火し煙を吸い込みながら尋ねた。

「どうして自分達のライブの情報を流さないんですか」

ああが答えた。

「追いかけられると困るから。ファンが増えてブランドになったりしちゃ嫌でしょ。だからメディアにも出ないし、CDも出さないの。いつでも神出鬼没よ。風のように吹き過ぎる音楽でありたいの」

僕は頷《うなず》いて、またサルビアを吸った。

「今日の二曲目の歌詞は何という歌人が書いたんですか？　明治、大正、昭和。いつ頃の何という人ですか」

いいいとあああが顔を見合わせてくつくつと笑った。

「あれはいいいとあああと私が二人で書いたのよ」

「ほんとに？　信じられない」

「二人でね、電子辞書で遊んでいたの。気になる単語とかを昆虫みたいに採集して、それをあのリングの付いた単語カードに写して、それをベッドの上に広げて、吸い着き合う言葉と言葉をくっつけたりして紡いで遊んでたらあの詞になったの」

「曲はウォーキング・トールが書いてくれたの」

僕は二人の美しい顔を交互に見ながら、腹を決めた。

「一つお願いがあるんだけど」

「なに？」

「僕をこのバンドに入れてくれないか」

「え？」

全員の視線が僕に集まった。

「そりゃ、駄目だよ」

大巨人＝ウォーキング・トールが首を振った。

「駄目だよ」

とドラマーが言った。

「無理だね」

とベースマン。

「不可能よ」

とああああが呟いた。

「なぜ？　どうして駄目なんだい。プレイヤーとしてじゃなくてもいい、マネージャーでも坊やでも何でもいい。このチームに入りたいんだ。君達と一緒に生きたいんだ」

ああああが僕の目を見詰めて言った。

「ダメ、絶対。だって、あなた健常者じゃない」

ああああも口を開いた。

「私達は健常者を差別するのよ。解った？　お帰りはこちらよ」

白く細い指がドアを指さした。

僕はうなだれて、ゆっくり歩き始めた。サルビアが効き始めて、身体が妙に左回りに引っ張られる感じがする。しかしドラッグは僕の絶望を慰めてはくれなかった。僕はうなだれたまま楽屋を出、左に引っ張られながらエレベーターに向かった。

「松本。お前は私の所なんかへ来る前に、精神科を受診すべきだ。優秀な男がいる。紹介状を書こう」

白神が僕の目をじっと見据えてそう言った。僕もまっすぐに白神の目を見つつ答えた。

「その必要はないよ、白神。僕は正気だ。強迫観念に取り憑《つ》かれてもいなければ、統合失調症でもない。誇大妄想狂でも躁病でもない。ニヒリストではあったが今は違う。明日への希望に燃えている。その希求を可能にしてくれるのは、白神、君しかいないんだ。だからお願いに来たんだ。お願いしたいこと、なぜそうなったかは、さっき詳しく話した通りだ。白神。僕の一生に一度のお願いだ。幸福を僕に呉《く》れ」

「幸福だと?」

叫ぶなり白神は自分の前の机をがつんと力一杯叩いた。その音は夜九時の大学附属病院の静かな廊下に、白神の診察室から鳴り響いて谺《こだま》し、しばらくしてからフェイド・アウトしていった。

「幸福? 両手、両脚を根元から切断し、陰茎にケイ素樹脂を注入して永久勃《ぼっ》起《き》化し、さらにその陰茎を切断し、穴を開けた額の中央に移植手術するだと? これが狂人のたわ言でなくて何だというんだ。松本。今、世界は戦争だらけだ。地雷を踏んで両脚を吹っ飛ばされた農民、腕を切断せざるを得なくなった人。糖尿病あるいは他の様々な病因によって、脚を切断手術した人。サリドマイド児、先天性多発性関節拘縮症《かんせつこうしゅくしょう》のために四肢が極度に小さい人、先天性、あるいは後天的要因によって奇形となった人。こうした人々が味わう苦痛、絶望、生活者としての不自由、社会からの差別視、一言で言えば、〝不幸〟。そんなことの一かけらにでもお前は思いを馳《は》せたことがあるのか。何が自己奇形化だ。ダルマになって額にチンポコを付ける？　そんなことを〝幸福〟だと考えるお前のその思考自体が狂気だ。だから精神科へ行けと言っとるんだ」

白神は激昂《げっこう》していた。僕は三本目の煙草に火を点けて、極力静かに言った。

「白神。落ち着いてよく僕の言うことを聞いてくれ。例えば人間が千人いれば千通りの幸福がある。第三者が見て〝あ、この人は幸福な人だ〟と思っても、その人自身は不幸のどん底にいるケースは沢山ある。逆もまた真なり。で、状況から見て、どう見ても不幸の塊でしかない人でも、当人は天上的喜悦の至高の幸福に震えていることもある。幸福というのは唯の言葉だ。抽象的概念に過ぎない。白神は優秀な頭脳に恵まれ、中学、高校をトップで卒業し、最高の医大へストレートに、しかも最高順位で入学し、六年間、必死に医学を学んだ。インターンとしても最高だったし、この医大附属病院でもスキル、ケーススタディを積み重ね、三十五の若さで既に世界的水準でトップを切る名医になった。僕は尊敬しているよ。君は名医であり、しかも非常に知的な、豊饒《ほうじょう》な知性の沃野《よくや》をバックボーンに持っている。ただね、白神。君にもやや欠けている所は有る」

「私に欠けている？　何だい、それは」

白神が机に肘《ひじ》をつき、身を乗り出して尋ねてきた。僕は答えた。

「感性だよ」

白神は腕を組み、僕を見た。

「それは……そうかも知れん。私には感性が欠けている……かも知れん。お前に比べればな。私はいわば左脳だけで生きてきた人間だ」

「だから僕を狂人扱いするんだよ。僕はね、コレクテッド・フリークスを観た後、四日間、ろくすっぽ眠らないで考えたんだよ。自分の今まで、来《こ》し方《かた》をね。結論から言うと、僕という人間は生まれてから今日まで、ずっと〝ゾンビ〟だった。眠り、起き、飯を食い、糞小便をし、人が〝仕事〟と呼ぶものをやり、歩き、走り、止まり、たまにだがセックスをし、要するに動いてはいた。しかし、一瞬たりとも〝生きた〟ことは無かった。つまり〝ゾンビ〟だよ。しかし、僕は〝生きる〟ことにした。コレクテッド・フリークスに入る。それが僕にとっては〝生きる〟ことだ。そのためには自身を奇形化しなければならない。だから僕の知る限りで一番腕のたつ信頼のおける外科医である白神、君に頼みに来たんだよ。頼む、手術をしてくれ。もし断れば君は憲法に背くことになるぞ」

「憲法違反？　どういうことだ」

「日本国憲法第十三条。〝国民の幸福追求権〟を阻害することになる。患者の肉体的、精神的幸福のために尽力すべき存在である、医師としての自分の義務を放擲《ほうてき》することになる。君は医師だろ、白神」

白神は、

「ちょっと。ちょっと待ってくれ」

と言いながら机の上に額を押し付け、両腕で頭を抱え込んで、考え始めた。

僕は黙って待っていた。僕にはずいぶん長い時間に思えたが、実際には四、五分だったかもしれない。白神がゆっくりと頭を上げ、僕を見た。

「……四肢の切断は外科技術としてそう難しいオペではない。しかし」

やった！　白神が僕の願いを受け容《い》れてくれた。僕は小躍りしたい歓《よろこ》びと感動を覚えた。

「問題は勃起化させたペニスを大脳と接続移植するというところだ。〝自家移植〟というんだが、同一人体の移植は成功率は非常に高い。植毛や植皮術なんかじゃ、余程のアクシデントが無い限り成功する。ただお前が言ってる脳との接続移植というのは私は前例を知らないんだ。松本の言ってるのは眉間《みけん》の上三cm辺り。いわゆる〝第三の目〟といわれる所だ。ここの外皮、筋肉、頭蓋骨《ずがいこつ》を刳貫《こかん》すると、出てくるのは髄液だ。脳というものは百五十ccほどのこの髄液の中にぷかんと浮かぶ状態で保護されている。これを越して大脳に行き着く訳だが、右脳と左脳の丁度中間部分辺りに陰茎が接続されることになるだろう。その大脳皮質というのは神経細胞が集まってできている灰白質なる部分だ。もしそのまま直進を続けるとすれば、行き着く所は松果体《しょうかたい》だ。勿論そんなことはできない。大脳皮質の表面で陰茎と大脳の神経とを可能な限りコネクトし、血管は脳底動脈から引っ張ってきて陰茎の血管とパイプつなぎする。それにしても大脳皮質は非常にデリケートな組織だ。接続した結果お前の思考、運動機能にどんな障害が現われるか、私には予測がつかないし、責任も持てない。手術が成功する確率は五十五％だ。四十五％の確率でお前は死亡するか廃人になるかだ。もし、それで良ければ、親友のよしみで、手術を引き受ける。さ、どうする」

僕は深く頭を下げた。

「恩に着るよ。で、いつ手術してくれる。早い方がいいんだが」

白神は手帳を出して眺めた。

「あさって、子供を動物園に連れてくく約束をしている。子供には悪いが、これをキャンセルしよう」

僕は席を立ちながら、

「ありがとう」

そう言って出口に向かった。白神が僕の背に向かって声を放った。

「松本」

「何だい」

「一言だけ言わせろ」

「ああ、言ってくれ」

白神は僕に向かって大声で叫んだ。

「阿呆《あほ》！」

アンプが「ジ――」と雑音を立てている。ウォーキング・トールが自分のエレキギターの弦にそっと手を置くと、雑音が止まった。

目の前は暗幕。客席の笑い声が聞こえる。

僕はパイプ椅子の上に置物のようにちょこんと置かれている。肩口から口元にハモニカ・ホルダー。装着しているのは「A」のキーのブルーズ・ハープだ。これで「D」のキーのブルーズが吹ける。大学時代、毎日ブルーズ・ハープをポケットに入れて歩いていた。いつでもどこでも練習できる。ベンディング（吸音で半音下げる技術）なんて朝メシ前だ。キーボードに飽きたらいつもステージでブルーズを吹いていた。それが今頃役に立つのだ。口元のすぐ近くにマイク・スタンドが立っている。

ベースのショート・ホープも、ギターのウォーキング・トールも、ドラムスのトリプル・アームズも、みんな用意万端だ。

ステージ中央のマイク前ではあい、あとあい、あが何かふざけて笑い合っている。今日はまっ赤なタンクトップにまっ赤なホットパンツだ。僕の方からはそのきれいな脚とくりくりしたヒップが見える。

〝今夜もひいひい言わせるからな〟

心中で勇み立つ。おでこのペニスも勃起している。手足のない僕にあい、あが「でこちんクン」という名をつけてくれた。毎晩二人におでこのペニスと舌で奉仕している。一つの性器に入れるのだが、あい、あとあい、あでは反応が違う。

ああ、あはいつも歯を喰いしばって、声を出さない。でも首を激しく振って押し寄せる性感に耐えている。あああはその名の通り、

「あっ、あっ、あっ」

と切ない声を立てる。イクときはなぜか二人同時だ。

僕は至福の生活を送っている。

僕は生きている。

やがてトリプル・アームズがカウントを取ってドラムスを叩き始めた。

ショート・ホープとウォーキング・トールが所定のフレットに指を置く。

幕がゆっくりと上がり始めた。

ライトが、かっと我々を照らし出す。

一曲目のイントロが始まった。

怪奇フラクタル男

山本　弘

かつての教え子に呼び出された数学者。教え子の父である暴力団組長の身に異変が起きたというのだ。数学者を待ち構えていた奇怪な現象とは……？　軽く読めるショートショートだが、忘れられなくなるような悪夢的イメージが登場する。「フラクタル」が分からない方は画像検索を。初出は〈小説ＣＬＵＢ〉一九九六年十月号、書籍初収録。

　山本弘《やまもとひろし》は一九五六年生まれ、京都府出身。京都市立洛陽工業高等学校電子科卒業。アマチュア時代には、筒井康隆主宰のＳＦファングループ「ネオ・ヌル」に参加。〈ＳＦマガジン〉の読者投稿コーナーなどで四作品が活字になった後、「スタンピード！」で第一回奇想天外ＳＦ新人賞佳作を受賞し、〈奇想天外〉七八年三月号に掲載される。レミングの集団自殺伝説めいた、突発的な集団暴走現象に巻き込まれた男の妻を主人公とする追跡劇で、書籍未収録。

　ＳＦ長篇に、『時の果てのフェブラリー　赤方偏移世界』（徳間デュアル文庫）、『神は沈黙せず（上・下）』（角川文庫）、《ＭＭ９》シリーズ（創元ＳＦ文庫）、『地球移動作戦（上・下）』（ハヤカワ文庫ＪＡ）、『去年はいい年になるだろう』（二〇一一年に第四十二回星雲賞日本長編部門を受賞、ＰＨＰ文庫）、『プロジェクトぴあの（上・下）』（ハヤカワ文庫ＪＡ）、『プラスチックの恋人』（早川書房）など多数。

「と学会」会長（現在は勇退）及び「ＡＳＩＯＳ」リサーチ会員としての、超常現象・疑似科学への懐疑的探究でも活躍しており、私が最初に触れた山本弘の文章はＳＦではなく《トンデモ超常現象の真相》シリーズだったし、最初に読んだ山本弘の長篇ＳＦは、膨大

初出：〈小説 CLUB〉1996年10月号／1996年刊

な超常現象ネタをちりばめて宇宙の真実を暴く『神は沈黙せず』だった。出会っていなければ今頃、古代熱核戦争説や人体自然発火現象の登場する小説を書いていたと思うので、恩義は計り知れない。また、《トンデモ本？ 違う、SFだ！》シリーズ（洋泉社）は、多数のSF作品のアイデアを熱っぽく紹介して、読者にセンスオブワンダーを届ける良質なSFガイド本で、私も多大な影響を受けているため、文庫化を切望している。

短篇SFでは、初短篇集『闇が落ちる前に、もう一度』（角川文庫）は、当初角川ホラー路線を意識していたこともあり、宇宙の年齢についての常識を覆す仮説からテッド・チャン「オムファロス」とは全く違う結末に向かう表題作（創元SF文庫『逃げゆく物語の話 ゼロ年代日本SFベスト集成〈F〉』にも収録）、人間に殺意を抱くAIアイドルの企みを描いた「時分割の地獄」を始め、SF的な着想ながらホラーティストの作品が多い。『シュレディンガーのチョコパフェ』（ハヤカワ文庫JA）は、異星人と詩人のコンタクトによって言語文明という異質な文明が明らかになる、第十七回（二〇〇五年）SFマガジン読者賞受賞作「メデューサの呪文」など、山本弘らしいセンスオブワンダーに溢れる作品を集めている。『アイの物語』（角川文庫）は、人類がAIに敗北した世界で、AIが人間に「かつて人類が書いた物語」を語る千夜一夜物語形式の連作短篇集で、ブラックホールに突入し事象の地平面を超えようとする人間たちをAIが見届ける「ブラックホール・ダイバー」、インフルエンザで滅びつつある異世界からメールが届く「正義が正義である世界」、介護用ロボットがイーガンめいた思索にたどり着く「詩音が来た日」などを収録、ベストSF2006の第二位を獲得。直近の短篇集『アリスへの決別』（ハヤカワ文庫JA）は社会風刺が前面に出た一冊。

二〇一八年に脳梗塞を患って以降、リハビリと《BISビブリオバトル部》シリーズ

（創元SF文庫）の完結に向けた執筆に専念しており、SF作品の発表は途切れている。
現時点でもう一冊SF短篇集を編める分量はあり、中でも山本弘作品のエッセンスがよく出ているのは、二千八百万年後の宇宙人が、金星探査機に積まれていた初音ミクのイラストをもとに滅んだ人類文明を妄想する「喪われた惑星の遺産」（〈SFマガジン〉二〇一一年八月号）、大正時代のアインシュタインブームに便乗して、タイムマシン詐欺を企てた男と娘の作戦を語る落語「大正航時機綺譚《たいしょうたいむましんきだん》」（河出文庫『NOVA10』）、留守番中の少女に起きた事件を描き、児童向けアンソロジーのために書き下ろされたもののショッキングすぎてボツになった掌篇「悪夢はまだ終わらない」（創元SF文庫『年刊日本SF傑作選　行き先は特異点』収録、カクヨムでも無料公開中）などだろう。「多々良島ふたたび」（ハヤカワ文庫JA『多々良島ふたたび　ウルトラ怪獣アンソロジー』）は、ウルトラマンのエピソード「怪獣無法地帯」の後日譚で、島に複数の怪獣が出現した謎が解かれる、第四十七回（二〇一六年）星雲賞日本短編部門受賞作。

追記すると、本アンソロジーの目次を作るとき最初に入れていた山本弘作品は、グループSNEによるリレー小説『ミラー・エイジ』（スニーカーブックス）の最終話「そして、蝶ははばたく」と「エピローグ」だった。文明を滅ぼす外宇宙からの侵略者に対抗するため、人類全てを巻き込む反撃策が取られる、初期作の中でも破格の中篇だが、ボリュームと、連作最終話という性質を鑑みて断念した。機会があればご一読願いたい。

北雲祐一は私の教え子の中でも特に目をかけていた青年である。彼が数学者になる夢を断念し、大学を出てすぐに父の仕事を手伝うことになったと知って、私はひどく残念に思ったものだ。彼は広域暴力団・北雲組の二代目だったのだ。本人は父親の仕事を恥じていたのだが、組長の一人息子とあっては、他に選択の余地はなかったのだろう。

その北雲祐一から、突然、二年ぶりに連絡があったので、私は驚いた。しかも日曜の朝の一〇時にである。

「ぜひ板倉先生の力をお借りしなくてはならない問題が持ち上がったんです」

ヤクザの組で、数学者の力を借りなくてはならない問題？　いったい何だろう？　奇妙に思ったものの、祐一の切迫した口調に、私は学者特有の好奇心を刺激された。

迎えに来た黒塗りのベンツに乗せられ、組長の豪邸に案内されるのは、緊張する体験だった。だが、二年ぶりに再会した祐一の顔を見て、その不安も吹き飛んでしまった。

「お待ちしていました。こちらです」

再会のあいさつもそこそこに、彼は私を屋敷の奥に案内した。池のある庭園に面した廊下を通り、真っ白い障子の前で立ち止まる。

「お父さん、板倉先生が来られました」

祐一が呼びかけると、障子の向こうから、苦しそうにかすれた声が返ってきた。

「……入ってもらってくれ」

祐一は振り返り、小声で私に注意した。

「心の準備をしておいてください。かなり奇怪なものを目にすることになりますから」

「奇怪なもの？」

「ええ――でも、先生なら必ず興味を抱かれるはずです」

彼はそう言うと、障子を開けた。

二〇畳はありそうな広い和室の中央に、大きな布団が敷かれ、そこに祐一の父――北雲源造が横たわっていた。顎まで布団を引き上げている。私は一目見て、祐一の端正な顔は母親似なのだな、と思った。熊のように恐ろしげな迫力のある顔つきは、ヤクザ映画に出てくる悪役俳優そのままである。

「具合はどうですか、お父さん？」

源造は布団の中でもぞもぞ動いた。

「うう……何だか寒気がしやがる」

その時、私は奇妙なことに気づいた。源造の声にダブって、布団の中から小さな声が聞こえたのだ——テープの回転を速くしたような、かん高い声である。

「いいですか？　布団を取りますよ」

源造の了承を得て、祐一はおもむろに掛け布団をめくった。

「おおっ……!?」

私は驚愕した。そこにあったのは、想像を絶する奇怪なものであった。

昔の怪奇小説で、体から人間そっくりの瘤が生えてくる、という話があった。源造の症例がまさにそれである——両腕の上腕部から、人間の上半身を三分の一ぐらいのサイズに縮小した形のものが、サンゴのようににょきにょきと生えているのだ。高さはどちらも三〇センチぐらいあるだろうか。

さらに奇怪なのは、その瘤（と言っていいのかどうか）が二つとも、顔といい、体格といい、源造自身にそっくりだということだ。

私は恐怖と嫌悪感をこらえながら、もっとよく観察しようと顔を近づけた。まったく見事な源造のミニチュアである。髪の毛があるし、口には小さな歯も生えている。呼吸しているらしく、胸がかすかに上下していた。

さらに驚くべきことに、その瘤の両腕から、さらに小さな突起が生えているではないか。これもまた本物の源造にそっくりで、高さは一〇センチぐらいである。

同様の一〇センチ・サイズの瘤は、源造の首の両側、および両方の下腕部からも生えていた。全部で八個あることになる。

よく見ると、その二代目の瘤の両腕から、さらにひと回り小さい瘤が生えていた。高さは三センチぐらい。

さっき顔を見た時は髪の毛に隠れていて気がつかなかったが、同じ大きさの瘤は、耳の上あたりからも生えていた。他にも肩、肘、手首からも生えている。合計三二個あった。

さらによく見ると、三代目の瘤から、さらにもう一回り小さい瘤が生えている。高さは一センチぐらい——瘤の数が世代ごとに四倍ずつ増えているとすると、一センチ・サイズの瘤は一二八個あるはずだ。

私は好奇心にかられ、もっと目を近づけた。四代目の瘤の腕の部分には、小さな盛り上がりが認められた。五代目の瘤が生えかけているらしい。

「フラクタルだ！」私は叫んだ。

祐一はうなずいた。「やはり、先生もそう思われますか」

フラクタルとは、自己相似性を持つ図形のことだ。図形のある一部分を拡大すると、図形全体と似たような形になる図形である。自然界に存在する雲、海岸線、雪の結晶なども、フラクタル図形の例である。

「上半身だけじゃないんです。ほら」

そう言いながら、祐一は下半身の布団もめくってみせた。なかば予想していた通り、下半身もフラクタルになっていた——右膝から右に向かって、左膝からは左に向かって、長さ三〇センチほどの、脚の形をした瘤が二本ずつ生えている。脚の間には小さな男根まであった。さらに、一代目の瘤の膝の部分から二代目の瘤が、二代目の瘤の膝から三代目の瘤が……というように、少しずつ小さくなってゆく瘤が続いているのだ。

典型的なフラクタル図形である「コッホ曲線」と呼ばれるものにそっくりだった。

「いつ頃からこんなことに？」

気を取り直して私が訪ねると、源造は苦しそうに答えた。

「四日前の真夜中だ……麻雀を打ってたら、急に腕と膝がむずむずしてきやがって……それからだんだん大きくなってきやがった……」

私はさっきの小さな声の正体を知った――源造の体から生えたミニチュアの源造たちも、同時に喋っているのだ。声帯が小さいので、周波数が高く、小さい声になるわけである。

「医者には見せたんですか？」

「もちろんさ……だがな」

源造は腕を曲げ、自分の脇腹を指差した。同時に、大小合わせて一七〇体の源造のミニチュアたちもいっせいに腕を曲げ、それぞれの脇腹を指差す。

源造は腹に包帯を巻いていた。

「切り取ろうとして、医者が瘤の根元にメスを入れたとたん、俺の腹が裂けやがった」

「ううむ。完全な相似形になっていますな」

私はうなった。本体と同期してミニチュアが動くのと同様、ミニチュアが受けた影響は本体にも及ぶらしい。これでは瘤を切除したとたん、源造もまっぷたつになってしまう。「これはどうもオカルト現象のように見えますね」私は首をひねった。「失礼ですが、北雲さん、何かたたりを受けるような心当たりでもおありですか？」

この質問はさすがにぶしつけだったらしい。源造は急に不機嫌になり、口をつぐんだ。

「……ひとつだけ、心当たりがあります」祐一が言いにくそうに言った。「朝壺教授のことはご存じですか？」

「ああ、もちろんだとも」

日本の数学界で、朝壺光太郎教授の名を知らぬ者はいない。ノーベル賞候補になったこともある優秀な数学者だったのだが、四日前の深夜、突然の自殺を遂げた。

「確か自殺の原因は、悪徳金融会社にひっかかって、全財産を奪われたからだとか……えっ、それじゃまさか？」

「うちの傘下の会社なんです」祐一は顔を曇らせた。「それに、父の体に異変が起きたのは、四日前の午前○時――朝壺教授が首を吊った時刻と一致しています」

なるほど、それなら合点が行く――朝壺教授はかなりの変人で、数学者としての活動の一方、趣味で黒魔術を研究していたという評判だ。おそらく専門のフラクタル幾何学を黒魔術に導入し、自らの命を代償にして、源造に強力な呪いをかけたのだろう。

「昨日の午前○時、最初の瘤が完成すると同時に、二代目の瘤が生えはじめました」祐一は説明を続けた。「今朝の午前○時、二代目の瘤が完成し、三代目の瘤が生えはじめました。

四代目が生えはじめたのは午前八時です。先生が到着される直前、午前一〇時四〇分に、五代目の瘤が生えはじめました」

私は腕時計を見た。今は一〇時五三分だ。

「最初の瘤が完成するのに三日、次が一日、次が八時間……完成に要する時間も正確に三分の一ずつになっているわけだな」私はポケットから愛用の関数電卓を取り出し、計算した。

「この割合だと、今日の正午……つまりあと一時間七分で無限大に達するな」

「そうです。ですから急いで先生をお呼びしたんです。助言をいただこうと――」

瘤はどんどん小さくなりながら、世代ごとに数が四倍になり、完成までの時間も短くなっている。正午には瘤の数は無限大になり、完全なフラクタル図形が完成するだろう。その時、いったい何が起こるのか……？

「寒い……早く布団を掛けてくれ」

源造は弱々しい声で訴えた。祐一が優しく掛け布団を掛けてやる。しかし、源造の震えはおさまらない。

「寒い……ちくしょう。まだ九月なのに、何でこんなに寒いんだ」

源造の言葉に、私ははっとした。

「いかん！　このままでは危険だ！」

「どうしたんです？」

私の狼狽ぶりを見て、祐一が不思議がる。

「いいかね。完全なフラクタル立体は表面積が無限大になるんだよ」

「それが？」

「人間は体の表面から熱を発散している。表面積が無限大になれば、熱の発散量も無限大になる──つまり、熱が急速に外に逃げて、体温が下がってしまうんだ！」

祐一の顔は蒼白になった。「じゃあ……」

「体温が下がりすぎると死んでしまうぞ。すぐにストーブをありったけ用意しなさい。この部屋を温めるんだ。早く！」

私はストーブといっしょに大きな虫メガネも持って来させた。世代ごとに小さくなってゆく瘤を観察するのが、肉眼では困難になってきたからだ。

一一時三三分二〇秒、五代目の瘤が完成した。高さは三・七ミリ。

一一時五一分〇七秒、六代目の瘤が完成した。高さは一・二ミリ。

七代目の瘤は、高さが〇・四ミリしかなく、虫メガネを使ってもようやくゴミのようなものが見える程度だった。完成したのは一一時五七分〇七秒──正午まであと三分。

「危ういところでした。先生の助言がなかったら、父はどうなっていたことか……」

祐一が汗をぬぐいながら礼を言った。室内はストーブがんがん焚かれ、体温と同じ三六度に保たれている。気温が体温と同じになれば、体温は逃げない理屈である。

「いや、感謝するのは早い。何しろ人間が初めて体験する無限大の世界だ。何が起きるか予想できん。油断しないようにしたまえ」

そう言いながらも、私は内心、うきうきしていた。祐一には悪いが、まだ謎の多いフラクタルの世界をこの目で観察できる絶好の機会だからだ。

そうこうするうち、時計の針は午前一一時五九分を回った。すでに虫メガネでも見えないが、高さ〇・一四ミリの八代目の瘤が完成した頃のはずである。

あと二〇秒。九代目の瘤が完成したはずだ。高さは計算では〇・〇四六ミリ。

あと七秒。一〇代目の瘤が完成。高さ〇・〇一五ミリ。

あと五秒、四、三、二、一、……。

「ゼロ！」

私はなかば恐れ、なかば期待をこめて、源造の体を見回した。何か異常な現象が起きてはいないか……？

いや、見たところ、何も変わったところはない。源造は衰弱しているが、まだ生きていた。

それどころか……。

「ほら！」祐一が嬉しそうに叫んだ。「フラクタルが消えていきます！」

彼の言う通りだった。サンゴのように複雑な形状をしていた瘤が、まるでアイスクリームが溶けるように、ぐんぐん小さくなってゆくではないか。ほんの数十秒のうちに、源造の体は正常な姿に戻ってしまった。

「わははは！　やった！　助かったぜ！」

源造はたちまち元気を取り戻した。布団から勢いよく起き上がる。

「お父さん、だいじょうぶですか？」

祐一が心配そうに声をかけたが、源造は嬉しそうにぴょんぴょん飛び跳ねている。

「ははははは！　この通り、ぴんぴんしてるぜ——しかし、この部屋は蒸し暑いな」

体の表面積が元に戻ったのだから、部屋が暑く感じられて当然である。

「ええい、くそ、暑い暑い！」

私たちが止める間もなく、源造は障子を開け放ち、外に飛び出した。フンドシ一丁の裸のまま、中庭に降り立つ。背中に彫られた竜の彫り物が見事だ。

「ははははは！　見ろ！　俺は呪いをはね返してやったぜ——もう、この世にこわいものなんかありゃしねえ！　はははははは！」

奇病から回復してはしゃぎ回る源造を眺めながら、私は疑惑にとらわれていた。あまりにもあっけなさすぎる結末だ。朝壺教授の復讐がこんなもので終わりということがあるだろうか？　世紀の天才だった教授のこと、もっと狡猾な罠を仕掛けているのでは……？

その時、彫り物に覆われた源造の背中に、ぽこんと大きな穴が開いた。

「あれは!?」

私と祐一は身を乗り出した。その穴は正確に人間のシルエットをしており、頂部は肩甲骨の間あたり、底部は脚のつけ根あたりまであった。体を貫通しており、穴の向こうの風景が見える。高さはざっと見積もって約六〇センチ——源造の身長の三分の一だ。

見ていると、両肩、両腕、両脚などに、小さな穴がぽこぽこと八つ開いた。やはり人型で、高さはどれも約二〇センチ。

それらの穴の周囲に、さらに小さな穴が八つずつ開いた。高さは約七センチ……。

「あれは……シルピンスキーの絨毯⁉」

「違う！　メンジャー・スポンジだ！」

私は祐一の間違いを訂正した。シルピンスキーの絨毯とは、簡単に言えば、世代ごとに三分の一の大きさになってゆく無数の穴に覆われた図形である。メンジャー・スポンジはその三次元版だ。無数の穴に覆われた立体で、三次元のがっしりした形がありながら、体積はゼロという、奇怪な性質を秘めている。

「うわあ⁉」

スポンジのように穴だらけになった源造の体が、ふわりと宙に浮き上がった。祐一が慌てて飛びつこうとしたが、間に合わない。屋根を越え、空へ空へと昇ってゆく。

「体積がゼロになったんで、重量もゼロになったんだな」私は冷静に分析した。

「水素ガスでさえ重量はある。お父さんの体重は、水素の風船より軽くなってしまったんだ」

「どこまで昇ってゆくんでしょう……？」祐一は絶望的な口調で訊ねた。

「たぶん、大気圏外まで……」

秋の澄んだ青空にしだいに小さくなってゆく源造の姿を、私たちはなすすべもなく、茫然と見送っていた。

大阪ヌル計画

田中哲弥

大阪特有（?）のトラブルを解決するために発明された新物質ヌルが引き起こす思わぬ事態とは……SFを巡る無数の定義の一つに「SFとはバカ話である」というものがあるが、その定義に従うなら、小さな発明がとんでもない事件を巻き起こす本作は、剛速球ど真ん中のSFと言える。初出は、星新一ショートショートコンテスト出身作家の主導した九九年刊のショートショートアンソロジー『ホシ計画』（廣済堂文庫）、短篇集未収録。

田中哲弥《たなかてつや》は、一九六三年兵庫県神戸市生まれ。関西学院大学文学部卒。目が覚めると部屋中に雪が積もっていたという状況から始まるシュールな掌篇「朝ごはんが食べたい」（『ショートショートの広場2』講談社文庫）が一九八四年星新一ショートショートコンテスト優秀賞受賞。

星新一の選評にいわく、《なにがどうなんだ。私もそう感じた。読者もご同様だろう。しかし、とにかく異様な状況ではないか。そこを評価した。異様とは、容易なことでは作り出せないものなのだ。（中略）主人公の感情の流れが適切で、ラストの一行がみごとにきまっている。それが異様さを裏付け、ただの思いつきにとどまっていない。》ここで指摘された、状況の異様さとそれに対する感情の流れは、田中哲弥の武器を端的に表現している。

書籍デビューは『大久保町の決闘』。ここから始まる、兵庫県明石市大久保町が一冊ごとに西部劇の舞台になったりナチス占領下になったりローマの休日的な物語の舞台になったりする、《大久保町三部作》がライトノベル時代の代表作となった。

初出：『ホシ計画』／廣済堂文庫／1999年刊

続く『やみなべの陰謀』は、謎の千両箱を共通のモチーフに、秘剣の継承を描く時代劇や大学生のラブコメなどジャンルの異なる短篇を並べ最後に収束させる、トリッキーな構成の一冊。特に「マイ・ブルー・ヘヴン」で描かれるのは、独裁体制下で秘密警察が暗躍し、偏ったイメージの大阪らしさを強制する土地となったディストピア大阪で、私がディストピアSFアンソロジーを編むなら入れたい一本だ。

〈電撃hp〉から〈SFマガジン〉に発表媒体が移った『ミッションスクール』（以上、ハヤカワ文庫JA）は、ライトノベルのパロディめいた学園もの短篇集。部活の備品申請のために、生きて帰ってきた者がいないとされる総務部に向かう「ステイショナリー・クエスト」、入学式の最中に学校が崩壊を始め沈んでいく「スクーリング・インフェルノ」などを収録。

ライトノベルレーベルから、一般小説誌や《異形コレクション》に活動の場を移すと芸風が一変。早川書房《想像力の文学》第一回配本の短篇集『猿駅／初恋』では、かつて得意とした明るいスラップスティックは、知能が向上しイケメン化したチンパンジーが研究所を脱走、女子高校生とともに神戸の街をかけめぐる中篇「猿はあけぼの」くらい。目が覚めると風呂の中にいて浴槽一杯に満ちた鼻血がガチガチに固まって身動きが取れない「遠き鼻血の果て」、幼馴染の少女が村の寄合で解体されるのを見守る「初恋」、期間中は這って歩かなければ殺される奇祭の村「ハイマール祭」など、全体として血と粘液と悪臭にまみれ、ナスティでグロテスクでエロティックで、読点をおかず畳み掛ける文章から筒井康隆を連想させる変態文学の書き手として全貌を現した。

『サゴケヒ族民謡の主題による変奏曲』（講談社BOX）は、それらに加え諦念と喪失感の色が濃くなり、ロマンチックとグロテスクの緩急も激しい、ミッドサマー的な悪夢模様の短篇集。表題作は、海外のオーケストラキャンプに参加した青年が、周りの者たちが正体不明の言語を話していてコミュニケーション不可能、という状況に精神を消耗させていく物語で、カフカやカリンティ・フェレンツ『エペペ』を思い出す不条理で厭な話。例外的に明るい「夜なのに」は、クラスの女子に恋い焦がれる高校生の少年が、同学年の少女と八十歳近い変な老人の仲を取り持つ羽目になる——という内容を、時系列をシームレスに行き来しながら語る魔術的な短篇で、田中哲弥のロマンチック路線の最高傑作。一時は「恋愛篇」の候補にも考えたが、短篇集収録済の上に、『年刊日本SF傑作選 量子回廊』（創元SF文庫）にも収録されていて参照しやすいので見送った。機会がお有りの方はご一読を。巻末収録の「従妹の森」は、従妹がいなくなった森へ捜索に行こうとする、という出発点から「夜なのに」と同じ時系列混濁シャッフル手法を更に突き詰めて使用し、迷宮のような物語を生み出している。

残りの短篇小説で入手が容易なものはノンSF。アンソロジー『黄昏ホテル』（小学館）に収録され、電子書籍でも単体販売されている「タイヤキ」はヘマをして命を狙われるヤクザの哀話。小説家の執筆した作品を新作落語として月亭八天（現・七代目月亭文都）が高座にかける「ハナシをノベル」にも短篇を提供しており、『ハナシをノベル!! 花見の巻』（講談社）収録「病の果て」は病院が舞台の人情ドタバタコメディ。実は「大阪ヌル計画」も同企画で高座にかけられたことがあり、この話を落語で聴いたら衝撃度が更に高そうである。

なにが嘘じゃ全部本当じゃわしは嘘は言わん。これまでの生涯で一度も嘘は言うたことがないなにがそれが嘘失礼な。

では大阪の話をしてやろう。大阪ならおまえたちでも知っておろう、そうじゃ今のアメリカ村じゃ。あの大阪じゃ。知ってのとおり大阪は日本が前の戦争で負けたときアメリカのゴミ捨て場にされたもんで、今はもう住む人もあまりおらぬ僻地になってしもうたが、昔は都会じゃった。東京とおんなじくらいの都会であると、大阪に住む人々は根拠もなく思っておったらしいが、実際はそれほどのものではなかったな。他の地方都市とさほど変わらんか、下手すると負ける程度の不細工な街であった。しかしまあとにかく人はたくさんおった。

不思議なところでな。繁華街なんかを歩くと、なにを笑う、あんなところに繁華街があったかじゃと。馬鹿にするもんではない、大阪といえば昔は繁華街だけでできておるような街であったのじゃぞ。道行く女はみんな水商売の女で、男はみんなそのヒモだったのじゃ。それ以外は全員お笑いの芸人。とにかくあれは繁華街。

でな。聞け。人の話を聞け。聞かんかこら。本当じゃと言うておろう。なに、そんな街なら行ってみたかった。馬鹿め。大阪の女というのは軒並み不細工なもんと決まっておったのじゃ。なんにも知らんのだなあ今の若いやつらは。

でな。繁華街には人があふれておったわけじゃが、どういうわけか大阪の人間というのは、歩くときに前から人が来ても、絶対に道を譲ろうとはせなんだんじゃ。そうじゃ。ぶつかるんじゃ。なに理由か。理由はわからん。なんせ昔のことじゃからなあ。たぶん、なにか宗教的な決まりごとだったのではあるまいかの。

みんながみんな自分の歩きたいように歩くわけじゃから、もうぶつかるぶつかる。しかも男はやくざ者で女は水じゃ、喧嘩にならぬわけがない。朝から晩まで、いたるところで殺し合いがあった。

これではいかん、なんとかせにゃならぬとお笑い芸人たちは知恵をしぼった。そうじゃ。大阪ではお笑い芸人が一番偉かったんじゃ。

ちょうどそのころ神戸の衣料メーカーが、水の中で抵抗の少ない水着というのを開発しておってな。ああ、今みたいな新素材ができる前は、布のまわりをヌルヌルさせて魚の表面みたいにさせたり、いろいろやっておった。とにかく大阪の人間というのはなにかというと神戸みたいに「おしゃれ」になりたいとずっと思っていたようでな、困ったことがあるととりあえず神戸の真似をしておればよかろうと考えておったわけじゃ。で、とりあえず神戸へ見学に行った。別に神戸もそれほどおしゃれなわけではなかったのじゃがなあ。で、その衣料メーカーも他のメーカーに負けぬよう水着に塗るぬるぬるしたものを開発しておったわけじゃが、開発途中で妙なものができてしもうてな。これがもしかすると役に立つんではないかということになった。触っただけでは別にぬるぬるしておらず、見た目はメンソレータムとかいうものに似ていたという。しらん。わしもしらん。外国料理のソースかなにかと違うかメンソレータム。沖縄の太鼓？　ああそうかもしれん。そうかもしれん。

大阪へ持ち込まれてから後に「ヌル」と呼ばれるようになったその物質は、はあ？　まあそうじゃなあそのまんまじゃな。ヌルヌルしとるので「ヌル」じゃ。「塗る」から「ヌル」？　ああまあそうかもしれんがどうでもよいではないか大阪という土地にはそういうセンスがまったくなかったのじゃ。でな、そのヌルはな、水の中ではあまり効果がなかった。ところがこれが、空気中では驚くほどの滑り方をしたんじゃ。

摩擦係数がほとんどゼロに近かった。なに、だからヌルという名になったのではないかとな。なにを言うとるのかわしゃわからん。ほっとくぞ。よいかな。いくぞ。先いくぞ。でな。このヌルを表面に塗った服を着ておればじゃ、な、向こうから来ただれかとぶつかってもほれこう、ぬるっと、な、するっ、と滑って衝撃がない。ぶつかっといてこらおまえ謝らんのかい、というような喧嘩は起こっても、こらおまえ今ぬるっとしたなあ、謝らんのかなあ、というようなことでは喧嘩にならん。片方がヌルを着ておれば、擦れるもう片方がなんであってもヌルは滑るのじゃ。

これはよいということで、さっそく条例で、大阪では中心街を歩くときはヌル着用のことと定められた。

これは大成功だった。ぬるぬる滑っていざこざが起こらない。こんないいものは他の土地にも広めよう。あちこちで売って大儲けしようと考えた商売人もおったが、もちろん大阪以外ではこんなもの必要なかったので、こいつらは大損こいた。

しかしそれまでは毎日喧嘩やいざこざで何百人と死んでいたものが、ヌルを使うようになってからはほとんど死なん。ただでさえ人口密集地域だったのが、さらに密集して大変なことになった。

密集、などという生やさしいものではなくなったな。なんというかもう、木の箱にぎっしりつめられた蛸みたいに、中心街全体隙間なく人間が詰まってしまったのじゃ。背の低い者が人と人に挟まれて窒息して死んだりしたが、すぐに顔まで覆うタイプのヌルスーツが発明されて空気はシュノーケルで取り入れるようになり、これで人間同士の密着度はさらに高まった。

街を歩くなどというのはもう大変なことでな。上空から見ると街を埋めつくす納豆がめいめい自分の意思を持って動いているかのような有様でそれはもうとてつもなく気色悪かったそうじゃ。

そのうちヌルの改良もすすんで、いろいろとその性質も解明されはじめた。これだけ人が増えて圧迫されればいくらぬるぬるしたとしても、その圧力につぶされてしまう人間が出ても不思議ではないのに、ところがまったくみんな大丈夫。どういうわけかと思ったら、どうやらヌルは押される力をそのまま押し返す性質があったというのじゃ。つまり、強く押されてもヌルに覆われた人間はその圧力の影響をほとんどまったく受けずにすむ。ひとりひとりシェルターに入っているようなものだというのだ。これが。

それならもっと人が増えても問題ないかもしれん。みんながそう安心したころ、最初のリープ、まあ日本語で言うと「跳ぶ」ということじゃな、それが起こった。

え。時間を？　ヌルの影響で瞬間移動？　なんじゃそれは。そんなごたごたした話ではない。つまりな、人がどんどん増えて密集して、人と人との圧力がある一定の強さを超えたとたん、中心街のほぼ真ん中にいたある人間が突然ぽんっとぬるぬるの人混みから上空へ弾き出されるようにして跳び出したのじゃ。嘘ではない。なんとこの最初のリープで跳び上がった人は、上空百七十メートルまで上がったというからものすごい。そんな高さから落ちれば普通なら死ぬところだが、押されたら押し返す性質を持つヌルのおかげでこの人はまったく無傷であった。ただ、落ちた場所がビルの屋上だったもので、他の人々に助けてもらうまでは五十回ほどもあちこちのビルの屋上へ落ちては跳ね上がるということを繰り返して気分は悪くなったじゃろうと思う。

最初のリープは事故であったが、これはおもしろそうだと思う連中も少なからずおった。あっというまに「ヌルリープ」というてわざと跳び上がるのを楽しむ遊びができたかと思うと、爆発的に流行した。これを繁華街でやられては、たまに跳びたくない人が射出されたりして迷惑だというので、府はそれ専用の場所を中心街から離れた場所に作ったりもした。そのあたりは「ヌルリープ・ストリート」と呼ばれるようになって、なんで英語なんじゃと思うところだがなに、なんじゃ、クレイマークレイマー？　戦前の映画の主演女優なんのことじゃそれは。なにを言うとるのかわしゃわからん。ほっとくぞ。いくぞ。先いくぞ。でな。その遊びはどんどんエスカレートして、しまいには高度数千メートルの高さまで跳ぶようになった。ヌルスーツを改良して酸素を供給できるようにしたり、落下地点ではふたたび跳ね上がらないような工夫もされたりした。

するとどこにでも無茶を考えるやつというのはおるもんじゃ。ある日ヌルのことを知った岡山の学者が言い出しおったんじゃ。

ヌルの力で人間を宇宙へ跳ばすことが可能なのではないか。とな。

理論上は可能であった。それはそうなんじゃ。ヌルは空気との摩擦もほとんどないに等しいから真空状態を飛ぶのと変わらず、基本的には第一宇宙速度、つまりかろうじて物体が衛星軌道に乗るための最低の速度さえ確保すれば、とりあえず落ちてこないようにはなるという理屈じゃ。第一宇宙速度というのは、たしか秒速七・九キロメートルだったと思うが、ひょひょ、なにたいしたことはない年をとればこのくらいのことはそうか物知りか感心したかそうかそうかひょひょ、ひょひょ。

で、なんの話をしておったかの。おおそうじゃ衛星軌道。あまり詳しいことは知らんがとにかく地球の自転の影響やら多少の空気抵抗なども計算すると、約五十万人の人間が必要となることがわかった。

簡単に言えば、五十万人のヌルスーツを着込んだ人間を広大な場所に集め、中心に向かって全員でおしくらまんじゅうをすれば、人ひとりを宇宙空間まで跳ばし、地球を一周してから元の場所へ落とすことができるとその学者は発表したわけじゃ。

おもろそうやなあ。と大阪の連中は思うたらしい。この「おもろそうやなあ」というのが大阪ではあらゆる行動の基本原理だったんじゃ。

で、え？　おお。始まったんじゃ。人力で人間を宇宙へ跳ばすという計画じゃ。それが「大阪ヌル計画」じゃ。

一番議論されたのは、本当に危険はないのかということであったようじゃな。それまでのリープの最高記録はたかだか八千メートル。しかし宇宙へ出るには百キロメートル以上も跳ばにゃならん。いくらヌルで覆われていても、人間がそれほどの圧力に耐えられるものか。

しかし実験で得られた結果は、充分に耐えられるというものであった。どれほどの圧力がかかっても、ヌルは無限にその内部のものを守ると学者たちは結論を出したんじゃな。

あとは、宇宙空間や大気圏突入の際の熱などから身を守るための装備さえきちんとしておけば、なにも問題なかった。射出角度の調整や、宇宙服を着ていない他の人間が跳ばされないようにするリーパーの特定などは、それほど難しいことではなかったのじゃ。

これほど安全な宇宙旅行はない、とヌル計画の技術者たちは胸を張っておった。失敗しても宇宙へ届かず落ちてくるというだけで、死者はもちろん怪我人さえも出る心配がまったくない。百パーセントの安全じゃ。車を運転するより安全に宇宙へ。それがキャッチフレーズじゃった。なにださい？　だから何度も言うておろうが、大阪はそういうセンスがまったくなかったんじゃ。

最初の宇宙リーパーにはそのころ売れていた若いお笑い芸人が選ばれた。そうそう。大阪では大事なことはなんでもお笑い芸人がしておったな。

大阪の住民はみんなヌル計画に参加したがった。それを抽選してなんとか五十万人を選ぶ。特に選ばれた者だけが宇宙リーパーを囲む広場に、ん？　そりゃそうじゃ。五十万人全員が集まることのできる広場などあろうはずがない。その日は学校も会社もお休みになってじゃな、初の宇宙リーパーを囲む広場を中心に、街中の道路という道路にはヌルスーツを着込んだ人間がぎゅうぎゅうに集まった。中心位置がずれてはいかんので、各地区の人数や参加者それぞれの体重身長など、こまかく設定されたうえで、いっせいにわーっと真ん中へ向かって押すことになっておった。

その日はもう朝からお祭り騒ぎじゃ。これが成功したら次は月へ行くのだ、とかなんとか言うておったな。

テレビやラジオ、そこここに設けられたスピーカーからカウントダウンの声が鳴り響く。あんなに熱狂的な集団は、わしゃ他に見たことがない。それはすさまじいばかりの勢いじゃった。

原因はわからんのじゃ結局。勢いがよすぎたんかのう。ヌルは無限に反発力を保ち続けるはずだった。実験ではそうだったんじゃ。

ぷつん、と糸が切れるようにヌルの限界が来てな。その瞬間ヌルの能力がいっせいにぱっと消えてしもうたんじゃ。考えてもみろ普通の五十万人がいっせいに一点に向かって突進したんじゃからこりゃえらいことじゃ。

え？　あまり跳ばんかったかとな？　怪我人が出たかとな？

いや三十万人つぶれて死んだ。

ぎゅうぎゅう

岡崎弘明

人々がすし詰め状態で立ち尽くし、混雑のあまり寝る時以外は座ることさえままならない驚異の世界。星新一「爆発」、筒井康隆「人口九千九百億」、バラード「至福一兆」など人口爆発テーマの作品はSFの初期から存在するが、ここまでの密集度を生々しく切実に描いた作品はあまりないだろう。「大阪ヌル計画」ともども密集SFの金字塔と言える。初出は九七年刊行の、『SFバカ本　たいやき編』（ジャストシステム）、短篇集未収録。

岡崎弘明《おかざきひろあき》は一九六〇年、熊本県生まれ。早稲田大学商学部卒。もともとSF誌への投稿者で、第十二回（八六年）ハヤカワ・SFコンテスト一次通過、第十四回（八八年）には「スミレ・オムレツ」が最終候補に残る。商業誌初掲載は〈森下一仁のショート・ノベル塾〉に投稿した「天使たちの協奏曲」（〈SFアドベンチャー〉八八年二月号）。飛行船の故障で緊急着陸した屋敷には、頭に花を生やした少女や、頭部が果実になっている女性など、異形の人間植物を使用人とする主人が暮らしていた――という幻想的なホラー。森下一仁は「華麗な文章がなによりも魅力的」と評している。

前述のとおりSF誌へ応募していた岡崎弘明だが、当時唯一のSF新人賞だったハヤカワ・SFコンテストは八年に二本しか掲載作を出さないという時代であり、他の多くのSF誌投稿者同様、岡崎弘明も日本ファンタジーノベル大賞からデビューすることになった。九〇年に刊行された第一回（八九年）最終候補作『月のしずく100％ジュース』（新潮文庫）が初の書籍であり、第二回（九〇年）の優秀作『英雄ラファシ伝』（新潮社）も同

初出：『ＳＦバカ本　たいやき編』／ジャストシステム／1997年刊

年に刊行される。前者はできの悪いミュージカルのシナリオ内に迷い込んでしまうというドタバタのメタファンタジー。後者は、ファンタジーの形式と語りを借りつつ、自転が遅く全ての生物が太陽を追い続けながら暮らす星を舞台に、めくるめく奇想を大小織り込んだ英雄譚で、SFファンからも注目を浴びる。以降、〈SFアドベンチャー〉、〈獅子王〉、〈野性時代〉などに作品を発表していく。

長篇は上記の他に恋愛ファンタジー『恋愛過敏症』（PHP研究所）と童話『太陽君』（理論社）があるのみだが、短篇集については、一九九三年に二冊が刊行されている。夏休みのUターンラッシュ時、東京に戻ろうとした一家が、誤ってJR霊界の列車に乗ってしまう「帰省ラッシュ」、建て増しを重ね迷宮化し、しょっちゅう遭難者が出るようになった会社で新入社員が右往左往する「迷い子」（以上、新潮社『たんぽぽ旦那』）、研究所から本の虫や泣き虫などの寄生虫が逃げ出す「浮気の虫がうごめく」、ドジな男が失敗する度に時間を巻き戻してやり直しする「時をかけるサラリーマン」（以上、角川書店『私、こういうものです』）など、サラリーマン読者にも親しみが持てるようなファンタジー寄りの少し不思議作品が主に集められている。

一九九四年に刊行された、鏡明編『日本SFの大逆襲！』（徳間書店）には稲垣足穂的な幻想掌篇群「まん丸で四角いもの」を発表。うち一篇、「自転する男」はタイトル通りのシュールな超短篇で、本間祐編『超短編アンソロジー』（ちくま文庫）、田丸雅智編『ショートショートの缶詰』（キノブックス）などにも再録されている。

R・A・ラファティを敬愛する岡崎弘明が奇想性を全開にできた媒体は大原まり子・岬兄悟編の書き下ろしSFアンソロジー『SFバカ本』で、太平洋戦争下の少年の恋を、七百年に渡って空を飛び続けてきた爪と絡めてノスタルジックに語る「とんべえ」（メディアファクトリー『黄金スパム篇』）、異常に視力が発達し、徒歩十日の距離にいる相手さえはっきり見える種族が、人文字でコミュニケーションしながらの気まずい旅をする「地獄の出会い」（廣済堂文庫『白菜編プラス』）、太陽系の果ての彗星溜まりにあるロケット牧場で種馬をしている牡ロケットが、ゆるい冒険を繰り広げる「われはロケット」（廣済堂文庫『ペンギン篇』）などなど。ホラーアンソロジーである《異形コレクション》においても、布団が一斉に空を舞い、人々がそれに乗って飛ぶという〈布団祭り〉を描いた「太陽に恋する布団たち」（廣済堂文庫『ラヴ・フリーク』）、自分の耳が遠いために起きる問題を、家族に怪光線を浴びせることで解消しようとする老マッドサイエンティストの珍発明を描く「空想科学博士」（廣済堂文庫『悪魔の発明』）のように、とんでもないイメージを見せる作品を発表していた。

オリジナルの単著が刊行されたのは九〇年代のみ。二〇〇〇年代には上記のような短篇発表の他、柳田理科雄との共著『空想科学少女リカ』（メディアファクトリー）が出版されたが、二〇一〇年代は、九五年発表の映画ノベライズの改題復刊『学校の怪談　閉ざされた旧校舎』や人気漫画のノベライズ『地獄先生ぬ～べ～　鬼の手の秘密』（以上、集英社みらい文庫）、中林めぐみが絵をつとめたピアノCD付き絵本『天使スリーピーの世界子守歌めぐり』（日本文芸社）など、ほぼ児童書周辺での活躍に留まった。奇想小説の書き手として改めて短篇集が編まれるべき作家である。

　お坊さんの読経が遠くから伝言されてきた。それを横にいるマミから次々と聞き取り、最後に読み上げたのがぼくだった。ちっとも意味は分からなかったが、うにゃうにゃと聞いた通りのことを言うと、喪主のトラゾウさんから感謝された。今度はトラゾウさんのお礼の言葉をマミに伝え、お坊さんの方へと伝言してもらった。

　今朝、隣のタマル爺さんが死んだのである。ぼくは昔からけっこう可愛がってもらっていたので、とても悲しかった。

「ミル、見納めよ」

　母がぼくを見てそう言ったので、隣の家族の人たちにしっかりと支えられて立っている爺さんを見つめた。半年程前から、爺さんはずっと座りきり状態だったので、久しぶりにその立ち姿を見たぼくは、痩せ衰えてずいぶんと小さくなっていることに驚いた。こっちの身長が伸びたせいもあるが、昔は、はるか見上げるようにして隣に立っていたのである。

爺さんは立ったまま眠っているようにも見えたが、唇が紫色に変わっているのに気づき、やっぱり死んだのだと確信した。途端に、昔よく肩車をしてもらったことを思い出し、じんわりと涙がこみ上げてきた。鼻の奥がしびれ、胸が痛くなり、涙は止まらなくなった。

近所の人たちが最後の挨拶を済ますと、トラゾウさんと家族の人とが爺さんの死体を頭の上に抱えあげ、ぼくの家族の方へと渡してきた。父と母、それに周囲の人が頭上へと腕を伸ばして爺さんを大事に受け取り、また隣へと手渡した。ぼくは必死でタマル爺さんに手を伸ばし、背中になんとか触れることができた。ひんやりとしたその感触は、何年も指先に残ることになった。

爺さんの死体は、人から人へと次々に渡され、次第に遠くなっていった。

「死体は西なんだね」

ぼくはつぶやいた。これまでにもしょっちゅう頭上を亡骸《なきがら》が通過したが、総《すべ》ては太陽の沈む方向へと運ばれていった。自分も死んだら、ああしてみんなの頭の上を運ばれていくのだろう。西を目指して。でも、いったいどこへ連れて行かれるのだろうか。今まで何度か父にそのことを聞いたが、きちんとした答が返ってきたためしはなかった。たぶん、父も知らないのだろう。

しばらく誰も何もしゃべらなかった。タマル爺さんは、その穏和な性格と、物知りだったこともあって、この辺の人々みんなから愛されていた。その存在があまりにも大きかったので、ぽっかりと穴が空いたようになった。実際、隣のトラゾウさんのところにもぽっかりと空間ができていた。爺さんは座りきりだったのでけっこうな広さだったのだ。だが、すでに周りからぎゅうぎゅうと押され、その空間は狭まり始めていた。誰かが死んで場所が空くと、みんなはそっちの方向へとにじり寄っていくのである。

最初、トラゾウさんと奥さんと子供のゴンがそれぞれ足を踏ん張り、その空いた地面を確保しようと耐えていたが、そんな力でどうなるものでもない。なにせ、周囲はびっしりと人で埋まっているのだ。

「こら、こっちへ足を出すな。ここは俺の土地だ」

トラゾウさんが怒鳴った。怒った相手は、ぼくの父だった。父だって周りから押されているので仕方なく詰めただけだ。そんなことは、トラゾウさんも百も承知なのだろうが、自分の土地が狭まっていく腹立たしさを誰かにぶつけたかったにちがいない。

「いてて、こら、トラゾウ。足を踏むな」

よっぽど痛かったのか、父が飛び上がるようにして体を大きく動かしたので、ぼくはよろけて横のマミの体を押してしまった。その瞬間、周りから非難の声があがった。体を大きく動かしてはいけないということは、子供でも知っている。恐怖の「ショーギダオシ」につながるからだ。

「すまん！」と父が大声を張り上げて周囲に謝った。そしてトラゾウさんをじろりとにらみつけた。トラゾウさんは知らん顔で目をそらしていた。

父とトラゾウさんとは昔からもめ事が絶えなかった。いつも、敷地問題で喧嘩ばかりしている。まあ、どこでも隣同士は仲が悪い。みんな、自分の家族の住まいの場所を確保するのに懸命なのだ。

これでも、南の世界よりはまだましだという噂だった。南ではもっと人が多くて、親が子供を肩の上に乗せて暮らしているらしい。ここ「希望が原」はそこまでのことはなかった。夜になれば、運がいい日は地面に座ることもできるのだ。

「ねえ、ちょっと、兄さん！」

三十人ほど向こうにいる、おばのカナさんが声を上げた。兄さんと呼ばれたぼくの父が大声で返事をする。

「タマル爺さんが死んだんでしょ。もう少し詰まらない？　こっちは狭くて仕方ないのよ。サチエもこのところ大きくなってきたし」

カナさんのその物の言い方に、ぼくは腹を立てた。何という無神経な人なんだろう。爺さんが死んだばかりだと言うのに。しかも、伝言ではなく、直接大声を出している。これじゃ、トラゾウさんに聞こえるようにわざと言ってるとしか思えない。

ちらっと右隣のトラゾウさんを見上げると、案の定、怒りで顔を赤くしていた。

「もうこれ以上は無理だよって伝えて。それに、トラゾウさんが怒ってるよって」

ぼくはマミに小さな声で言った。マミはすぐさまその伝言を隣へと伝えた。

しばらくして、カナおばさんの返事がこっちへと届いた。

「ねえ、ミル。カナおばさんからの伝言よ。分かったわって」

マミがぼくの耳元でささやくと、息が耳の穴に入り、くすぐったかった。ぶるぶるっと首を振り、マミに向かって呆れて見せた。

「たったそれだけ？　他に伝言はないの？」

「それは伝言？」

「いや、いいよ……。だけど、ごめんなさいの一言でもあってよさそうなのに」

「そうだよな、ミル。一家の中でまともなのはおまえだけだ」とトラゾウさんがぼくの頭をなでた。

「こら、おれの息子に触るな」

父がその手をはたいた。

「まあまあ、二人とも仲良くしてよ」

これは最近のぼくの得意な言葉。これを言うとたいてい二人とも黙るのだ。案の定、父もトラゾウさんも顔を真っ赤にしたまま黙ってしまった。母がぼくに笑いかけ、マミもにっこりと微笑んでくれた。愛らしい笑い声をあげて。

幼なじみのマミ。ぼくと同じ日に生まれたらしい。それ以来、ずっとぼくたちは向かい合ったまま生きてきた。ぼくは大人になったら絶対に彼女と結婚したかった。近所の者同士が結婚したら尻尾のはえた子供が産まれてくると言って、両方の親とも反対するかもしれないが、他の人とは結婚したくない。第一、マミがよその男のところへ嫁入りすると考えただけで、頭がおかしくなりそうになる。

あと五回ほど夏が来れば、誰がなんと言っても彼女と結婚するのだ。

日が暮れ始め、その日の最後の食料が西の方から次々と手渡されてきた。ミンチと呼ばれるいつもの肉団子と、今日は大きな黄色い果実だった。桶にくまれたぬるい水と一緒に手渡され、それを食べると残りを隣に渡した。いったいそれらはいつもどこからやってくるのだろうか。これも大きな謎だった。父さんも誰も真実を知らない。昔、タマル爺さんは、そのミンチを、死んだ人の肉をすりつぶして焼いたものだと言ったことがある。さすがの物知り爺さんも、その時ばかりは周囲から相当非難された。うちの父も激怒していた。そんなこと、あるわけがないと言って。

もし、爺さんの言ったことが本当なら、ぼくがさっき食べたミンチに爺さんの肉も少しは入っていたかもしれない。ちらっとそんなことが頭をかすめた。

ジチカイの人たちが何人か、人々の肩の上に立ち上がり、監視をしていた。家族の人数分以上の食べ物を取らないようにである。そして水を無駄使いしないよう、大声を張り上げていた。

日が沈み、あたりが薄暗くなった頃、今度は東から空になった水桶と食料カゴとが次々と手渡されてきた。いつもの見慣れた光景である。それとは別に、四角い桶がそろそろと足元を渡されてきた。それには汚物が入っているのだ。ぼくはそこに用を足し、マミにそっと手渡した。いつもながらに恥ずかしい。父はそんなぼくに対し、男の子はそんなことを恥ずかしかし、しがってはダメだとしょっちゅう怒るのだが、やはり恥ずかしいものは恥ずかしい。しかしながらマミの方が堂々としていた。

「だって、仕方ないでしょ」とはマミのいつもの口癖だった。そんなあっけらかんとした彼女がかわいくてたまらなかった。

やがて東の方から、おやすみの歌声が聞こえてきた。それと共に、人々の大きな揺れが襲ってきた。ショーギダオシを起こさない程度の揺れだったが、それでも毎晩、この瞬間は緊張する。

歌をうたいながら、ぐっとトラゾウさん一家が押してきた。ぼくは必死で踏ん張り、うたいはじめた。そして、寝る場所をなんとか確保しようとして仕方なく隣を押す。この一瞬が勝負である。そして、寝る体勢に入った。今日は幸運にもぼくたち一家はみんな足をからませて、なんとか腰を下ろすことができた。マミも無事に座ることができた。でも、一度でいいから、横になってゆっくり寝てみたい。

おやすみの歌が西へと遠のき、あたりを静寂が包み込んだ。東から丸い月が顔をのぞかせた頃、突如、少し離れたところで、男の声が聞こえた。そして笑い声。どうやら小咄が始まったらしい。けっこう面白い話らしくて、伝言が流れてきた。

「お月さまを食べた男の人が、その翌日からやせ始めて、最後には消えたんだって」とマミが小咄を伝えた。

「どうして？」

「食べた日が満月だったのよ」

マミはそう言って笑った。あまりおかしくなかったけれど、トラゾウさん一家が聞きたがっていたので隣に伝えた。次第に笑い声や、ひそひそ声が、希望が原一面に広がり、さざ波のように揺れていった。

夜が更けて、小咄や歌、一人芝居などの余興が終わると、みんな寝静まった。ぼくとマミはそっと立ち上がり、あたりを眺めた。月明かりに照らされて、人々の頭がどこまでも果てしなく広がっていたが、座れなかった人たちもたくさんいた。

遠くに山が見え、その向こうは未知の世界だった。果樹園があるという噂もあれば、一面に水が広がっているという伝説の世界の話も聞いたことがある。それはウミというところらしい。また、「崖っぷちがあってそこからは無の世界だ」という伝言が、その山を越えて流れてきたこともあったが、みんなは信じなかった。いずれにしろ、一生ぼくはこの希望が原から外には出られないんだ。

月のきれいな夜だった。夏の宵の涼しげな風が吹きわたり、どこか遠くから赤ん坊の泣き声が聞こえてきた。

久しぶりにマミを肩車してあげると、彼女はうれしそうな声を上げ、はしゃいだ。マミが喜ぶだけで、ぼくは幸せだった。その時、ぼくの足元にトラゾウさんの足がそろそろと伸びてきているのが分かった。困った顔でマミを見上げると、彼女もそれに気づいていた。

「おっぱらいなさいよ」と彼女がささやき、ウィンクをしたので、思いきり踏みつけた。昼間の父へのお返しの意味もあったが、なめられてはだめだ。油断もすきもありはしない。トラゾウさんは、目を閉じたまま、少し顔をしかめて足を引っ込めた。マミが頭の上で体を震わせて笑っているのが分かった。

「そろそろ寝ましょう」とマミがささやき、ぼくたちはふたたび座って、いつものように背中合わせで手をつないだ。そして互いにもたれ掛かり、目を閉じて眠りについた。

マミと手をつないで寝るのがこれで最後になるとは、知る由もなかった。


翌朝、日が昇り、東からの起床の歌に目を覚まして、しぶしぶ立ち上がった。

「朝です。ゆっくりと立ち上がり、できるだけ詰めましょう！」とジチカイの人たちが大声を張り上げている。

何だか今日は気分が悪い。少し熱があるのかもしれなかった。おまけに悪いニュースが伝わってきた。

「ひばりが丘で伝染病発生。本日より食料、その他の配給は迂回コースをとります」

その伝言を聞き、ぞっとした。ひばりが丘はそんなに遠くないからだ。そして、あたりがざわめき出し、大きな揺れが押し寄せて来た。ひばりが丘周辺にいる人たちが、伝染病を恐がり、こちらへ詰めてきたのだ。しかし、かなりの力で押され、マミの体にぴったりくっつくことができて、なんとなく幸せだった。

「なに、にやけてるの」と顎の下からマミに言われ、あわてて困ったような顔をしてみせた。

「しばらくの辛抱だ。揺れ戻しでひばりが丘へ寄せていけば少しは楽になる」

ぎゅうぎゅう詰めとなった中、父がつぶやいた。それは、ひばりが丘が伝染病でやられて大きな空間が開くのではという父の期待だった。たしかに土地が広がるのはいいが、多くの人達の犠牲でそうなることは嫌だった。それに、伝染病はこっちにまで来ないだろうか。ママも不安げに顔を曇らせていた。

昼過ぎ、伝染病の伝言はデマだということが分かり、人々は一様にほっとし、また腹を立てた。けっこうデマは多い。そしてみんなは静かに押し戻しを始め、少しは楽になった。

「お父さん、子供が産まれたよ。名前は何にしたらいい。緑が丘五の八の六のミドリさんから、希望が原二の二の四のマアさんへの伝言。以上」

そういった伝言があちこちで始まり、いっぺんに周囲はにぎやかになった。今日は、結婚相手募集の、不特定多数相手伝言が多く、わが家の伝言担当であるぼくは喉がからからになるくらい喋りっぱなしだった。右から左、前から後ろ、そして後ろから前へと、次々と伝言をしていかねばならない。しかも間違ってはだめだ。とは言え、何人もの口を経由するので、中身がでたらめになってしまう伝言も少なからずあった。また、相手先の住所が途中で狂ってしまい、不達の伝言もあり、そうなったら差出人に戻すしかなかった。差出人の住所もおかしくなっていたら、永遠にさまよう幽霊伝言となってしまう。

伝言だらけでがやがやとうるさい中、突如、北の方から歓声が上がり、それが伝わってきた。どうやら誰かの嫁入りのようだ。しばらくすると、頭上をきれいな一人の女性がまたいでいった。嫁入りの時だけは、人の肩や頭を踏んで移動していって良い。マミがうっとりと見ていたので、ぼくは咳払いした。

「マミ、君もああして嫁入りしたいのかい」

「当たり前よ。健康な女性ですもの」

じゃあ、ぼくと結婚する気など毛頭ないんだな。そう思い、悲しくなった。よっぽど、ぼくと結婚するんだったら、ここを動かなくてもいいんだよと言いたかった。でも、それを言ったら、隣同士は結婚してはいけないというしきたりをたぶん重んじるであろう彼女は、驚くだろう。そして、もうぼくとは口をきいてくれないかもしれない。ちらっとマミの父親の顔を見ると、いつものように目を開けたまま眠っていた。ぼくは、ちょっとこの人が苦手だった。

まだ早い。まだまだ時間はたっぷりある。その機会が来たら、きちんとぼくの気持ちをマミに伝えよう。そんなことを考えていると、不意に悲鳴が聞こえてきた。そして大きく揺れる。何だろう。一体、何が起きているんだ。

悲鳴がだんだんとこっちに近づいてきた。それと共に大きな揺れが襲ってくる。ショーギダオシになりそうだ。人々の足元をくぐり抜けながら何かがこっちへ近づいてきている。怖くなり、がたがたと震えた。白マムシが出たのか、あるいは狂いネズミ、それとも……。

「草さそりだ！」

すぐ横で大声があがり、大騒ぎとなった。草さそりに刺されたら、即死だ。その時、かさかさと音がし、異様な気配が足元をよぎった。母がとっさにぼくの体を抱え上げ、トラゾウさんと父が何度も足を動かし、踏みつけようとした。その時、マミが悲鳴を上げた。マミの父親が彼女の体を持ち上げたが、遅かった。マミは草さそりに刺されてしまった。

やっとのことで草さそりを踏みつぶしたぼくの父が、マミの足を摑んだ。見る見るうちに足先から膝へと赤黒く腫れ始めていった。

「マミ！」

ぼくは母の腕をふりほどいてあわてて飛び降り、マミの顔を見た。彼女は、突然の出来事に驚いていて、目を見開いていた。そして苦痛が襲ったのか、ふいに顔をしかめた。

「うそ、うそだろ。マミ！」

叫び声を上げ、ぼくはマミを抱きしめた。マミの親や周囲の人たちが蒼白になって、ぼくとマミを見ている。

「おかあさん……」

マミがうめき声を上げた。次いで、ぼくを見て、ぽろりと涙をこぼした。

「ミル、痛いわ」

「マミ！しっかりしてよ」

「ミルのお嫁さんになりたかった……」

マミはそれだけ言って目を閉じ、父親にぐったりともたれかかった。

「うわあ、マミ！」

ぼくは大声で泣き叫び、マミの体を力一杯揺すったが、なんの反応もなかった。

周りからすすり泣きが聞こえ始め、次第に泣き声が希望が原一面に広がっていった。

夕暮れ、マミの体を西に送り出す時になって、ぼくは暴れた。

「マミは死んじゃいないよ。痛くて寝てるだけだよ！」と訳の分からぬことを言い立て、彼女の足にしがみついたまま、なんとか阻止しようとした。

「聞き分けのないことを言うな。みっともない。早く送らないと、痛んでしまうんだぞ」

父はぼくの頭を拳骨で殴った。

結局、マミは西に送られていき、ぼくは最後に彼女の額にくちづけをした。それで目を覚ますかと思ったが、何も起きなかった。それからしばらく地面にうずくまって泣きじゃくった。ぼくはけっこうな広さを独り占めしていたが、誰も何も言わなかった。トラゾウさんにいたっては、一緒に泣きながらぼくの頭をずっと撫でてくれていた。

「マミは、おまえと結婚するかと思って楽しみにしてたんだがな」

トラゾウさんはそんなことをつぶやいた。

「絶対にマミは死んじゃいないよ。今ごろ、目を覚ましてこっちに向かって来ているかもしれない」

涙でぐしょぐしょになった目を閉じると、マミの笑顔が浮かんできた。

マミが生きているという伝言が来ないかと、その日ずっと待っていたが、来る伝言は全部希望が原や周囲に散らばった彼女の親族からのお悔やみの言葉だった。

夜が更けてあたりが寝静まった頃、ぼくは行動に出た。そっと立ち上がり、西へ向かって歩き出したのだ。マミの両親の座り込んでいる所へ一歩足を踏み出し、振り返って父を見た。ひざを抱えたままぐっすり寝ている。

月が出ている方向と反対の方へと一歩一歩あるいていった。こんなことをするのは生まれて初めてだった。嫁入り以外に絶対にやってはならない行為である。それは、リョコウと呼ばれ、ツキタオシやフホウセンキョと並んで、罪が重かった。もし見つかったら、ただではすまないだろう。両親からもこっぴどく怒られるが、ジチカイから「食料お預け」もしくは「片足立ち」の刑を受けるかもしれない。子供だから、北のシュウヨウジョに送られることはないだろうけど、処罰は死ぬほど怖かった。でも、マミのことを考えると、足がどんどん進んでいった。みんな熟睡していて、いい調子で歩くことができた。しばらく行くと、立ったまま互いにもたれ掛かって寝ている家族の人たちがいた。その中の一人の男がじっとこっちを見ているような気がした。

その場に立ち止まり、寝たふりをした。その時、足元から声が聞こえてきた。

「ミル？　ミルじゃないの。こんなところでいったい何してるのよ！」

よりによってカナおばさんに見つかってしまったのだ。あわてて大きく足を振り上げ、逃げ出した。すると、周囲の人たちが次々と目を覚まし、何事かと騒ぎ始めた。

そこいらに座り込んでいる人たちの手や足を踏ん付けながら、どたどたと走っていくと、カナおばさんが緊急伝言をしたようで、次第にこっちへと大声が伝わってきた。伝言よりも早く逃げなければ。そう思い、必死で進んだ。だが、誰かに足をつかまれて動けなくなった。

「生きているのに、間違って西へ運ばれていった人がいるんです！」と叫ぶが、信じてもらえなかった。そこへ、カナおばさんの伝言が来た。

「こら、小僧。とっとと戻れ！」と怒鳴られ、ひょいと身体が宙に浮いた。その人に抱えあげられたのだ。じたばたともがいたが、人から人へとぼくは運ばれ、やがて元の場所に戻ってしまった。父に拳骨で殴られた時、ちょうどジチカイの人から伝言が伝わってきた。

「まったく、なんてことをしでかしたんだ。明日、お前は飲まず食わずの刑だそうだ。このばかたれが！　リョコウなぞしおって！」

伝言を聞きながら、父が怒鳴り付けた。

「だってマミが……」

そうつぶやくとまたしても拳骨で殴られた。

マミの両親が少し詰めてくれて、ぼくを座らせてくれた。急に寂しくなり、いつまでも月を見上げていた。昨日はタマル爺さん、そして今日はマミ。たった二日で、大事な人が二人もいなくなった。月が揺らぎ始め、ねっとりとした黄色い液体となって目の前に溶け出した。と思ったら、ぼくの涙のせいだった。

疲れてうとうとし始めた時、温かな手がそっとぼくの手を握った。マミかと思い、ひょいと顔を上げると母さんだった。

　あれから、七回目の夏が来た。

　ぼくの背は伸び、父をも追い越して、あたりで一番の高さとなっていた。頭一つ飛び出し、平原を埋めつくす人々を見渡せていた。そして、隣には、昨年の夏に嫁入りしてきたサエがいた。ぼくはあまり結婚したくはなかったのだが、両親が勝手に求婚伝言を希望が原いっぱいに広げたのである。ジチカイ青年団の団長を務めていたぼくは、このあたりでは結構有名だったので、たくさんの申し込みがあった。反対するぼくを押し切り、父は嫁入り承諾の伝言を、サエという名の女性に向かって出した。自分の母親と同じ名前という理由だけで決めたのだ。

　それは悲劇の始まりだった。

　その娘はマミそっくりの顔立ちで、かもしだす雰囲気も似ていたのである。そして、ぼくはサエ自身ではなく、彼女の中に潜むマミの面影を追い求めたのだ。それは辛いことであり、かなりの罪悪感があった。

　夜、トラゾウさんや周囲の人にひやかされながらサエの柔らかな身体を抱く時、いつもマミのことばかり考えていて、気が乗らなかった。結果、いまだに子供はできず、ぼくは役立たずだといった嫌な伝言が周りを駆け巡ったりした。そして、サエの親からの、子はまだできぬか、と言った伝言がしょっちゅう来て、いらいらとさせられた。サエもこのところふさぎ込みがちだったが、ぼくにはどうしようもなかった。

そんな中、驚くべき伝言が伝わってきた。トリガウミという見知らぬ地で、なんとマミが生きているという伝言だった。

「ちょっと、タモツさん。もう一度お願いします」とマミの母親が隣の人に確認している声が聞こえ、ぼくは耳を澄ました。

「トリガウミ七の八の五のマミさんから、希望が原二の……」

「そこはいいから、早く内容を！」

ぼくは伝言人のタモツの方へぐいっと体を突きだし、口をはさんだ。後ろでサエが、じっとこっちを見つめている気配がした。

「マミさんからの伝言。わたしは生きてます。草さそりの毒は、人を死に至らせません。ショックでしばらく仮死状態になるだけです。元気なので青い空は明日も雨で、月夜に赤子が腹へったと泣き、大きめの石が必要……」

「ちょっと待て。それは、他の伝言が混じっているんじゃないか！」

「たぶんな。三つぐらい混じっている。だが、こうやって伝わってきたんだ。もうちょっとあるぞ。父さん、母さん、元気ですか。以上」

そう言ったタモツは、ちょっと困った顔をして見せた。

「それだけか。本当にそれだけなのか！」

ぼくは腕を伸ばし、タモツの肩を摑んだ。

「いてて、離せよ。分かった、分かった。もう一言ある。ミルも元気ですか。これだけだ」

「もう一度！」

「ミルも元気ですか、だ。もう言わないぞ。くそっ、他の伝言を忘れてしまったよ」

それを聞き、ぼくは天にも昇る気持ちになった。マミが生きている。そして、ぼくのことを覚えてくれている。

マミの両親もぼく同様、喜んでいた。そして、さっそく返事の伝言を出していた。もちろんぼくも。だが、トリガウミなどという聞いたこともない遠いところへその伝言が伝わるか定かではなかった。おそらくマミは、何度もこちらに伝言を出したに違いない。それでようやくたどり着いたのだ。七年もかかって。

ぼくはタモツだけでなく、反対のトラゾウさんの方へも伝言した。伝言のコースをいくつか作ろうとしたのである。嬉々として伝言しているぼくを、サエが寂しげに見ていた。

「ミル、ねえ、ミル」

「ちょっと待て、今、忙しいんだ」

ぼくはぞんざいにそう言い捨て、マミあての伝言をいくつもいくつも発した。そのうち、サエのすすり泣きが聞こえてきた。

「ひどいわ、ミル」

涙をぽろぽろと流す彼女の頭を、母が優しく撫でた。

「ミル、いい加減にしなさいよ。サエがかわいそうじゃない」

「……」ぼくはなす術もなく、うつむいている彼女の長い髪を見つめた。

「マミのところに行こうなんて、馬鹿なことを考えるなよ」

父が釘を差す。しかし、ぼくは心に決めていた。なんとかマミのところに行こうと。

「ミル、絶対にあなたを離さないわ！」

そう言ったのは、涙で顔をくしゃくしゃにしたサエだった。彼女も前回のぼくのリョコウのことを知っている。

その場では、うなずくしかなかった。


それから毎日、マミのところへどうやって行こうかとずっと考え続けた。前のように、夜中に歩いていくのは無謀だ。しかも、今度失敗したら北のシュウヨウジョに送られるかもしれない。その時、一つの考えがひらめいた。それは最高の考えだった。

しかし、焦ってはいけない。チャンスは何度もない。その時までじっと辛抱強く待ち、しかも気取られないようにしないといけない。

ぼくはなんとなく吹っ切れたような顔をして、それからの日々を過ごした。もうマミのことは何も言わず、忘れてしまったような素振りをしていた。

あれっきり、マミからの伝言はなく、一時期はしゃいでいた彼女の両親もまた元のように沈み込んでいた。生きているとは分かっていても、遠く離れた地に娘はいて、たぶん一生会えないのだ。しかも、そこら辺りに嫁入りで移動したのではなく、伝言もめったに届かないようなところにいるのである。生き別れだった。

最初、サエは、毎晩ぼくが寝るとぎゅっと腕を組んでいた。ぼくが馬鹿な真似をしないようにである。ふと、そんなサエがかわいく思え、いとしくなったりもした。そしてたまに彼女を抱いた。だが、それは虚しいものだった。可哀想な気がするが、ぼくが愛するのはマミ一人だった。

しかし、その機会はなかなか来なかった。

やがて、太陽が遠くなっていき、冬が訪れた。

その年の冬は寒かった。どこの家族もぴったりと身を寄せて抱き合い、お互いの体温で温めあっていた。

そして、小雪がちらつく朝、それは起きた。

東からの起床の歌声が聞こえ始めた頃、突然、地鳴りが襲ってきたのだ。ものすごい音と共に、悲鳴がこちらへ伝わってくる。

「もしや……」

ぼくは、じっと東の空を見つめた。空を飛ぶ鳥たちが大きく旋回する。いつもと違い、何かにおびえたように飛び回っていた。サエが恐怖の表情で、ぼくを見つめた。そして、父や母、近所の人みんなが顔面蒼白になって身を固くした。すぐにものすごい悲鳴と地鳴りとが希望が原までやってくる。騒然となったところで、甲高い叫び声が聞こえた。

「気を付けろ！　ショーギダオシだぞ！」

その途端、大きく押されてぼくは横倒しになった。そして、次々と人々が覆いかぶさり、倒れてきた。激しい痛みが襲い、全身の骨がきしんだ。

天地がひっくり返ったような騒ぎになり、気付くとぼくはサエの体の上に倒れ込んでいた。ぼくの上には父と母が折り重なっている。悲鳴と地鳴りが西へと遠のいていき、やがてショーギダオシはおさまった。生まれて六度目のショーギダオシだったが、これまでになく大規模な災害で、希望が原一面、人々が横倒しとなっていた。

父と母が何とか起きあがった。そしてぼくも痛みをこらえて立ちあがり、下に倒れているサエを引っ張り起こした。みんな無事だった。だが、東の方はかなり深刻なようで、悲痛な声が聞こえ始めていた。それから続々とニュースが伝言されてきた。かなりの死傷者が出ているらしい。

とうとうその機会が来たんだ。ぼくは生唾を飲み込み、じっと様子をうかがった。まだあたりは大騒ぎである。二次災害のヒックリカエシも怖かった。

昼過ぎ、騒ぎが静まった頃、東から揺れがやってきた。ヒックリカエシかと思いきや、それは死者達が運ばれ始めた揺れだった。みんなは神妙な顔で腕を上に伸ばし、死体が手渡されてくるのを待った。

やがて、かなりの数の死体がやってきて、あたりは再び混乱し始めた。ぼくは父の肩の上に素早くよじのぼり、立ち上がると、ジチカイ青年団長として号令をかけ始めた。

「みなさん、落ちついて、落ちついて。ゆっくりと手渡して下さい！」などと叫びながら、チャンスをうかがった。

今だ！　一つの死体が間近なところを通っていく瞬間、隣の人たちの手の上へとぼくは倒れ込んだ、どさくさにまぎれたのだ。すぐにぼくの体は亡骸と共に西へと運ばれていく。仰向けに大の字になって空を見つめたまま、どんどん西の山の方へと進んでいった。

行け！　行け！　進め！

ぼくはこぶしを握りしめた。

そして、マミからの伝言以来、ずっと心の中で唱え続けていたトリガウミの彼女の住所を、何度も何度もつぶやいていた。

日が暮れ始めた頃、体が斜めになった。顔を横に向けてあたりをうかがうと、山を登り始めたようだった。木々があちこちにそそり立っている。間近で見るのは初めてで、木というものの大きさにびっくりした。背よりも高いのだ。だが、そこにも大勢の人がいた。驚いたことに、木の上で暮らしている家族もいて、こちらを見下ろしている。ぼくは目を閉じ、舌をだらりと出して死体の振りをした。

どこもかしこも人だらけである。人のいない空間など、この世界にあるのだろうか。ふと、ウミという、水がいっぱいに広がった伝説の世界のことを思い出した。そんなところは本当にあるのだろうか。あるとしたら、一度、見てみたい。そう考えて、はっとした。マミのいるトリガウミというところは、その名からして、ウミのそばなのかもしれない。

夜中になっても、ずっと運ばれ続けていた。寒くて仕方がなく、おまけに空腹で、本当に死体になりそうだった。それに、父やサエが緊急伝言を発しているはずだ。それがこの移動の速度に追いついたら、それでぼくのリョコウは終わってしまう。

馴れてくると揺れは心地よく感じた。それに身を任せているうち、いつしか眠っていた。目が覚めると、すでに朝だった。そして山を下り始めていた。とうとう山を越えたのだ。初めて見る山の向こうの世界に感動した。山の麓から平原へと木々が一面に広がっている。それらにはいつも食べる赤い果実がたくさん成っていた。これが、果樹園というものなのだろう。少し体を起こし、どこまでも続く果樹園に見入った。そこも大勢の人たちで埋まっていたが、この人達は配給を待たなくても果実をいつでも食べられる。なんという幸せなんだろう。そしてその不公平さにちょっぴり腹を立てた。どうして希望が原には木が一本もないのだ。そう思いながら腕を伸ばし、さっと一つの果実をもぎ取るとむしゃぶりついた。甘酸っぱくておいしかった。

果樹園が終わり、人々で埋め尽くされた平原へと出た。希望が原と同じような世界だった。また小雪がちらつき始めている。

ここまで来れば、うちの家族からの伝言もそう簡単には届かないだろう。そう思ってほっとした時、突然、移動が止まった。そして、下から声が聞こえてきた。

「こいつ、生きてるんじゃないか。まだ温かいぞ。他の仏さんはみんな冷たいのに」

ふいに、ぼくの体は引きずり下ろされてしまった。一緒にここまで旅してきた他の死体はそのままどんどん西へと送られていった。そこで観念した。

「あの……」と口を開くと、あたりがどよめいた。見たことのない顔、顔、顔がぼくを取りまき、見下ろしている。せっかくここまで来たというのに。

「ほら、やっぱりだ。生きてるぞ。いったい何事だ。危なくショリジョウに送られるところだったぞ」

「ショリジョウ？」

聞いたことのない言葉だった。

「ショリジョウだよ、あそこのタテモノだ」

そう言って、男が遠くを指さした。ぼくは久しぶりに大地に立ち、背を伸ばしてその方角を見た。そこには四角い巨大なものがあった。夕陽に照らされて、赤く色づいている。その上にも人が大勢いて、その大きさを物語っていた。でも、ショリジョウとタテモノとの言葉の違いがよく分からなかった。

「あれがショリジョウ？」と聞くと、男は大きくため息をついた。

「そうだ。あそこで、おまえはショリされるところだったんだ」

「ショリって、ミンチにされること？」

瞬時にタマル爺さんの言葉を思いだしてそう聞くと、周囲の人々は互いに顔を見合わせた。

「かなり遠くから来たようだな……」と一人の男が神妙な声を出した。ぼくがうなずくとその隣の丸顔の男が、突然大声で喋り出した。

「わ、わたしはここのジチカイ会長のマサだ。もしかして、死体に紛れ込んでリョコウしようとしていたんじゃないだろうな。いったいどこから来たんだ。正直に言え！」

それは、あわてて話題を変えているように聞こえなくもなかった。

「トリガウミです」

とっさに嘘をついた。

「トリガウミ？ ショリジョウのずっと西だ。ずいぶんと遠くから来たなあ」

それを聞き、うれしくなった。マミのいるトリガウミの場所が分かったのだ。ここからずっと西である。なんとかそこまでたどり着かねばならない。嘘をつき通して、トリガウミまで送り返されるようにしようと考えた。

「しかし方向が逆だぞ。おまえは東から運ばれて来たんだ」

そう言われて、ひやりとした。

「そんなこと知りませんよ。草さそりに刺されて、気を失ったらいつのまにか運ばれていたんです。ああ、早く帰らないと」

ぼくは必死で嘘をついた。すぐにばれてしまうかと思ったが、さにあらず、みんなはきょとんとしていた。

「何だ、草さそりって。カラス蜂のことか？」

「知らないんですか。このくらいの大きさの赤いもので、尖った尻尾に刺されると、仮死状態になるんです」と説明を始めると、みんなは興味深そうに聞いていた。おそらく、このあたりに草さそりはいないのだろう。逆に、カラス蜂というのは、こっちが知らなかった。

「よし、そろそろ日暮れだ。明日になったらおまえをトリガウミまで送ろう。ま、一晩、ここで休んでいけ。もうちょっと、おまえの住んでるところの話も聞きたいしな」

それを聞き、飛び上がるほどうれしかった。

しかし、それから夜半まで、ぼくは喋り続ける羽目となった。まるで、嫁入りしたばかりの女性が、元の世界のことを根ほり葉ほり聞かれているみたいだった。

翌朝、目を覚ますと、冷たい水が運ばれてきた。

「この水は一体どこから来るの？」

ぼくは、常々疑問に思っていたことを聞いてみた。ひょっとして答が返ってくるかもしれないと淡い期待を抱きつつ。

「川だよ」

簡単に言葉が返ってきた。

「カワ？」

「水がたくさん流れているところさ。その先だよ」と言われて首を伸ばして見てみたが、分からなかった。

「よし、じゃあ、伝言を出すぞ。この伝言と一緒に運ばれていけ」

ぼくの体は再び抱え上げられ、「こいつは生きてる。トリガウミ七の八の五へ運べ」という伝言と共に、西へと進み始めた。下の人たちはそんなぼくが珍しいみたいで、いろいろと声をかけてきた。

もうすぐだ。もうすぐ、マミに会える。ぼくは運ばれながらはしゃいでいた。

ショリジョウの脇を通り、ゲンパツにつながっているという奇妙な姿のソウデンセンの下をくぐっていった。この辺りの人がぼくを運びながら説明してくれたのだ。カンシトウやオスイショリシセツなども建ち並び、いずれも初めて見るものばかりだった。だが、どのタテモノの上にも、人が大勢いた。

やがてカワと呼ばれる場所に出た。不思議な光景である。たくさんの水が流れているのだ。そこも人であふれ返っていた。カワの中にも人が立っている。たしかにいつでも水は飲めるだろうが、こんなところで生まれなくて良かったとつくづく思った。こんな真冬に、ああして肩まで水につかっていて、さぞや冷たかろう。ぼくの体はカワに沿ってどんどん進んでいった。

次第にカワが広がり大きな流れとなっていく。それと共に、なんだか大気に変な匂いが混じり始めた。その時、下から声がした。

「おい、トリガウミだぞ！」

それを聞き、全身がかっと火照った。とうとう着いたんだ。しかし、運ぶ速度がのろくなってきた。

「七の八の五は、どっちの方だ」と下から尋ねられる。ぼくはたまらず、悪いとは思いなが

ら も、その人の肩の上に立ち上がった。

「マミ!」と大声を出し、みんなの肩や頭を踏んづけて走り出した。下から憤慨した声が聞こえ、足をつかもうとするが、それを蹴飛ばしながら進んでいった。

「おーい、マミ! マミ!」

「ミル!」と遠くから声が聞こえた。

「マミ、来たよ、君に会いに来たんだよ!」

すると、数百人先のところで、誰かが人々の肩の上にひょいと立ち上がった。それはマミだった。

「ミル!」と叫び、彼女もみんなの頭を踏みながらこっちにやってきた。その姿を見て、ふいに涙がこぼれ出した。

マミは予想通り、素敵な女性となっていた。そして昔通りのきらめく笑顔をふりまきながら、向かってくる。

ぼくは涙をぬぐい、両手を広げた。そこへマミが飛び込んできた。あわやショーギダオシになろうかというほどの勢いで。

ぼくはしっかりと彼女を受けとめ、そして力一杯抱きしめた。マミの黒い瞳からも大粒の涙がこぼれている。ぼくたちは、抱き合ったまま、しばらく声を上げて泣いていた。

「そろそろ、降りてくれんかね。重たくてかなわん」と下から声がした。

ぼくたちは大地へと飛び降りた。意外とすき間があり、ぼくは驚いた。

「よく来たわね、ミル」

「マミ、会いたかった」

そこでまたひとしきり抱き合った後、離ればなれになってから起きたことを語り合った。

ショリジョウで生き返ったマミは、希望が原へと送ってもらうはずだったのだが、途中で迷い、仕方なく土地に余裕のあるここトリガウミに運ばれてきたらしかった。

「みんな立ってはいるけれど、ここは希望が原に比べると、ずっと人が少ないのよ」

そうマミがつぶやいた時、遠くに得体の知れない世界が広がっているのに気づいた。誰もいない青い世界がうねっている。

「マミ、あれは、もしかして……」

「そうよ、ウミよ。ほら、きれいでしょう。あれ全部、水なのよ」

ぼくは呆然として、その世界を見つめた。

「あれだけ広ければ、土地に余裕もあるね」

「違うわ、ウミには行けないのよ。ほら、そこにサクがあって、デンリュウが流れているの。怖いのよ、あのサクに触っただけで真っ黒になるんだから。でもね、ここは、私がやってくる少し前に、カリトリがあったんだって。だから、人が少ないのよ」

「カリトリ？」

「あのウミに大きなユソウセンがいくつも来て、たくさんの人たちを、とってもいいところへ連れていったんだって」

「ユソウセンって、なに？」

　それも初めて聞く言葉だった。

「こーんな大きくて、ウミに浮かんで、みんなを運ぶものらしいわ」

「ふうん、よく分からないけれど、ここから出ていけるんだね」

「そうよ、ウミに出ていけるのよ。そのうちに、またカリトリがあるんじゃないかっていう噂だわ。昔は毎年あったらしいけどね」

「カリトリか……。なんだか素敵な言葉だね」

　そう言いつつ、タマル爺さんはこの事を知っていたのだろうかとふと考えた。

「だけど、とってもいいところって、いったいどんなところなんだろうね、マミ」

「きっとね、いっぱい土地が空いていて、みんな横になって眠られるところよ」

　そう言ってマミは笑った。ぼくは彼女の輝く笑顔に見とれてしまった。

「そうか……。そこに行ったら、なんとなく爺さんに会えそうな気がするな」

　生まれて初めて聞く波の音に包まれて、ぼくはつぶやいた。でも、あの青い世界の向こうには一体何があるんだろう。

地球に磔《はりつけ》にされた男

中田永一

父の友人が遺した時間跳躍機構。それを作動させてしまった男が辿る運命とは？　タイムトラベルもののように始まり別ジャンルのＳＦとして展開し、思いがけない結末にたどり着く予測不能の作品。初出は〈ｙｏｍｙｏｍ〉ｖｏｌ．40（二〇一六年春号）。

中田《なかた》永一《えいいち》は一九七八年福岡県生まれ。豊橋技術科学大学工学部卒業。大学時代はＳＦ研究会に所属。一九九六年、「夏と花火と私の死体」で第六回ジャンプ小説大賞を受賞した乙一の筆名でデビュー。以降長期間、乙一名義で中短篇をメインに小説を発表する。二〇〇三年、『ＧＯＴＨ　リストカット事件』（角川文庫）で第三回本格ミステリ大賞を受賞。『ＺＯＯ』（集英社文庫）は英訳版がシャーリイ・ジャクスン賞個人短編集部門最終候補に残っている。

ミステリ的な構成やホラーの手触りを持つ作品が多いが、ＳＦ的なアイデアを持ちＳＦに分類できる作品も少なくない。「Calling　You」（角川スニーカー文庫『CALLING YOU――きみにしか聞こえない』）は、想像の中でだけ所有していた、頭の中にしか存在しない携帯電話がある日突然鳴り始める……という発端のボーイミーツガールで、映画化もされた作品。大森望編『不思議の扉　時をかける恋』（角川文庫）にも再録されている。「陽だまりの詩《シ》」（集英社文庫『ＺＯＯ　１』）は感染症によって多くの人間が亡くなった後の世界で、死について学ぼうとするロボットの物語。短篇集『ＺＯＯ』の収録作品五篇を映像化したオムニバス映画の中でアニメ映画化されているほか、大森望編『逃げゆく物語の話　ゼロ年代日本ＳＦベスト集成〈Ｆ〉』（創元ＳＦ文庫）にも再録されている。

初出：〈yomyom〉vol.40 ／新潮社／ 2016 年刊
底本：『十年交差点』／新潮文庫 nex ／ 2016 年刊

他に、『ベッドタイム・ストーリー』（星海社FICTIONS）は自分から遠くにあるものほど巨大な力で干渉することのできるテレキネシスをもった少女と、その先輩の切ない繋がりを、占星術モチーフで巧みに料理した、乙一SFの中でも屈指のスケールの物語。短篇ながら書籍として坂本真綾の朗読CDとセットで販売されているという事情もあって今回は収録候補に挙げなかったが、一読を薦めたい作品だ。

・恋愛小説や青春小説などが中心の、中田永一名義での単行本デビューは、二〇〇八年の『百瀬、こっちを向いて。』（祥伝社文庫）。二〇一二年の『くちびるに歌を』（小学館文庫）は、第六十一回小学館児童出版文化賞を受賞している。

中田永一の短篇集『私は存在が空気』（祥伝社文庫）は、収録作六篇すべてが広義のSF・すこしふしぎに区分し得る作品集。引きこもりの少年が映画『ジャンパー』に登場するような瞬間移動能力を手に入れる「少年ジャンパー」、存在感を消して他人から認識されなくなる能力を持った少女の想いを描く「私は存在が空気」、パイロキネシスを持つ少女が木造アパートに引っ越してくる「ファイアスターター湯川さん」、透明な腕を伸ばして遠くの物を動かせるテレキネシスを持つ家系に生まれた少女が、能力を用いて霊能力者のふりをする「サイキック人生」。これら超能力テーマの作品をメインとした四篇に加え、トンネル効果ネタのショートショート「恋する交差点」、ドラえもんの秘密道具・スモールライトの光を浴びて小さくなった小学生の奮闘「スモールライト・アドベンチャー」を収録している。

中田永一の最新長篇『ダンデライオン』（小学館）は、高畑京一郎『タイム・リープ　あしたはきのう』に影響を受けた、時間跳躍もののミステリー。一九九九年、十一歳の少年が野球ボールを頭に受け、目を覚ますと、二十年後の自分と意識が入れ替わっている。

一方で三十一歳の彼は、過去に意識が戻ったことを利用して、ある事件の真実を突き止めようと奔走する——というシチュエーションで、精緻に構成された力作。

怪談誌〈幽〉を中心に幻想文学的な作品を発表し、二〇〇七年の『死者のための音楽山白朝子短編集』(角川文庫)で単行本デビューしている山白朝子名義だと、ずばり「酩酊SF」(角川書店『私の頭が正常であったなら』)という短篇がある。飲酒による意識混濁状態において時間感覚も混濁し、未来の情報を手に入れられる、という現象を利用して金儲けを企んだ男の物語だが、小説家である語り手がSF作品のパターンを意識しつつ状況に対応しようとする様が興味深い。

現在では、主に前述の三つの名義を使い分けて小説作品を発表しながら、本名の安達寛高名義で映像作品の監督・脚本なども務めている。『メアリー・スーを殺して　幻夢コレクション』(朝日文庫)は、乙一・中田永一・山白朝子・越前魔太郎(覆面競作企画『魔界探偵　冥王星O　ヴァイオリンのV』執筆時の筆名)の短篇を収録し、安達寛高が解説を加えるという前代未聞のアンソロジー、あるいは短篇集になっている。

長い間、SF誌の書評欄で取り上げられてきた作家であり、SFアンソロジーへの作品再録もなされてきたが、そろそろ『NOVA』か〈SFマガジン〉のようなジャンルSF媒体が、書き下ろしSF短篇の原稿を依頼してもいいのではないだろうか。

1

二〇一一年十二月十五日十三時ごろ、それは空の上から落ちてきた。監視カメラや車載カメラの映像に一部始終が記録されている。雲間からそいつは斜めに落下して、地面に衝突した瞬間、衝撃で巻き起こった土煙は周囲の木々よりもはるかにおおきかった。

落下物のニュースは世間の注目を浴びた。その正体は隕石などではない。落下地点のクレーターの中心にあったのは、大破した自動車だった。フレームはゆがみ、エンジンは飛散し、大気との摩擦熱のせいで半ば溶けていたが、そいつはどこにでもあるような日本製の乗用車だ。ちなみに運転席にだれかが乗っていた形跡はない。

そんなものがなぜ空の上から降ってきたのだろうか？　飛行機で空輸中に落下した？　竜巻によって巻き上げられたものが降ってきた？　詳細は不明のままだ。大気との摩擦で燃えていたこと、そして完全に燃えつきずにいくらか形状をのこしていたことから、宇宙人がUFOで自分の星に持ち帰ろうとしたものの、重量超過でしかたなく成層圏のあたりから捨ててしまったという説がささやかれる。二十九歳で無職の俺は、想像もしていなかった。空から降ってきた自動車の一件が、父の友人である実相寺時夫《じっそうじときお》の仕業だったということを。

二〇一二年一月のある日、弁護士の所有する黒色の高級車に乗せられ、俺は実相寺時夫の自宅へとむかっていた。実相寺の住んでいた地区は自然が豊かな土地である。夏に来れば青々とした田園風景がひろがっていただろう。この地区にバイパス道路を作る話もあったらしいが、市長が替わり、計画は白紙になったと聞いている。

空腹のせいで腹が鳴る。運転中の弁護士がミラー越しにちらりと俺を見た。

「朝から何も食べてないんだ。食費をパチスロにつかっちまったもんでね」

弁護士は肩をすくめる。そいつは背丈の低い男だった。子どもが背広を着て大人ごっこをしているような風貌だが、正真正銘の弁護士であり、俺よりも年収がおおいことはまちがいない。そいつの車に乗っていたのは、実相寺時夫の遺品整理のためだった。

「実相寺のじいさんがどうしたって？」

「亡くなったんです」

「ああ、そう。どうやって？」

「事故です。家のなかで古い冷蔵庫が倒れてきて、下敷きになったようです」

「冷蔵庫？」

「ご遺体のそばに、重いものを運ぶためのカートや、小型の電動リフトがあったことから、どこかに運び出そうとしていたようですね」

昨年末、俺の部屋を訪ねてきた弁護士はそのように説明した。父の友人である実相寺時夫は七十歳を越えている。目のぎょろりとした白髪の老人だ。父の死後も俺は年に一回か二回は彼の家を訪ねていた。金を無心するときもあれば、雑談するだけで帰ってくることもある。彼はいつも俺のことを気にかけていた。結婚もせず、子どものいなかった彼は、赤ん坊のころから見てきた俺のことを、自分の子どものように感じていたのかもしれない。弁護士は言った。

「私、実相寺さんの遺産を管理していましてね。家屋や土地は妹さんが相続することになっています。しかしながら、ご友人の息子であるあなたにも何かをのこしてあげたかったのでしょう。遺書にはこう書いてあるんです。蔵の研究機材や私物はすべて【柳廉太郎《やなぎれんたろう》氏に差し上げる】と」

ありがたい話だ。彼が研究室代わりにしていた蔵には、たしか高価なコンピューターがあったはずだ。そいつを売り飛ばせば滞納している家賃を支払うこともできるだろう。弁護士は日をあらためて俺を実相寺の家へと連れて行く約束をした。親切心からではない。俺みたいなやさぐれた無職の人間を勝手に依頼主の蔵へ入れるのはまずいとおもったのだろう。

「自分たちで持ち運びできそうなものは私の車に乗せましょう。大型の研究機材はおそらくトラックなどがひつようでしょうね。ご入り用でなければ、こちらで処分いたしますが。それらの判断をするため、年明けにでも実相寺さんの蔵へ行ってみましょう」

そして今日に至るというわけだ。冬の田園風景をながめながら、後部座席で俺はあくびをもらす。昭和の名残をのこした生け垣が実相寺邸の目印だ。弁護士は高級車を敷地内に入れて駐車させた。

二階建ての日本家屋は松の木に囲まれている。今はもうだれも住んでいない無人の住居だ。横に白壁の蔵があり、その屋根には極太の送電ケーブルがつながっていた。実相寺は蔵を改造し、そこで何らかの研究に没頭していたようだが、研究内容についてはおそわっていない。

蔵の出入り口は格納庫の搬入口をおもわせる巨大な引き戸だ。弁護士が鞄から鍵を取り出し、引き戸にかかっている錠前を外してくれる。内部に足を踏み入れると、ひんやりとした空気が身を包む。中央に作業用の広いスペース、奥まった位置にディスプレイの乗ったデスクがある。ところどころの空いたスペースを埋めるように懐中時計や機械式時計が飾られていた。時計の歯車らしきものが寄せ集められ、作業机で山盛りになっている。時計の研究でもしていたのだろうか？

弁護士の背広のポケットから電子音が鳴った。彼は携帯電話を取りだして俺に言う。

「私は外におります」

弁護士は携帯電話を耳にあてて蔵を出て行く。ひとりでのこされた俺は、研究に使用していたコンピューターをながめた。椅子に腰かけて、動作確認のために電源ボタンを入れてみる。ログイン用のパスワードをもとめるページが表示され、ためしにいくつかの単語を入力してみた。実相寺が何年か前に飼っていた犬の名前でログインできる。よし、動作に問題はなさそうだ。
電源を落とそうとして、ふと、画面に表示されたファイル名のひとつに目がとまる。
『自動車を用いた時間跳躍実験の準備について.txt』
なんだこれは？　ファイルを開いてみるとテキストが表示された。

時間跳躍機構は小型である。跳躍する時間の変数はあらかじめシステムに組みこんでおかなくてはならないが、今後、よりかんたんに変数をセットできるように改良するつもりだ。次回の実験ではわずかな先の未来へと跳躍する。十二月十五日十三時ごろに実験を開始する予定だ。車はその瞬間、消えてなくなるだろう。計算によれば地球から多少ずれた宇宙空間に出現するはず。車には電波の送信機を積んでいる。その電波を受信することによって出現位置が把握できるというわけだ。
時間の跳躍によって物体は宇宙に放り出されてしまう。時間跳躍機構には空間座標を修正するシステムが備わっておらず、出発地点と同一の座標にしか出現できない。しかしながら地球は毎秒五百メートルの速さで自転し、毎秒三十キロメートルで太陽の周囲を移動し、太陽系は秒速二百二十キロメートル前後の速度で銀河系内を周回している。時間を跳躍すれば、そこに地球の地面は存在しないのである。

十二月十五日十三時？　その日時には見覚えがあった。先月、空から自動車が降ってきた日時だ。実相寺もまた、報道番組に出演していた有識者とおなじように、空から降ってきた自動車の謎を解こうとしていたのだろうか？　しかし、ファイルの作成日時を確認してみると、自動車が降ってきた日よりも以前にその文章が作成されていたことがわかる。これはどういうわけだ？

興味がわいた。似たようなタイトルのファイルを発見する。文書の作成日時は、自動車が空から降ってきた日の翌日だ。ファイル名は『自動車を用いた時間跳躍実験結果.txt』。

あれの出現ポイントは私が計算で求めていた座標よりも地球よりだったらしい。大気圏で燃え尽きることなく地表に達してしまった。観測不能な距離に出現することをおそれるあまり、時間の変数をゼロにちかづけすぎてしまったのだ。宇宙全体の膨張が結果にどう影響したのかは一考に値する。将来的には空間座標の修正システムが必要だ。次回の実験は地球への帰還をテーマとする。時間を跳躍しても地球にもどってこられる方法がひとつだけある。具体的には次のようなプロセスだ。

　1、時間を跳躍し、過去あるいは未来の宇宙へと出現する。
　2、すぐさまおなじだけの時間を跳躍して現代へともどってくる。

これらのプロセスをあらかじめ時間跳躍機構に組みこんでおく。1と2の間隔をかぎりなくゼロにちかづけなくてはいけない。真空や宇宙線によって時間跳躍機構が破損する前に現代へともどってこられれば、そこには地球があり、地面があるはずだ。現代にしか行くことのできないタイムマシンというわけである。

次回の実験において時間の変数を十年前の過去へとセットしておいた。十年前と言えば私が時間跳躍理論をおもいついた記念すべき年だ。自動車の一件が世間を騒がせてしまったので、より小型の物体に時間跳躍機構を設置しようとおもう。冷蔵庫などはどうだろうか。年が明ける前に運んでくることにしよう。


昨年末、実相寺時夫は冷蔵庫に押しつぶされて死んだ。時間跳躍機構とやらを設置するために蔵まで運ぼうとして事故がおきたのではないか。この記録を弁護士に読ませたほうが良いかもしれない。蔵の出入り口は開けはなしていたので、外に駐めた高級車がよく見えた。弁護士は車のそばで携帯電話に話しかけている。顧客の相談にでものっているのだろうか。それにしても時間跳躍機構とはどういうものだろう。実相寺がのこした記録を詳細に探れば、その設計図も見つかるかもしれないが。

いや、まて、どうかしてる。時間跳躍機構？　そんなものが、あるはずないじゃないか。実相寺時夫の文章は、意味をなさないポエムのようなものにちがいない。時間を跳躍して、過去や未来に行けるだなんて、あまりに馬鹿げている。実相寺は高齢だった。痴呆がはじまっていたのかもしれないな。

そんなことよりも今は、遺品を売り飛ばして金を手に入れることの方が大事だ。蔵には様々な種類の時計があった。ガラスのケースに入れられた高そうな懐中時計が目につく。手のひらに包み込めるほどのおおきさで、円形の文字盤にはローマ数字がならび、極細の長針と短針が時間を刻んでいる。背面は金色の金属製だ。おそらく真鍮だろう。ケースを開けて手に取ってみると、ずしりと重いことにおどろかされる。よく見れば普通の懐中時計とは異なっていた。側面部分に、ストップウォッチのボタンのような、押しこむタイプの金具がある。そして意外なことに、コンピューターの周辺機器に見られるような接続端子も目立たない位置に備わっていた。なんだこれは。俺はそいつの金具を押してみた。側面の突起物に親指の腹をかけて、かるく力を入れると、カチリと音がする。

懐中時計の突起から親指をはずす。カチリという音の残響みたいなものが耳にしばらくのこった。それほどおおきな音ではなかったはずなのに。

金色の懐中時計をポケットに突っ込む。質屋に持って行ってどれくらいの値がつくかをしらべてもらおう。弁護士の言うとおり大型の機材を運ぶのにはトラックがひつようだし、買い取ってくれる相手を探すのもむずかしそうだから、ひとまず今日のところは小型で高そうなものだけを持ち帰ることに決めた。

それから俺は、奇妙なことに気付く。目の前のデスクに、飲みかけの珈琲のマグカップが置かれているのだ。いつからそれがあった？　弁護士の仕業か？　カップにふれてみると、まだ温かい。

蔵の外に出て俺の戸惑いはよりおおきくなった。外に駐めてあった高級車もなければ、弁護士の姿もなかったからだ。俺は咄嗟に次のようにかんがえた。あの野郎は顧客の急な電話に呼び出され、俺のことなどすっかりわすれてしまい、置いてきぼりにして帰ってしまったのだと。

2

実相寺の蔵には高価そうな腕時計が何本も飾ってあったので、それらをポケットにつめこんだ。コンピューターは置いていくことにしよう。また今度でいい。今日は弁護士が消えてしまったので徒歩で帰らなくてはならない。抱えて持ち帰るのは一苦労だ。

腕時計を換金するため、駅前の繁華街へとむかうことにする。蔵の戸を閉じて南京錠をひっかけ、実相寺の家の敷地を出た。そこでまたひとつ不可解な事態に直面する。

実相寺邸は自然豊かな土地にあり、周囲には田園がひろがっていたはずだ。しかし門を抜けてすぐ目についたのは、ドラッグストアの看板だった。それだけではない。ガードレールのむこうに舗装された二車線の道路が通っている。乗用車やトラックが行き交い、道路沿いにはパチンコ店や回転寿司店やラーメン店がならんでいるではないか。

様子がおかしい。こんな道路があっただろうか？　しかし目の前に、見知らぬ町並みが広がっているのは事実だ。弁護士の車に乗せられてここに連れてこられたとき、俺はあくびをもらして、半ば眠っていたのかもしれない。そのせいでこの景観を見過ごしたのだ。そういえばこの地域にバイパス道路を通す計画があった。市長が替わって計画はなくなったと聞いたような気もするが、実際は白紙になどなっていなかったのかもしれないな。

道路沿いに駅の方角へ移動する。遠くに見える山の稜線は記憶の通りだが、山裾に見覚えのない住宅地がひろがっている。バス停を見つけてバスに乗りこんだ。車窓から景色をながめながら、ふと実相寺のことをおもいだす。

俺のポケットには、換金できそうな品物がつまっている。こんな俺に遺品の一部をのこしてくれた実相寺に礼を言いたかった。彼が死んでしまったことは素直にかなしい。家族もなく、友人のすくない俺にとって、彼は良き話し相手だった。頻繁に会うわけではなかったが、彼はいつも俺のことを心配してくれていた。

「廉太郎、また仕事をやめたのか。これで何度目だ。なぜ長くつづかない？」

「じいさん、俺は自分にあった仕事を探してる。これまでにやった仕事は、どれも、ぴんとこなかったんだ。本来の俺じゃない気がする」

「おまえは飽き性なだけだ。しあわせになれないぞ」

ため息をついて俺の人生を心配する彼はもう死んだ。この世のどこにもいないのだ。葬式の連絡さえ俺のところには来なかった。バスにゆられながら、胸のうちに生じるさみしさを発見する。だからといって、蔵で手に入れた物は売らずに実相寺のおもいでの品として一生大事にしようという気にはならなかった。それとこれとは別だ。何せ滞納していた家賃と酒代がかかっているからな。そうだ、酒だ。帰りにビールでも買っていこう。

駅前の繁華街に到着する。コートを着込んだ人々が寒そうに肩をすぼませて行き交っていた。目的の質屋はパチンコ店の隣にある。【高価買取】と表記された看板が見えてきた。しかし俺の足は途中でとまってしまう。パチンコ店から出てきた人物に見覚えがあったせいだ。咄嗟に感じたのは恐怖だ。いったい何がおきている？

目の前に現れたそいつの顎には無精髭があった。安物の上着に、膝がこすれて色のうすくなっているジャージという貧相な服装。パチンコで負けたらしく、沈んだ表情をしていた。そいつの顔は俺にそっくりだった。身長や肩幅もおなじくらいだ。いや、似ているというレベルではない。まるでもう一人、俺自身がそこにいるかのようだった。そいつは俺に気付かず、頭をぼりぼりとかきながら、うなだれた様子であるいてくる。こちらにちかづいてきて、すれちがうとき、肩がかるくふれた。

「すんません」

ぶっきらぼうにそいつは言った。間近で見ても、そいつはやはり俺自身である。髪の生え際や、ちいさなほくろの位置がおなじだ。そいつは俺に気付かないまま通りすぎる。おもわず目で追いかけると、自分自身の後ろ姿が人混みの中へと遠ざかっていく。鏡をつかわずに自分の背中や後頭部を見るなどという経験は滅多にないことだ。

大変なことになった。俺の頭はどうにかなってしまったのだ。立ちすくんでいると、通りの反対側から何者かがちかづいてくる。その人物は目をぎょろつかせた白髪の老人だった。俺の顔と、たった今、通りすぎていった俺の後ろ姿とを交互に見ている。

「廉太郎、いったい何が起きてるんだ？　なぜおまえが二人いる？　蔵が荒らされていたから泥棒が入ったとおもったんだ。監視カメラにおまえが映っていたからな、質店に先回りをして待機していた。おまえのことだから、ここに来るだろうと予測していたんだ。しかし事態は想像していたよりも複雑そうだな。廉太郎、どうした、まるで幽霊でも見たような顔じゃないか」

俺の目の前に現れたのは、死んだはずの実相寺時夫だった。

喫茶店の奥まった席で俺は実相寺とむかいあう。店内は暗く、窓の外ばかりが明るく白々として見えた。実相寺は、はこばれてきた珈琲をスプーンでかきまぜ、そこにミルクを落とす。回転する真っ黒な液体の表面に、白色の軌跡が渦を作った。その渦巻き模様はまるで、子どものころに見たアニメかなにかで描かれる異次元世界への入り口のようだった。俺は正気を保っているのが精一杯だ。事情を聞かれて俺は説明する。弁護士がアパートをたずねてきたことや、実相寺の蔵に連れて行かれたことを。

「なるほどな、そういうことか」

死んだはずの老人がうなずいた。

「パチンコ店から現れたもう一人の廉太郎は、この時間軸であらかじめ暮らしていた方のおまえだったようだ」

「じいさん、あんた、何を言ってるんだ？　もしも幽霊なら、はやいところ、成仏してくれ」

「私は死んでなどいない。死んだのは、おまえがいた時間軸の私だ。廉太郎、おまえは時間跳躍機構をしらずしらずのうちに作動させてしまったのだ」

「時間跳躍機構？」

「ポケットに入っているものをすべて出したまえ」

蔵で入手した腕時計やら、鼻をかんでポケットにつっこんでおいた丸めたティッシュゴミやらをテーブルに広げる。その中に金色の懐中時計があった。実相寺は目をぎょろつかせながら、興奮気味に懐中時計を手に取る。

「こいつはたまげた。設計図の通りに完成させてある。おまえの時間軸にいた私は、この私よりも先を行っていたらしい。環境のちがいのせいだろう。家の前で道路工事がおこなわれているとき、研究がちっともはかどらんかったからな」

実相寺の説明によれば、その懐中時計には時間跳躍機構という機械が組みこまれているという。喫茶店の店員が俺と実相寺の前にケーキをはこんできた。ミルクレープだ。クレープ生地とクリームが交互に積み重なって縞模様を作っている様はまるで地層のようだ。実相寺はそれにフォークを突き刺す。堆積した時間の積み重なりに串を通すかのように。

「廉太郎、おまえは運がいい。こいつは時間を飛びこえるだけで座標の修正はできないはずだ。本来なら作動させた瞬間に時間を跳躍し、お前の体は宇宙に放り出されていただろう。地球はそこにないはずだからな。人類は地球から離れて生きてはいられない。人間の体は、と言うべきか。しかし私は幾度目かのテストにそなえて、行って戻ってくるという二つのプロセスを組みこんでおいたというわけだ」

老人はミルクレープを口に入れる。俺は空腹だったが手をつけられなかった。ケーキなどという、しあわせの象徴みたいな食べ物を口にする機会は滅多にないというのに。

「おまえは行って戻ってきたのだ。無事に地球の地面を踏むには、出発した時間にまたもどってくる以外に方法はないからな。宇宙空間への滞在時間がほんの一瞬だったから、お前は窒息死せずにすんだ。そしてここが大事なことなんだが、廉太郎、おまえが十年前の宇宙に出現したことで、どうやら時間軸の枝分かれが生じたようだ。予測していたことだがね。おまえが出現した、というただそれだけで、厳密に言えば宇宙全体の質量が変化したことになる。おまえが現れなかった時間軸から、おまえが現れた時間軸へと枝分かれしたわけだ。分岐した時間軸において、同一の歴史が保たれなかったのは不確定性原理というやつだ」

実相寺の難解な講義がはじまる。量子物理学の話や、電子の軌道が確率の雲でしかないことなどを聞かされても俺には理解できない。ともかく彼が言いたいのはこういうことらしい。過去宇宙にほんの一瞬、俺が存在しただけで歴史の改変が生じる。時間軸が分岐すると、量子レベルでの物質の振る舞いに違いが生じ、太陽からの電磁波や地球上の天候が微妙に変わってくる。それが結果的に人々の営みにも影響をあたえるのだという。

「時間軸の枝分かれが生じた十年前から現在にいたるまでの、ちょっとした出来事がいくつか変化しているはずだ」

空から自動車が降ってきた事件も、こちらの時間軸では起きていなかった。実相寺も死なずに目の前でミルクレープを口にしている。実相寺邸の近くを横切っていた道路や景観のちがいは、市長選の結果に影響されているのかもしれない。市長選の日の天候次第では、投票率が異なり、結果もかわってくるだろうし。混乱している俺を落ちつかせながら、実相寺は説明してくれる。すこしずつではあるが、俺にも事態が飲みこめてきた。

「それで、どうやったら元の時間軸にもどれるんだ？」

「もどる方法はない。分岐した時間軸にもどるには、さらに高度な理論が必要だ」

「じゃあ俺は、この時間軸で暮らさなくちゃならないのか？　さっきパチンコ屋から出てきたもう一人の俺を見ただろう？　俺が二人も存在することになるんだぞ!?」

このまま自宅にもどれば、ワンルームのアパートには、さきほどの俺が暮らしているはずだ。二人で住むのは窮屈だ。大家にどうやって事情を説明すればいい？

「しばらくの間、うちに泊まれ。部屋探しを手伝ってやる」

「社会保障はどうなる？　生活保護の申請は？　俺も受けられるのか？　保険証は？　同じ人間にそれぞれ一枚ずつ発行してくれるのか？」

「あきらめろ。これからは、ひっそりと生きるんだ」

やっかいなことになった。元の時間軸にはもどれない。この時間軸にはすでに俺自身が存在している。それなら俺はどうやってこれからを生きていけばいいのだ。

うつむいた俺を、そっとしておこうとおもったのか、実相寺は席を立つ。店員にトイレの位置を確認して店の奥へと消えた。うす暗い店内を俺はながめる。昭和の時代からあるような喫茶店だ。壁は煙草のヤニで黄色い。目の前に視線をもどせば、飲みかけの珈琲と、食べかけのミルクレープが置かれている。蔵から持ち出した腕時計が数本、そして金色の懐中時計。実際は懐中時計ではなく、時間跳躍機構と呼ぶべきものだが。俺はそいつに手をのばす。ずしりとした重みが手のひらにかかった。そのとき頭の中にアイデアがひらめいた。

自分はこの十年間、努力をしなかったし、成功もしなかった。ギャンブルに金を注ぎ込み、酒を飲んで寝るだけの日々だ。だけどももしかしたら、この十年間のうちに、まともな職について資産を築いた俺もいるのではないだろうか。十年前に枝分かれした無数の時間軸のどこかには、そういう俺自身がいたっていいはずだ。

懐中時計の側面の突起に親指の腹を乗せる。もしも成功した俺に出会ったら、そいつを殺して、なりすましてしまえばいいのだ。俺が俺と入れ替わったところで周囲の者は気付くまい。殺す相手が自分自身なんだから問題ないはずだ。突起部分の金具を押しこむと、カチリ、と音がした。

3

住宅街に入り自宅のガレージに到着すると、車を認識して自動的にシャッターが開いた。玄関扉のロックは網膜認証と指紋認証の二段構えだ。鍵を持ちあるくひつようはなく、玄関扉の取っ手を握りしめるだけでいい。網膜と指紋のスキャンがそれぞれおこなわれて、住人か否かが一瞬で判断される。

「パパ！　おかえり！」

帰宅すると娘の葵《あおい》が飛びついてくる。先日、四歳の誕生日をむかえたばかりだ。葵を腕にぶらさげた状態でリビングにむかう。妻の凜子《りんこ》はキッチンで料理をしていた。トマトソースとガーリックの香りがただよっている。暖房が効いているため室内はあたたかい。

「おかえりなさい、廉太郎さん。もうすぐ夕飯できるから、待ってて」

パスタを鍋に入れながら凜子は笑顔を見せる。彼女に出会ったのはおよそ八年前のことだ。父が病気で他界し、大学の教授にも嫌われてしまい、ギャンブルにのめりこんでいた俺は、そのまま社会からドロップアウトしてもおかしくはない状況だった。そんな時期に俺は凜子と出会った。あの日に天気が急変しなければ、おなじ店で雨やどりしていた彼女にしりあうこともなかったはずだ。

ソファーでくつろぎながら俺はスマートフォンをながめる。株価のチェックをしていたら凜子に呼ばれてテーブルについた。熱々のトマトソースのパスタを三人で食べながら、今日のできごとを報告したり、他愛のない話でおかしくわらったりする。今こうしてまともな暮らしができるのは、凜子のおかげだ。彼女が俺をはげましてくれたから、社会にとどまることができた。夕飯をとりながら彼女に感謝する。

そのとき玄関の方から音がした。扉のロックの外れる音だった。俺と凜子は話を中断して視線をかわす。玄関扉のロックが自動的に外れることはありえない。登録してある網膜と指紋は、俺と凜子と葵の三人だけだ。それ以外の人物がロックを外すには物理的なキーを鍵穴に差しこまなくてはいけない。しかしキーは家の中に保管されている。

「様子を見てこよう」

俺は立ち上がってダイニングを離れた。廊下を抜けて玄関にむかう。扉はオートロックなので、閉ざされた後は自動的に施錠されて赤色のＬＥＤが点灯する。俺が取っ手をつかむと即座にロックの外れる音がしてＬＥＤが緑色に切りかわった。正常に作動しているようだ。

動作確認をしていると背後に気配を感じた。凜子が心配してついてきたのかとおもったら、ちがった。そいつは何らかの方法で侵入し、廊下の途中にある風呂場への通路の暗がりに身を潜ませていたらしい。

「うごくな」

覆面の人物が錆びた包丁を握りしめて立っている。身長と肩幅は俺とおなじくらいだ。覆面は布製で目元の部分だけ穴があいている。俺はその目に見覚えがあった。しかし、どこで見たのかはわからない。だれだ？　何が目的だ？　金か？　問いかけたかったが、一言でも発しようなら刺されてしまうような気がした。

悲鳴が聞こえる。廊下の先に凜子が立ちすくんでいた。覆面の人物が彼女をふりかえる。

「だまれ！　ぶっ殺すぞ！」

そいつは包丁を振り回して大声でわめいた。どこかで聞いたことのある声だ。注意が逸れたのを見逃すわけにはいかない。このままでは家族に危害がおよぶはず。包丁を握りしめているそいつの右腕にしがみついた。全体重を乗せて、廊下の壁の直角になっている箇所に腕をたたきつける。そいつは包丁を落とした。

怒声と悲鳴が入りまじる。つかみあいの乱闘を経て、そいつが足をもつれさせてころび、俺はその上に馬乗りになった。覆面の上から顔を殴る。何度も拳をたたきつけた。俺の頭の中は恐怖に支配されていた。自分が殺される恐怖ではない。凜子や葵がこいつに刺されて怪我を負い、最悪の場合は殺されるかもしれないという恐怖だ。

そいつはやがて抵抗しなくなる。廊下に横たわり、体をくの字におりまげて、痛みでうめきながら苦しげに呼吸をくり返すだけだ。凜子にガムテープを持ってきてもらって、そいつの手足を拘束した。そいつは手を握りしめて拳をつくっていたが、もう振り回す気力もないらしい。左右の手首をひとまとめにしてガムテープを何重にも巻いた。

葵が心配そうに廊下をのぞきこんでくる。覆面の男が葵に気付いた。凝視するように目をむける。「むこうに行ってなさい」と凜子が葵をリビングの方へと連れて行ってくれた。

「おまえはだれだ？」

俺はそいつの胸ぐらをつかんで聞いた。面識のない強盗だとはおもえなかった。返事をしないので覆面を剝ぎ取る。見覚えのある目元から知人の可能性をかんがえていたのだが、あらわになったそいつの素顔を見て俺は戸惑った。

廊下にもどってきた凜子が、困惑と恐怖の表情をうかべて、俺とそいつを交互に見比べる。ぼさぼさの髪や無精髭という違いはあるが、その正体はあきらかだ。覆面の下からあらわれた顔は俺自身だった。

「……時間跳躍機構を作ったのは実相寺時夫だ。俺はその機械を作動させて幾度も時間軸をわたりあるいた。十年前の宇宙に一瞬だけタッチして、おりかえして現在にもどってくる。しかし歴史は同一性を保持できない。量子レベルでの物質の振る舞いが異なってくるんだ。時間軸は強制的に枝分かれして、別の俺が住んでいる時間軸の現代へとたどりついてしまう。時間の枝分かれから十年後、そこにいるのは、見知らぬ人生をあゆんだ俺自身だ。時間跳躍機構を作動させるたびに俺は俺の居場所を探して会いに行った。そのなかでもおまえは、特に成功した人生を送っているようだ。俺と同じ人間なのに、どうしてここまでのちがいがある？」

ガムテープで拘束された方の俺が壁に寄りかかって座っている。くちびるの端が切れて血を流していた。実相寺時夫という人物のことはしっている。父が研究所に勤めていたころの仲間だ。父の死後もつきあいがあり、俺の結婚や子どもの出産をよろこんでくれた。つい先日も葵を連れて実相寺邸へ年始の挨拶に行ったばかりだ。

「他にもいろいろな俺がいた。居所をしらべて行ってみると宗教の勧誘をしている俺がいた。俺があんな風におだやかな顔つきで十字架に磔にされた男のことを話すなんておもわなかった。下着泥棒をやって捕まった俺もいた。居所をつかんでそいつの住んでいるあたりをうろついていたら、また下着泥棒をたくらんでいるんじゃないかと誤解されて、近所の住人が交番に連絡してしまったんだ。宝くじをあてて札束のベッドで寝ているような人生の俺を探していたんだがな。時間軸は無限に枝分かれしているようだから、そういう人生の俺だってどこかに存在するはずだ。そいつを殺してなりすまそうとしたんだ。だけど都合良くは出会えない。時間軸が枝分かれした後、おもいどおりの十年後にむかう手段がなく、どういう人生の俺に出会えるのかはランダムだ」

目の前にいる俺の顔をした男は、やせこけて飢えた野良犬をおもわせる汚らしさだ。目の下にくまがある。それでも俺自身だとわかったのは、網膜認証と指紋認証を問題なくクリアして玄関扉のロックを解除したからだ。何らかの方法でセキュリティをごまかした形跡はないし、そのような知能も目の前の俺からは感じられない。しかし、時間跳躍機構など信じられるはずがない。

「時間軸を移動しても、変化しているのは町並みや人間の営みだけだ。地殻変動などの大規模な変化は変わらずに生じている。たとえば東北で起きた震災はどの時間軸でも起きていた。地球の地殻変動にくらべたら、十年間という期間が短すぎるのだろう。もしも実相寺のじいさんが、時間跳躍機構の設定を何百万年も前にしていたとしたら、どうなっていただろうな。何百万年も前の時間軸に枝分かれを作って現代の地球にもどってくるんだ。そこは人類の誕生していない地球かもしれない」

警察に通報する凛子の声がリビングの方から聞こえてくる。そうするようにと俺が彼女に指示しておいた。ガムテープで拘束されている方の俺が、ふと廊下の先に視線をむける。

「あの子、何歳だ？」

おそるおそるという様子で葵が首をのばして廊下をのぞいていた。録画していたアニメを見せていたはずだったが、凛子が電話をしている隙に抜け出したようだ。

「四歳だ」

「ああ、なんてこった、俺の子だ」

「ちがう、俺の子だぞ」

そいつは先ほどまでの凶暴なまなざしを消していた。尊いものに出会ったかのように、目をほそめさせて葵を見つめている。そいつは言った。

「俺に子どもができたら、あんな顔になるんだ。自分に子どもができたら、なんてことはかんがえもしなかった。いくつもの時間軸をさまよって、俺は俺に会うたびに、こんな奇妙な体験は他にないだろうとおもっていたが、自分の子どもに会うというのはその感覚に似ている。あの子のなかに俺がいる。俺の遺伝子の半分が」

そいつはみっともなく顔をゆがませて泣いていた。自分の顔がそんな風になっているのを見せられると複雑な気持ちになる。葵は俺とおなじ顔の男に怯えながらも廊下に出てくる。

「ママのところにもどるんだ」

「でも、パパ、泣いてるよ。パパが泣いてるよ」

「こいつはパパじゃない。おまえのパパはひとりだ。俺だけだ」

葵は混乱している。大人でも理解を超えた状況だ。不安そうに両手を胸の前でにぎりしめている。

「もっとよく顔を見せてくれ」

ガムテープで拘束されている方の俺が言った。

「むこうに行ってなさい、葵」

俺は娘を遠ざける。葵は後ずさりして、リビングの方に体を引っ込める。なごり惜しそうに、もう一人の俺が言った。

「もう何もしない、ほんとうだ。危害をくわえるのはあきらめた。そうかんたんな話じゃなかったようだ。俺があんたになりすましても、すぐに家族が気付いただろう。なあ、おしえてくれ。俺はこれからどうすればいい？」

「警察が来る。事情を話せ。何らかの施設に入院することになるだろう」

「そういうことじゃない。俺はどうすれば、あんたみたいになれるんだ？　十年間どんな努力をした？　俺たちは十年前までおなじ人生をたどっていたはずなんだ。おしえてくれ、なぜあんたは、十年後、しあわせになれた？　俺もしあわせになりたいんだ！」

両方の手首にガムテープが何重にも巻いてある。拘束したときからずっと左手を握りしめたままだ。その拳を包み込むように右手が添えられている。まるで祈りを捧げる人のように。

十年前と言えば、不幸がいくつか重なって自暴自棄になりはじめていたころだ。だれしもそういう時期はある。人生を踏み外すかもしれないという危うい時期が。特別なことではない。凜子に会わなければいつまでも自暴自棄のままだったのかもしれない。

玄関チャイムが鳴った。凜子がダイニングのインターホン端末で会話して、「警察よ」と俺に声をかける。俺は玄関のロックを外して扉をあけた。制服警官が二名、緊張の面もちで立っている。おおまかな経緯は先に電話で聞いているようだ。彼らは玄関先から廊下をのぞく。両手と両足を拘束されて廊下に座り込んでいる男を見て彼らも戸惑った様子だ。そいつが俺にそっくりな顔をしていたからだ。

そのとき俺は気付いた。拘束されている方の俺の手に、金色の物体が握りしめられていることを。不自由な状態でいつのまにそれを取り出したのだろう。いや、そいつは、はじめから握りしめていたのだ。ガムテープを手首に巻かれるとき、すでに手の中にあったのだ。武器を携帯しているのかと身構えたが、どうやらそいつが握っているのは金色の懐中時計のようだった。側面に突起がある。もう一人の俺は指の腹でその金具を押しこんだ。カチリ。

直後、鼓膜をぶつような音の衝撃があった。太鼓を間近で鳴らされたような空気の震えが生じる。

気付くと男はいなくなっていた。消えてしまった。俺の頭がどうにかなってしまったわけではない。男が消える瞬間をその場にいた警官たちも目撃していた。

戸惑いながらも、男が寄りかかっていた壁に触れてみる。そこだけ、人肌のぬくもりがのこっていた。

4

十年前の宇宙に一瞬だけタッチして、すぐにまた十年後へと時間を折り返し跳躍する。別の時間軸に乗り入れて、宇宙座標の同一地点に俺は出現する。時間の旅を俺は認識できない。カチリと音がした瞬間、さきほどまで座り込んでいた床や、寄りかかっていた壁が急に消滅したかのように感じられた。両手両足にガムテープを巻かれた状態で、俺の体は数十センチの高さを落下する。真っ暗闇の荒れ地に背中を打ち付けて、しばらくの間、痛みで息ができなかった。

周囲には手つかずの土地が広がっていた。この時間軸においてこの地域は住宅地としての開発がされていないのだろう。住居の土台部分が消えてしまったので俺の体はその高さの分だけ落下したわけだ。枯れ草が体のまわりに茂っている。ガムテープの拘束から逃れようともがいた。周辺に民家のある気配はない。このまま横たわっていると、野犬たちがやってきて俺は食い散らされるかもしれない。あるいはそれも、殺人を目論んだ俺に待ち受ける当然の結末だろうか。

ひどく寒い。ふと夜空に目をやると、枯れ草の間から星々がのぞく。無数の光の点が宇宙の暗闇にちらばっていた。うごくのをやめて俺は夜空をながめる。しずかになると遠くから鉄道の音が聞こえてくる。風が地面をなでて枯れ草をゆらした。子どものころによく嗅いだにおいがして、胸の奥からなつかしさがこみあげてくる。俺は嗚咽をもらした。今の自分がみじめだからだろうか。いろいろなことが起きて、頭の許容範囲を超えたのかもしれない。宇宙を見上げて横たわっていると、地球に磔にされているかのように感じられてくる。

どうやったらしあわせになれるのだろうか。さきほど出会った俺みたいに、俺もなりたい。そのための方法を、探すことにした。だれかを殺してなりすますのではなく、もっと別のやり方があるはずだ。


時間軸を転々と移動する。あらたな時間軸にたどり着くと、まずは新聞や週刊誌などで世界情勢を調査する。どのような十年間をたどった日本なのか、どのような十年間を経た世界なのかを把握する。空の上から自動車が降ってきた記事を見つけるとうれしくなった。自動車ではなく、冷蔵庫が降ってきた場合もある。どちらにせよ、実相寺がやらかしたことにちがいない。

しかし俺の目的は俺自身の様子を確認することにあった。古い友人に電話をかけて、他人のふりをして俺のことをたずねる。俺という人間が今はどこで何をしているのかを聞き出した。電話帳で俺の名前を探してその住所をたずねることもあった。

社会的にまともな人生を送っている自分に出会うこともあれば、落ちぶれてどうしようもなくなっているケースもあった。俺が目にするのは様々な十年間の人生だ。タクシーの運転手になっている俺もいれば、工事現場で働いている俺もいた。背広姿で通勤電車に乗っているかとおもえば、一日中、川原でぼーっとした表情をしている俺にも出会う。

俺はおもいきって彼らに話しかけてみた。彼らは俺を見て例外なくおどろいた顔をする。何とか落ちつかせて事情を説明し、俺は俺自身と対話した。どのような経緯で現在の職についたのか、どのような十年間をすごしてきたのかを聞き出す。

「おしえてくれ、しあわせになるにはどうすればいいんだ?」

「わかるもんか、俺の方こそしりたい」

職を得ている者は、俺からすれば立派な人生を過ごしているように見える。しかし高収入の職についている者でさえ、自分が今、しあわせかどうかはわからないともらす。それとは正反対に、無職であそんでばかりいる俺が「今はしあわせだ」などとほざく。嘘つけとおもったが実際にそいつの顔はあかるい。

「おまえ、どうして今、しあわせだなんて言えるんだ?」

「世話をしている猫が子どもを産んだからだ」

「そんなことでか?」

「そんなことでだ」

「あきれた、脳天気なものだな」

「あきれるなよ、俺はおまえだぞ？」

また別の時間軸において、株でもうけて数十億円の資産を築いている俺がいた。家族もなく、ひとりきりでマンションに住み、孤独な日々をもてあましているようだった。以前だったら殺してなりすまそうとしていただろう。しかしもうそのような欲求はうすれていた。話をしてみたいとおもい、声をかけてみたのだが、蒼白な顔で逃げ出してマンションに閉じこもったきり出てこなくなった。金持ちになったとしても、しあわせにはなれないのかもしれない、などと俺はかんがえる。

孤独な状態の俺は様々な時間軸に存在した。俺は彼らに出会うと、できるだけ声をかけるようになった。公園のベンチでうなだれている俺の隣に座ってやる。道ばたで声をかけたり、いきなり部屋をたずねてみたりもする。彼らは俺のことを、孤独さのせいで見えてしまった幻覚だとおもいこむ。事情を説明し、幻覚ではないと納得させた。それから俺自身の人生や、他の時間軸で垣間見た俺の境遇について話してやる。自分の身に起こりえたかもしれない様々な十年間の物語は彼らの興味をひいた。

「写真はないのか？　他の時間軸で産まれた俺の子どもの写真は？　結婚相手の名前や連絡先は？　そいつをおしえてくれれば、明日にでも会ってみるのに。俺みたいな奴と結婚してくれたんだから、今からでもおつきあいできる可能性はゼロじゃないはずだ」

「そんなに単純じゃないとおもうけどな」

しかし写真というのは良いアイデアにおもえた。さっそくカメラを入手して、時間軸の移動先で異なる人生の俺に出会うと、記念に写真を何枚か撮らせてもらった。洋菓子店で修業中の俺がいたので、ケーキ作りをしている姿を撮影する。消防隊員になっている俺を発見し、訓練中の姿を撮影する。妻帯者の俺に対しては、奥さんといっしょにいるところも撮らせてもらった。子どもがいる場合は、その子の写真も記録にのこす。

時間跳躍機構を作動させる度に写真が増えた。革製のトランクを入手し、着替えや読みかけの本といっしょに現像した写真を詰めこんだ。革製のトランクには、様々な十年間が収まった。

異なる時間軸で暮らしている俺を発見し、人生に迷っている様子が見られたら、声をかけて悩みを聞いてやる。「今、おまえは何をしている?」「しあわせか?」「何を不安におもって暮らしている?」「大丈夫だ、気にするな」「そんなことで人生だめにはならない」。しあわせになる方法を探していたはずだった。しかしいつのまにか、立ちすくんでいる自分自身を見かけたら、声をかけて悩みを聞いてやるような役回りを演じていた。

邂逅は一時間程度のこともあるし、何日間もいっしょにいてやることもある。彼らがのぞんだら、別の時間軸で撮った写真を見せてやった。手元に欲しいと言われたら、写真を焼き増ししてプレゼントした。あり得たかもしれない十年間、様々な職についた俺の姿、そして家族たちが、孤独な状態の俺の心の支えになってくれたらうれしい。だけど気をつけなくてはならない。あり得たかもしれない幸福な十年間を写真の中に発見し、今の自分の空虚さが際立つこともあるからだ。「この時間軸の俺は、はずれの人生だったんだ」などと悲嘆にくれる馬鹿な奴もいる。そんな奴には、ある新聞記事のコピーを突きつけた。

「こいつを見ろよ。こいつにくらべたら、おまえの人生、あたりみたいなもんだろ？」

新聞記事には事故現場の写真が掲載されている。交差点にトラックが突っ込んで信号待ちをしていた人物が亡くなったという。死んだ人物の名前は柳廉太郎。つまり俺だ。

「事故現場にも行ってみた。自分の人生が終わった場所に立ってみるのは奇妙な気分だった。どんな気持ちで俺は死んだんだろうな。墓に行って線香をあげてきたよ。そういえば事故の件をしらべているとき、偶然に顔見知りと遭遇してしまってね。そいつは俺を見た瞬間、幽霊だとおもいこんで悲鳴をあげていた」

「過去にもどって、その時間軸の俺を生きかえらせることはできなかったのか？」

「無理だ。俺の手元にある時間跳躍機構は現在にしか行けない。死んだ者は死んだまま、そっとしておくしかないんだ。せめてもの救いは、生きている俺にその死を伝えて、自分自身に悼んでもらえることだ」

ひとしきり交流して、他の時間軸へ移動するとき、言われることがある。

「いつまで旅をつづけるんだ？」

俺は首を横にふる。

「さあね、わからない」

「ずっとここにいることはできないのか？」

「この時間軸にはもう、おまえがいるからな」

「俺と交代で仕事に行ってくれたらたすかるんだ。半分は休めるじゃないか」

「ここはおまえが過ごした十年間だ。俺にはわかった。なりすますことなんかできやしない。俺はたくさんの俺に出会ったが、同じ俺はいなかったし、おまえはおまえだ。つまり、俺の居場所はここじゃないってことだ」

　革製のトランクをたずさえて、懐中時計の側面の突起を押しこむ。カチリと音がして、まばたきするよりも短い瞬間に俺はそこからいなくなる。


　自転車で実相寺邸を訪ねたのは、二〇一二年の夏の終わりだった。この時間軸において、実相寺邸のそばにバイパス道路は存在しない。野山と田園がひろがっていた。バスも通っていないため、自転車で移動することにしたのである。稲の青々とした葉が風に吹かれて波打っていた。

　玄関先に現れた俺を見て、ぎょろりとした目つきの老人は、うれしそうに顔をほころばす。母屋の客室へと案内され、彼が珈琲を持ってきてくれる。俺はスプーンで珈琲をかきまぜ、そこにミルクを落とした。回転する黒色の液体の表面に、白色の渦巻き模様ができる。白髪の老人は俺の様子を観察して言った。

「何か話したいことがあるんじゃないか？」

「たとえば？」

「震災の話だ。記憶喪失というのは嘘なんだろう?」

「そういうことにしてあるんだ。みんなにはだまっていてほしい」

俺はそう言うと、ポケットから金色の懐中時計を取り出す。意外にずっしりとした重み。そいつを珈琲の横に置いて実相寺の方に押しやった。

「返すよ、じいさん」

実相寺はそいつを手に取ってながめた。自動車が空から落下した不思議な事件は昨年末に起きている。この時間軸でも彼は時間跳躍機構のテストをくり返しているはずだ。

「こいつはおどろいた。ずいぶんと使い込んである」

落としたり、どこかにぶつけたりしたせいで、金色の裏蓋は傷だらけになっていた。実相寺は言った。

「ということは、やはりおまえは、別の時間軸から来たというわけだ」

俺はうなずいて珈琲を見つめる。黒と白はすでにまざりあっていた。実相寺は懐中時計を慎重な手つきでハンカチでつつんでポケットにしまう。俺は時間跳躍機構を入手した経緯を説明した。ある日、弁護士が訪れて、実相寺の死をしらされたこと。そうとはしらずに時間跳躍機構を作動させてしまったこと。成功した俺を殺そうとして失敗したこと。しあわせになる方法をさがすため、様々な時間軸をさまよいながら、俺自身との対話を積みかさねたこと。実相寺は興味深そうな顔つきで話を聞いてくれた。

「長い旅だったな。しかし、どうしてこの時間軸で旅を終わらせることにした? つかれたのか？」

俺は首を横にふって、珈琲を飲む。

会社や学校帰りの人々が商店街を行き交っていた。夕焼け空の下、彼女と少年があるいている。彼女は買い物袋をもっていた。二人の姿を見失わないように俺は後をつける。

その二人に声をかけるべきかまよっていた。事情を話して写真だけでも撮らせてもらうべきか、それとも話しかけずにこの時間軸から出て行くべきか。

商店街をはなれてしずかな路地に入る。夕焼けで赤く染まった公園に二人は立ち寄った。少年がブランコをゆらしてあそんでいるのを、彼女はベンチに腰かけてながめる。きれいな女性だが、すこしだけやつれている。つかれたような表情を見せる瞬間がある。働きながらひとりきりで子どもを育てなくてはいけないのだ。その苦労を想像して胸を痛めた。彼女の息子の年齢は七歳。小学一年生だ。

俺は公園の物陰から二人の様子を見ていたのだが、そんな俺を気にとめた通行人が不審者だとおもいこんで声をかけてきた。誤解を解こうとしていたら、彼女と少年に気付かれてしまう。

「父ちゃん！」

まずはじめに少年がそうさけんで俺のところに駆け寄ってきた。目をまるくして、すっかりおどろいた様子だ。

「やっぱり父ちゃんだ！　父ちゃんだ！」

何度もおなじことをさけびながら俺の足にしがみついてくる。顔をくしゃくしゃにさせて、ぼろぼろと泣いていた。俺は少年を遠ざけることができなかった。一方、少年の母親は口元に手をあてて、すこしの間、棒立ちになっていた。停止していた時間がうごきだすみたいに、最初はゆっくりとちかづいてきたが、すこしずつ速度をあげて、最後にはぶつかるように抱きついてくる。

「おそいよ、馬鹿！」

彼女は言った。俺が帰ってくるのが、おそかったという意味だろうか？　俺を不審者あつかいしていた通行人はこのなりゆきに戸惑っていた。俺も冷静でいられたわけではない。初対面の二人にしがみつかれているのだ。しかし事情はわかっている。だから俺は、彼女の後頭部と息子の頭をさすりながら嘘をついた。

「だいじょうぶだ、もう、だいじょうぶだから」

この時間軸で暮らしていた柳廉太郎は、二〇一一年の東北の震災に巻きこまれて消えていた。当時、勤めていた会社の出張先が被災地周辺だったのだ。震災以降、俺との連絡はとれなくなり、死体も見つかってはいなかった。彼女は俺を探しに遺体安置所となっていた体育館をいくつも訪ねてくれたらしい。

「信じてたんだよ！　帰ってくるって！」

彼女は言った。俺の顔をまじまじと見て同一人物であることを何度も確認する。震災から一年半ほどが経過していた。死んでいるとかんがえるのが普通だ。それでも本気で帰ってくるとおもっていたのだろうか。息子が俺の足にしがみついて言った。

「もうどこにも行かないでよ、父ちゃん……」

俺は二人をふりほどいて、すぐさま時間跳躍機構を作動させ、逃げ出すこともできた。だけどそうはしなかった。


「記憶喪失のふりをしたんだ。作り話をしたよ。気付いたら海岸に寝そべっていて、自分がだれなのかもわからないまま、ずっとほっつきあるいていたって。じいさんのところにも、その話はつたわってるよな？」

話し終えたとき俺のカップは空になっている。実相寺は珈琲のおかわりをくれようとしたが、それを断って帰ることにした。

「今日はこれから、すこしだけ就職活動をして、早めに帰らなくちゃいけない。俺の誕生日を祝ってくれるらしくてね。ホールのケーキを買ってくれているみたいなんだ。三人では食べきれないくらいの大きさの。まだ記憶は完全には元通りになっていない、ということにしてあるよ。それでも二人は、俺のことを受け入れてくれている」

帰り支度をして外に出た。蟬が鳴いている。田園を通り抜けてきた風に夏の香りがまじっていた。それを胸いっぱいにすいこんでいると、実相寺が言った。

「おまえは私のしっている廉太郎と同一人物ではない。それでもうれしいよ、また会えたことが。震災以降、ぽっかりと胸に穴があいたような状態だった」

「ありがとうな、じいさん。長生きしてくれ。冷蔵庫をうごかすときは気をつけるんだぞ」

「私の死因だったな、たしか。廉太郎、今もまだ、しあわせになる方法をさがしているのか？」

「いや、もういいんだ、そのことは」

俺は実相寺に手を振って自転車に乗った。ペダルを踏みこむと、車輪が回転する。今はどちらかというと、自分がしあわせになる方法ではなく、家族の幸福を願っていた。不思議とそれで心が満たされる。

様々な十年間が詰まった革製のトランクは大事に保管していた。今日これからケーキを前に家族で写真を撮るらしい。そいつも一枚、入れておこうとおもう。

黄金珊瑚《おうごんさんご》

光波耀子

「ケミカルガーデン」で画像検索すれば分かりやすいが、水ガラス（ケイ酸ナトリウムの水液体）の中に金属塩の結晶（硫酸鉄や硫酸マンガン）を入れると、溶液内に植物めいた外見の色鮮やかな生成物が生まれる、という実験がある。高校の実験室で生まれた生成物が黄金色の珊瑚のように成長し、やがて人間たちに向けて指令を出し始める。オーソドックスだが丁寧に纏められたSFホラー。初出は、SF同人誌〈宇宙塵〉四十六号（一九六一年七月号）。本書収録作で最も古い作品である。

私は以前、日本SFの黎明期に女性作家たちが活躍する小説を書いたことがあるが、実際の歴史では、日本SFの第一世代作家を語る時に、女性の名前は通例ほぼ挙がらない。『世界SF全集35　日本のSF　現代篇』（早川書房）に短篇「合成美女」が収録された幻想小説家・倉橋由美子や、『ロマンSF傑作選　夢の中の女』（旺文社文庫）に「聖女」が収録された推理作家・戸川昌子などのように、他ジャンルの小説家の作品がSFとして評価されることはあっても、女性でSFの「ジャンル作家」が登場するのは第二世代以降と見なされている――しかし。

《一九三二年、朝日新聞東京本社に、一円何十銭かのお金をもってきて、火星旅行の基金にと差しだした小学生の少女がいた。が、この当時は宇宙旅行などまったくの夢の時代。この少女の差しだしたお金は、東北地方の風水害の救援資金に入れられてしまった。この少女は、自分の意が通じなかった悲しさに、しょんぼりと帰宅した。この少女が光波耀子

初出：〈宇宙塵　第46号〉／同人誌／1961年刊
定本：『片隅０４』／伽鹿舎／2017年刊

さんだ。》（横田順彌＝編『戦後初期日本SFベスト集成1』徳間書店）

光波耀子《みつなみようこ》。一九二四年東京都生まれ、一九四四年東京女子高等師範学校（現・お茶の水女子大学）卒業。専攻は理科（物理化学科）。その進路には父から「今からの女性は理系でないと駄目だ」と言われたことも影響していたという。一九四五年まで都立北野高校教諭を務めたが、一九四五年四月の空襲で家を失くした後、母親の実家のあった熊本に移住。もともと天文学に強い興味を持っており、「空飛ぶ円盤研究会」に参加していたが、一九五七年に転機が訪れる。当時のことを光波耀子はこう記述している。

《まだSFという言葉がなかった時代の事です。「空飛ぶ円盤研究会」の機関誌上で柴野様の「空想科学小説の同人誌を創りませんか」という呼び掛けを拝見しました。現在のように多数の才能あるSF作家の方々が次々と作品を書かれ、海外からもどんどん入ってくるような時代だったら、読む丈で充分で、非才の私など書く気にならなかったと思います。でも、あの頃は何もありませんでした。違う作品を一冊見付けるのが大変でした。とても満足出来ません。それなら、いっそ「自分で考えて、書いてみて、楽しもう。」そう思って柴野様にお便り致しました。》（柴野拓美編『宇宙塵傑作選〈I〉日本SFの軌跡』出版芸術社）

ここで、創刊メンバーとして、柴野拓美や星新一とともに参加した同人誌こそが、日本SF黎明期を支え、数々の作家を世に送り出した〈宇宙塵〉であった。ちなみに購読費納入第一号だったらしい。一九五七年開催の初例会では、熊本から東京まで駆けつけ、最遠方からの参加者となった。

同誌に、三号の「狂った空間―ある田舎役者の記―」を皮切りに、六号「聖母再現」、九号「紅の桃源郷」、三十三号「えんま」、四十六号「黄金珊瑚」、八十二号「思い出の中に」以上六作品を発表。投票で決められる〈宇宙塵〉掲載作品コンテストでは第一回（第一号〜第十四号）で「紅の桃源郷」が（星新一「ボッコちゃん」と同票で）三位を獲得するなど評判も上々だった。

「黄金珊瑚」は、商業誌である〈別冊宝石〉一九六四年三月〈世界のSF〉特集号にも転載され、小松左京・都筑道夫・半村良・今日泊亜蘭・光瀬龍・筒井康隆・眉村卓・広瀬正・豊田有恒・平井和正の作品とともに誌面を飾った（〈別冊宝石〉はそれ以前もSFとの境界領域の作品を載せており、二月号掲載の仁木悦子・藤木靖子・戸川昌子の作品を、柴野拓美は「SFの味が濃い」と評していた）。〈SFマガジン〉が初めて日本人女性作家の短篇を掲載するのは、一九七二年三月号の藤本泉「ひきさかれた街」なのでずっと後年。つまり「黄金珊瑚」は（恐らく）日本SF史で初めて女性の手による「SF」と銘打って大々的に商業誌に出された短篇であり、光波耀子は日本SF第一世代作家と言っていい書き手だったのだ。柴野拓美は〈別冊宝石〉掲載を受け、〈宇宙塵〉誌上で「黄金珊瑚」を下記のように評している。

《語りくちに余裕のないこと、ストーリー展開のぎこちなさなど、幾つもの欠陥を抱えたこの作品が傑作といえるのは、どこまでもそのSFの本質を摑んだセンスのたしかさの故である。女性だから、新人だから、あるいは仲間うちだから甘いわけではない。既成諸家の誰に較べても遜色のない、まじりけなしのSF的発想を、この人は持っている。もっとどんどん書かせてみたい。》（牧眞司＝編『柴野拓美SF評論集　理性と自走性――黎明より』）

〈別冊宝石〉掲載の後、「黄金珊瑚」は、『日本SF・原点への招待I「宇宙塵」傑作選』（講談社）、鮎川哲也・芦辺拓編『妖異百物語』（出版芸術社）、『片隅04』（伽鹿舎）に転載されることになる。

〈宇宙塵〉から書籍転載されたのはあと二本。月面の地質調査から地球へ帰還した宇宙飛行士二人が、地球で起きていた聖母騒ぎに翻弄される「聖母再現」が『宇宙塵傑作選〈I〉日本SFの軌跡』（出版芸術社）に収録。地上が放射能汚染に満ち、いつ次の水爆が落ちるか分からない時代、誰もが放射能防護服を身に着けている状況で、ワンピース姿の謎の女性が現れる「紅の桃源郷」が横田順彌編『戦後初期日本SFベスト集成1』（徳間書店）に収録されている。

ただ、「もっとどんどん書かせてみたい」という柴野拓美の願いは叶わなかった。「その後は家庭に埋没して創作の筆を絶ってしまった。まことに惜しい気がする。」という柴野拓美の言葉が示す通り、作品発表は途絶。横田順彌は、一九七七年に〈宇宙塵二〇周年を祝う会〉のパーティ席上で、初対面の光波耀子に「もう、SFは書かれないんですか？」と質問したところ、「書きたいんですけど」と、けどに力をこめて答えたことを記している。

光波耀子の息女は、母について次のように語っている。

《SFを書いていたのは、私が赤ん坊の頃までで、私を寝かしつけながら書いていたそうです。私がおなかにいた頃は、その頃ソビエト連邦が打ち上げたスプートニクという人工衛星を毎晩のように屋根にのぼって見ていたそうです。しかし「私は現実主義者だから、SFのような空想の世界などは夢のようで嫌いだ」という父の一言で書くことを断念して

しまったと聞きました。》（森本多代「屋根の上のスプートニク」、『片隅０４』伽鹿舎）

光波耀子は自身の作品以外、すなわち後進の教育でも、ＳＦ界に足跡を残している。「美亜へ贈る真珠」や『黄泉がえり』で知られる第二世代作家・梶尾真治は、中学生時代、会員として初めて〈宇宙塵〉に小説原稿を送った際、柴野拓美から返事をもらい、その中で光波耀子を訪ねるようにアドバイスを受けて、実際に自宅を訪問している。そこで梶尾真治は、自身の原稿を読んでもらい、小説作法を教えられ、更に〈宇宙塵〉のバックナンバーや元々社の《最新科学小説全集》を借りた。以降、何度も家に通ってＳＦ執筆の手ほどきを受けたことを『片隅０４』掲載のエッセイ「光波耀子さんのこと『黄金珊瑚』解説に代えて」で明かし、光波耀子を一番の「ＳＦのお師匠さん」と記している。未完の作品の構想なども聞かされていたという。

《戦争がなかったら自分の好きな道を進み、全く別の人生を歩んでいたのに違いありません。》（森本多代、同上）

二〇〇八年没。歴史が違えば、もっと多くの作品を発表し、日本ＳＦ第一世代作家として世に広く知られたであろう書き手だった。

夜目にもしるく、沖で何かが起り始めていた。そして、私は、今、此処《ここ》に、ウィーゼックの海辺に来ているのだ。呼出しは、昨夜あった。いずれは、こうなる筈《はず》だったのだ。イムラもいる。スローンもいる。あの時以来、会った事のない顔が、そこ此所に見える。私達は、皆たがいに認め合いながらも、黙って、ただ一心に待っているのだ。そうだ、あれから、もう十年になる。リュイニーの、平和な小さな町が、根こそぎ連邦政府の原爆作戦によって壊滅した日から……。

私が、イムラに会ったのは、それよりももう少し前のことだ。当時、私は、政府直属の治安維持局に勤めていた。ある朝、行きつくなり、局長に呼ばれて行った部屋で、引き合わされたのが、その頃、リュイニーにたった一つあった高等学校の教師だというイムラだったのだ。部屋にはすでに同僚のスローンが来ていた。局長は紹介を終ると、突然私に向って聞いた。

「ところで、君は、ケミカルガーデンってものを知ってるか？」

「え！　あの、あれですか、水ガラスの中に硫酸鉄や硫酸マンガンのような、金属塩の結晶を入れておくと、成長するやつ？」

面喰《めんくら》いながら答えると、局長は、重々しくうなずいた。

「そうなんだ。そのことについて、ちょっとした事件が起ってるらしいんだ」

しかし、私は、局長の口調から、言葉とは違ってちょっとした事件どころではないなと云う気がしたのだ。

局長にうながされて語り出したイムラの話は、果して驚くべきものだった。

「……三月程前の事です。化学の教師のマキダに用があって、学校の実験室へ行きました。入る前廊下の窓ガラス越しに見ると、マキダは、丁度、実験台の上に身をかがめて、何か一心に覗き込んでいるところでした。

「マキダ君」

と、何の気もなく声を掛けますと、飛び上がらんばかりにあわてて手でそれをかくしながら、振り向きました。そして私を見ると、

「何だ君か！」

と、ほっとしたように、手で中に入れと合図しながら、弁解がましくこう云うのです。

「実はね、すばらしい発見がありそうなんだ。それでまあ、はっきりしない中《うち》に、誰かに知られるのが嫌だったもんだから……だけど君ならいいんだ」

そして、さっきかくした物を、取り出すと、私の方に向けました。

「何だい、いや、僕は別に見なくってもいいんだよ」

「いや、君は構わないよ。むしろ、僕の発見を見てもらいたいんだ」

嘘でもなさそうでしたから、私も近よりました。

「これなんだ。昨日、一年A組の実験でやらせたんだが、今日見ると、ほら！」

マキダが手に持っていたのは、二百CCのビーカーでした。その中には、私も知っている、ケミカルガーデンの、色とりどりに成長した結晶の、とくさのような姿が立ち並んでいるのですが、ちょっと驚いたことに、その中央に、金色の、輝くばかりの太い幹があるのです。しかも、それは、小さい沢山の枝をつけています。

「何だい、これは！　何を入れたんだ」

「それが分らないんだ。他のは全部わかってるんだが……」

「枝があるじゃないか」

「そうなんだ。そして、どんどん成長するんだ」

「きれいだなあ」

「うん……。一つ、もっと大きい奴に入れて、水ガラスを増やしてみるつもりだ。どのくらいまで成長するかな。楽しみだ」

「そうだな！　だけど、一体、これは何だろう？」

「さあ？　まあそれが分るまで、つづけてみるつもりさ」

それから、二週間ほど、私は雑事に追われて気にはかけながら、マキダを訪ねられませんでした。第一、それほど重大なこととは、思っていなかったのです。その日、学級対抗の野球試合があり、審判に引き出されていた私は、幸か不幸か、ヘルメットをかぶったまま、マキダの所に行ったのです。実験室に、一歩足をふみ入れた私は、びっくりしました。部屋はきれいに片付けられ、真中に据えられた台の上に、高さ一米《メートル》位の水槽が置かれているではありませんか。そして、その中には、黄金色の珊瑚樹《さんごじゅ》が……。

全くそれは、珊瑚というより、いいようのない形をして居りました。そして、そうです。何とも見事な物でした。なみなみとたたえられた水、いや水ガラスの中に、すばらしい枝をつけた、黄金に輝く樹がひろがっているのです。マキダは、台の後にある机に向って、腰を下ろしていましたが、私を認めると、ニッコリして立ち上りました。

「どうだい、すごいことになっただろう」

「うん！　それで……」

と云いかけた私の言葉を引きとるようにして、マキダは云いました。

「そうだよ、もう発表してもいいと思ったんでね。今片付けたところなんだ。まず学校内の皆に見せるさ。君がその一番乗りって訳だ」

私が、もっとよく見ようと、近寄った途端でした。

パッと、何か水槽の上からとび出した物が、私の頭に襲いかかりました。とびのくひまもなく、それは、ヘルメットの上に、バサリ、と乾いた音を立てて落ちていたのです。それと

同時に、何物ともしれない声が、私に
「動くな」

と命令しました。それは、私の運動神経に直接ひびく声でしたし、ヘルメットをへだてているせいか、極めて微《かす》かなものではありましたが、それでもなお、従わずにはいられない、いいようのない強い力をもっていました。私は、そのまま立ちすくみました。

マキダは何も知らぬ気に、笑をたたえたまま云うのです。

「驚いたろうね。これは、まだまだ成長するんだ」

私の頭の中を、微かにですが、しびれるような快感がよぎりました。それは、いわば真の王者を、目《ま》の当たりにした者の喜び、とでも云った種類のものだったのです。屈伏する事によって、一切のわずらわしさから、逃れられるとでも云うような……。

そして、私の体は又、自由になりました。いや、自由にさせられたと云うべきだったのでしょう。

「美しい！　すばらしい。この世の中に、こんなものがあるなんて！」

我知らず、私は、声をあげさせられていました。

「今度は、校長に見て貰おうと思う。水ガラスが、まだまだ要るんでね」

マキダもそうさせられているのでした。私と同じに、悦びをもって……それも、多分マキダの場合には、私より強い力でです。マキダは、私のように、ヘルメットをかぶってはいないのですから……尤《もっと》もそんな事を考えたのは、ずっと後、私がヘルメットをぬいで、自分をとりもどしてからのことなのです。とに角、その時私は、マキダの云うことに、全面的に賛成し、くりかえし、それをすすめて来たのです。

部屋を出て、遠去かるにつれ、次第に、私を捕えた魔力はうすれ、いつもの自分になって来たのが分りました。

「おかしい！」

私は下宿にかえると、部屋をしめきり、ヘルメットを取り上げて調べました。

「それが、これです……」

私達は、イムラの差出したヘルメットを手にして、拡大鏡で調べてみた。表面に、微かな細い金色の線が、網の目のように縦横に走っている。私が爪でこすって見ようとすると、イムラが、笑って手を振った。

「駄目です。私は、ナイフでこすってみましたが、全然！　王水にもつけてみましたが、溶けません。それに、これは、どうもヘルメットの一部になっているようです。表面だけではないんです」

異常な空気が部屋を支配した。それなら、人間の頭に直接かかった時には？　と云う思いが、全員の頭に浮かんだに違いなかった。

イムラは、話をつづけた。

「それから後は、お分かりになるでしょう。今では、学校中がこの黄金色の珊瑚に夢中になっています。もちろん、私だって、例外じゃありません。又かけられたら大変ですから、へルメットは一日中かぶりっぱなしです。寝る時だって、放しません。盗まれでもしたら、ことですからね」

誰も、イムラが、一日中ヘルメットをかぶっていることを、不思議には、思わないらしかった。それだけでも、リュイニーの高校中がどんな工合か分ろうと云うものだ。

「二、三週間前から、水槽は、五米の高さになりました。そして、校外の人間を、見に来させては、全部、黄金の珊瑚の信者に仕立てているんです。リュイニーの町中が、改宗するのも、時間の問題です。改宗じゃない。奴隷化ですかな。ヘルメットをかぶってあいつの側にいる時、私はこんな事は、夢にも考えないんです」

黙ってきいていた局長が、口をはさんだ。

「奴の勢力範囲、つまり、命令を下せる範囲は、どの位あるんだね」

「だんだん拡がります。はじめは実験室の中だけでした。今では、学校中どこにいても、かなり、奴の力は強く感じられます。学校を出ても暫《しばら》くは……そうですね、私のは弱いんです。他の人の場合、恐らく今では町の大半迄及んでいるんじゃないでしょうか。

奴はまだまだ成長します。それは分っているんです。ヘルメットをかぶって、奴のドレイでいる時、私には、奴の未来の姿がはっきり分っているんですが……。今はどうしても思い出せません。どうしてだろう」

最後の一言は自分自身に向っていわれたもののようだった。イムラは遠くを見るような目

——其の後、私達がすっかりおなじみになった、リュイニーの人達特有のまなざしをしたの

だ。局長が呼びさますようにいった。

「所で、あなたがここへ来た事を、奴は、感じてやしませんかな」

「いえ、それは大丈夫です。奴はこちらの思惑なんか分りません。又、分る必要はないんです。完全な王者なんですよ奴は……ドレイが何を考えようと、それを気にする必要がありますか。奴は、自分の思うままにドレイ共を、そうじゅう出来るんです」

とすれば、逆にその点をつく以外に、奴を倒す方法はない訳だ。

その時私はそう思った。

それから長い間、私達は議論を戦わせ、情勢を検討した。そして局長は、近日中に調査に行かせる事を約し、イムラは、リュイニーに帰っていったのだ。

彼が去ると、局長は、私と、スローンに云った。

「いいか、今から俺の云う通りの支度をして、すぐリュイニーに行くんだ。そして、出来るだけ早く調べ上げるんだ。一刻を争う問題だぞ、こいつは……」

「でも、なぜ……」

「イムラと一緒に行かせなかったかと云うのか？」

イムラは、鉄製のヘルメットをかぶって、自分と一緒に行く事を提案したのだった。一日も早い方が好いし、自分がついていれば面倒なく、すぐ見られるからと云って……。

局長はニヤリとすると、云ってのけた。

「イムラだって、ヘルメットをかぶっている時は、奴のドレイだって、自分で云ってたじゃないか。それに、聞いていただろう。ヘルメットをかぶってた時に、分っていた事が、今は分らないって。イムラは本当のことを云ってるんだ。だがそれは、珊瑚の化物が、奴の記憶も、コントロールしてる証拠じゃないか。イムラの云うことを、全部受け入れて、信用する訳には行かないんだぞ」

局長の言葉の正しさは、間もなく、証明されたのだ。

スローンと私とは、局長の云いつけ通り、身支度を整えると、リュイニーに向けて出発した。交《か》わる交わるハンドルを握って、まず海岸沿いに三時間、その間はなかなか快適なドライブだったが、さてそれから、山で囲まれたリュイニーの町まで幾重もの登り下りを繰返す中、あまり楽しいとは、云い難くなって来た。

「あと、どの位だ」

とスローン。

「さあ……。日暮れ迄には着く予定なんだが、僕も初めてなんだ」

「又何と思って、珊瑚の化物め、こんな田舎に巣くったんだろう」

「そこが、そもそも化物の化物たる所以《ゆえん》じゃないか」

「それにしても、大変な道だな。いまどきこんな所が、残っていたのかなあ」

往来の車は殆どなかった。むだ口を叩きながら、ゆられている中、日も西に傾き、どうやら、道も終りに近づいたようだ。

「ちょっと停めないか。多分、あの丘を廻ると町が見える筈だ」

私は、道端の畠の中に人影を見かけたので、車を停めて、声をかけてみた。

「もしもし、ちょっと伺いますが、リュイニーの町は、この先でしたね」

「リュイニーですって！」

振り向いた人影は、四十がらみの農家の主婦らしかった。

「リュイニーへ行くんですか？　お止めなさい。悪い事は云いません。あそこには、悪魔が巣くってるんですよ」

「悪魔ですって？　何ですか、それは」

と、わざと驚いた顔をして問い返すと、

「悪魔ですとも！　まあ聞いて下さい。私の亭主が、あなた、先週の日曜に町まで行って来たと思ったら、どうでしょう」

よほど、思い余っていたと見え、問わず語りに、まくし立てるのを聞いてみると、こうだ。

朝、リュイニーの町に、用があって出かけて行った亭主が、いつになっても帰ってこない。夜どおし待って、心配になったので、探しに行こうとしていると、ようやく帰って来たが、どうして遅れたのか、自分でも訳が分らない。ただ、向うには、素晴らしい樹があった。そして素晴らしい世界があったが、この丘のこちらに来たらどんな物だったか、思い出せない、と云う。余り腹が立つので、嘘の皮をひんむいてやるつもりで、連れ立って丘の向うに行った所が……

「呆《あき》れるじゃありませんか。丘を廻った途端に、あの人ったら、頭をかかえて、

『ああ、分るような気がして来たぞ。そうだ、そうだ』

って云うんですよ。あたしゃ、何ともないんです。ですからね、

『しっかりおしよ』

って一つ、背中をどやしつけてやったんです。でも駄目なんですねえ。ボーッとしちゃってて。其の上、丘のこっちに住む、なんて云い出しましてね。ええ、向う側にも農地があるんです。そこの作業小屋に寝泊りしちゃって、ここの住いの方には来もしません。何か呪いにでもかかっちゃったんですよ。きっと……。まあ、もう暫くしたら、おさまるだろうと思ってしたいようにさせてますけどね。全く、困りますよ」

「そりゃあ、お困りでしょう。一体、何があるんでしょうね」

「何でも、高等学校に素晴らしい樹があるんだ、お前も一度拝んで来るといい。なんて、それ許《ばか》り云うんです。あたしゃ云ってやりましたよ。いくら有難い樹かしらないけど、お前さんみたいに気が抜けちまうのはごめんだから、行かないよ、ってね。そうなんですよ。まるで性根を吸いとられちまったみたいでねえ。前は、あたしとこは、そりゃあ働き者だったんですよ。所が、あれからってもの、仕事をする事はするんですがね。何だかボーッとしてるんです。時々ぼやっとした眼付《めつき》でじっと立ち止っちゃったり……。あたしも、はじめは女でも出来たんだろうなんて思ったんですけど、どうもそうでもないらしいんですよ」

――とすると、あの丘は、珊瑚の化物の出す精神波の防波堤の役をしているのか――

私は、咄嗟《とっさ》に考えをめぐらすと云った。

「いやあ、お話を伺ったら、何だか気味が悪くなって来ました。実は、此の付近の地質調査の為に来たのですがね。ええまあ一週間程滞在する予定なんです。でも、そんな風じゃあ、リュイニーの町に宿を取るのは、気が進みませんなあ。あちらは、調べに行くだけと云う事にして、どこか此の辺りにとめて下さる所はないでしょうか」

「お泊りになるんですか。十日やそこらなら、私とこのはなれが空いてますから、いらっしてもいいですよ。ろくなおもてなしは出来ませんけどね」

「本当ですか！　それは有難い」

渡りに舟と頼み込むと、人の良さそうな女は、簡単に承知してくれた。

部屋に落着くと、スローンがポッンと云った。

「驚いたね、奴の支配力は、既に三粁《キロメートル》の半径を越えているぜ」

全く、その通りだった。地図を見ると、今私達のいる所から、リュイニーの町まで二粁、そして、町に入って、高等学校迄が、また約二粁なのだ。

「とにかく今日は、もう行っても駄目だ。周囲の状況調査だけにして、学校には明日行こう」

翌朝早く私達は、再び車に乗って出掛けた。学校につく前に、一通り町の様子を確かめたかったのだ。出掛ける時、私達はどんな別行動をとっても、毎日、午後六時には、此所に戻って来て、一日の報告を纏《まと》め合い、それを局長に打電するよう打合せた。後にして思えば、その時、そう決めたことが、どんなに幸せなことだったか分らない。

リュイニーの町は、一見何の変りもないように見えた。普通の、その辺にある町と同じで、平和にのんびりと、規則正しく息づいている。

「別に何も異常はないね」

と私。

車を運転していたスローンは黙っていたが急に、「畜生！」

と呟くと、速度を落した。

「どうかしたのか？」

「いや別に」

と云いながら、その後の、スローンの運転振りは、頗《すこぶ》るおかしかった。時々、ぐいと、ハンドルを切る。速度を落す。両側の町並に気をとられていた私が、たまりかねて、口をはさもうとした時、スローンが車を停めて、

「ちょっと代ってくれないか」

と云った。見ると、スローンは玉の様な汗を浮べているではないか。気分でも悪いのだろうと思って交代して見て驚いた。

「何だ、此の町は……。どいつもこいつも交通規則を知らないのか！」

「と、思いたくなるだろう！　俺も最初はそう思ったんだ」

スローンは、ニヤニヤすると云ってのけた。

「だけど、そうじゃないね。どうもさっきから見る所、連中は、気が抜けてるんだ」

そう云われてよく見ると、成程、車の前方に歩き出して来る人影は、他でよくあるように、パッと飛び出して来るのではなく、何も考えずに歩いていると云った調子なのだった。わりと人が少いので自分でハンドルをとってみなければわからない程度だが、老人、幼児などでなく、立派な成年男女が、通りを横切るのに、道の左右もみなければ、警笛を注意もしないで、ただふらふらと歩く為にだけ歩いていると云う様子なのだ。仕方なく、私は車の速度を落して進んだ。

「うまく出来てるなあ！」

とスローンが感にたえたような声を出した。

「何が？」

「いやね。連中の車だよ。僕は他の車が、どうしてるのか気になってたんだが……見ろよ、運転してる方も、気が抜けてるんだろう、ふらふらと、ふらふらで、結構うまく行ってるじゃないか」

全く妙な物だった。気がつき出すと、一から十までおかしくも思われる。商売をしている人、道行く人、街角に立っている警官、皆それぞれに自分の仕事をやっている平凡な姿なのだが、何かしら一種の無関心さがすべてを支配しているのだ。どことなく、夢を見ている様な、遠くを眺めている眼付。そうだ、私達が昨日、イムラに会った時チラリと見せられた眼付、それが、此の町の人達、果ては犬猫に到るまで、すべてが持っているものなのだった。そして、その傾向は、高校に近づくにつれて、ひどくなっていた。一度などは、大きな声で、車の前に出てきた若い男をどなりつけまでしたのだが、相手は、まるで無関心な目で見かえしたに過ぎなかった。怒りもしなければ、あやまりもしない。唯《ただ》、自分のしようとした事をさえぎられた事に対して何となく意外に思っている。と云う顔付だった。私は力もなにも抜けてしまって、黙ってだらだらと運転をつづける外《ほか》なかったのだ。

次の曲り角で、念のため車を停めて、道を尋ねた時、私達は更に驚くべきことにぶつかった。そこは、一軒の食料品店だった。主人がカウンターの後に立っているのが見えたので声を掛けようとした時、客の一人が、

「洋辛子を下さい」

と云っているのが聞えた。そして、次の瞬間、主人は、いとも悠然と、何かのジュースのびんをとり出して包み、客はだまってそれをうけとると、金を払って出て行ったのだ。

「何だい、あれは！」

「…………」

「この調子だと、道を聞いても、ちゃんと教えてもらえるかな」

と私。妙な顔をして二人の男が車の窓から乗り出して見ているのだから、普通なら誰か何か御用ですかとでも尋ねるべき所だ。それなのに誰一人気にもとめないのだった。そして、私達の前を又何人かがすまして店内に入り、先ほどと同じような光景がくりかえされた。

「俺達のいるのも見えないのかな」

「そうじゃないね。多分気にならないんだ」

スローンは答えると、店内に向けてどなった。

「もしもしリュイニー高校は此の先でしたね」

店内にいた人が、一度に振り向くと、一斉にうなずいた。

「その角を、右に曲るとすぐ見えます」

「ありがとう！」

私は手を振ると車を動かした。

「話しかけられれば、つまり用事があれば答えるんだ。大事な事らしいな。無駄な、目的のない生活、好奇心とか、情操とか、そんな物はないらしいね」

とスローンがいった。

「うん。いわば惰性で、暮してるってとこかな」

と私。

「そうだ、今迄の生活を、ただ機械的にやってるだけなんだ。まあ、いずれはっきり分るだろうが」

教えられた所に、高校はあった。用件を話すと、イムラはすぐ出て来た。成程、ヘルメットはかぶったままになっている。予定より早く着いた私達を見て、当然何かの反応があるものと予想していたのだが、それは完全に裏切られた。イムラはそんな事には、何の関心もない様子で、実に淡々としているのだ。

「すぐにごらんになりますか？」

「ええ、よければ是非」

「ではどうぞ……」

イムラの後に従いながら、廊下で私とスローンは、用意したヘルメットをかぶった。

「前は実験室でしたが、御成長が早いので昨日、体育館の方におうつしました」

イムラは抑揚のない口調でそう云うと、私達を体育館の入口に案内した。そして、

「此処は脱帽になって居りますので、かぶり物はおとり下さい」

と云うのだ。

「しかし、君！」

スローンが、あわてて抗議しかかったとき、イムラは扉を開け、私達を押し入れながら、ヘルメットをはねとばしたのだ。局長の言葉が、閃光《せんこう》のようにひらめいた。

「ヘルメットをかぶっている時は、奴のドレイだって、自分で云ってたじゃないか……」

そして、次の瞬間、私は、頭にバサリと何か落ちかかるのを感じた。

はげしい目まいと、かつてない激動とを感じて、私は立っていられなかった。頭のなか全体がゆすぶられ、思考も感情も、ずたずた引き裂かれるような気がした。そしてそれが次第におさまって来た今、私の目の前にある、これは何だろう！

黄金の珊瑚樹！　高さ十米程の大きなガラスの水槽の中に、きらめく此の姿は……

それこそは、永遠の美であり、真のえい知そのものだった。此の樹は未《いま》だ幼い。だが、やがて、そう遠くない日に、この水ガラスのゆりかごを出て、地上に移し植えられるのだ。そ

して、今は不要な日光の助けを借り、地にあり余る珪素《けいそ》を直接に吸収して、いよいよ大きく、美しく、逞《たく》ましく成長し、あるべき姿のまま、他のあらゆる種族の上に君臨するのだ。それから、樹は花をつけ、実をつけて更に、己れの支配を全うするため、子孫をふやして行くだろう。それが、宇宙の姿であり、神の摂理なのだった。人類の未だ到達した事のない真理そのものを目のあたりにして、歓喜の叫びをあげない者があろうか。私は流れ落ちる涙を拭う事もせず、時の経つのも忘れ、長い間歓びに浸りきって、立ちつくしたのである。

何時の間にか、外は夕やみが立ちこめていた。何をするのも大儀だった。ただこの黄金の珊瑚樹の命ずる儘《まま》に動く事だけが生き甲斐《がい》のような気がし、地上すべてが黄金色に埋る日が来るのを待ち遠しく恋い焦がれるのだ。

体育館正面の大時計が、五時四十分をさしていた。混濁した意識の底で何かが私を呼んでいる。そこへ行かねばならぬらしかった。嫌だった。どこへも行きたくない。このまま此処で、感激に身をゆだねていたいのだ。私は弱々しく抗《あらが》った。しかし何かの声は強固だった。どうしても行かねばならないのだ。それは、黄金の珊瑚の望みでもあるらしかった。私は、嫌々立ち上ると、夢遊病者のような目と足どりで部屋を出た。互いに相手を認めはしなかったが、全く同時にスローンも立ち上り、部屋を出たのだ。何のために車を走らせているかも分らず私達は一路丘の向うに向けて進んでいった。

町を遠ざかるにつれ、酔ったような気分はうすれて行き、丘の近くに来た時は、今までの事が、まるで嘘だったように思えて来た。二人共、一言も口を利かなかったが、考えているのが同じなのはよく分っていた。丘をまわって、宿についたのは正六時、先ほどまでの歓喜の情は跡かたもなく消え失せ、どんな気がするのかさえ、思い出せなくなっていた。私達は、時計を確かめると、顔を見合わせ、どちらからともなく、ホッと溜息をもらした。

「局長は、先見の明があったなあ」

とスローン。私達は部屋にくつろぐと、頭にかぶっていたかつら――鉄の帽子に毛をうえつけた奴だ――をぬいで、しみじみと眺めた。黄金色の細い糸が縦横に走っている。

「六時には必ず帰る事に決めておいてよかったなあ」

と私が云うと、スローンも深くうなずいた。

「そうしとかなかったら、きっと今頃はまだ、あそこにいて、奴の魔力のとりこになってた所だな。何にしても運がよかった。これで第一戦は握ったたってとこかな」

だが、そうは行かなかった。いよいよ局長へ報告する段になって、二人とも、あれ程、ありありと分っていた事が、一つも出て来ない事に気づいたのだ。唯云えるのは町の人々が珊瑚の糸をかけられる前に行なっていた仕事、日常の些事《さじ》等は、恐らくは人類を生存せしめ、使役する為に許容されているらしいと云う事だった。取りあえず、事態の容易でない事を打電し、黄金珊瑚の魔力の影響を思い出せる限り交互に並べ立てたのだが、恐らくあの第一報では如何な局長も、何も分らなかったに違いない。

それから後の幾日か、私達は、手分けしてかつらをつけず、リュイニーの町を探り歩いた。

その結果、リュイニーの町中、殆ど全員がすでに黄金珊瑚の洗礼を受けている事が、分ったのだ。どの人も皆、よい人達だった。一人として、他人の邪魔になる様な事はせず、自分の事だけで、ひっそりと、おとなしく暮しているのだった。私達は、誰からも妨げられる事なく、不審気な目一つ向けられずに、町中を歩廻った。こちらから話しかけない限り私達に言葉を掛ける人もいなかった。たった二度の例外を除いて……。

例外の一つは私がリュイニーの中央公園に行った時の事だった。公園は美しく手入れされていた。たまたま水の入っていない散水器を押してうつろな目で園丁が歩いていたにしろ、立派に掃除はいきとどき、中央の噴水は五色の水しぶきを立てていた。人影は殆どなかった。町中の人は、それぞれの仕事で忙がしかったのだ。池を廻って樹影に足をふみ入れた時、

「よいお天気ですな！」

年老いた声が、私を呼び止めた。ハッとしてみると、七十位の老人がベンチに腰を下しているのだ。

とうとう、見付けた。此の人に尋ねれば、町中の狂った様子もはっきりして来るだろう――私は期待に胸をおどらせて、老人の前に立ったのだ。

だが……。空しかった。

「此の頃は、めっきり、話相手もなくなりましたわい。私は、もう五年程、毎日この公園に来て、皆さんとお話するのが日課でしたがな。話もなあ、なかなか……」

老人のまなざしは、リュイニーの町人のそれだった。出会った人と話をするのが、此の老人の仕事だったのだ。老後の楽しみであったに違いないその日課が、老人の珊瑚に託された

仕事になっているのだった。相手の返事が何であろうと、話している事が、支離滅裂であろうと、老人は、誰かに話かけていなければならなかったのだ。恐らくは、一日の大部分を此所に坐ったままで……。

もう一つの例外は……私はサリーを思い出す。サリーは可愛らしい四才の女の子だった。初めてサリーに会った時、（後で考えると、サリーだけが、それこそ本当に唯一人の例外だったのだが、その時は未だそうは思っていなかったのだ）彼女は、交通事故で、折った左足にギブスをはめて、病院の廊下をひきずりながら歩いていた。さえぎられないのをよい事に、私が一人一人の患者をのぞきこみ、面会謝絶の部屋の中まで確かめて失望を新たにしながら出て来た時、サリーに会ったのだ。

「おじちゃん！」

みると、人なつっこい目が笑いかけていた。

「おじちゃん、どこから来たの？」

「おじょうちゃん。どうしたの」

「あたしね。サリーよ。あのね。自動車にはねられたの。でも、もういいのよ。明日はこれとってあげるって、ママが言ったもの」

私は、何故あの時、サリーを連れ出してしまわなかったのだろう。あのときすぐに、彼女はリュイニーの町から離れるべきだったのだ。

「ママはどうしているの」

「ママもカンゴフサンも、此頃はとっても忙しいの。私が怪我した頃はひまがあったのよ。でも段々忙しくなって、今は全然遊んでくれないのよ。初めは痛くても皆で遊んでくれたから楽しかったけど……。

私、明日これをとってもらって、それからちょっとしたらかえれるの。うれしいわ。おじちゃんもそう思わない？　おじちゃんもやっぱり忙しいんでしょ。大人ってどうして忙しいのかしら」

私は思わず微笑して、此の少女の抗議にうなずいた。もう一度云う。なぜあの時助け出さなかったのだろう！　翌日、スローンに計って、迎えに行った時、サリーの足からギブスは、はずされていたが、彼女の眼の生き生きした輝きは失せて、ものういリュイニーの町特有のものにとって代られていたのだ。歩く許可が出るや否やサリーの母親は、高校に行って来たのだ。かわいらしい呼び掛けも、もうきかせては貰えなかった。私は、サリーの無関心な目の前に立ちつくす外なかったのだ。

此の町では、どこの家にも客になれたし、ちょっと頼みさえすれば、食事も共にして貰えたし、家族の団らんに加えてもらうことが出来た。尤も笑い声がするでもなし、談論がはずむ訳でもない頗《すこぶ》るひそやかなあつまりなのだが……。

私達は又、ある家で、衰弱しきっている患者を見付けた。病人は、素人目にも分る位に危険に見えた。

「どうしたのです」

と云う問に答えて、家人は云った。

「脳にはれものが、出来てるそうで、手術をしなければならないのだとの事ですが……」

「じゃ、なぜ早く入院なさらないのです」

「此の町の病院では駄目だそうで、ナリス市の国立病院まで行かなければなりませんので…

…」

見た所、費用に困る様な生活ではなさそうだった。結局、連れて行く者がいないのだった。皆、リュイニーの町を離れたくなかったのだ。いや黄金珊瑚の意志が町から出る事を許可しなかったのだ。肉親を思う情さえ、黄金珊瑚の魅力には勝てないのだった。

「私がお連れしてあげましょう。一日も早く入院させなければ危険ですよ」

それに対して、家の人達は誰も反対しなかった。申し出を断る理由はないのだ。所が出立の時になると、声もろくろく出せない病人が、行くのは嫌だと云うのだった。現在の状態では、黄金珊瑚は、己れの影響の及んでいる者は一人もリュイニーから出したくないものらしい。病人の為だからと頑張って、無理に車に乗せたのだが、行くまいとして、衰弱し切った軀《からだ》で、必死にあばれるのだ。とうとう睡眠剤の力を借りて、どうやら無事に、治安局差廻しの病院車へ、リュイニーの丘の外で乗り移らせた時は、二人共へとへとだった。後で聞いた所では、手の施し様もない病状だったとの事だが、黄金の糸はその脳組織の最深部までのこりくまなく浸透していたという。

まだ色々と思い出す事はつきない。本当に皆、よい人達だった。私は云いたい。私達は政府がどの様な手をうつか想像もつかず、ただ命ぜられたままに、リュイニーの状態を調べ報告しただけなのだ。

私達がついてから、五日目だった。黄金珊瑚は、脱皮した。つまり、水ガラスを必要としないまでに成長し、その素晴らしい容姿を、校庭に現した。勿論、リュイニーの町中の人間が奉仕したのだ。お祭りのような一日だった。そして、私達にとっては、とても工合の悪い事になった。黄金珊瑚は、人間の心を読む事はしなかったが、己れの命令の届かない者は容易に見付け出したのだ。従ってもしかつらなしで、リュイニーの町に入っていけば、珊瑚の意志のままに動く人々の手で再び黄金の糸をかけられる地点までつれて行かれる恐れが十分にあった。しかも、黄金の糸の射出距離は想像外のものであり日増しに延びてもいるようだった。だが、かつらをつけて町に入ったのでは、自分の心がもてあそばれるだけで、調査の成果は一つも上らない。報告が出来ないのだ。じりじりしている中にも黄金珊瑚はめきめき成長していった。今では、丘を廻って宿にかえりついても、その力は及んで来る。まだ力が弱いので、かつらをぬぐだけの事は出来た。そしてやがて……あの怖ろしい日が来たのだ。

その日、町から帰った私は、かつらをとった。やっとの思いで攻めつける珊瑚の意志にさからって、ぬいだのだった。が、それなのに、なお執ように、黄金珊瑚の意志は、伝達されて来るではないか。かすかに、かぼそくはあるが、それは、絶え間なく未来世界の夢を、美を、訴え送って来るのだ。私は、頭をかきむしった。恐ろしい疑念が湧いた。かつらの鉄を通して、黄金珊瑚の糸は、私の頭に直接届いたのだ。そうに違いない。絶望が私を捕えた。

そして、部屋の一方で凝然と立ちすくんでいるスローンを目にした時、疑念は確信に代ったのだ。何も口には出さず私達は、交互に、無電のキイを叩いた。必死の勇を振《ふる》って、激しい命令に逆らいながら、本当に死ぬ思いで、報告を送りつづけたのだ。私達の頭の中に微かながら想像を絶する力で流れ込んでくる黄金珊瑚の世界を、すべてを、そのまま局に打電したのだ。いま思って見ても、よく出来たと思う。打ち終った時、私達は、精も根もつき果て、そのまま気を失ってしまったのだ。

その晩の中に局からの命令が届いた。私達は、イムラを探しに、車をリュイニーの町に向けて走らせた。黄金珊瑚の意志にふみこまれて、頭の中は、千々にみだれてはいたが、これは仕事だったのだ。イムラは家にいた。呼び出した時、いいあんばいに、イムラはヘルメットをかぶっていなかった。もし、かぶっていたとしたら、私達も無事脱出出来たかどうか疑わしい。多分イムラは私達をもっと強力に、珊瑚の勢力下におくため、逆に珊瑚の方へ連れて行ったに違いないからだ。勿論私達の例からしても、イムラのヘルメットの意義は淡くなっていた訳だ。それでもまだ一般のリュイニー人達よりよかったのだ。私達は破滅からまぬがれたのだから……。イムラは、政府からの命令だから同乗するようにと、すすめると、ちょっとためらった。それから、

「すみません。身の廻り品を持ち出す時間はありますか？」

とたずねた。私は時計を見た。指定の時刻は迫っていた。待てないと云おうとした時、或る想念が私の心を捕えたのだ。それはかすかな力ではあったががっきと私の心を捕え、おさ

えつけ、イムラの申出を承知させようとし、未来への小さな希望の灯をちらつかせて見せたのだ。

「かっきり五分。それ以上は待てない」

「結構です」

イムラは室内に、とってかえすと、小さなトランクと手提をもってとび出して来た。受けとろうと手を延ばしたが、イムラは、

「いいえ、大丈夫です」

意固地な位、固く拒絶すると、自分だけで車内に荷物を運び込んだ。余程大切なものが入っているようだった。その時、私は、未来の夢と共に、ある一つの呼声をひそかにきいた。私は、だまって立ちつくした。

「時間だぞ」

スローンの声に、ようやく何とか自分をとりもどして、私も車に乗った。夜中で幸せだった。私達の車の外には、人っ子一人、猫の子一匹、町の中には見えなかったのだ。その晩は、黄金珊瑚にとっても大事な夜だった。私の頭にしのび入って来る想念からその事は分って来たのだ。リュイニーから二十粁程離れた時、珊瑚の呼びかけは、パッタリとまった。そして、私達は、ようやく自分をとりもどし、それと一緒に、リュイニーの町が住民もろともに爆破された、巨大な原子雲の立ちのぼる姿を目にしたのだった。私達より前に、周辺地区の人々や、宿をかしてくれた農家のような汚染されていない者達は、国家の手で、事情は知らされ

ないまま、強制的に立ちのかされていた。

私達は、リュイニーの町から逃れた文字通り最後の人間だったはずだ。

私達は、だまりこくっていた。三人だけにしか分らないある物が、そこにはあった。

山道が終り、ウィーゼックの海岸を走っている時、イムラが暗い声でいった。

「ちょっととめてくれませんか。少し考え事がしたいのです。すみませんが、しばらく一人にしておいて下さい」

そして、イムラは一人で車を降り、崖の上から海の向うをじっとみつめているようだった。

その晩も、今夜のように星あかりだけだった。波頭のくだける音が、たえまなくきこえる外は、天も地も暗くしずまりかえっていた。最前見た、原子雲の輝きが、嘘のような気がするくらい何事もないたたずまいだった。

一つの大きな岩のかげにイムラの姿がかくれた時、スローンが、半ばひとりごとのように云った。

「分る様な気がするねえ。あの人は、一度に知り合いを全部なくしたんだ。それも、もとはと云えば、自分の言葉から出たようなもんだからなあ。一人でいたいと思うのは、無理ないよ」

しかし、その途端、私はある事に思い当った。

「ちょっと待ってくれたまえ」

私は車をとびおりると、イムラが姿を消した岩に向けて急いだ。

「暫くいう通りに一人にしてやった方がいいぜ」

スローンの引きとめる声を無視して私は行ったのだ。イムラは岩蔭にしゃがみ込んでいた。

「何をしていたんだ」

イムラはハッとして飛び上ると
「どうして来たんです。何故一人にしておいてくれないんです」

と激しい口調でなじった。

「イムラ君……君は考えちがいをしているよ。そんな物は捨て給え。人類は幸せになりゃあしない。君のしている事は、人類の滅亡を意味しているんだ」

イムラは黙ってうなだれた。

「分っているんだ。どうして君がそうしなければならないかもね。だけど、それだけは止めたまえ。こんな物は、こうするがいいんだ」

私はいきなり手をのばすと、イムラがかがみ込んでいた岩かげに手を入れて、ビーカーをとり出し、とめようとするイムラの手を振り払うと、遠く崖下の海の中に、絶え間なく騒ぎ立てている波の音の中へ放り込んだのだ。

「アッ!」

と小さな叫びをあげて、イムラは私の手の先をのぞき込んだ。

「これでいいんだよ」

「でも、どうしてあなたは……」

「僕は今夜聞いたんだ。今夜が、第一回目の実の穫れる時だと云う事をね。君と一緒にずっと聞きつづけて来たんだ。そして、君がヘルメットをぬいでも、あいつの呪いからぬけられなくなってる事も分ってたんだ。誰と誰が、奴の種子を托《たく》されてもっているのかが気になっていた。だけど、これで、もう大丈夫だ。もういいんだよ。誰にも云やあしないよ。我々は、呪いから完全に抜けたんだ」

イムラに、我々と云った私の言外の意味が汲みとれただろうか。とまれイムラは、初めて安心した色を焦衰しきった顔に浮べて私を見ると口もとをほころばせたのだ。

だが……それでよかったのだろうか？

私の頭を疑念がよぎる。

海中に放り込んで、それでよかったのだろうか。海水は水ガラスではない。

しかし……万物の母胎たる海水を媒体として、海底から珪素を摂り、黄金珊瑚が成長することが、果してないと云い切れるものだろうか。

更に、私が海に放り込んだ事自体、本当に私の意志でした事だったのだろうか？

そして、あれから十年……

呼出しは昨夜あったのだ。イムラもいる。スローンもいる。黙りこくって、暗い海をみつめながら、寄せかえす波の音をききながら今、私達は此処に来ている。

地球上に於ける人類の支配の終りを告げる弔鐘の第一声を、自分達の手で打鳴らそうとして、私達は、此処、ウィーゼックの海辺に来ているのだ。

夜目にもしるく、沖で、何かが起り始めている……。

ちまみれ家族

津原泰水

奇怪な業を背負った一家の、想像を絶する流血まみれな日常。作者名を伏せれば誰が書いたのか想像もつかなさそうな異色作だが、稀代の幻想小説家として知られる津原泰水の、変幻自在な作風の中でも「ギャグ」に全力投球した珍しい一篇。この作品がＳＦなのかどうかという議論もあるだろうが、とにかく一読忘れがたいインパクトを残す本作を世の読書人に広めたいと思い収録した。

《あれ（ちまみれ家族）は畏友・田中啓文が「僕が追求しているのはギャグなんですよ。津原さんのはしょせんユーモアや」と挑戦的なことを云うので発奮して書いたのだが、なんで発奮する必要があったのか、今となっては思い出せない。「ちまみれ家族vs火星人」などの続篇まで考えていた。》

と著者本人はツイッターで語っている。どうやってこの家族が火星人と対決するのか見てみたかったが、たぶん続篇が書かれることはないだろう。初出は「血」をテーマにした津原泰水監修の書き下ろしアンソロジー『血の12幻想』（講談社文庫）。ちなみに田中啓文は、汗の代わりに血を流す野球少年・星吸魔《ほしきゅうま》が主人公の「血の汗流せ」（河出文庫『イルカは笑う』収録）を寄稿している。

津原泰水《つはらやすみ》は一九六四年広島市生まれ、青山学院大学卒。一九八九年、津原やすみ名義で少女小説作家としてデビュー。一九九七年刊行の『妖都』以降、津原泰水名義で著作を刊行し、怪奇小説・幻想小説を中心に、『ペニス』『少年トレチア』（以上、ハヤカワ文庫ＪＡ）、『蘆屋家の崩壊』（ちくま文庫）から始まる《幽明志怪》シリーズなど多数の著

初出：『血の12幻想』／講談社文庫／2002年刊

作がある。

長篇においては、近未来のアクアポリスを舞台に、少年が蘆屋道満の末裔を名乗る女性に導かれ、アクアポリスを滅ぼし得る濡女や牛鬼と対峙することになる、ジャンル越境的な『アクアポリスＱ』（朝日新聞社）もＳＦとして語られることがある。しかし最もＳＦファンにリーチした長篇は『バレエ・メカニック』（ハヤカワ文庫ＪＡ）。七本足の蜘蛛が出現し、あちこちでモーツァルトが鳴り響き、高速道路に津波が押し寄せる、といった都心に起きる異常現象の背後に、九年間昏睡状態である少女の存在があった——というシュールな幻想小説が次第にサイバーパンクへと転調する唯一無二のＳＦ。

私が津原泰水の名を最初に意識したのはＳＦではなく、『ラヴ・フリーク　異形コレクション』（廣済堂文庫）に収録された「約束」（のちに創元推理文庫『綺譚集』収録）だった。「美しい話だ。タカシとエリカは一六歳。夜の観覧車で出合った。」という一行目から目を釘付けにする偶然のラブストーリーは美しく、しかし雲を掴むごとき異常な風味のラストで、鮮烈な印象を残した。

ＳＦに区分しやすい短篇またはＳＦに区分されたことのある短篇は、『11《イレブン》』（河出文庫）にほぼ網羅されている。収録作のうち「五色の舟」は、戦時中、異形の見世物一座がくだんに会いに行こうとする冒頭部から、ＳＦ用語を排しつつ思わぬＳＦ展開を見せる抒情的作品。〈ＳＦマガジン〉七百号記念のオールタイム・ベスト投票で国内短篇部門一位に輝いた。「テルミン嬢」は、脳手術を受けた結果、特定の男性が近づいた時にアリアを歌う体質になってしまった女性の数奇な生涯を描く物語で、『２０１０年代ＳＦ傑作選』1巻（ハヤカワ文庫ＪＡ）にも収録した。亡くなった娘の遺品として大量の延長コードを渡される「延長コード」は、『逃げゆく物語の話　ゼロ年代ＳＦベスト集成〈Ｆ〉』（創元SF文庫）にも、地主の嫡男が徴兵される領民の身代わりに出征したことで思いがけない人生を辿る「土の枕」はSFどころか超常要素さえないが『年刊日本SF傑作選　超弦領域』（創元SF文庫）にも収録されている。

SF周辺の短篇で未収録のものはあまり多くない。『NOVA＋　屍者たちの帝国』（河出文庫）収録の「エリス、聞えるか？」は屍者が作曲した音楽がもたらした騒乱を、森鷗外『舞姫』と絡めて語る。『NOVA　2019年秋号』（河出文庫）収録の「戯曲中空のぶどう」は、近未来の高層ビル屋上階において、マンドリンを弾いている男に別の男が話しかける――という導入から状況が二転三転するレーゼドラマ。電子雑誌〈アレ！〉vol.2掲載の「斜塔から来た少女」は小松左京のSFジュブナイル「空中都市008」へのオマージュで、富裕な空中都市の少女が、見学に訪れた地上世界で社会構造の暗部に触れる物語。変わったところでは、『ホラーウェイブ01』（ぶんか社）の「幻獣たち」はウルトラマンオマージュの掌篇群で、「第二夜」はカルトに人生を歪められた女性と宇宙怪獣の関係を、「第三夜」は元科学特捜隊隊員の酔い語りを扱っている（「第一夜」は「夜のジャミラ」として『綺譚集』に収録）。

ストイックなまでの短さに物語を切り詰めることも特徴で（私は自作のページを削りながら「なぜこの小説は『土の枕』みたいに短くならないのか」と頭を抱えたことがある）、数が溜まらないと本にならないため次の短篇集が出るのはずっと先かも知れないが、首を長くして待ちたい。

「母さん、麗美《れいみ》、バンドエイド」

秀行《ひでゆき》の呼び声を聞きつけたわたしは、今しも唇をつけんとしていたマヨネーズのチューブに蓋をし冷蔵庫に戻し、テーブルの上の救急箱からバンドエイド（と家族は呼んでいるが類似の純国産品）の箱を取りだして台所を出た。こういう行動を毎日のように繰り返している。マヨネーズではなくて救急箱のほう。マヨネーズを吸うのはよほどの空腹時だけだ。週に一度もやらない。

本当は、わたしも母も留守の時やわたしたち自身が怪我をして帰ってきた時に備え、玄関の下駄箱の上にもそっくり同じ救急箱が置いてあるのだ。だが秀行といい父といい、血が出たというとわたしたちを呼び出さずには気がすまないらしい。見せたいのかもしれない。わたしたちもついついそれに応じてしまう。家庭の習慣というのは多くが非合理的だ。

「ああもう、もったいない」

玄関の秀行を見て溜息《ためいき》をつく。惜しんでいるのは流出した血液ではなく、これから消費されるバンドエイド（の類似品）だ。箱が空になってしまうかもしれない。弟の顔は一面あますところなく赤々と輝いていた。髪もシャツもねっとりと重たげだ。どちらも黒だから一見したところ色に変化はないけれど。

「死にかけたら帰ってくるな。予備校で死ね」

「猫か。あとなんか拭《ふ》く物。おれの血じゃないのよ。駅のほうにまたセブン‐イレブンが出来たじゃんか、バブルっぽいマンションの一階が」

「はい、ずっと廃墟《はいきょ》だったとこ。むかしフェラーリ売ってたのよ。だれが買ったんだろ、フェラーリ」

「知らん。そこ出てきたら、上で、どんって音がしてさ、簷《のき》の上になんか落ちたなと思って顔出したら、血の雨が降ってきた。飛降り。落下事故かもしれないけど」

「まあ近所でそんな、ホラー小説の幕開きよろしく」

「顔だけ簷の外側に飛びだしてたから、見たよ」

「屍体《したい》の？　知ってた？」

「知ってるもなにも、むかし麗美が追っかけてたバンドのほら。あそこに住んでたか」

「車崎《くるまざき》。下北沢シェルターの楽屋でわたしの純潔を奪った」

「何度めの」

「思いだしても寒疣《さむいぼ》が立つ。化粧の下の桜桃忌《おうとうき》。もし太宰《だざい》のように生きられないのならせめて太宰のように死にたいだのと莫迦《ばか》が。渋谷系ニューエイジ文学が。やっと死んだか、あは、いい気味。あの畳鰯《たたみいわし》が黒御影《くろみかげ》張りの高層マンションに住めるわけないでしょ。昇って降りただけだわよ。風呂つきに住めなかった怨念かかえて、部屋から部屋へと徘徊《はいかい》するつもりだわ、死んでなお傍迷惑《はためいわく》な魚眼ナルシストが。永久メルカトル図法が。は、まさか太宰に倣《なら》って心中狂言」

「いやそれがさ、路上にこれがはらり」

と秀行がシャツの胸ポケットからとり出したのはよれよれの写真。血に汚れて変色したポラロイドである。

「ぎゃ」

覗きこむや叫んだ。大股びらきをギターで隠し中指立てた右手をカメラに向かって突きだしているこの鼻ピアスの紅毛全裸女は、三年前のわたしではないか。確かに撮った、撮られたわ、六畳風呂なしのごみ溜めで。舞台化粧している時としてない時との、顔と性格のあまりの落差に耐えかねて別れを告げたら、せめてもの思い出にと秘蔵のマリファナと引替えの全裸写真をねだられたのだ。

いったい何人の机の抽斗《ひきだし》を経てきたか知れない乾燥しきった手巻き煙草の、味もにおいも吸い心地も黴《かび》くさいガラム以上のものではなかったが、さあ酔うわ酔うのよと脂汗ながしたおかげでそのうち理性が飛んで、ラジカセのボリューム振りきってのストリップティーズとその撮影会。でも大家にドアを叩かれてあっさり終了。さあマリファナも吸ったことだしと強引に写真を回収して部屋をあとにしたのだが、畜生、隠し持ってやがったか。

「そうとう使いこまれてると見た。惚《ほ》れてたんだな」

写真を引ったくって手のなかに握りこんだ。

「どこまでわたしを穢せば気がすむのかしら気色わるい。いつもの無言電話もきっとそうだわ。死ね人間の屑《くず》。死んだのか、うけけけけ」

「一瞬でも泣けよ罰当たり。地獄に堕ちるぞ」

「このくらし以上の地獄があるもんか。ああ早く本物の地獄でのびのびしたい。あんた、じゃあ怪我なんかしてないんじゃない」

「そのセブン－イレブンで立ち読みしてたとき雑誌の頁で指切った」

と秀行が、どうも卑猥《ひわい》な形に握りこんでいると思っていた左手を開けば、拇《おやゆび》の先からぴゅうぅと細い緋色《ひいろ》の噴水が上がる。高血圧の家系だ。でも治りも早い。

「その程度」

せせら笑ってバンドエイド（類似品）の箱を放る。弟は右手ひとつでそれを受けとめ、

「あとなんか拭《ふ》く物」

「わたしの部屋までのルートを汚さないでちょうだい。啓文《けいぶん》くんが来るんだから」

「みょうに床が輝いてると思った。無意味な。呼んで大丈夫かよ」

「外で会ってるとお金かかるんだもん。むこうも家族と同居だし」

秀行はあたりの壁を見まわして、

「ここいらだけでも見たらびびると思うけど」

「いいの。基本的に動じない人だから」

昨年、こいつとなら結婚してもいいと思っていた精力絶倫タトゥアーティスト三十二歳の家庭訪問に備えて、水性ペンキを大量に買いこみ玄関からわたしの部屋までの壁という壁をまっくろく塗りたくったのである。どこもかしこも血の痕《あと》が斑《まだら》に染みついていて他に隠しようがなかった。作業中はわたしをはがい締めにすらした家族たちも今は、だれが血だらけで歩こうが噴射してまわろうが痕跡が目立たなくなったと、水性ペンキとわたしへの称賛を惜しまない。

ただしかんじんの彫師《ほりし》のほうは一度として、この漆黒《しっこく》の廊下を目にすることはなかった。職業が職業だし好きな映画も『ミクロの決死圏』だというから安心しきっていたのだが、連日大量の返り血を浴びていたらあっさりと神経衰弱に陥った。血液に限らずなにか赤いものを目にするというと必ず小泉今日子の〈あなたに会えてよかった〉を唄うようになったので、どういう心境かしらと首を傾げていたら、しばらくして不意に渋谷宇田川町《うだがわちょう》の仕事場兼住居から姿を消した。後日、北海道は富良野《ふらの》市在住の母親から電話がかかってきて、息子のことは捜さないでくださいといわれた。だれが捜すか。

廊下をとって返して洗面所の棚から、どうせ秀行が使うのだからといちばん染みの多いバスタオルを選り、濡らして絞ってふたたび廊下に出てみれば、玄関に弟の姿は見当たらない。代わり、廊下にちょろちょろと血の痕があり、それは応接間（正確には洋風の居間だ。接客に使うなんてありえない）のドアの前で途切れていた。

「汚すなといった。わたしはいった」

叫びながらドアを引き開ける。秀行は血だらけのままペルシャ絨緞《じゅうたん》に寝転がってテレビを見始めていた。

「あんた、わざわざ骨董品の上で」

「これがいちばん汚いさ」

事実ではある。父が恩師から結婚祝いにもらったというんだから、これまでにいったい何百リットルの血を吸ってきたことか。臙脂《えんじ》の地色に、黒や焦げ茶の柄だから目立たないだけなのだ。というか本来はもっと別の色も入っていたに違いない。血液なれ血痕なれしているわたしでも、この絨緞ばっかりは不潔に感じられてたまらないので願わくばクリーニングに出したいのだが、本職の目にはなんの汚れか瞭然だろうからそれはできない。

家庭用のカーペット洗剤を使った拭き掃除を試みたことがある。雑巾《ぞうきん》を替えても替えてもすぐ赤黒く染まってしまい、拭いてるんだか彩色してるんだかわからなくなってきたので、雑巾らしい色の雑巾が尽きた時点で断念した。それでも、血を吸い、乾いて固まり、踏みほぐされたかと思ったらまた大量の血を吸いこみ……が長年積み重なった結果と思しい独特のちくちく感はいくらか薄れた。色も鮮やかさを取り戻して今はいっそう毒毒しく、のみならず、うかつに白い物を置いておくと色移りするようにもなった。わたしはいったいなにがしたかったのか？

だから、本当は棄ててしまいたいのだ、今も。絨緞や布団が主要な家財だった時代ならいざ知らず、短命を前提にした安物が世に溢《あふ》れているんだから、汚れたら汚れたでさっさと棄てて次の安物の上で清潔に暮らせばいい。しかしそう口に出せば父の猛反撃を食らう。おまえにもそのうち古い物の良さがわかるようになるさと最初は穏和だが、物にせよ人にせよ見た目が古びたら処分して新しいのに取り替えちゃえばいいのよというその考えはしょせん麗美も会社のＯＬどもの同類ということだそうだったか畜生、こないだ下着を洗濯しようとしたら父親のパンツがさきに入ってるじゃないのぞっとして思わず菜箸《さいばし》でつまみ出して生ごみと一緒に棄てちゃったわ菜箸と一緒に、ちょっと部長に聞えてるわよ娘さんがいるのよ可哀相じゃないきっと同じことやられてるんだから、あらもう食事から帰ってきてたんだどうも部屋が眩《まぶ》しいと思ってた、ぐふふおやめなさいったら聞えてるから、聞えてても平気よ一度でもこっち睨んでごらんなさい待田《まちだ》部長の視線が気持ちわるいって目安箱に投書してやるんだからげは、げは、げはげはげはげはげと神聖な職場に下品な哄笑《こうしょう》まき散らす関東ローム層が、男体山の軽石どもが、としだいに興奮してきて口角泡《こうかくあわ》を飛ばし、しまいには死ねだのどぶすだの牝犬《めすいぬ》だのと汚い言葉を連ねるばかりになる。

湿ったバスタオルを秀行に投げつけようとしたところで、玄関の呼び鈴が鳴った。呼び鈴を鳴らすということは買いものにでかけた母ではなく、啓文くんがやって来るのもゼミナール終了時刻に大学からここまでの移動時間を足したすくなくとも午後二時以降のはずで、しかし今はまだ正午を三十分だけ廻ったところである。

腰を落としてバスタオルで廊下の血を拭《ぬぐ》いながら玄関まで進んで、床タイルを見下ろしたらそちらも血だらけだった。考えてみたらドアのむこうも同じ状態なのだ。もうどうでもいいという気になりタオルをそのへん放ってつっかけを履《は》き、ドアを開いたら、『たんぽぽ』の頃の役所広司《やくしょこうじ》に瓜《うり》ふたつの男が血に染まったブルックスブラザーズのゴルフジャケットを着て立っていた。

「奥さん、部長が」

部長といえば父のこと。なかなか偉いのだ。ゲームソフト会社の出版局でおもにロールプレイングゲームの攻略マニュアル本を作成している。ということはこの二枚目は編集者か。

「は、なにかご不幸が」

と、わたしが黒いワンピースでいるのに気づき、たずねてきた。

「ファッションです。それから奥さんではなく娘です」

「失礼。待田部長の部下で青島と申します」

「父がお世話になっております。お噂はかねがね」

「莫迦な。きょう入社したばかりなのに」

「社交辞令を真に受けないでください。じゃあ中途採用なんですね。前の会社が潰れて？リストラ？それとも女性問題で居づらくなったのかしらほほほ」

「お答えしたくありませんね。そんなことより部長が大変です」

「出血してるのね。いまどこに」

「ええ、タクシーでお連れしました。例のパンチラの件でプロデューサーとつかみ合いになり、たがいに兇器を隠し持っておられたため流血沙汰《りゅうけつざた》に」

「例のといわれても会社のことはわたしには。あなたもお怪我？」

「いえこれは部長の血でして。例の、とはつまり越谷瑞穂《こしがやみずほ》という清純キャラがオリハルコンのアクセサリーを身につけてカーリーに対し式神召還《しきがみしょうかん》の呪文をとなえた時にかぎりチャイナドレスの裾《すそ》がひるがえって意外と過激な下着が覗くという幻のサービスカットを待田部長がでかでかと攻略本に載せてしまった件です。おかげでゲームの売上げが半減したといってプロデューサーがかんかん」

「どこの何時代が舞台のゲームですかそれは」

「詳しくはあとで。今は」

　と青島が身を脇によければ、ちょうど庭木のむこうに停まったタクシーのなかから父が自力で転がり出てきたところである。

「ヤヤッ」

　とわたしが田河水泡《たがわすいほう》か島田啓三《しまだけいぞう》の復刻本めいた声をあげて額に手をかざしたのは、父のありさまに驚いたがためではない。有名人でいうならば磯野波平《いそのなみへい》によく似たその頭部といい顔面といい赤々と血に染まってはいるが、シャツにまだ白い部分が残っている。父の血圧にしてはおとなしい出血のうちだ。

凝視《ぎょうし》したのは鳥籠《とりかご》。玄関前の簷を支えるコンクリの柱にフックをとり付け、昼間はそこから鳥籠を吊してカナリアに外の空気を吸わせている。わたしはカナリア好きなのだ。籠の中央にぽつねんとしている朱色の塊《かたまり》を視界にし、あら飼っていたのはレッドカナリアだったかしらとさっきから内心小首を傾げていたのだが、いや赤かったのは六代目カンちゃんだ。この七代目カンちゃんは今朝まで黄色かったわ。血に染まっているのだ。瀕死なのだ。

「ちょっとカンちゃん、あんた静かだと思ったら」

青島を押しやって鳥籠に飛びつき前後に揺さぶると、カンちゃんは、気づいてくれたか、やっとこれでお別れがいえるぜ、あばよ幸せにな、とでもいいたげな微笑を嘴《くちばし》にうかべて瞬膜《しゅんまく》を閉じ、止《と》まり木《ぎ》から転げ落ちた。

「カンちゃん!」

新しい鳥を買いにいかなきゃ。また東急デパートのペット売場を儲けさせるのか畜生。八代目カンちゃん購入のために切り詰めねばならない遊興費を思うや沸沸《ふつふつ》と怒りが込みあげてきた。わたしは働いていない。高校を出て大学には行かず就職もせず今の家事手伝い生活に入ったのは、一日の大半を外で過ごすとなると、父のようにいろいろと厄介《やっかい》ごとを背負いこまねばならなくなるからだ。せっかく女に生まれたというのに苦難のなかで若さを浪費するのはごめんだった。海外の美しいバンドの来日公演を追いかけて日本中を飛びまわったり、そのメンバー間の熱い友情や熱い劣情や激しい行為を赤裸々に描いた小説をコミックマーケットで販売したりと、若いうちに成すべきことがわたしにはたくさんあるのだ。

家事手伝いの対価としていまだ親からお小遣いを貰っているが、それだけではとても趣味の世界を維持できないので、ときどき短期のアルバイトをやる。人前に出なくてすむ電話応答のアルバイトが多い。無料サンプルや全員に当たる懸賞を餌にしたセールストークや、お見合いダイヤルのサクラなど。それらを貯めては趣味やデートに細々と投じている。予定外の出費は恋愛と同人誌の厚みに支障をきたす。

犯人の確信はあった。隣家で飼われているフェレットだ。目撃したことがある。ドアを開けたらこの鳥籠のなかからフェレットが、あ、という表情でこちらを見返していた。こちらが愕然《がくぜん》として声もあげられずにいるというと、いへへけっして怪しい者ではございませんで、このカナリアはだれのカナリアかなあなんて、ちょっとにおいを嗅いでみたりして、喉笛に咬みつこうなんて滅相も、おっと時間が、ではご両親によろしくお伝えくださいませ恐惶謹言《きょうこうきんげん》、といった卑屈なごまかし笑いをうかべ、前肢の先で頭を搔きながらもう一方の肢で器用に出入口の戸を持ちあげ、するりと外にすべりだして鳥籠の天井に乗り、フックと柱をつたい地面に降りて、庭の外へと走り去っていったのである。

さいわいカンちゃんは無傷だったが、以来、毛長鼬《けながいたち》の侵入を防ぐため、マンモス印のダブルクリップ（紙の束を挟む、側面から見ると三角形をしているあの黒いやつ。父の仕事が仕事なのでうちじゅうに転がっていて、よく母が踏んづけて流血している）の小さいので籠の戸を留めておくようにしていた。あれは……と思って籠を廻したらカンちゃんのかたわらに落ちていた。戸から外したのみならず、わたしを嘲笑《あざわら》うかのように針金のつまみをVの字に起こしてある。なんて器用な畜生かしら畜生。

うう……と肩に伸びてきた父の血に染まった手をぴしゃりと払い、籠のなかからカンちゃんの死骸《しがい》を取りだし、握りしめて庭を出た。

「お嬢さん、部長の手当」

「下駄箱の上に救急箱があるから、大きな傷にだけバンドエイド貼っといて。それでじきに治ります。そういう体質の家系です。シャツは破ってかまいません。それ、紙ですから」

隣家に暮らしているのは三十代の自営業者とその妻である。ふたりきりのくせに小さな庭に車を二台も置いて、一台は妻がふだんの足に使うボルボ、一台は週末用のハイルーフの巨大なフォルクスワーゲン、でもぼくの足はもっぱらこの単車なんですよ、都内は混みますからねははははと夫がBMWにまたがり仕事に出掛けていくと、見送った妻はそのまま庭先に居残ってプランターいっぱいのハーブを手入れしはじめるという洒落臭《しゃらくさ》い夫婦だ。このあいだ庭に潜入してワーゲンのなかを覗いてみたら流し台まで備わっていた。壁の鼬穴《いたちあな》も塞がずにおいて洒落臭いったらない。慰謝料《いしゃりょう》としてあのワーゲンをぶん捕ってやる。あのワーゲンはわたしのものだ。わたしの流し台だ……と心に決めるのみならずいつしか口にだして喚きながら道路を踏みしめていたら、唇の上をなにかがすべり落ちた。ワンピースを見下ろす。膝上にぽつりと濡れた箇所がある。

やん、また興奮して鼻血が出ちゃった。年中こうだから黒い服しか着られないの。弟もそうだし母もそう。気の毒なのが父で、やむなく真夏でも黒に近い背広とネクタイとで通勤しているのだが、さすがにシャツまで黒くては雑誌取材に臨まんとするホラー作家のようだから、替えのシャツを机の抽斗にも鞄にも入れておいて血で汚れるたびトイレに飛びこみ着替えているのだそうだ。家庭に持ち帰られた血染めのシャツは母やわたしの手で漂白されるわけだが、血は難しい。二枚に一枚の割合でごみ箱行きになる。そうなるのを承知でバーゲンで漁《あさ》ってきた安物ばかりだが、なんとはなしに勿体《もったい》ない。父も心を痛めていたようで、このあいだ王様のアイディアかどこかで不織布《ふしょくふ》ふうの紙でできた使い捨てのシャツを見つけ、これなら心置きなく燃えるごみに出せるぞかあさん麗美ほれ見てみろと大量に買いこんできた。最近はもっぱらそれを愛用している。

鼻血はたちまち量を増し、びちゃびちゃと路面を叩きはじめた。出血すれば激しいが、しばらく横になっていれば止まるのだ。治りの早い家系だ。ワーゲンに関する交渉というか恫《どう》喝《かつ》は後まわしにするとして、わたしは道路を引き返した。

「だ……大丈夫ですか」

玄関のドアを開けると、父を廊下に横たえ手当をしていた青島が飛びついてきて肩をつかんだ。わたしはほほえみ、

「救急箱に脱脂綿がありますから、煙草よりすこし太めにふたつまるめてください、やや堅めに。あとは部屋で横になってれば治ります」

＊

「初めてだったのか」

下腹部にねっとりとわたしの血液をまとった青島が、口調こそ困惑気味だがあきらかにごちそうさまという満悦の表情をうかべつぶやいて、マットのかたわらに脱ぎすててあるズボンから峰の箱とオイルライターを取りだす。まだ売ってたのね、峰。

「マットに火、落とさないでね」

といって無印良品のパレット形テーブルというか厳密には洋風ちゃぶ台に手を伸ばし、店員教育のなっていない炉端焼き屋からくすねてきた鋳物《いもの》の灰皿をつかんで枕元に置いてやった。わたしも煙草を吸いたかったが、ふう、とふたり並んで煙を吐いたんではいかにも労働後の一服である。

傷が治りやすい家系だと教えたのはヒントにならなかったらしい。再生しちゃうのよ。そして高血圧。たんなる破瓜《はか》のそれにしては尋常な出血量ではないことにも彼は気づいていないようで、あんがい経験が少ないのかもしれない。しかしこれだけの血を見て平然としているところはいい。見所がある。青島がふと目を見開いて、くわえた峰を上下させる。

「この金ラメ入りのエアマットは、おれの記憶のどこかでも燦然《さんぜん》と輝いてる」

「特殊公衆浴場用なの。高校時代の友達が製造元に勤めてるから、社販で買ってもらっちゃった。ちょっとウォーターベッドみたいだし、汚れても拭けばいいから便利でしょ」

啓文くんとのあとで使おうと、手の届く位置に準備しておいたバスタオルで足の血を拭って彼に背中を向け、止血のための生理用タンポンを局所に挿入する。とつぜん息苦しい感じがし、鼻血止めの脱脂綿のことを思いだした。抜いて、ふたつまとめて手のなかに握りこんだ。軀の一部ならどこでも局所と呼べるはずなのになんで局所というと下半身のような気がするのかしらと考えながらふたつの局所に人差指を突込んでは、眺める。乾いた血がこびりついてくるばかりだ。

「変わったモチーフだ。なぜトマホーク」

　青島が感嘆したようにいう。右肩の彫物を見ているのだ。わたしはふり返り、未練も恨みも感じさせぬよう、つとめて無表情で、

「交際していた彫師がただで彫ってやるっていうから、じゃあ多めにと思って斧琴菊《よきこときく》の三点セットを頼んだのね、『犬神家の一族』が好きだから。でも出血量がものすごくて斧までしか彫れなかったの。中途半端で笑っちゃうでしょ」

「打出《うちで》の小槌《こづち》に見えなくもないよ」

「拳玉だと思って、玉を探す人も」とうっかり口をすべらせた。慌てて、「女の子同士での話。もう一枚バスタオル持ってくるから、そのまま待っててね」

　軀を拭い、衣服をまとって部屋を出る。階段を下りながら考えた。染みの目立たないバスタオルまだあったかしら。いやそんなことより、いい男だったものだからとりあえず淫靡《いんび》な線で交流してみたが、さてこれからどう取り扱ったものか。啓文くんと同等かひょっとしてそれ以上に肝が据わっていて付き合いやすそうだけど、父の部下だというのがどうもいただけない。家でのことが筒抜けに伝わってしまうし、逆にふたりのあんな行為やこんな行為も

父に知れてしまうかもしれない。だいぶ年上で話もかみ合いにくそうだし、やっぱり啓文くんのほうが楽か。あ、そろそろ来ちゃうんだった。じゃあ上のは早く叩き出さなきゃ。

そのときである。ぱぱぱぱぱんと戦争映画の効果音が響いてきた。近所だ。悪い予感にかられたわたしは、まだ廊下に横たわっていた父を跳びこえ玄関に出て、ドアを開いた。

眼前の緊迫した光景に、しばし言葉と動作とを奪われた。両手にひとつずつスーパーのポリエチレン袋を提げた母が、手負いの大猪《おおいのしし》と睨みあっていたのである。メルセデスのAクラスかおまえはというほど巨大な猪だった。母との距離はわずか約三メートル。しかし猪の必殺攻撃が噂どおり体当たりだとすれば、間合いが詰まっているのは母にとって有利である。猪は、その全身から音がでるほどの勢いで血を噴きあげていた。深手だ。このまま睨みあいが続けば、状況はさらに母にとって有利となる。すこし落ち着きをとり戻したわたしは、母にたずねた。

「おかえり。それどこからどうやって連れてきたの」

母は猪を睨みつけたまま、

「ただいま。連れてきたんじゃないの。いまとつぜん庭に飛びこんできたの。銃声がしたでしょ。どっかの莫迦があとさき考えずに撃ったのよ」

「野生かしら。井の頭動物園のかしら」

「あれはこうは大きくなかったでしょう」

「勝算ある？　応援呼ぼうか」

「警察はやめて。サイレンでとつぜん興奮されたら困る。派手に出血してるから、そのうちきっと力尽きて倒れるわ。それまでこうして睨み続けてるほかない」

「買ってきたもの冷蔵庫に入れとこうか」

「いいから家んなか入ってなさい、危ないから」

「腐りそうな物はないのね」

「あ、烏賊《いか》のおつくり。大丈夫、傷むまでには決着がつくだろうから」

負けん気が強いのだ。父の喧嘩は暴言やだまし討ちや兇器攻撃が中心なのでじつに見苦しいが、母の喧嘩は天晴れなほどの正攻法だ。さすがの父も夫婦喧嘩に兇器を持ちだすのだけは気が咎《とが》めるという。それでも負けそうになると持ちだしてるけど。

「がんばって」

とドアを閉じようとしたら、遠くから多数の犬の吼《ほ》え声が聞えてきた。それはたちまち明瞭になり、かと思ったらごく間近で複数の銃声が立て続けにあがって、わたしの耳は完全に蓋をした。ゆえに以下しばらく水中のような無音の世界。

猪の巨体が左右に揺れる。よこざまに倒れる。地面が揺れて視界が上下した。土煙が舞って、猪から噴出する血煙と交錯する。二色の煙のむこうから、数匹の猟犬が飛びだしてきて倒れた猪を囲んだ。続いて、猟友会の人々が庭に姿を現した。都会に下りてきた熊や猪を射殺したと報道されるのは決まって猟友会だから、めいめい猟銃を抱えた彼らのこともそうと判断したのだが、類似団体かもしれない。ちゃんと確認しなかった。十人ほどいた。母が、ほっとしたような表情でわたしをふり返る。白眼を見せた。地面に倒れこんだ。ポリ袋がばしゃっと音をたて、淡紅色の液体を噴き上げた。

緊張が一気にとけたのね、と微笑ましいような気持ちで腰を落とし、液体を垂れ流している袋の中身をあらためた。底のほうで小ぶりな西瓜《すいか》が砕けていた。あーあ、初物がもったいない。ジューシィな西瓜があったもので、汁を浴びた母の衣服はすっかり濡れそぼり、なお地面にまで水溜りが拡がっている。莫迦な。驚いて抱え起こせば、黒いブラウスの肩にもその下の肉にも、指が入るほどの孔が空いている。水溜りは血溜りだった。

ちょっとあんたたち、一般市民が流れ弾に当たってるじゃないの。

と立ちあがって叫んだ自分の声すらよく聞えなかったが、猟友会の顔がいっせいにこちらを向き、いずれも見る見る蒼白になったことから伝わっていると判断し、勢いづいて慰謝料の請求額を考えていたら、十の銃口がいっせいにこちらを向いた。

過過過過過過失隠しに口を封じようっていうのね。無無無無駄よ仲間がいるんだから。定時連絡がなかったら駆けつけてくることになってるんだから。仲仲仲間ってのはね、怖いのよ、全員がとんでもないオタクなんだから。電脳空間に住んでるんだから。日記が毎日更新されてるのよ。わかる？ 兵器にも詳しいし、作画監督の名前とか珍しい食玩とか、ほら知らないでしょう。ニャントロ星人も。

背後から肩を叩かれた。ひゃっとふり返ったら、赤錆《あかさび》色をした父の顔がそこにあった。出血で意識がまだ朦朧《もうろう》としているのか視線が定まらず、開いた唇の端からは舌先が覗いている。

紙のシャツは青島の手によりびりびりに裂かれており、わたしが子供のころ「お父さんの頭」と信じていた濃厚な胸毛が優雅に風になびいている。これは、銃口を向けたくもなる。

わたしは猟友会に両手を振って、
生きてまーす。生きてます。ゾンビじゃないの。わたしの父です。もともとこういう存在なの。人に危害は加えません。加えませーん。

ひとつ、またひとつ、銃口が下りていく。

それより救急車を。だれか携帯。御殿山《ごてんやま》の待田でわかりますから。ほとんどの隊員が顔なじみですから。

……やがてわたしの耳の蓋がゆるんだころ、前の道路に現れて庭へと後進してきたのは、救急車ではなくてクレーン付きの軽トラックだった。猟友会の面々が猪の死骸に群がり、その前肢後肢をまとめて荒縄で縛ったり、フックでも通すのか鼻面をナイフで傷つけたりしはじめた。

「救急車は？」

わたしが母のかたわらから声をあげると、近くに立っていたリーダー格らしい老人が、

「呼びました。間もなくでしょう」

ほっとして、父と顔を見合わせる。と、

「猪……みんなで食べるんですか」

いつしか目を覚ましていた母が、不意にそう、しっかりとした声をあげた。老人は驚いて

後ずさり、それからうなずいた。

「うちにもお裾分《すそわ》けはあるんでしょう？」

老人が首を傾げがちに、作業中の仲間に視線を走らせる。母はかまわず、

「ねえちょっと、うちにもお裾分けはあるんでしょう？　お裾分けはあるんでしょう？　お裾分け、ありますよね？　ふつうありますよね？　あんな何百キロもありそうな獲物なんだから、美味しいところの五キロや十キロは持ってきてもらえますよね？　もらえますよね？　慰謝料とはべつに」

＊

ふたつのポリ袋を片手にまとめ、応接間のドアを開ける。秀行は外の騒ぎをものともせず、テレビもつけっぱなしで、赤黒い絨緞の上で大の字になって寝入っていた。顔といい手といい乾いた血液に被われ、先刻までの父と同様、赤錆色をしている。まるきり惨殺屍体だ。

「ご苦労さま」

とそのとき中道通《なかみちどおり》商店街歳末福引《さいまつふくびき》の二等景品だった北欧風ソファから人影が起きあがったので、わたしはびっくりしてポリ袋を取り落とした。このソファがまた、よりによって眼が痛くなるほど赤いのだ。汚さないよう、掛かっていたヴィニルを破らぬまま使っているから、いまだ真紅のままだ。福引テントの壇上に立てられた写真パネルにおいてはたしか緑色だったのに、送られてきたのはこの色だった。呪われている。

人影というのはむろん啓文くんで、わたしがしばらく気づかずにいたのは、その衣服が保護色になっていたからだった。エドワード・シザーハンズに扮したジョニー・デップから指の鋏《はさみ》を除いたかのようなこの白皙《はくせき》の美青年は、しかしエドワードとはだいぶ服装の趣味が異なり、上から下までつねに真紅なのだ。ただし例外的に、寒い時期はよく銀色のジャンパーを羽織《はお》っている。それからブリーフは白が多い。考えてみたら靴やベルトの色もわりと適当だが、残りはみな真紅なのだから、ほぼ上から下までといっていいだろう。

半年前、同人誌の発送に出掛けた郵便局の入口付近に彼の姿を認めたときの衝撃は、今も忘れられない。てっきり局の新しいマスコットだと思った。そのうち微妙に動いていることに気づいて、なにか事情があって楳図《うめず》かずおに変装している人なのだと思いなおしたが、翌日、消防署の前に立ちどまって陶然と消防車を見つめている、そっくり前日と同じ出立ちの彼を目撃して、たんに赤いものが好きな人なのだと悟った。運命を感じた。この人は、平気な人。さっそく下心を踊らせながら次の角で待ち伏せをして、やってきた彼にアタック。勢いよくぶつかりすぎて、彼を追い抜こうとしていた蕎麦《そば》屋の自転車とそのむこうを歩いていた老人と、それからなにを思ってかわたしと彼とのあいだをすり抜けようとして飛びこんできた小学生をも巻き込むちょっとした惨事となったが、ともあれその惨事の最中にわたしたちは最初のキスを交わしたのである。

「なんだか取込み中みたいだったから、勝手に入って待たせてもらってたよ。救急車来てたね。お母さん、撃たれたの？」

「流れ弾に当たったの。父が付き添って病院に」

「あの周りの人達が銃撃戦を?」

「いえ、あれは猟友会の人達で、大猪を追ってうちの庭までやってきて」

などとうわの空で返答しながらおろおろと見まわした室内は、いつものごとく壁といいカーテンといい血痕《けっこん》だらけだ。いや血痕なんて虫眼鏡が似合いそうな言葉ではいい足りない。血の汚れを見ずにすむ方向というのが見つからない。わたしの部屋こそわたしがまだ諦めきれないぶん比較的まっとうだが、あとは応接間といい茶の間といい台所といい、こう、全身に矢を浴び針鼠《はりねずみ》になった落ち武者の一団がのたうちまわりながら定期的に通過していくんじゃなかろうかというくらい、血で汚れきっているのだ、わたしの家は。

しかし啓文くんはさすが動じていない。優しく眉をひそめて、

「大猪とは大変だったね」

「トヨタのプリウスくらいあったわ。ともかくいらっしゃい。物凄い部屋で驚いたでしょう。ほんとはわたしの部屋に直行してもらうつもりだった」

「手負いの獣がよくここまで?」

「ほとんどぜんぶ家族の血。てへ、みんなそそっかしくって」

「最初は連続猟奇殺人犯の作業場かと思ったけど。でもこの人、生きてるし」

と足で秀行をつつく。

「寝てるだけ。弟なの。初めまして。弟もけっして犯罪に関わったりはしてなくて、ただ単

純に、運命が鮮血を求めてるだけなの。ほら、わたしもよく血を流してるでしょう」

「会ってる間に一度は流すよね、あちこちから」

「あと、わたしの目の前で血だらけになる人、多いでしょう」

「そういえばおれが鼻血を出すのも、いつも麗美といるときだなあ。いま気がついたけど」

「家族そろってそういう運勢なの。なんかうち、呪われてんの」

「そうだったのか」

「そのぶん怪我しても治りやすい体質だから、わたしたちは意外と平気なんだけど、まわりは大変かも」

「やっぱりそれなりの謂《いわ》れが？」

「いろいろあってどれが正解ともいいきれない。いちばんぴんときたのは父方の先祖の話。島原の、松倉の家臣で、キリシタンにそうとうひどいことしてたらしいのね。拷問好きだったみたい。ちまみれ代官て呼ばれてたって」

「じゃあ代々呪われてるんだ」

「そうでもないのが不思議なところで、両親が結婚して一緒に暮らしはじめるまでは、お互いなにもなかったっていうのね。だからわたし、母のほうにもなにか原因があるに違いないと思って、なにもないといいはるのを無理やりサイキック・ドクター神澤美香《かんざわみか》の不思議クリニックに連れてったんだけど」

「それだれ」

「『ほんとにあった怖い話』に連載されてる。編集部気付で相談の手紙を出したら、そりゃあいっぺん連れてきなさいって神澤先生から返事がきたの。で、連れていって前世を見てもらったら、なんとバートリ・エルジェベト」

「鉄の処女の考案者だね。ちまみれ伯爵夫人」

「そういう因縁なのよ。大きなネタといったらまあそんなとこかしら」

「物語的には根拠薄弱というか、弱いね」

「弱いの。だから他人への説明が難しい。細かいネタだったらもうちょっとあるけど聞く？父も母も子供のころ猫が大嫌いで、ふたりともよく石をぶつけたらしいのね。たまに命中して流血する猫もいて、ふたりとも律儀《りちぎ》にその数をかぞえていたの。父が流血させた猫は七匹。母は六匹。足すと十三匹」

「さらに弱いね」

「弱いの。倉阪鬼一郎だったらどう理由づけするかしら」

「なんかアナグラムじゃない」

「わたしの名前とか？　待田麗美、まちだれいみ……はっ、ちまみれだい」

「それ使える。でもきみの存在が原因だとして、本当はご両親が結婚してからきみが生まれるまでにもいろいろあったんでしょう。そのあいだについての説明は？」

「大丈夫。わたしの誕生日から十月十日《とつきとおか》を引くと、結婚式の寸前に命中してる計算だから」

「お母さんのおなかにはいたわけか」

そういえばさっきはちゃんと避妊《ひにん》しなかったけど大丈夫かしら、とふと不安になり、そこでようやく二階の自室でまだタオルを待っているはずの青島のことを思いだした。

「お茶、淹《い》れてくる」

ポリ袋をまたいで廊下に出て、跫音《あしおと》をたてぬよう階段を昇る。自室のドアを開くと、青島は特殊公衆浴場用のマットの上に万歳の姿勢でうつぶせて、どう見ても死んでいた。マットから床にはみ出した頭の周囲に、無印良品の洋風ちゃぶ台とほぼ同形、同面積の血溜まりが出来ていたのである。

「あらまあ」

近づいてひざまずいて横顔を覗きこむと、鋳物の灰皿のふちが額にめり込んでいた。灰皿は床から微妙に底を浮かせて、その内側になみなみ、鮮血をたたえている。出血はまだ続いているようで、赤く染まった青島の鼻梁《びりょう》がそのとき、るりっと膨らみ、先端で大きな滴になって、血溜りに落ちた。かすかな波紋がパレット形に拡がった。立ちあがり、室内を見まわして、その血溜りとはまたべつに、相当量の血が床や壁に飛散していることに気づいた。あきらかにマットに溜まっていたわたしの血であり、銃声かサイレンかに興味を覚えて窓の外を見ようとマットの上に立ちあがった青島が、それにすべって前のめりにぶっ倒れるさまがありありと想像できた。名探偵不要。

そういうわけで現場にはいっさい手を触れないことにして階段を降り、台所でお湯を沸かして紅茶を淹れた。百十番するのは啓文くんを帰してからだ。部屋に屍体があることではなくて、それが全裸だというのがまずい。紅茶を応接間に運んでいくと、目を覚ました秀行が啓文くんと立ち話していた。啓文くんがふり返って、

「いま秀行くんと、この絨緞を天日干ししないかって相談してたんだけど」

「寝てたら、ところどころがぶよっとした感触でさ、麗美が洗剤で拭いてからなんか変だよ。まだ乾いてないんじゃないの」

「ベランダに運ぶの？　大変じゃないかしら」

「三人がかりなら運べるって」

「わたしの部屋は通らないで。汚れそうで厭だから」

「おれの部屋を通そう」

四畳ぶんほどの絨緞である。ソファとテーブルを部屋の隅に寄せたあと、三人並んで端から巻きはじめた。わ、と叫んで、まんなかに屈んでいた秀行が腰を浮かせた。

「凄いことになってる」

集積合板の床が、絨緞の形にどす黒く変色していた。周辺部分は微妙に赤い。秀行は床を指で押して、

「柔らかい。麗美が水拭きなんかするから」

「わたしが拭いただけでこれだけ浸透するもんですか。長年の蓄積に決まってるじゃない」

ぽ、とそのとき頬になにかが触れたので、驚いて身震いした。指先で拭ってみれば、案の定、血だ。天井に視線を走らせる。父のたばこで薄茶色に変色したクロスの上に、細い縦棒《たてぼう》

横棒《よこぼう》を何重にも組み合わせたような赤い染みが生じていた。青島の血だ。わたしの部屋はこの真上なのだ。そう思ってあらためて天井を一瞥《いちべつ》すると、染みはちょうど青島の青の字を成していた。間違いない。わたしはふたりに向かって快活な声で、

「しばらく絨緞どかせてたら乾くわよ。さ、早いとこ巻きとってベランダに運びましょう」

ベランダの空間を斜めに占拠した絨緞は、午後の日を浴びて重たく輝いた。見つめていると、その幾何学模様がうにうにと勝手に動きはじめたので、硝子《ガラス》戸の桟《さん》に腰をおろしてたばこを吸っている、あとのふたりへと視線をそらした。

秀行の顔を被っていた車崎の血は、いつしか皺《しわ》んで、なかば剝がれ落ち、一方、啓文くんのシャツは間近な予感のように、燦然と赤かった。だからなにがどうってこともないのだが、とにかくそれらが並んでいるさまは悪くなかった。

風がでてきた。

「空に一本、縦線が入ってるんだけど」

啓文くんがくわえたばこでいう。そのたばこが指している方向に秀行も顔を向け、

「うわ。竜巻じゃねえの、あれ」

わたしも顔を向けた。くろぐろとした線が街の上空に屹立していた。風景写真の絵葉書にマジックインキでぐいと引いたような、力強い線だ。湾曲の具合が、たしかに映画や漫画でしか見たことのない竜巻を思わせた。遠くではない。

「日本で竜巻って起きるの」

「起きない現象になんで和名がついてる」

「だとしたらあの下、大変なことになっちゃってるね。いろいろと巻き上げられて」

「自動車とか浮かぶのかしら」

「そこまで凄いのは日本じゃ起きないだろ。でも体重の軽い人間くらい、吸い上げられたりして」

「あの下って小学校のあたりじゃないかな。知らずに校庭で体育でもやってたら大惨事だ」

「はは。惨事というか、集団神隠しだな」

「そういう竜巻に巻き上げられたものって、どうなるの？　離れた場所に落ちるのかしら」

しばらくして降ってきた。

笑う宇宙

中原　涼

〈妹〉と〈父〉と〈母〉。ただの家族ではなく〈 〉付きで語られる三人と「ぼく」が置かれた閉鎖状況。その謎が四人の対話を通して次第に明らかになり、足下が揺らぎ始め、そして真実が――狂気を糸口に語られる舞台劇めいたサスペンス作品で、忘れがたい読後感を残す。初出は〈奇想天外〉一九八〇年九月号。

中原涼《なかはらりょう》は一九五七年生まれ。東北大学理学部天文学科在学中、「笑う宇宙」で第三回奇想天外SF新人賞を佳作受賞し、同作が〈奇想天外〉に掲載されデビュー。当時の審査員は星新一・小松左京・筒井康隆だったが、そのうち強く推したのは筒井康隆。短篇集『笑う宇宙』刊行時の帯にもコメントを寄せている。曰く、「(略)ぼくの好みとしてはこの作家に、人間性への洞察や悲しみをたたえた、より文学的な方向へ進んでもらいたい。巻頭の三篇のように。なぜならラストの短篇ふたつにおいて作者の人間嫌いという貴重な資質は明らかなのだ。」(「笑う宇宙」は巻末に置かれている)。

デビュー作に続いて〈奇想天外〉八一年二月号に、奇跡を起こす力を持ちながら迫害される少年の放浪ファンタジー「青い竜の物語」を掲載するが、〈奇想天外〉そのものが八一年十月号で休刊してしまう。〈SFマガジン〉にも寄稿するものの、登場は二回に留まり、いずれも書籍未収録。ちなみに「トロイの木馬」(八三年三月号)掲載時は、粒子加速器を用いて電磁波のブラックホールを作り出す実験を行うというテーマもあって、「ハードSFの新星登場!」とコピーを打たれていた。「確認された悲劇」(八三年十月号)は、タイムマシンが作動した場合、中の人間はどうなるか――という思考実験。

初出:〈奇想天外〉1980年9月号/奇想天外社/1980年刊
底本:『笑う宇宙』/地人書館/1989年刊

〈SFアドベンチャー〉八三年九月号に「タイムマシンの使用法」を掲載して以降は、同誌を作品発表の場としていく。八五年には同誌に十二作を掲載しつつ、〈ショートショートランド〉誌にも寄稿するという活躍を見せる。ただしSF作品集はなかなか刊行されず、まず天文書籍に強い出版社である地人書館から、パズルによる天文学入門書『宇宙パズル』が刊行された。

転機となったのは、一九八七年に刊行したジュニア小説『受験の国のアリス』（講談社X文庫）。ここから始まった、様々な国で行方不明になる少女アリスを少年少女が救出に行くという枠の《アリス》シリーズは、のちに人気番組『天才てれびくん』内で『アリスSOS！』としてアニメ化され計三十五冊の長寿シリーズに。ジュニア小説では他に、一九八八年刊行の、ヤクザの組長兼超能力者の高校生が連続殺人事件に挑むユーモア小説『ぬはは殺人者』（アルゴ文庫）など。

このような勢いの中で、一九八九年に刊行された『笑う宇宙』が初のSF作品集となった。多数のショートショートを前半に置き、少数の短篇を巻末に置く構成の一冊。ショートショートにおいては、宇宙人や吸血鬼や超能力などの登場する、平易な文章とシンプルなアイデアの、第一世代作家を連想させる作風。「地球のあいさつ」という、宇宙人と忍者がファーストコンタクトをする作品の題名からもその影響が分かるだろう。短篇においては「笑う宇宙」「青い竜の物語」のような、硬質で後味の重い作品が目立った。

同年に刊行された第二短篇集『非登場人物』（以上、地人書館）もショートショート＋短篇という構成だが、ショートショートは前巻同様平易なものの、短篇の方は幻想性・ナンセンス性が強まりパズル的な対話を含む、『不思議の国のアリス』めいたものになっている。なお、横田順彌は『非登場人物』の巻末解説で、中原涼をショートショート作家としての同志に位置付け、更に未発表のショートショートが三十篇ぐらいあるらしいと語っている。

九一年には、〈科学朝日〉のショートショート連載をまとめた『ifがいっぱい』（白泉社）が刊行されたほか、アンソロジー『奇妙劇場vol.1』（太田出版）に、盲腸を奪おうとする老人からの逃亡劇「盲腸どろぼう」が掲載されるなど活躍の広がりを見せた。

しかし今度は、主要な作品発表の場であり、計三十八作品を掲載した〈SFアドベンチャー〉が九三年夏号で休刊。《アリス》シリーズが引き続き人気を博していたこともあり（最終的には二〇〇〇年まで刊行された）、この後の短篇・ショートショート発表は激減、《異形コレクション》シリーズ掲載の三篇などごく僅かになった。

二〇一三年没。

《SFアドベンチャー》掲載の作品も多くが書籍に入らぬままとなり、近年はスポットが当たっていなかったが、ショートショートの再ブームに合わせて、『笑う宇宙』収録の「地球嫌い」が、江坂遊選『30の神品　ショートショート傑作選』（扶桑社文庫）、『5分後に思わず涙。世界が赤らむ、その瞬間に』（学研プラス）に相次いで収録された。ショートショートアンソロジーが競うように刊行される昨今、ショートショート再録アンソロジーの編者はぜひ、中原涼の諸作品に手を伸ばしてみて欲しい。

〈妹〉は、ぼくたち三人を管制室に集めて、またいつもの説得を始めるらしい。その内容はわかりきっているのだが、ぼくたちはあえてそれを口にしない。だって、そんなことをすれば〈妹〉が悲しむのは目に見えているし、たとえそれが現実だとしても、彼女にそれを納得させるのは、イルカに背泳ぎを教えこむよりもむずかしいだろう。

彼女が望むことなら、なんでも好きにさせてあげようというのが、ぼくの考えだった。宇宙船の中でなら、彼女の嫌がる宇宙服を無理に着せる必要はないだろうし、彼女がそれを望むなら、火星服でも地球服でもなんでも好きなものを着ればいい。彼女がまたばかげたことを言い出してぼくをいらいらさせるとしても、ぼくにはそれをやめさせる権利はない。彼女をそこまで追いやったのは、他ならぬこのぼく自身なのだから。

〈妹〉は、淡いブルーのチェックが入った白いワンピースを着ている。ぼくは、船内用の灰色の宇宙服を着ているが、彼女の前では、別に何を着てもよかったんだが偶然にも宇宙服しかなかったんでそれを着ているんだという顔をしている。そして、そのことにはあまり触れられたくないような態度を装い、ソファに腰かける。

彼女から見れば、ぼくのほうが狂人なのだから、もっと狂人らしく振るまったほうがいいのかもしれないが、そんなことをしなくても、彼女はじゅうぶんにぼくを狂人だと認めてくれる。それに彼女のほうだって、それほど狂人らしいというわけでもないのだから、ぼくのほうが狂人らしく振るまうというのは、いかにもわざとらしい。

〈両親〉もそれをこころえているとみえて、もっとも狂人らしい顔つきで、つまり静かな微笑を浮かべて彼女を見ていた。

〈妹〉は、ぼくたち三人をソファに座らせ、自分は部屋の中央に立って、いらだたしげにぼくたちを見ている。まるで何から話し始めたらいいのかわからないといった様子で、髪の毛をかき上げてみたり、腰に手を当てて歩きまわってみたり、下唇をかんで考え込んでみたり、三人の患者を前にした精神科医の当惑そのままに振るまってみせるのだ。うっかりしていると、本当に気が狂っているのはこちらのほうではないか、とさえ思えてくる。やがて彼女は立ち止まり、やっと話の糸口を発見したらしく、おだやかな口調で話し始める。

「ねえ、みんな。みんなは重力がどういうものか知っているわね？」

「ああ、もちろんだとも」

〈父〉がおだやかな声で答える。

「重力については何よりもよく知っているよ。君がそうして立っていられるのも、物が落ちるのも、すべて重力があるためだね」

「そう。重力があるから私たちは生活できるのよ。もし、重力がなかったら、私たちは空中に浮かんで、歩くこともできなくなってしまうわ。チェスをやるにしたって、重力がなければできないのよ。そうでしょう、おにいさん？」

彼女はそう言って美しい目を見開いたが、ぼくは一瞬まごついてしまった。彼女はぼくの妹ではないのだから、ぼくが彼女の兄であるはずはない。それは、まったくたしかなことだ。しかし、それがどんなにつまらない芝居だと思っても、いったん劇場に足を運んでしまった以上、せめて第一幕が終わるまで、席を立たないでいるのが礼儀だろう。

「そのとおりだよ。すべて重力のおかげさ」

ぼくはぎこちなくうなずきながら、そう答えた。彼女は満足そうにうっすらとほほえんで話を続ける。

「それじゃ、みんな重力があることは認めるのね。じゃあ、仮にここが宇宙船の中だとして、仮によ。もしも仮に私たちが宇宙船に乗っているとして、そのなんとかという星——」

「プレアルサイコムの惑星ティム」

「そう。そのプレアルサイコに私たちが向かっているとして、ここの重力はどうやって説明するのかしら？　だって、みんなは重力があることを認めたでしょう。ここには、いつも同じ大きさの重力が床に向かって働いているのよ。もし、私たちがプレアデスに向かっているとしたら、いつも同じ重力どころか、重力そのものだってないはずじゃない」

彼女はそう言って勝ち誇った笑みを浮かべた。しかし、どうして彼女はプレアルサイコとかプレアデスとか言うのだろう。プレアルサイコムの惑星ティムだと何度も教えてやったはずなのに。彼女は、ぼくがその星の名を口にするたびに、やり切れないように首を振り、まるでぼくの言っていることがでたらめだと言わんばかりの顔をする。まるで、そんな星はこの宇宙に存在しないのだとでもいうように。

彼女の主張していることは、ここに重力があるから、ここは宇宙船の中ではないというまことに単純な理屈なのである。そして、結局、ここが地球だと彼女は言いたいわけである。

無意識のうちにか、それとも故意にか、彼女はこの宇宙船に人工重力発生装置がついていることを忘れてしまっているらしい。そのことだって、ぼくは教えてやったはずなのだ。まるで子供に説明するように。この宇宙船には、地球の重力とまったく同じ大きさの重力を発生させる装置がついているのだから、重力があることでただちにここが地球だとは言えない、と。そして、実際にここは地球ではないのだ。宇宙船は太陽系を飛び出し、太陽系近傍の〝銀河の腕〟を今、離れようとしている。

狂った〈妹〉の論理は、それでもじゅうぶんに論理的で、それは論理的であるがゆえに、かえってぼくをいら立たせるのだ。ぼくは演じることに、しだいに疲れはじめる。誰だって、やさしくしていられるのは、自分の正気が守られている間だけだろう。

「でも、ここは地球じゃないんだ」

ぼくは結局、真実を告げてしまった。すると、彼女は鋭くぼくを睨みつけ、挑むような調子で言うのだ。

「それじゃ、この重力はどう説明するの？」

「これは人工重力発生装置があるからだよ。君が立っていられるのも、チェスができるのも、すべてその装置のおかげなのさ」

「ああ、また」

彼女はまるで絶望したかのように額に手を当てた。

「どうしておにいさんはそんな考えにとりつかれてしまったの？　どうしてここが地球じゃないなんて言うの？　おにいさんはもっと強かったはずよ。意志力の強い人だったはずよ。人工重力だの、プレアデスだのって、どうしてそんなおかしなことを考え出したの？」

「プレアルサイコムの惑星ティムだよ」

「そうよ。そのティムよ。そんなことどうだっていいじゃない！」

彼女はヒステリックにそう叫ぶと、こめかみに手を当て、眉根《まゆね》にしわを寄せる。まるで、ぼくが根も葉もないでたらめでも言ったかのように。そして、いつものように首を振り、辛抱強くたわごとをくり返し始める。

「おにいさん。ここは地球なのよ。忘れてしまったの？　私たちは移民局の地下にいるのよ。そしてテストされているの。私たちが宇宙に適応できるかどうか、長い船内生活に耐えられるかどうか。もし、このテストで不合格になったら、私たちは地球に残らなければならなくなるのよ。この汚染されて、どうしようもなくなった地球に。おにいさんは、忘れてしまったの？　テストが終わるのは、もうすぐなのよ。もうすぐテストは終わってしまうのよ。それまでになんとか思い出して。お願いだから思い出してよ」

　そう言われても、ぼくには思いあたるふしがない。こうして宇宙を旅しているのだから、移民局のテストはもう終わったと思うのだが、ぼくには移民局のテストを受けた記憶がないのだ。おそらく免除になったか、特別の措置をとってもらうかしたのだろう。

　狂人の言葉をいちいち真に受けていてもしかたがない。だが、狂人に気違い呼ばわりされることほど屈辱的なことはない。

　ぼくは無駄と知りつつ、ちっぽけな窓を指さした。

「それじゃ、船窓《せんそう》の外を見てごらん。そこに広がる果てしない空間と暗黒を見てごらん。輝く星々を見てごらん。それこそ、ここが宇宙であるという動かしがたい証拠ではないか」

「ばかばかしい！」

　彼女は窓のほうを振り向きもせず、吐きすてるようにそう言う。

「どうしてあれが空間なのよ。どうしてあれが星々なの？　あんなものただのプラネタリウムじゃない。良く見ればわかるのよ。あんな作り物を信じちゃだめよ。そりゃ、本物と見分けがつかないくらい精巧にできてはいるわ。でも、それはテストだからよ。本物の宇宙を見れば、きっとその違いがわかるはずよ」

　彼女はそう言ったあとで、ちらりと窓のほうを見やり、どうしようもないといった顔をする。

「このままだったら、私たち、地球に取り残されてしまうわ。それがわからないの？　おにいさんは不適格者の烙印《らくいん》をおされてしまうのよ。このばかげた地球で一生を送ることになるのよ。自然もなにもすっかりなくなったこんな地球に取り残されてもいいの？」

　ぼくは苦笑し、肩をすくめた。

「しかし、ここは地球じゃないからね」

「ああ！」

　彼女は、自分の尻尾にかみついたテンジクネズミがよくそうするように、頭をかかえて絶望的にうめくと、再び堂々めぐりの論理の中へ迷い込んでしまうのだった。

　哀れな〈妹〉よ。どうして君は、ここが地球だなんて言うんだ。あんなくだらない星のことはもう忘れて、ティムのことを考えよう。

　ティムは美しい星だ。ずっと昔の地球のように、緑の草原には小川が流れ、なだらかな丘を牛の親子が散歩している。牛はもちろんインドに残っていたあの牛だ。それからモンゴルの馬だっているし、南氷洋の抹香鯨《まっこうくじら》だっている。

　プレアルサイコムは太陽と同じくらい明るく輝き、永遠の炎を燃やし続ける。その光は生命の讃歌のように地上に降りそそぎ、ぼくたちを祝福してくれるだろう。

　非現実的な妄想にとらわれた〈妹〉は、まだあきらめることができずに、ここが地球であるというまったくばかげた論理を振りまわして、ぼくを不幸にする。ぼくはどうして気違いを相手にいらいらしなければならないのだろう？　どうしてこの気違いが〈妹〉なのだろう。

ぼくはときどき〈妹〉を殺す夢を見る。彼女さえ殺してしまえばすべてうまくいくという思いが、いつも心の中にあるからだ。この気違いを殺しさえすれば、希望の惑星ティムに行くことができる。それは、まったく正しい考えなのだ。気違いを一人始末したところで、誰がぼくを責めるだろう？　気違いがぼくのじゃまをするなら払いのけて当然ではないか。

だが、ぼくはまだ〈妹〉を殺してはいない。理屈に合わないことだが、ぼくには〈妹〉を殺すことができないのだ。まさかぼくが、愛なんぞというくだらないウィルスに感染したとも思えないのだが。

「おにいさん、お願いだからわかってよ。もうここが地球だなんて言わないから。おにいさんの言うとおり宇宙だっていうことにしましょう。そのかわり、検査のときは地球だっていうことにしましょう。ねえ、お願いだからそういうことにしてよ。地球だって思うだけでいいのよ。検査は、もうすぐ始まるはずだから、その間だけ地球だっていうことにしておいてよ」

「でも、検査なんてないだろう」

「ないわけがないでしょう！　いいえ、ないっていうことにしてもいいわ。もしも検査があったら、そのときは私が言ったとおりにしてよ」

「だが、検査なんてないんだよ」

「だから、もしもあったらの話よ」

「もしもでも、仮にでも、ないものはないんだよ」

「それじゃ、もしあったらどうするの？　まさか、これからティムに行くんだなんて言うんじゃないでしょうね。人工重力発生装置だとか、プレアデスだとか、そんなこと言うんじゃないでしょうね。そんなこと一言でも言ったらもう破滅よ。おしまいよ」

「プレアルサイコムだろ」

「そうよ！」

彼女は悲鳴に近い声をあげ、両手を握りしめて泣き出しそうな顔をする。

「おにいさんの調律師は、今すぐクビにしたほうがいいわ。おにいさんは狂ったピアノよ。みすぼらしい孤児よ。青くさいガキだわ！　ああ。ほんとに、もう！」

まったくひどいものだ。彼女の狂気は致命的だ。狂気が正気を駆逐《くちく》するとは、まさにこのことであったのか。ぼくは、今さらながら、彼女の狂気の根の深さに驚くのだった。

そして、奇妙にさめていく心の中で〈妹〉のために祈らずにはいられなかった。正気が君の口に苦すぎるなら、甘い狂気のアメ玉をしゃぶりつづければいい。だが、その同じアメ玉をぼくの口に押しこまないでもらいたいのだ。

ぼくはソファに深く身を沈めながら、今にもくずおれそうな彼女の姿を眺めた。そして目を閉じ、静かに首を振った。おそらく、救済はないだろうと思いながら……

「彼女は、どうしてあんなふうになってしまったんでしょうね？」

ぼくが言うと、〈父〉はチェス盤から顔をあげ、ちょっと困った顔をした。

〈妹〉が怒って行ってしまったあと、ぼくは〈父〉をチェスに誘ったのである。彼はチェスとスコッチが大好きで、チェスはぼくよりもいくぶん強かった。

「あの子があんなふうになってしまったのは」

彼はそこで言葉を切り、ぼくを試すような目で見た。

「太陽が輝きを失ってしまったからだろう」

「それは、つまり比喩的な意味ですね？」

彼は、それには答えず、盤の中央にあったポーンに手を伸ばした。

〈父〉は気むずかしい狂人ではなかったが、ときどき憂鬱な狂人になることがあった。だからぼくは彼には治癒の可能性を認めていた。辛抱強く治療を続ければ、少なくとも快方には向かうだろう。

〈彼〉は中央のポーンを一つ前に出し、ぼくのポーンに当てた。ぼくは、それを取るか、それに取られるかの選択をせまられたわけだ。こちらから取っていけば、クイーンに出られて形が悪くなる。では放っておけば？　ナイトが飛んできて、ますます形勢不利になる。いずれにせよ悪いとなれば、まったく新しい手を考えなければならない。

それにしてもなぜ彼は、ぼくを息子だと思ったのだろう？　それは、ぼくの〈妹〉が実際には妹ではないということと何か関連があるのだろうか。もし、あるとすれば、より本質的な関係はどちらか？

おそらく、〈父〉とぼくの関係のほうがより本質的だろう。なぜなら、〈父〉と〈妹〉の関係は明らかにカッコなしの親子であって、〈妹〉は〈父〉に付随して存在するからなのだ。だから、ぼくと〈父〉の関係が親子でなくなれば、〈妹〉は妹でなくなる。

ぼくは、この二つの錯誤、つまり〈妹〉がぼくを兄だと信じている錯誤と〈父〉がぼくを息子だと信じている錯誤が、何か一つの錯誤で置き換えられるような気がしていた。だから、その一つの錯誤から発生する一つの狂気で、彼らの狂気を統一的に説明できると思うのだ。

ぼくは、ポーンを払い、クィーンを引きつけた。もっとも強いクィーンは、同時にもっとも弱いクィーンでもある。ぼくはポーンを進め、クィーンに当てる。クィーンはポーンと交換するわけにはいかない。クィーンは逃げるしかないのだ。

はっきりしていることは、ぼくたちにはもう逃げ場がないということだろう。あるとすれば狂気の中だが、たとえ狂気のクィーンの御命令とあっても、ぼくは辞退させてもらうことにしよう。

「あなたがたを助けたとき」

とぼくは言った。

「あなたがたは、ひどく飢えていましたね」

クィーンに手を伸ばしかけていた〈父〉は、その手を空中でとめて、けげんそうな顔をした。

「なにか？」

「いえ、ぼくがあなたがたを救助したときの話ですよ」

「ええ。救助信号をキャッチしたんで、ずっと探していたんですよ。初めはブイを発見しました。それからほどなく、あなたがたの宇宙船も発見しました。今思えば、幸運だったとしかいいようがないですね」

〈父〉は、いっそう不審げな顔つきになり、クイーンを一つ横へ動かして、手を引っ込めた。

「そのとき、私たちは何をしてました？」

「あなたたちは、ひどく飢えていました。全員シートを倒して横になっていたんです。それで、いくら呼びかけても返事がなかったんですね」

「そうですか。いや、そうですね。飢えているときには横になっているのが一番いいんです」

〈父〉はそう言ってほほえんだが、この話の本質をまったく理解していない様子だった。だいじなことは、〈父〉が父ではないということ、したがって〈妹〉が妹でないということなのだ。それを忘れないように。

「それからどうなったんですか？　私たちが横になっていたんで応答がなかった。君は、どうやって私たちを助けたんですか？」

「そう。初めぼくは、死んでいるのかと思いました。しかし、何度も呼びかけているうちに返事があったんです」

「ほう。返事が」

「救助？」

「そうです。それはたしかにあなたの声でした」

「あっ、私でしたか。これはうかつでした。私が返事をしたんですか」

〈彼〉は、ひどくうろたえたようだった。いったいなぜ、うろたえる必要があるのだろうか？　ぼくが何かうろたえさせるようなことを言っただろうか。彼は、おそらくこの話をぼく以上に重要な意味でとらえているのに違いない。

「それからぼくは、あなたにハッチを開けてもらい、中に入りました。あなたは、まず食料がほしいと言いました。それでぼくは、すぐに食料を持っていきました」

「私たちは、それを食べて元気になったんですね」

「そうです。あなたがたが全員元気になったところで、ぼくの宇宙船に移ってもらいました」

「なるほど。それがこの宇宙船ですか。しかし、この宇宙船は四人乗りですね。君は四人乗りの宇宙船に乗ってきたんですか？」

〈彼〉がよけいなことを言い出した。やはり狂人は狂人だ。まともなことを言っているようでも、どこかおかしくなるのだろう。ぼくが四人乗りの宇宙船に乗っていようと、三人乗りに乗っていようと、関係ないではないか。この宇宙船が四人乗りであったことは、彼らにとって幸運だったのだ。そんなことで、ぼくが言っていることの真実性を否定しようとするのは間違いだ。

「ぼくが四人乗りの宇宙船に乗っていたのはまったくの偶然でした。地球を出るとき、――

そのときはもちろん、あなたがたを救うことになるとは思ってもいませんでしたが、ぼくは、どういうわけか、四人乗りを選んでしまったのです」

「選んだというと？」

「文字通り、選んだのです。ぼくは空港に行き、たくさんある宇宙船の中から中型のものを選んだのです」

「でも、なぜです？」

「それは、中型のものがいちばん安定しているように思えたからです」

「いや、そういう意味ではなく、なぜ選ぶことができたかと聞いているのです。乗員一人なら一人乗りと決まっているでしょう。それなのに、君は四人乗りを選んだという。どうしてそんなことができたんですか？」

〈父〉はまたよけいなことを言い出した。まったく無意味な質問で、重要な問題をはぐらかそうとしている。要するに、ぼくが言いたいことは、〈父〉とぼくの関係についてなのだ。四人乗りの宇宙船に乗っている四人は、必ずしも四人家族とは限らない。実際、三人家族と他人が一人でもいっこうにおかしくないではないか。ぼくが四人乗りの宇宙船に乗っているところへ、三人家族が乗り込んで来た。だから四人になったのだ。それが真相だ。

ぼくはチェス盤の上へかがみ込み、情勢をよく見ようと思った。中央のクィーンがいかにも伸び伸びと四方に睨みをきかして、こちらの勢力をおさえこんでいる。反撃するとすれば、ナイトを飛ばしてクィーンを追い払うか、ルークを移動させてクィーンにきかせるかのどちらかだろう。しかしぼくは、そのどちらも嫌だった。そこで、左翼のポーンを前進させることにした。

〈彼〉は、口もとに手を当てて、上目遣いに盤面を見ていた。それで、はげあがった頭がこちらに向いて、実際はそうでないにしても、父というものがぼくの心の中へはいってくる。理性的なものではなく、感情的なものとして、父はたしかにぼくの心の中にいる。意味のない存在、それゆえに存在しないのと同じ存在。父とはそういう存在であったはずだ。

では、〈父〉を拒否することは無意味なのか？　無意味を望んだぼくは、反撃を拒んでポーンを動かしたぼくだ。おそらく拒否することによって敗北することを知っていたぼくだ。ぼくは、どちらにころんでも敗北するしかない。

　心の一方では父を認め、また一方では父を否定する。認めることが狂気なら、否定することは？　ぼくは本当に正気を望んでいるのだろうか。現実の無意味さをじゅうぶん承知していながら、現実にしがみつこうとするぼくは、いったい何者なのだろう？

　こうして毎日狂気に取り囲まれていると、いつのまにか狂気にひきずられそうになる。たしかに、〈妹〉はぼくを同じ狂気にひきずり込もうと、狂気の内側から手まねきする。

〈父〉はそれほどでもないが、ときどきぼくの神経を逆なでする。そして、ぼくに沈黙を強《し》いるのだ。沈黙は、ぼくの責任ではなく彼らの責任だ。沈黙させるのは彼らなのだ。

〈父〉は口もとから手を離し、問題のポーンをクイーンでとった。これでぼくは不利になったが、そんなことは初めからわかりきっていたことなのだ。もともと無意味なポーンだったのだから。それなのに、〈彼〉はその手の意味をずっと考えていた。まるで正気な者がよくそうするように。この手は罠じゃないのか？　この手は何を計画しているのだ？　この手の意味は何なのだ？　狂人はそんなことは考えないものだ。

ところが、それでも〈父〉は狂人なのだ。なぜなら、〈父〉は父ではないからだ。ぼくには父なんていないし、ぼくの感情は別としても、ぼくの理性は父を必要としてはいない。ぼくに対して父だと主張する男は、気違いでなければならない。ぼくは、それを証明したかった。

「今度は、あなたの意見を聞かせて下さい」

とぼくは言った。

「あなたは、だまってぼくの話を聞いてくれましたが、本当はまるで信じてはいませんでしたね。ただ矛盾を探そうとしただけでしょう」

「いや、そうじゃない」

〈彼〉は真剣な顔つきになり、正面からぼくを見つめた。

「それじゃ聞かせてください。あなたは、ぼくたちがどういう状況にいると思っているんですか？」

〈彼〉は少しの間考え込み、やがて決意したように口を開いた。

「よし。それじゃ、言ってしまおう。そのほうが君のためになるかもしれない。私がいままでだまって君の話を聞いていたのは、君が指摘したとおり、論理の矛盾を探すためだよ。そして、矛盾を君に教えることによって、君を立ち直らせようと思ったのだ。だが君は、私が指摘するたびに口をつぐんでしまった。それでは何にもならない。だから、今度は、事実そのものを君に教えよう。それによって判断してほしいのだ。まず、私たちが現在いる場所についてだが、ここが宇宙だという君の考えはいちおう正しい。だが、君はおかしな考えにとりつかれていて、つまり、私が父ではないという考えだね。そのために、君はいろいろ無理な仮定を持ち込んでしまっているんだ。たとえば、四人乗りと一人乗りの問題にしてもそうだね。君は空港で四人乗りを選んだというが、制度上そんなことは不可能だ。そして、決定的なことは、君の年齢だよ。君はあまりにも若すぎるんだ。君の計算では今、私たちは〝銀河の腕〟の端にいるそうだが、地球からここまでいったい何年かかると思ってるんだね、君は？　少なく見積もっても十年、へたすりゃ君の年齢を越えてしまうよ」

「しかし」

ぼくは口をはさまずにはいられなかった。

「ぼくがあなたたちを助けたのは事実でしょう。だから、あなたは父ではない。それも事実でしょう。だとすれば、あなたの言っていることは、すべてでたらめなんです。そうじゃありませんか？　父でもない人間が父を名乗り、そのうえつじつまのあわないことを並べたてる。これは明らかに――失礼ですが、正常ではない」

「君は混乱しているんです。よく考えてみなさい。矛盾しているのは君の話なんだよ。私はまだ自分について何も言っていないのだから。ただ、君の話の矛盾を引き出して見せただけなんだ。そして、私を父ではないという君のほうが、私に言わせればよほど異常に見えるよ」

「それじゃ。それじゃ聞かせてください。あなたの意見というのを」

「もちろん、そのつもりです。私たちは、現在太陽系の軌道を回っているんです」

「ほら！　ほら！　もう矛盾しているじゃないか。あなただって矛盾してるじゃないか。太陽はどこに行ったんです。太陽系なら肉眼で太陽が見えるはずでしょう」

「だから、さっき言ったでしょう。太陽は輝きを失ったんだって、君がそんなふうに混乱し始めたのは、太陽の光が消えてからなんだよ。君は、太陽が見えなくなると、心の中でそれを説明するために、太陽から自分が離れていくと信じ込んでしまったんだ。そして、娘はここが地球の地下だと思い込み始めた。私たち――つまり私と妻は、初期の段階でなんとかしようと思ったが、それはかなわなかった。そこで、中央ステーションの病院まで君たちを連れていくことにしたんだ」

「それは、まったくのでたらめですね。作り話としても全然おもしろくありません。ぼくたちは、プレアルサイコム恒星系に向かっているのです。それ以外の説明は、まったくのナンセンスです。あなたの意見には、まったくばかげたことなんですが、ぼくの精神がどうにかなったようなニュアンスが含まれています。それは、即座に訂正すべきですね」

「いや、訂正する必要はない。君は真実を見つめるべきなんだ。たしかに、今の君にとって真実を見つめることはつらいことだろう。しかし、その苦痛のなかから何かが生まれる可能性がある。私はそう思うのだ」

「しかし、父でもない人間が父を名乗るとすれば――」

「君はまだわからんのかね！　私が父でないという君の前提は、君の年齢のために否定されたんだ。むろん、ここが太陽系だと君が認めるならば、否定だけはされないが」

ぼくはもう、これ以上〈父〉の意見を聞いても、まったくの無駄でしかないことを知った。彼の意見には検討する価値さえない。しかも彼はぼくをいら立たせ、ぼくに沈黙を強いる。あたかも真理を述べているようなふりをしてなんと突飛なでたらめを言うことか！　ぼくは、あきれて口もきけなかった。

「君はどうして私が父ではないと思うのかね？　私に束縛されるのがいやなのか。それとも、私に何か不満があるのかね？」

とんでもない。ぼくは不満だから父を拒否したのではなく、何の理由もないままに父を失ってしまったのだ。父は突然死んでしまった。このいまいましい宇宙の中で、ぼくは突然孤児になってしまったのだ。

孤独がぼくを発狂させる？　まさか。ぼくほど孤独を好む人間は、かえってめずらしいくらいだ。

「君の理想と現実の私は、おそらくくい違っているのだろう。それはしかたのないことだ。私だって人間なんだからね。それに、年月は人を変えてしまうものだ。君が、いつまでも純粋でいたい気持ちはわかる。だが、現実も認めないわけにはいかんのだ」

ぼくは思わず失笑してしまった。まったく気違いの話ほどよく人を失笑させるものはないだろう。

そろそろこのいまいましい狂人の口をふさいで、ゆっくり考えたほうが良さそうだ。さもないと、彼の良く動く舌がぼくの頭蓋《ずがい》の中にまで入ってきて、ペラペラと勝手なことをまくしたてるに違いない。できることなら、でたらめを言う彼の舌を引っこ抜いてやりたいが、狂人にはせいぜい哀れみをかけてやろう。

「もういい」

とぼくは言った。

「チェスはあなたの勝ちだ。もう終わった」

ぼくはチェス盤をひっくり返し、席を立った。ポーンやクイーンがテーブルの下までころがっていき、彼はびっくりしてぼくを見上げていたが、ぼくはすぐに背を向けた。時間が停止して、ぼくのこめかみのあたりでゼンマイを巻く音が聞こえていた。真実が裏返しになるときの神経にさわる音。ぼくは彼の視線を感じていたが、もうそんなことはどうでもいいことだった。彼がぼくの背後でほくそ笑もうとどうしようと、ぼくにはもう関係のないことなのだ。

いまいましいことに、この宇宙船においては、コンピュータまでもが狂っているのだった。むろん、コンピュータは機械なのだから狂っているという表現は正しくない。ほんとうなら故障していると言うべきであろう。ところが明らかに故障しているにもかかわらず、どこが故障しているのか、さっぱりわからないのである。

もちろん、故障をチェックする回路はある。しかも、その回路自体は故障していない。だからどこかに故障個所があれば、たちどころにわかるはずである。原理的にはたしかにそうなっている。ところが、実際チェックしてみると、何度やっても、異常なしという答しか出てこないのだ。まったく奇妙なことである。

コンピュータが故障していることは、宇宙船の位置を計算してみるとわかる。計算というよりも、コンピュータの記憶と時間から現在位置を算出するだけのことなのだが、これをやってみると、宇宙船は太陽系内にあるという結果になってしまうのだ。何度やっても同じことである。どうやら、宇宙船は太陽を一つの焦点とする楕円軌道上にあるらしいのだが、当然それは間違っている。間違った結果を出しながら異常もないとなれば、狂ったのだとしか言いようがない。

ぼくの計算によれば、つまりぼくの記憶と時間によって算出した結果によれば、宇宙船はプレアルサイコム恒星系のすぐ間近まで来ているはずだ。間近といっても、あと二年ほどはかかるだろうが、地球を出発してから約十五年経過しているのだから、間近と言ってもよかろう。少なくとも、太陽系からはほど遠いところに来ているはずなのだ。

コンピュータの発狂は別にしても、〈両親〉と〈妹〉の発狂は残された二年のせいだとぼくは思う。二年という時間の壁はあまりにも強固で、彼らを発狂させずにはおかなかったのだろう。空間的な広がりが時間に換算され、さらにそれが人間の生活に結びつくと、しばしば深刻な事態が持ち上がる。

最初にそのことに気がついたのは、もちろんぼくだった。コンピュータで食料の備蓄を調べると、一年分しかないという結果が出たのである。二年間生き続けるためには、二人が犠牲にならなければならなくなった。これが一週間や二週間なら食料を分け合ってなんとかなるかもしれないが、運動しないことを前提とした最少栄養であるうえに期間が二年では、無理して三人までなんとか維持できたとしても、四人は絶対に不可能である。

おそらく、この事実が彼らの発狂の引金《ひきがね》になったのであろう。まさか家族同士で共食いするわけにもいかず、どういうわけかそれほど意志力が強いとも思われないぼくを残して、三人がいっぺんに気違いになってしまったのである。彼らの狂気が、二年以内に地球に帰れる場所を求めたのは、けして偶然ではないだろう。そして、ぼくだけが孤独な宇宙を志向しているというのも、ぼくの正気を裏づける何よりの証拠になってくれるはずだ。

とはいえ、コンピュータの発狂までも、その同じ理由で説明しようとは思わない。なにしろ、あのくそいまいましいコンピュータの食料といえば、ほんのわずかの電気だけなのだから。

「おにいさんと話していると、こっちまでおかしくなっちゃうわ！」

隣の〈母〉の部屋から〈妹〉の声が聞こえてきた。ぼくは、目を閉じ、壁ごしに聞こえてくる彼女たちの会話に耳をすませた。

「どうしてあんなに融通がきかないのかしら？」

「それは、おまえ……」

「わかってるわよ。それはわかってるの。だけど、ときどきすごく筋の通ったこと言うでしょう。だからよけいに腹が立つのよね。あれで、コンピュータが発狂したとか、人工重力発生装置とか、おかしなことさえ言わなければ、まったく正常なのにね。暴れるわけでもないしさ」

「そうねえ。あの子もついこのあいだまでは、おかあさん、おかあさんって言っていたのに」

「今じゃ、自分が誰なのかさえわからない始末。きっと、おとうさんの遺伝なのよ。おとうさんがおかしくなったと思ったら、すぐにおにいさんもおかしくなったじゃない」

「何か関係があるのかしらねえ」

「そりゃ、あるわよ。言っていることは違うけど。おにいさんは無意識のうちに、おとうさんに反発してるんじゃないかしら。さっきも二人でチェスやってたんだけど、途中でおにいさんがチェス盤ひっくり返しちゃったのよ」

「ほんとうかい？　そんなことをする子じゃなかったのに……」

「ほんとよ。だんだんひどくなってくるみたい。でも、あの二人の話聞いてるとおもしろいわよ。まるで禅問答みたいなんだから」

「これ。そんなこと言うもんじゃありません。二人とも御病気なんだから」

「わかってますって。でも、治るのかしら、二人の病気」

「そりゃ、治りますとも」

「私も、おとうさんなら治ると思うけど、おにいさんはどうかしらねえ。おとうさんの言ってることは、はっきりと間違ってるでしょ。だって太陽が消えたなんて言ってるんだから、物理的にも天文学的にもおかしいわよね。だから、こういっちゃなんだけど、おとうさんのほうが幼稚な狂い方をしてるのよね。それにひきかえ、おにいさんのほうは、言ってることはでたらめだけど、でたらめはでたらめなりにつじつまが合ってるでしょ。だから、かえって治りにくいと思うのよ」

「そんなものかねえ……」

「そんなものよ」

プラスチックの薄い壁を通して、二人の会話がはっきりと聞こえていた。ぼくはベッドに横になり、冷静な気持ちでそれを聞いていた。彼女たちは会話がつつ抜けになっていることを知っているはずなのだから、へたに騒ぎたてたりしては彼女たちの術中に陥ることになるだろう。この場はだまって彼女たちのあてつけがましい会話に耳を傾けていたほうが良さそうだ。

「ところでおかあさん。おかあさんは、ここが地球だっていうことをちゃんと認識しているんでしょうね」

「そりゃ、そうよ」

「でも、おとうさんといっしょのときには、おとうさんの味方をするじゃない。私のことほんとは疑っているんじゃないの？」

「いいえ。心の底から信じていますよ」

「じゃあ、どうしておとうさんの肩を持つの？」

「そりゃ、夫婦だからよ。愛するっていうことはそういうことなの」

「信じたふりをするのが愛だって言うの？　私はむしろはっきり言ってあげたほうがいいと思うな」

「おまえにもそのうちわかるよ」

「そうかしら？　まあ、いいわ。それより、おかあさん。私たち、もうテストを放棄したほうがいいんじゃないかしら。だって、おとうさんはどうかわからないけど、おにいさんは絶望的だもの」

「でも、せっかく今までがんばってきたのに」

「だけど、しかたがないわよ。どうせこのままじゃ不合格に決まってるし、おにいさんはますます悪くなっていく一方だし」

「そうねえ……」

「それに、地球でだって絶対に暮らせないってわけじゃないし、火星も金星もまだ開発中なんでしょう。火星から戻ってきた人もいるっていうじゃない」

「でも、あれは特別な人よ。火星から見た地球が美しかったんで戻ってきたんでしょう。現実の地球を忘れてはいけないわ」

「そんなこと言ったって、どうしようもないじゃない。実際にテストは絶望的なんだから——

——」

「だけど、おまえはきっと合格よ、そうなったら一人で行きなさい」

「いやよ。もし私が合格したとしても、一人で行くつもりはないわ。だってそうでしょう。環境が良ければ、それで幸福だってわけじゃないんだもの」

「でも、テストはいちおう受けておいたほうがいいわ。そのうちきっと気が変わるから」

「私は変わらないと思うな。でも、やっぱり受けとくわ。旅行もしたいしさ」

「まあ、この子ったら……」

彼女たちの話を聞いているうちに、ぼくの内部で何かが変わった。これからどうするのか？　この状態をどうきり抜けるのか？　いつも問い続けていた問題に対する解答が、どうやら小さな実を結んだらしいのだ。だが、それはまだほんのちっぽけな果実で、これからどんな果実に成長するのか、見当もつかない。たしかなことは、その果実が自由の木に実った果実だということだ。

ぼくの心の一方の端には、ばかげたことだが、家族を求める感情もある。自分というものを家族の中に発見して安心したいという欲望だが、この逆説的な欲望が心の中で幅をきかすようになったのは、父が死んでからだと思う。

父が死んで、一人ぼっちになったとき、ぼくは家族というものがそれほど重要なものではなかったことに気がついたのだ。そして、愛などというものも、まったく無益な感情であることを知った。だから心の中を満たされない愛でいっぱいにするよりも、何もかも追いだしたほうがいいと思ったのだ。

ところが、家族のほうがぼくを離しはしなかった。家族はぼくをはがいじめにして、ぼくの自由を奪った。

ぼくは、そういう状態が恐かった。なぜなら、自由を奪われることに幸福を感じていたからなのだ。期待をかけられたり、将来の行動を制限されたりすることが、拘束であると同時に幸福でもあったのだ。しかし、ぼくが望んでいたのは幸福ではなかった。不幸こそぼくが望んだものだった。不幸と同時に自由を。

だが、自由もまた幻であったのだ。この宇宙船から一歩も出られない自由なんてあるものか。しかも、一生涯出られないのだ。

ぼくがそのことに気がついたときに、家族は精神に異常をきたした。彼らは、まったく同時に発狂するという奇跡をやってのけたのだ。おかげでぼくは、自由の幻想も家族の幻想も棄て去ることができたわけだが、いまいましい三人の狂人と同居せざるを得なくなってしまったのだ。

彼らの狂気は、いちいちぼくをいらだたせるつじつまの合った論理と、奇妙に整った家族幻想とで共通している。〈父〉は自分を父だと思っているし、〈母〉は自分を母だと思っている、そしてもちろん〈妹〉は自分を妹だと思っている。その点では、まるで三角定規のように見事な狂い方をしていると言えるだろう。しかし、状況判断という点では、二つに分かれてしまうのだ。〈父〉は、ここが宇宙船内であって、宇宙船は太陽の軌道を回っていると信じているし、〈母〉と〈妹〉は、ここが地球であって、移民局の地下のテスト場であると信じている。

ぼくは、けして多数者の意見を尊重するつもりはないのだが、〈父〉の見解に比べれば〈母〉と〈妹〉の見解のほうが、ずっとまともだと思うのだ。むろんどちらも間違ってはいるのだが、彼女たちの間違いは、それが間違いだと指摘できない種類の間違いなのだ。たとえば、重力の問題を人工重力で説明しても、それだけではここが地球でないとは言えない。むしろ逆に、ここが地球ではないからこの重力は人工重力なのだと、言えるだけなのだ。そんな証拠ならばいくら並べたところで意味がないだろう。彼女たちの間違いを指摘するには、その論理の矛盾を探す以外に方法がないのである。

彼女たちのあてつけがましい内緒話に耳を傾けていたのも、そのへんに理由があったわけである。

内緒話と言ったって、それはじゅうぶんに計画された内緒話、つまりぼくに聞かせることを目的とした内緒話であることは、すでにわかっていた。彼女たちの意図は、ぼくを洗脳することにあったのだ。狂気による洗脳、狂気への招待状。彼女たちは、淡いブルーの壁ごしに、狂気への招待状を送りつけてきたのである。

そこまで見透かしていながら、ぼくがおめおめとその招待状を受けとったのは、素直に招待を受けようと思ったからではなく、招待状そのものを調べてみようと思ったからである。一通の招待状から暗号解読の手がかりが得られるかもしれない。

彼女たちがうっかり勇み足でもしてくれればもうけものだし、たとえうまく立ちまわったとしても、こちらもそれ以上にうまく立ちまわれば尻尾をつかむ機会はいくらでもある。彼女たちの裏をかいて、ミイラ取りをミイラにしてしまえば、こちらの勝ちである。ベッドに横になって、おとなしくミイラのまねでもしながら、のんびりと彼女たちの会話に耳を傾けるのも、作戦の一つというわけだ。

「おかあさん。私ずっと考えていたんだけど、おにいさんがあんなふうになったこととの直接の原因は、閉所恐怖症なんかじゃないと思うの。もちろん、それも少しは影響しているかもしれないけど、もっと強く影響を及ぼしたのは地下恐怖症じゃないかしら。私たちのアパートは地上二百メートルだったし、学校も公園もずっと上にあったでしょう。考えてみたら、私たち、地上に降りたことすらなかったじゃない。ましてや、地下に来たことなんて一度もなかったわ。おにいさんは口にこそ出さなかったけれど、きっと地下で生活するのに耐えられなかったのよ。私だって、ときどきおかしな夢をみるもの。おかあさんは、そういうことない？　たとえば、突然、天井がくずれてきて生き埋めになる夢だとか、床下からマグマが吹き出してくる夢だとか」

「ええ。一度だけ、天井がくずれてくる夢はみたことがあるわ」

「そうでしょう。それが潜在的な恐怖になっているのよ。私たちは高い所には慣れているけど、地下生活にはぜんぜん向いていないのよ。特に、男は適応能力が低いでしょう。だから、おとうさんがまず適応障害をおこして、その影響もあって、すぐにおにいさんがおかしくなったんじゃないかしら。テストの合格率も女のほうがだんぜん高いって言うでしょう」

「そうねえ。あの子はあれで気が弱いところがあるからねえ。口では偉そうなこと言っても、ほんとうはまだまだ子供なんだから……」

「そういえば、ほら。いつだったか家族全員を殺してしまった男の人がいたじゃない。あの人はちょうどおにいさんと同じ立場だったはずよ。妹が一人いて、四人家族で」

「でも、あの子はそんなことをするような子じゃありませんよ」

「それはどうかしら。あんがい気が弱い人って突発的にすごいことをするものなのよ。その家族を殺してしまった人だって、普段は、おとなしい真面目な人だったっていうじゃない。そんな人に限って、裏では恐ろしい犯罪を計画したりするのよ。おにいさんも、心の底では何を考えているかわからないわよ」

「ばかね。この子は。おにいさんのことをそんなふうに考えていたの？」

「違うわ。ただ、その可能性があるって言っただけよ。だって、実際に病気になってしまったんだから、何を考えてるかわかったもんじゃないわよ。だいいち、言ってることだって、何を言っているのかさっぱりわからないんだから。きっと、とんでもないことを考えているわよ」

「そんなことはありません。あの子は優しい子です。たとえ病気になったって、性格までは変わるはずがありません」

「だめねえ、おかあさん。性格だってなんだってがらっと変わっちゃうのよ」

「そんなことはありません」

「これだから嫌になっちゃうんだなあ。だいいち、おにいさんはおかあさんのこと、おかあさんだと思っていないのよ。ただの女の人だと思ってるんだから。おかあさんがいくら信じたって、おにいさんは何も感じやしないわ」

「いいえ。たとえ病気でも人間の心は通じ合います。そうでなかったら、精神科医なんてまるで無駄っていうことになるのよ」

「精神科医は別よ。医療技術の問題だもの。この場合は、持っている世界のずれが問題なのよ」

「とにかく、あの子は何もしません」

「まあ、いいわ。おにいさんは何もしないっていうことにしましょう。でも、おとうさんは違うわ」

「いいえ、同じよ」

「そうかしら？　おかあさんは知っていると思うんだけど」

「何を？」

「コンピュータのことよ。コンピュータに細工したのはおとうさんなんでしょう？」

「何のこと？」

「とぼけないでよ。コンピュータのプログラムを変えたか、出力をいじったのかしらないけど、初めの設定と大幅に違っちゃってるじゃない。テストが始まったときは、おにいさんが言ってるような設定だったのよ。それが今じゃどういうわけか、太陽系内に戻ってしまっている。まあ、どっちだっていいんだけど、わざわざこんな手のこんだことをするのはおとうさんに決まってるわ。おにいさんはコンピュータが発狂したなんて言うくらいだから、やってるわけないし、私たちだってそんな意味のないことするわけがないでしょう。残るのはおとうさんだけよ。おとうさんは、太陽系の軌道を回ってるなんていつも言ってたもの」

「だけど、それは……」

「いいのよ。別に、どっちだってかまわないんだから。ただ、テストが終わってから報告しないといけないでしょう。だから、はっきりさせておきたいのよ。おとうさんが、何か細工したんでしょう？」

「え、ええ。でも、それほどたいしたことじゃないのよ。ちょっと記憶回路を修正しただけらしいから」

「やっぱりね。それさえわかればいいのよ。でも、おとうさん直せるのかしら？」

「さあ、どうかしら。こわしたわけではないから、直せると思うんだけど」

「まあ、いいわ。どうせ、おとうさんにたのんだって直してくれるわけがないんだから。それより、私、なんだか眠くなってきちゃったわ」

「私も。もう、夜の時間なのかしら……ちょっと、廊下をのぞいてごらん」

「……ずいぶん暗くなってるわ。天井は、ほとんど消えて、床のライトだけになってる。午後十時すぎね」

「じゃあ、もう寝なくちゃ。生活のリズムが乱れると肌が荒れてしまうわ」

「そうね。それじゃ……おやすみなさい」

「おやすみ」


〈母〉を殺そうと思ったのは、二十四時間周期の時計がたしかに夜の部に入っていたときだった。まるで夢のつづきでもみているような、ぼんやりした意識の中で、ぼくはベッドの端に腰かけ、汗ばんだ両手を開いたり閉じたりしていた。

理論的には、間違っていないと、ぼくは思うのだ。惑星ティムに行くためには、どうしても人間が一人多い。しかも、そのことに気がついているのはぼくだけなのだから、ぼくがなんとかしなければ、全員餓死してしまうだろう。

〈母〉を殺すことは、正しく、効果的な処置なのだ。

たとえ彼女たちの主張や見解がどうであろうと、それゆえにこそ急ぐ必要がありそうだ。きな臭い時間が流れる。どこかに重大な読みおとしがあるとしても、変えようのない事実がぼくをせきたてる。

空調装置の軽いうなりが、ごく静かな寝息のように聞こえる暗い部屋の中で、ぼくは夢の事実を思い出していた。古ぼけた記憶の形をとって、ぼくの脳裏に現われた夢の診断書。夢の逃亡計画。

たしかに、ぼくは逃亡しようとしていた。夢の中で、幼いぼくは父に手をひかれ、どこか暗い場所を歩いていた。足もとには、ナイフのように鋭い葉を持った植物が、じゅうぶんに繁殖していて、ザワザワとうるさく鳴った。植物のナイフはときどきぼくの足を刺したので、ぼくはかゆくてしかたなかった。

「おとうさん、どこへ行くの？」

ぼくが聞いても、父は答えてはくれなかった。だが、父の大きな手がしっかりとぼくの手を握っていてくれたので、ぼくは暗闇の中でもそれほど不安ではなかった。

そのうちに、前方が明るくなってきて、さらにしばらく歩くと、ぼくたちの前に高い金網が現われた。金網の向こうには、大きな建物と平坦な広場があった。そこは、どうやら空港のようだった。

「これからロケットに乗るの？」

「そうだよ。さあ、この金網を越えるんだ」

ぼくは父に抱え上げられて金網の頂上にしがみついた。そして、父が越えたあとで、向こう側におろしてもらった。

ぼくたちは、すぐに金網沿いに歩き出した。

そうして歩いているうちに、ぼくは、建物には二種類あることを知った。一つは、窓がたくさんあって明るい建物。これは広場の反対側にあった。もう一つは、窓がひとつもなくて、暗い建物。これはぼくたちの側にあった。ぼくたちは、その暗い大きな建物と金網との間を歩いていたのだった。

やがて、ぼくたちは立ち止まり、建物の中に入った。巨大なロケットがあった。

「これに乗るの？」

「そうだ」

父は電源のスイッチを入れたあと、壁のボタンを押した。天井のスリットが軽いモーター音を伴って開き始めた。

「準備はできているんだ。さあ、急いで」

ぼくは父に手を引かれて、ロケットに乗り込んだ。遠くで、鋭いサイレンの音がしていた。

父は、あわててロケットを離陸させ、それと同時に、重い加速感がぼくを圧した。ぼくは、気を失ってしまった。

気がついたとき、ぼくは暗い洞窟《どうくつ》の中をふわふわと飛行していた。夢の世界にありがちな、意味のない暗闇の中で、ぼくは手足をばたつかせてもがいていた。

不思議なことに、そのときのぼくは、もう子供ではなかった。船外用の宇宙服を着ていて、どこか狭苦しい場所に入っていた。

足もとに父の死体があったので、そこが宇宙船のハッチであることを知った。ハッチは静かに開いていき、暗い宇宙と星々が、しだいに大きく広がってきた。

ハッチが開ききったとき、ぼくは父の死体を外に押し出してやった。死体は、すべるように、ゆっくりと暗い深淵に向かって進んでいった。父は、彼がいつも望んでいたとおり、宇宙に帰っていったのだった。

夢は、それで終わりだった。

ぼくの喉《のど》はかさかさに乾いて、ひあがった川底のようにひび割れそうだった。つばを飲みこむと、喉の奥でけものが低くうなった。

〈母〉を殺せ。

ぼくは、握りしめた手の中で考えた。これはとほうもない利己主義ではないのか？　自分が生き延びるために〈母〉を殺すことは、間違いではないのか？

だが、もっとも殺しやすい人物が〈母〉だとすれば、少なくとも選択はまちがっていない。どうせ全員死んでしまうのだから、〈彼女〉の死を少しばかり早めてやることも、そう大きな罪とは言えないだろう。むしろ家族全員の余命の合計について考えれば、はるかにすぐれた考えだと言うことができる。

現状のままなら、一年後に全員死を迎えるはずだから、余命合計は、四年。一方、〈母〉を殺した場合には、三人の余命合計が全員の余命合計になるから、〈父〉の余命が四十年、ぼくと〈妹〉の余命がそれぞれ七十年ずつとして、合計百八十年。全然、けたが違ってくる。

しかし、数字遊びが解決してくれる問題は、せいぜい物質の世界でのできごとだけだ。あらゆる比較や判断を受け入れない思想というものもあるのだ。つじつまのあわない、狂った思想。愛とか憎しみとか、計算に入れることのできない重要な定数が、その思想の中央に位置するような、ばかげた思想。

　ところが、その思想に対する反抗がぼくの旗印になって、おそらく何の意味もない数字を比較することも、〈母〉への愛や家族への愛などという幻想を信じるよりはまだましだと、ぼくに教えてくれる。

　暗闇を見つめ続ける目に、明らかなことは何一つないが、釈明や弁解や後悔などは行為のあとでのんびりとすべきものであって、いつまでもベッドの端に腰かけているわけにはいかないということだけが、唯一の確かな事実なのだ。すべてを投げだすつもりならば、再び毛布をかぶって眠ってしまえばいい。それがいやなら、立ち上がって一歩を踏み出すしかないだろう。

〈母〉を殺すこと。それが始まりで、それが終わりだ。

　どんな批難も抗議も行為のあとでは意味を失う。〈妹〉の叫びも〈父〉の怒りもぼくの耳には聞こえてこない。たとえ聞こえてきたとしても、それは狂人のつぶやきでしかない。

　もはや、ぼくを制止する声はどこにもなく、濃度の濃い暗黒の部屋にぼくはひとり立ち上がる。動機のない殺人者になるために、じゅうぶんに神経をとがらせて、深海の底を泳ぎまわるおくびょうな魚のように、プラスチックの壁に右手をあて、静かに前進する。——魚。魚になれたら、ぼくはもう少し幸福かもしれないと、ふと思った。

　やがて、伸ばした右手の指先にドアが触れ、押し開けると、縦に走った光の線が広がり、足もとがほのかに明るい通路が見えてくる。部屋を出てしばらくじっとしていると、静かにドアが閉まる。すべての音が消えうせ、床に堆積《たいせき》した光の粒子が青白く揺れる。

——彼女たちは何か言っていた。おにいさんは心の底では何を考えているかわからないのよ。きっと、とんでもないことを考えているわ……

言葉は液体のように頭の中を流れていき、ぼくは〈母〉の部屋に向かって歩き始める。通路のつきあたりは管制室だ。そして、右側が〈母〉の部屋だ。ほんの数歩の距離が実際の十倍以上にも感じられる。

——ぼくは夢にうなされて目覚めたのだった。ベッドにはね起きて、父を飲みこんだ虚空に両手を伸ばしていた。宇宙に投げ出され、取り残された自分……

〈母〉の部屋の前に立つと心の中がからっぽになり、ぼくは無意識にドアを引き開けた。室内は、真っ暗ではなかった。天井が白くぼんやりと光っていて、ベッドに横たわっている〈母〉の姿が浮きあがって見える。

ドアのすきまから体をすべり込ませ、体勢を低くして待つ。ドアが閉まる。室内がちょっと暗くなり、〈母〉のかすれた寝息が聞こえてくる。

ぼくは上目遣いに〈母〉の様子をうかがいながら、ベッドに近づいていく。

〈母〉の胸は、波のうねりのようにゆるやかに上下していて、白い横顔が妙にくっきりとうかんで見える。ぼくは〈母〉のすぐそばまでにじり寄っていく。ベッドのかたわらに立ち、彼女の顔を見下ろすと、静かな優しい感情がわきあがってきた。

それは怖れではない。哀しみでもない。すべての行為を是認するような、やさしいほほえみだった。

「これで善《よ》かったんだ」

ぼくは小さくつぶやいて、〈母〉の細い首に両手をかけた。ぼくが選んだ行為の中でなら、ぼくはいくらでも優しくなれる。ぼくはそのとき幸福であり、自由なのだ。

冷たい〈母〉の肌にぼくの指がくいこんでいく。〈母〉の顔がひきつり、目が見開かれる。恐怖と驚きが彼女の顔にさっと広がり、喉の奥からつぶれた叫び声が押し出されてくる。

彼女はぼくの腕に手をかけたが、力が入らないらしく、ぼくの肘のあたりに手のひらをあてたまま動かそうとしない。両手はゆっくりと伸ばしたり縮めたりしている。

〈母〉の体はこわばっていて、まだ死に対して抵抗しているようだ。だが、そのうちに死は彼女の上に覆いかぶさっていき、彼女は死を受け入れるだろう。

理解してもらえなかったことに対する腹いせではなく、積極的に理解してもらうための行為として、ぼくは指先に力をいれた。彼女の醜い唇の端から力のない息がもれた。

そのとき、室内が少し明るくなった。ドアが開いたのだ。

振り返ると、入り口に誰かが立っていた。黒い影だ。影は、ふいに小さくなったかと思うと、こちらに向かって突進してきた。

ぼくは、なぜか裏切られたような気がした。誰かにだまされて、あやつられたような気がした。

暗い影は、周辺から溶けて、灰色に変わった。灰色の影が両手を突き出して、ぼくにむかってくる。ぼくは、〈母〉の首から手をはずし、身構えた。

灰色の影が〈父〉の姿になった。〈父〉はまるでぼくの行為を予知していたかのように、まったく無言で、ぼくにぶつかってきた。ぼくは、はねとばされ、床に倒れた。

倒れたぼくの上に〈父〉が飛びついてきた。ぼくは体をずらし、〈父〉を押しのけてすばやく立ち上がった。

格闘なら、ぼくのほうが数倍強いはずだ。

起き上がった〈父〉の腹にすかさずけりをいれた。〈父〉の体が前傾し、縮こまり、くずれ落ちた。低いうめき声がもれた。しかし〈父〉は、なおも起き上がってきた。牛のようにのろまに起き上がって、ぼくにむかってきた。

〈父〉の手が、ぼくの両肩に触れたとき、ぼくは体をかわしながら足を払った。

〈父〉の体が飛んだ。プラスチックの壁めがけて、〈父〉はふっ飛び、折りたたんであったイスとテーブルを倒し、それらと共に床にころがった。そして、動かなくなった。

〈父〉は、また灰色の影になったのだ。背後で〈母〉の激しい咳がくり返されている。

ぼくは、ひどく裏切られたような気がし、何もかも見透かされていたのではないかという思いに愕然とした。だし抜いたつもりが、逆にだし抜かれており、どこまで逃げても結局はシャカのてのひらから一歩も外に出られなかったというどこかの山ザルみたいに、ぼくは打ちのめされて、立ちすくんでいた。

もしかすると、殺そうとして殺されてしまったのは、ぼくのほうかもしれないのだ。

〈母〉の咳がどうにかおさまったとき、〈妹〉は、鋭くとがめる目でぼくを見た。

ぼくは、腕組みをして部屋の真中に立っていた。天井は明るくなっていたが、まだ夜の時間のはずだった。

〈妹〉はベッドを離れて、床に横たわっている〈父〉の傷の具合を調べ始めた。

〈父〉の額から流れ出た血が、暗かっ色のしみのように床に広がっていた。

「頭のけがは、びっくりするほど血が出るものなんだ」

なぐさめるつもりでぼくが言うと、〈妹〉は無言の批難を沈黙した肩ごしに送りつけてきた。本当に重要なときに沈黙するのが、彼ら狂人の習性なのだろう。

「だいたい君たちが悪いんだ。ぼくの忠告を聞こうとしないから、こういうことになってしまったんだ。そうじゃないかい？」

〈妹〉は、血が止まったことを確認すると、〈父〉の髪の毛にへばりついている血をふき始めた。まるで、悪いことをしたのがぼくで、彼女はそれをどうしても許すことができないといった様子だった。

「君は、何か勘違いをしているんじゃないのかな。ぼくはたしかに彼女を殺そうとはしたが、実際には殺していないし、彼だってちょっと脳震盪《しんとう》を起こしただけなんだからね。しかも、彼の場合は自分から飛びかかってきたんだ。正当防衛だろう」

〈妹〉は相変わらず拒否の姿勢のままで、無益な作業を続けていた。

ベッドのほうを見ると、〈母〉の無表情な顔がぼくに向けられていた。彼女の目は、批難でも同意でもない、無関心な色で、何も拒絶しないが受けいれもしないという、もっとも冷たい態度を表わしていた。彼女の心の中にあったはずの愛は、ぼくがさっき絞め殺してしまったのに違いなかった。

「ぼくがとった行動が批難されるべき性質のものでないことは、君たちもすでに知っている通りだ」

〈妹〉の肩がぴくりと動き、ぼくは話を続けた。

「もちろん道義的な責任は感じている。しかし、現在は非常事態なのだ。我々が宇宙にいることを自覚しているのが、ぼく一人だけという状態では多少の荒療治もやむを得ないのだ」

「でも」

〈妹〉はぼくに背を向けたまま立ち上がると、抑揚のない、感情の抜きとられた調子で言った。

「ここは地球なのよ。宇宙じゃないわ」

聞きあきた言葉が、彼女の態度を表明する。だから、ぼくの行為が不当なのだと、そのあとに続く彼女のいまいましい沈黙が語っている。

「まったく無意味なことだ。証明不可能なことをいくら主張したところで、結局、何も言わないのと同じことなんだ」

ぼくが言うと、〈妹〉は振り返り、哀しそうな目でぼくを見た。

「それならば、おにいさんの言っていることも無意味なことよ。ここが宇宙だって証明できるの？」

「いいや」

「だったらどうしておかあさんを殺そうとしたのよ」

「ここが宇宙だからさ」

〈妹〉は、いっそう哀しんだ様子で、はっきりそれとわかる落胆の表情を見せた。

「私もう、どうでもよくなってしまったわ。だって、おにいさんは好きなことを考える自由を持ってるんだし、ここが地球だとしても証明ができなければほんとうに意味がないんだもの。だけど、ここが地球だとしても、宇宙だとしても、私たちには関係ないはずなのよ。まわりがたとえどうあろうとも、私たちはここにいるんだし、重力だってなんだって同じなんだから、私たちの生活だって同じはずなのよ。それなのに、おにいさんはここが宇宙だという理由でおかあさんを殺そうとする。どうしてなのかしら？　どうしてここが宇宙だとおかあさんを殺さなくちゃならないの？」

彼女は、どうやら人間の本質について言っているらしいのだが、ぼくはわざと気がつかないふりをして答える。

「君にはわからないだろうけど、いろいろ難しい問題があるんだよ」

「ええ。私にはわからないわ。わかりっこないでしょう！」

〈妹〉は、はじめて〈妹〉らしいヒステリックな調子になった。

「おにいさんは自分が何をしたかわかってるの？」

「ああ。わかってる」

「じゃあ、頭がおかしいのよ」

「それは君のほうだ」

ぼくは、このばかばかしい議論にけりをつけて、もう一度初めからやり直そうと思った。いつまでも失敗にこだわっていてはいけないし、狂人と議論をしたところで何も得るものはないだろう。

ぼくは彼女に背を向け、歩き出した。そして、今度殺すのは〈妹〉にしようと思った。

すると、そのとき、

「待ちなさい……」

と、ひどくかすれた、低い声がぼくの背後から聞こえてきた。ぼくは、あわてて振り返った。

声の主は、気絶していたはずの〈父〉だった。

「おまえはいつも自分に都合が悪くなると逃げるのだ。その場に踏みとどまって戦うことを知らない」

〈父〉は、〈妹〉の足もとに横たわっていて、顔だけこちらに向けていた。〈妹〉は、ややびっくりした様子で彼を見下ろしていた。

「どうやら今のショックで……」

　彼は立ち上がりながら言った。

「以前の記憶が戻ったらしい」

　彼は傷口を手でおさえて、少し顔をしかめた。〈妹〉は、一瞬呆然として彼を見つめていたが、すぐに喜びの種子が顔の中央で爆発して、おとうさん、と叫んだ。

〈父〉は彼女を制して、おだやかな声で言った。

「君たちの話は聞かせてもらったよ。つまり、ここが地球か、宇宙かという議論だがね。君たちは証明する方法がないと思っているらしいが、一つだけ確実な方法があることを忘れているね」

〈父〉は、ぼくの目を正面から見つめていた。

「君は、ここが宇宙船の中だというんだね？」

「そう……」

　ぼくはうなずいた。

「そして、この重力は人工重力だと言うんだね？」

「そうだ」

〈父〉の遠まわしな言い方に腹を立てて、ぼくは彼の目をにらみ返した。

「いったい、あなたは何を言いたいんだ？」

　一つの狂気から他の狂気へ移行した〈父〉は、うっすらとほほえみを浮かべ、両手を広げた。

「たしかに、ここの重力は人工重力か本当の重力かわからない。しかし、外ではどうだろう？　もし君の言っていることが正しければ外は無重力状態のはずだが」

「くだらん」

ぼくは再び彼らに背を向けた。

「そんなことは、あたりまえのことじゃないか」

ぼくは歩き出した。すると、〈父〉の厳しい声が室内に響き渡った。

「待つんだ」

ぼくは、振り返らずに立ち止まった。狂人と議論するのはもうご免だったが、彼の声には狂人らしくない威厳があった。

「君はまた逃げようとするのか。現実から目をそむけるのか」

ぼくは答えない。答えるすべを知らない。

「もういいかげんで現実を直視するんだ。現実にぶつかっていくんだ。そうすれば自然に道が開ける」

ぼくは背を向けていた。ぼくの背後でもどかしそうに大声をあげている彼に。狂人の彼に。ところで、彼はほんとうに狂人なのだろうか？　もし彼が狂人でないとしたら……。

「おにいさん。お願いよ。自分の目で確かめて」

〈妹〉はほんとうに狂人なのだろうか？　もしそうでないとしたら……。

「君は甘えているんだ。わがままなんだ。そう育ててしまった私にも責任はあるが、これからは君の責任だ。君はもう子供じゃないんだからね。堂々と現実にぶつかっていきなさい」

ぼくは再び歩き出した。ドアに手を伸ばしたとき、逃げるのか、と〈父〉が言った。

「逃げるんじゃない。たしかめに行くんだ」

まったく、とんだ茶番だ。ぼくはそう言い残して部屋を出た。廊下は明るかったが、まだ夜の時間のはずだった。


船外用宇宙服を着て、気密室に入った。そこは、底面が一メートル四方の直方体の部屋で、天井が白く光っていた。ロックすると、ヘッドホーンから〈妹〉の声が聞こえてきた。

「準備OK?」

「ああ……」

返事をすると、シュッと音がして、室内の気圧が下がり始めた。同時に、宇宙服はふくらみ始め、脇にかかえていたもう一つの宇宙服も、まるで風船みたいにふくらんできた。

「いい? ハッチを開けるわよ」

中身のない宇宙服の人形ができあがって、ぼくはその人形に命綱を結びつけた。

ハッチは、音もなく開き始めた。

暗い宇宙の姿が、細いすきまから見えてきた。星々の寒々とした輝きが、鋭い針の先端のように、ぼくには思えた。床にころがっている宇宙服の人形は、ぼくの抜けがら。ヘルメットの中には、意味もない酸素混合物がつまっている。静かに開いていく金属板の間には、父を飲み込んだ宇宙があった。ハッチが完全に開き、星々はいっそう冷たさを増した。

「おにいさん。床はずっと下のほうだから気をつけてね」

彼女の声も今は遠いようだ。

ぼくはあの日と同じように気密室の床にしゃがみこんで、無慈悲な宇宙を見つめていた。そして、父に対してそうしたのと同じ方法でふくらんだ宇宙服を暗黒の中に落としてやった。すべるように、なめらかに、ヘルメットをつけた風船は落ちていった。星々の世界へ向かって、真横に落下していった。父を飲み込んだ貪欲な深淵は、今またぼくの抜けがらを飲み込んだのだ。

腰につけた命綱はするすると伸びていき、気密室の一隅からたえまなくくり出されていったが、やがてふっと切れて、どこにもつながっていなかった綱の一端もまた宇宙に飲みこまれてしまった。まるで暗闇の中に逃げこんだヘビのように。

「おにいさん、外の調子はどう?」

彼女の明るい声がヘルメットの中で響き渡り、ぼくは床に座りこんだまま、強い虚脱感を覚えた。

「やっぱり重力はなかったみたいね。窓から見えるわよ。おにいさん」

ぼくは見失ってしまったもう一人のぼく、ぼくの風船を探したが、室内が明るすぎて見つけることはできなかった。ただ、命綱の先端がしだいにぼくから離れていくのが、ぼんやりと見えた。

「それじゃ、おにいさん」

彼女の声は陽気にはずんでいて、今にも笑い出しそうな調子だった。

「さようなら！」

ぼくの体の奥から、嘲笑でもない、哀れみでもない、なにか吐気《はきけ》のようなものがこみ上げてきて、あわてて口をおさえようとしたぼくの手は、ヘルメットを叩いただけのことだった。

「私たちを恨まないでね。あなたの恩は一生忘れないわ」

通信機のスイッチの切れる音がして、あとは何も聞こえなくなった。

誰でもない彼女と、誰でもないぼく。見も知らぬ家族と、見も知らぬぼく。ハッチはだんだん閉まっていき、宇宙はしだいに消えていく。まるで舞台に降ろされる幕のように、すべてのできごとに決着がついて、喜劇だろうが悲劇だろうが、とにかくこれでおしまいになったようだった。

どうしようもない吐気が、再びぼくの全身を貫き、ぼくの手足や唇はしびれた。ぼくは吐気をこらえて立ち上がった。すると今度は、何もかも急におかしくなってきて、ぼくは涙が出るほど笑ってしまうのだった。

ハッチが完全に閉まった。

狂気の芝居は終わったのだ。ぼくは内部ハッチの手動ハンドルをまわした。わずかなすきまから、空気が侵入してきて、しだいにぼくの宇宙服はしぼみ始めた。

内部ハッチを押し開け、通路に出ると、天井は明るくなっていた。ぼくはヘルメットをはずし、管制室に向かった。彼らの楽しそうな笑い声が、狭い通路に反響していた。

そしてぼくは、やはり一人だったことを知ったのだ。

ぼくは、ぼくが望んだ通り、すべてを失ってしまった。無こそ、ぼくが望んだものだったからだ。そして、ここにいるこのぼくは、宇宙に消えたもう一人のぼくとまったく変わるところがなかった。希望をつなぐものは何もないし、これからのぼくの行動はどんなものであるにせよまったく無意味なのだ。

しかし、それでもぼくは選ばなければならない。いくつかの無意味な選択の中からたった一つだけを、これまでそうしてきたように、これからも。結末をつけて、そのずっと先まで歩いていくのは、とにかくこのぼく自身なのだから。

A Boy Meets A Girl

森岡浩之

恒星風を受けて星から星へ飛ぶ、翼を持つ異形の少年が出会った相手は？　ホラー枠と言うより異形枠での収録。星間有機生命ものとして、藤崎慎吾「コスモノーティス」や小林泰三「母と子と渦を巡る冒険」などに先駆ける一篇だ。初出は一九九九年刊の『宇宙《そら》への帰還　ＳＦアンソロジー』（ケイエスエス）、短篇集未収録。

森岡浩之《もりおかひろゆき》は一九六二年兵庫県生まれ、京都府立大学文学部卒。本格デビュー前にも読者投稿企画などでたびたび商業誌に掲載されており、そのうち〈森下一仁のショート・ノベル塾〉入選作「平面時間」（〈ＳＦアドベンチャー〉九〇年三月号）は、二次元の時間を発明したと主張する理学研究部のマッドな女子生徒に、新米教師が翻弄されるコメディ。この時点からキャラへの意識が見え、埋もれさせたくない作品だ。《新星女子学園マッド・サイエンス・クラブ・シリーズ》と銘打たれており続篇も投稿していたが、ノベル塾が終了したため二話目の掲載は実現しなかった。

第十六回（九〇年）のハヤカワ・ＳＦコンテスト一次通過作には、森岡浩之「少年と少女は巡り逢った」の名があり、英訳すれば「A Boy Meets A Girl」となるが、本作との関係は不明。翌九一年、第十七回ハヤカワ・ＳＦコンテスト入選第二席を受賞した「夢の樹が接げたなら」でデビュー。社内言語や個人言語などが次々に言語デザイナーによって開発され流通する未来を幻視する、和製言語ＳＦのメルクマールで、ハヤカワ文庫ＪＡ『日本ＳＦ短篇50』Ⅲ巻にも収録。

森岡浩之の名を一躍世にしらしめたのは、一部で「冬の時代」と呼ばれた九〇年代に大

初出：『宇宙《そら》への帰還　ＳＦアンソロジー』／ケイエスエス／1999年刊

ヒット作となり、アニメ化もされたスペースオペラ《星界》シリーズ（ハヤカワ文庫JA）。一冊目に当たる『星界の紋章』第一巻が二十四年前なので若い人は未読かもしれないが、星間帝国に侵略された惑星の統治者の息子が、帝国皇帝の孫娘と出会う、キャッチーなボーイミーツガールを入り口に、キャラの軽妙なやりとりで読ませ、言語体系・歴史・社会システムなど凝りまくった設定でSFファンの心を鷲掴みにした作品なので、まずは最初の三冊を読んでみてほしい。私は未読だった頃、知人から《星界》シリーズの架空言語体系の素晴らしさ（「高天原」→「ラクファカール」のように、やまとことばを音韻変化させてヨーロッパ風の響きに変えた名詞など）を説かれて読んだ過去がある。

SFでは、仮想空間に構築された死後の世界を舞台とする《優しい煉獄》シリーズや、地域一帯が異世界と入れ替わる災害を描き、二〇一六年に第三六回日本SF大賞を受賞した《突変》シリーズ（以上、徳間文庫）なども発表している。過去には現代ファンタジー《月と炎の戦記》シリーズ（角川スニーカー文庫）でライトノベル界でも活躍していた。最新長篇は『風とタンポポ～惑星環物語～』（アークライトノベルス）。

一方で、実はデビュー以来二十八年で、非シリーズものの純粋な短篇集は『夢の樹が接げたなら』（ハヤカワ文庫JA）一冊しかない。同書は、表題作の他、少女を合法的に食べると宣言した男が論争を巻き起こすショッキングなバイオホラー「スパイス」（一九九四年に第五回SFマガジン読者賞日本部門受賞）が有名。

現在、短篇集未収録の作品は二冊分ほどある。

新薬の治験を受けた大学生の記憶と現実に齟齬が起き始める「決して会うことのないきみへ」（廣済堂文庫『悪魔の発明　異形コレクション』）、文明の滅んだ惑星の廃墟で発見され、地球へ持ち帰られた愛玩動物の陥穽を描く「パートナー」（廣済堂文庫『宇宙生物

ゾーン　異形コレクション』）、願うだけで他人を死なせる最強の超能力を持った男が次々殺人を犯していくピカレスク「呪殺者の肖像」（メディアファクトリー『SFバカ本　天然パラダイス篇』）、巨大なドーム状物体の出現によって外界から隔絶された人々の混乱を描き、『突変』のアイデア原型となった「いつものように爽やかな朝」（角川スニーカー文庫『S RED ザ・スニーカー100号記念アンソロジー』）など、「スパイス」に連なるダーク路線の作品が初期には多かった。

〈SFマガジン〉の記念号にもよく登場しているが、ランダム性に左右される超光速航法を扱った「気まぐれな宇宙にて」（二〇一〇年二月号）の設定がSF的に最も興味深い。

近年では、移動する住居・自走室に暮らす男の転落劇「孤島のニョロニョロ」（徳間書店『逆想コンチェルト　奏の2』）、AR技術を用いた孤独な老人向けのサービスを描く「想い出の家」（河出文庫『NOVA3』）など、一つのガジェットを軸に近未来社会をブラックに切り取る作品が増えており、それらのエッセンスを凝縮した、自動運転時代のトラックドライバーを主人公とした掌篇「姉さん」（文春文庫『人工知能の見る夢は　AIショートショート集』）は、朝日新聞「天声人語」で取り上げられるなど話題になった。帯に「朝日新聞〈天声人語〉で絶賛の作品を収録！」とコピーを打てる短篇集を出したい出版社がいれば急ぐべし。

少年は微睡《まどろ》んでいた。

目ざめて過ごすには人生は長すぎる。少年は人生の大半を微睡んできたし、これからも微睡みのうちに生涯を終えることになるだろう。

起きている時間より眠っているそれのほうがはるかに長いことについて、格別な感想はない。自分と別種の生き物についてなんの知識も持っていなかったので、比較することができないのだ。

ほとんどが休眠期で占められる人生について考察することなく、活動期が近づくと当たり前のように目を醒《さ》まし、終わると眠りに就く。そのくりかえし。

睡眠と覚醒の切り替えは瞬時というわけではない。それにはずいぶん時間がかかる。

少年は目を醒ます過程がたいそう好きだった。

まだ痺《しび》れたかのように動きの鈍い意識にやんわりと外界の情報が忍びこんでくる。

同胞の匂い――。

はじめに気づいたのはそれだった。

ずいぶんと長いあいだ、彼は孤独で過ごしてきた。もっと幼いころには、同胞の匂いは嫌悪の対象でしかなかった。だが、いまはたとえようもなく心惹《ひ》かれる。

少年は匂いの源を探った。

意識が明晰になり、身体中の感覚器官が動きだす。

やがて、匂いの源は判明した。

少年の意識下で厖大《ぼうだい》な演算が実行される。銀河自転による目標の未来経路が算出され、邂逅までのプロセスが決定された。

だが、まだ少年の意識は決定をくだしていない。

はたして自分はそこへ赴《おもむ》くべきなのか……。

彼が悩んでいた時間はほんのつかのまだった。すくなくとも、少年の予定された生涯に比べれば。

少年は退屈という感情を持たない。時に倦《う》むことなど知っていては、彼のような種族は生きていくことができないだろう。

だが、ちょっとした変化は好んでいた。

おそらく匂いを放っている同胞は両親でも兄弟でもないだろう。家族には共通したパターンがあり、この匂いはあてはまらなかった。

少年は同胞と邂逅《かいこう》する道を選んだ。

それには針路を変えなければならない。

あらゆる恒星から離れたこの深淵では、光圧は助けにならない。

体内に蓄積された質量を少年は、無意識のうちに算出した速度で噴射した。

進路が変わる。

これで、匂いの源に到達できるだろう。到着したとき、そこに同胞の姿があるかどうかは保証のかぎりではなかったが、彼は気にかけなかった。

ふたたび意識が不活発になる。同胞がいようといまいと、目的地に着くのはかなり先になる。

微睡みに戻った少年は、まだ家族といっしょに暮らしていたころの夢を見た。

彼は赤い太陽の輝くもとで幼児期を過ごした。恒星になりそこねた、ふわふわの惑星三個と無数の滋養に富む星屑がその太陽をめぐり、同胞の匂いで満ちていた。

産まれてしばらくは母の胎内に抱かれていたようだが、彼自身にその記憶はない。幼い兄弟たちが母の胎内で生活しているのを見て、自分もそうだったにちがいないと考えたのだった。

彼の記憶が始まるのは、ある星屑のうえだった。赤い太陽が曲げた空間に沿って転がりながら、星屑を硬質炭素結晶の歯で砕き、珪素質の外皮に変換し、太陽の光エネルギーを利用して生体中枢を構成する有機物質に変えていた。

彼の翼はあまりに小さく光を孕《はら》むには不十分だった。だから星屑を喰い尽くしても自力では移動できない。

ひもじさに震えていると、父の逞《たくま》しく巨大な体が近づいてきた。少年は安心し、父が彼を摑むに任した。父は新しい星屑に彼を植えつけた。

これを何度も繰り返すたびに、少年は成長し、大宇宙を歩く能力をえた。不器用に恒星風を翼に受け、排泄物を放出してその反動で移動する。

少年は好きな星屑を選ぶことができるようになった。兄弟たちと遊べるようにも。

彼にとってもっとも楽しい時期だった。数多い家族たちと区別するために名前もあった。

少年はこの宇宙で生きる術《すべ》を学んだ。翼をいかに使うか、滋養に富む岩塊の見分けかた、そして活動の必要がないときに微睡むことを。自分の生まれた世界がいかに恐怖に満ちているかを知ったのもこのころである。

太陽からの濃密な風に吹き飛ばされた兄弟がいる。だが、彼らはいい。まだ望みがある。旅立ちがすこし早まっただけだ。それに翼の使いかたに習熟していれば戻ってくることも可能だろう。

ほんとうに悲惨なのは、不注意から赤い太陽に近づきすぎて、プラズマの炎に呑みこまれていった兄弟である。赤い太陽は気紛れだ。縮んだかと思うと急に膨張する。故郷で生きていくためには赤い巨星のご機嫌をうかがうことが必要だった。

少年はその技にはすぐれていた。赤色巨星の匂いを嗅ぎ、呟きをきいて膨《ふく》らむ時期を知ることができた。少年はどちらかというと慎重さに欠けるきらいがあったものの、このおかげで生き残ることができた。

赤い太陽が撓《たわ》めた空間の底から縁まで知りつくしたころ、少年はいつしか兄弟たちのうちで最年長になっていた。永遠に来ないのではないかと漠然と感じていた旅立ちのときが迫っていることに少年は否応なく気づく。

それまで、兄や姉たちがつぎつぎに冷たい深宇宙へ旅立っていくのが、少年には不思議でたまらなかった。安らぎに満ちたこの空間には暖かい太陽も旨《うま》い岩塊もあるというのに、そしてなにより家族がいるというのに、なぜ恐ろしい虚無へと分け入るのか、気が知れなかった。

だが、あるとき、自分の心が耐え難いいらだちでかき乱されているのを感じた。いらだちの原因は匂い。ほんのすこし前まで彼に安心感をもたらしていた家族たちの匂いに、激しい嫌悪を感じるようになっていたのだ。

だが、家族たちを攻撃するのは考えることもできない。少年はまだ両親や弟妹たちを愛していたから。ただ、彼らの匂いだけがどうしようもなく嫌でたまらなくなったのだ。

少年はいつしか深宇宙へ赴くことばかり考えるようになっていた。とはいえ、決心がつくまでには長い時間が必要だった。遠くで煌《きら》めく星々が、熱を放つ恒星であり、ほとんどのものが星屑を従えていることは、両親から教えられていたが、そこへいたるまでの深淵は彼を怯《おび》えさせるのにじゅうぶんだった。

やがて、旅立ちへの渇望というより留まることへの嫌悪が頂点に達し彼は光翼をひろげる。餞《はなむけ》も別れすらもない出発だった。

極薄の翼は光をはらみ、少年の身体を加速した。

赤い太陽が後方でしだいに小さくなっていく。家族の匂いも薄れていき、恒星の撒《ま》き散らす香りにまぎれてしまった。

加速は落ちたが、少年はすでにじゅうぶんな慣性速度をえていた。

やがて、赤い太陽を中心とする窪みから平坦な空間にでたことを少年は知った。

名前は家族のもとに残してきた。それは少年が決して会うことのない兄弟に与えられるだろう。旅立った兄姉の名が生まれたばかりの弟妹につけられるのを、彼は何度となく見てきた。新しい名は伴侶と出会ったときに彼女からもらう。

そのとき、彼は少年でなくなる。

彼自身の家族を築き、星系を子どもたちの匂いで満たすだろう。

故郷の恒星が背景の星々に紛《まぎ》れて見分けがつかなくなったころ、少年は翼をたたんだ。これ以上翼をひろげていても意味がない。光も恒星風も凪《な》ぎ、翼はむしろ星間物質を受け止めて少年を減速させる役にしかたたない。荷電粒子の靄《もや》を掻き分けながら、少年は微睡んだ。眠りのあいだにも活動している副脳がときおり少年を起こす。そろそろ食事の時間だといって。

少年は手近に岩塊を豊富に従えていそうな星を探さなければならない。珪素質の外皮に散らばった視覚細胞が星々の光を捉え、その性格の判定を少年の主脳に委《ゆだ》ねる。

目標を選定すると、彼の副脳はその星までの距離、自分の慣性速度、銀河自転速度などを計算して、とるべき進路を告げる。

彼は体内の老廃物を放出する。ときおり光のそよぎが感じられる程度の平坦な宇宙ではそれが加速を得る唯一の方法だ。

もちろん、微々たる変更にすぎない。しかし、このかすかな一突きが彼の長大な道を大きく曲げるのだ。

目的地が背景の星々からくっきり浮かびあがる頃になると、少年はふたたび翼をひろげる。次第に激しくなる光と荷電粒子の流れを受け止めるのだ。

少年の体重は著しく落ちている。出発時の五分の一もない。貯えられていた養分をほとんど消費し、老廃物も針路調整のために排出してしまったからだ。

翼は縮んだわけではないので、減速は最初の加速に比べてずっと楽だった。

窪んだ空間に落ちついた少年は適当な大きさの星屑を選びとった。

翼と反対の部分にある口に岩塊を抱え込んで炭素結晶の強靭な歯で噛み砕く。粉砕された岩は受光肢から吸収された光のエネルギーや寄生する微生物の活動によって分子レベルにまで分解され、有益な物質に組み替えられた。

宇宙塵に叩かれて劣化した珪素質の外皮が新しいものにとりかえられ、内部空間が脂肪や糖分で充塡《じゅうてん》される。酸素囊《のう》が限界まで膨張し、含水層が潤った。

少年は成長する前にその星系をあとにした。成長するということは質量の増大を意味する。限度を超えると、星系を脱出できなくなるだろう。そんな贅沢は伴侶を得て特定の星系に住みかを置くまで許されないのだ。

ときに食事でもないのに目醒めなければならないこともある。たまたま重力場に近づいたときである。それが猟《あさ》り場に相応しい星系なら問題はない。少し早い食事にありつくだけだ。しかし、年老いて風も光も弱々しい星なら逃げなければならない。その窪みに迷いこんだら二度と平坦な空間に戻れず、暗い陰気な宇宙の穴蔵で一生を過ごすことになる。

もっと恐ろしいのは闇の陥穽《かんせい》である。うかうかしていると、強力な重力場にとらえられ、永遠の落下を経験するはめになる。

あれは幾眠り前だったか、闇の陥穽の近傍を通過したことがある。緊張している少年の耳に心を重くさせる呟きがきこえた。あれは重力が偏移させた同胞の声ではなかったか。自らの運命に対する嘆き、あるいは宇宙の法則に対する恨み。

少年は後でそのことに思い至ってぞっとした。

少年はいくつもの星系をめぐった。

最初のうち、兄姉の匂いを嗅ぐこともしばしばだった。故郷の星系ほど濃厚ではなかったから耐えられぬことはなかったが、やはり心がみょうに騒いだ。

それはむこうも同様と見え、少年が到達してほどなくすると、彼らは立ち去った。

ひとことの挨拶も交わしたことがない。なぜかその気がおこらなかった。幼いころずいぶんなかよく遊んだ兄姉もなかにはいたのだが。

ぎゃくに少年が腰を落ちつけていると、弟妹のだれかが星系にやってくることもあった。

今度は少年が場所をゆずるばんだった。

テリトリーを主張する習慣は少年の一族になかった。彼らは旅する種族であり、ひとところを独占するのは本能に反した。

それからどれだけの年月が経っただろう。時間感覚が希薄な彼にさえ、永く感じられる孤独だった。ここしばらくは、兄弟姉妹の匂いも嗅いでいない。同族の匂いはどこにもなく、ごくたまにだれかが食事をした跡らしきものに遭遇するぐらいだった。

一度だけ、同胞らしきものと遭遇したことがある。

平坦な空間での出来事だった。

空間を歩きながらそれが振りまいていたのはたしかに同胞の匂いだったが、家族のものとはあきらかにちがった。

少年は興味を持った。しかし、少年はすでに老廃物を排出してつぎの星系にむかっている途中だった。平坦な空間では一度定めた道を変更するのは難しい。

少年はいい方法を思いついた。その同胞に呼びかけ、近くの星系で待ちあわせようとしたのである。

せっかくのアイデアだったが、実行する必要はなかった。同胞らしきものは、少年には考えられないような機動力で旋回し、彼の軌道との交錯点にむかったのだ。もとの針路のまま進んでいけばよかった。

少年と同胞はついにであった。

彼は警戒した。これはほんとうに同胞なのかと。

姿を眼で捕えるほどには近づいていなかったが、その動きは同胞としてはあまりに異様だった。動きばかりか匂いまでも同胞のそれとは思えなくなってくる。家族のものとははっきり異なるこの香りをなぜ同胞のものと本能が認識したのか、いぶかしくなってきた。性別も判然としないほど無色な匂いなのだ。

姿がはっきりすると、違いはさらに際立った。形も違うし、翼もないようだ。なにより巨大だった。それは両親よりも大きく、少年は距離を測りそこなったのかと疑った。赤い星の懐《ふところ》にいだかれていたころに比べて、彼の身体が巨大になっていることを考えると、なおさらだった。

――きみは男か、女か？

少年は尋ねた。

同胞らしきものは少年には把握することのできない早口で何事かをいった。何度か、断続的に。

突発的な悪意。悪意は高エネルギー粒子の奔流となって少年に襲いかかる。

迸《ほとばし》った悪意は少年の外皮を傷つけた。外皮のなかでも最外層の部分が粒子流と一体となってはるかな空間に去っていく。

同胞を偽っていたものは少年を殺すことが目的だったわけではなかったらしい。彼を威嚇するとそれは持ち前の高機動力で飛び去っていった。あるいはもう少年の命を奪ったも同然と思ったのかもしれない。なるほど、傷はたいしたものではなかったが、高エネルギー粒子との衝突が強いた軌道変更は致命的だった。

少年が助かったのは万に一つの僥倖《ぎょうこう》にすぎない。たまたま進路のすぐ傍に星系が横たわっていたのである。

そうでなければ、微睡みによって最低限にまでひくめられた代謝が彼の体を喰い潰してしまうまで、少年は平坦な空間をどこまでも直進しつづけただろう。軌道変更しようにも反動物質はほとんど残っていなかったのだから。

だから少年はそこに辿《たど》りつくために、体の一部を切り離し、反動物質としなければならなかった。

自分を引き止めてくれる星系を発見するまでの心細さ、肉体を分離する痛みはたまらないものだった。

少年はまたひとつ宇宙の恐怖を学び、それを『欺《あざむ》く者』と名付けた。

——また『欺く者』かもしれない。

少年の心に疑念が浮かぶ。

しかし、この匂いは『欺く者』のそれとは明確な違いがあった。

個性があるのだ。

少年にはこの星系にいる同胞が少女であるように感じられた。

ただみっつの種族に年齢という概念はない。

少年の種族に成長段階だけがある。

親とともに暮らす幼児期。

伴侶を求めてさすらう少年期。

伴侶と出会わなければ永遠の未成年であらねばならない。

伴侶とともに子を育てる成年期。

しかし、この星系にいるのが少女なら、少年はようやく成人できる。

もしこの星系は少年たちの家にはならない。あまりに星屑が少なすぎる。

少なくとももう一度星の海を渡らなくてはならないだろう。しかし、今度は孤独な旅ではない。

少年の心に少女が伴侶となることを拒否するという考えは浮かばなかった。

彼の種族にとって出会いはあまりに貴重であり、一生のうちに一度あるかないかなのだ。

だれを伴侶とするかを決定する要素はひとつしかない。

すなわち、偶然だ。

彼らは異性と出会うとたちまち恋に落ちるよう本能によって義務づけられていた。

――ぼくはここだ、ぼくはここだ……。

少年は呼びかける。

返事がない。

重力場の窪みを転がりながら少年は少女の居所を探す。

何度も走査してようやく少年は匂いの源を見つける。

歓声をあげながら少年は空間の斜面を滑りおりた。

少女がいるのは第三惑星のすぐそばだ。張りついているといってもいい。

浅い窪みとはいえ、あんなに底近くにいて大丈夫なのかという疑問が浮かぶ。

ひょっとしたら、はまりこんでいるのかもしれない。

ずいぶんどじな話しだ、あんな弱い重力場に捉われるなんて！

生きる術をちゃんと教えられなかったのだろうか。そうとしか思えない。

――返事をしてくれ、そこにいる女の子！　困っているのか⁉

少年の視覚器官は第三惑星を識別する。外皮の視覚細胞群は光を感じとるだけだが、視覚器官ははっきりと像を結ぶことができる。

惑星の白っぽい姿を見ると、少年の心は揺れた。

あそこには魅きつけるなにかがある。

伴侶か？

ちがう。
もっと根本的なもの。
伴侶以上に、家族以上に彼を誘うなにか。
自分が産まれてきた理由はそこにあるのだというなにか。
少年は惑星にむけて駈ける。
もう少女の存在など彼の心になかった。
ただあの惑星に行きたい。
そして、あの大気に身をつつまれて、横たわりたい。
蠱惑《こわく》的な考えに思われた。
自分がそうすることで救われるのだと。
救われる？
だれが？
彼自身か。
そうではない。いや、彼だけではない。
彼に生命を与えたなにか。
造物主。
宇宙そのもの。
とにかくすべて。

それを救うことこそ少年の種族に課せられた勤め。伴侶をえるなどなんと空虚で矮小《わいしょう》な目的であることか！

少年は向い来る太陽風と光を巧みに翼で受け流しつつ、第三惑星に突進する。

いきなり、光が少年を押し包んだ。

太陽からではない。第三惑星からだ。

少年はバランスを失い、コースを外れる。

「来ないで！」

叫び。

――邪魔するな！

少年は体勢を立てなおす。ようやく少女の声をきいたということに気づきもしない。

再び光の柱が彼の翼に吹きつけた。

惑星から遠ざけられて、少年は理性をとりもどす。

さっきまで自殺願望の囚人となっていたことを悟って、少年は身震いする。

そして声の主の正体について思考を廻《めぐ》らせた。

同胞ではない。同胞は光の束を吐き出す力を持っていない。

『欺く者』でもない。『欺く者』は彼の種族に不可解な敵意を抱いていた。

しかし、声の主は明らかに彼を救《たす》けてくれたのである。

――きみはだれだ？

少年はしごく当然の問いを発した。

「あたしはあなたの同胞だわ、ある意味では」

――ある意味では？　たしかにきみは特異だ。どこにいるのかわからない。それにどうやって光を起こせる？　そこに行ってはいけないとはなぜだ？

「ずいぶんたくさんの質問ね。まずあたしのいる場所だけれど、この惑星よ」

――重力に囚《とら》われているのか？

「ちがうわ。あたしは惑星の地表にいるの。これがあたしにとって自然な状態なの」

――地表……。

少年は恐怖に打たれる。

地表は死と同義語だった。そこに落ちこめば二度と星の海を渡る自由をえることができない。それどころか食べるという最低限の動作すらかなわないだろう。じっと飢えて死ぬのを待たなければいけないのだ。

どんなおぞましい運命が少女を重力井戸の底に墜《お》としたのか。

――惑星か。その惑星がきみを誘ったのか。だから、ぼくは近寄ってはいけないのか。

「あなたに関していえばそう。この惑星の酸化型大気のスペクトルはあなたを狂わす。さっきのように」

闇の陥穽と同じようにこのちっぽけな惑星も宇宙に仕掛けられた罠の一つだ。少女の忠告どおり近づいてはいけない。しかし……。

――なんとかきみを救ける方法はないのか。

「救けてもらう必要はないの。あたしはここで産まれたのだから」

少年は啞然とし、つぎに憤然とした。

――きみの親はなにも知らなかったにちがいない。そんな不適当なところに植えつけるなんて！

「そうするしかなかったのよ。あたしたちの種族はここでしか生きられない。すくなくとも同じ環境のしたでなければ」

――それは奇妙だ。きみは同胞ではないのか。

少年は混乱する。彼女は嘘をついている。

しかし、理由がわからない。

少年は奇妙なことがまだあるのに気づく。

同胞の匂いが消えていたのだ。

さっさと逃げだしたほうがいいのかもしれない。

だが、少年は空腹だ。次の星系まで保つだろうか。

少年は勇気を奮《ふる》い起こして訊いた。

――なぜ匂いが消えているのだ。きみが同胞だというのは嘘だったのか。

「匂い、ってこれのこと？」

言葉と同時に匂いがよみがえった。

少年は警戒を解かない。むしろ、疑念は深まった。

――きみは匂いを制御できるのか。どんな匂いでもつくりだすことが可能なのか。

「これは匂いじゃないんですもの」

――理解できない。匂いでなければなんだ。

「信号よ。生存表示信号」

――その単語は理解できない。

「あたしが生きていることを知らせているのよ」

――だれに？

「同胞に」

――しかし……。

「あたしは自由に信号を出したり消せたりするの。スイッチひとつでね」

また知らないことば。

スイッチ。

はっきりしているのは少年がそんなもの持ってはいないことだった。

匂いは産まれたときから体にまとわりついているものだった。自分が出していることをふだんは意識してもいない。

まして消したり出来るはずもない。

「きいて」少女がいった。「あなたは匂いじゃないものを匂いだと思いこんでいるのよ。あなたの暮らす場所に匂いはない。それに、音もない」

——きみは誤っている。

不愉快だった。

フレアが空間を炙《あぶ》る焦《こ》げ臭さ、太陽風が惑星大気に弾《はじ》かれたときのふくよかな香り、赤色巨星のあげる甲高い悲鳴、けっして近寄ってはならない中性子星の冷たい囁《ささや》き……。

宇宙はこんなにも豊かな匂いと音で満たされているのに、少女が知らないだけではないか。

そうとも、少女は自分でいっていた、ここで産まれたと。

宇宙を知らないのだ。呪われた大気にくるまれて育った彼女は宇宙に触れたことがないのだ。

「あなたのいう匂いも音も光の一種なの」

ますますわからない。

——匂いは匂い、音は音、光は光だ。

「いいえ、同じものよ。電磁波というものなの。あなたは感じることのできる電磁波を波長領域によって三種類にわけ、それぞれ異なった感覚で認識しているのよ。長い波長のものを嗅覚で捉え、短い波長のものを聴覚で、その中間を視覚で感じているの。ぜんぜん別のものに思うのは無理ない。でも、どれも電磁波なの。あたしは電磁波を聞いたり嗅いだりできないわ。ごく限られた範囲のものを見るだけ。だから、今も機械の助けを借りてあなたと話をしているの」

――信じられない。この匂いや音が偽物だというのか。

「そうよ。ほんとうの音や匂いは大気のないところでは存在しないの」

――ほんとうのだって？　どうしてぼくのがまがいもので、きみのが本物だといいきれるんだ。きみのがそんな特殊な限定された場所にしかないものなら、ぼくの感覚こそ本物じゃないか。

「なぜなら、あなたの感覚はあたしたち大気圏内生物に倣《なら》ったものだからよ」

――馬鹿馬鹿しい。ぼくたちがきみたちの真似をしたというのか。

「そうじゃない。あたしたちがあなたをつくったのよ」

少年は思わずどなった。

――きみは狂っている！　きみの妄想にぼくを巻きこまないでくれ！

「いいわ、見せてあげる、あたしの妄想を！」

音の連なりが少年の聴覚器官を貫いた。

明滅する旋律を含んだ呪文。

少年の全ての感覚が消滅した。

闇のなかで呪文が踊る。

そして、感覚が戻ったとき、少年はそこにいた。

「ここはどこだ？」

狭苦しい密封された空間。

少年の持つ概念でそれにいささかでも近しいものを探すとしたら、幼生の住む母親の胎内ぐらいだ。

だが、胎内にいたのはとおい昔のことであり、記憶はほのかにもない。

したがって、そこが胎内を模したものなのか、まったくべつの空間なのか、あるいは胎内そのものなのか少年には判断できない。

「ここはどこだ？」

答えを期待していない質問。

少年は怯《おび》えていた。

「ここは大気の底よ。あなたの意識だけをつれてきたの」

空間にあった物体のひとつが少女の声で答えて、少年を驚かせた。

少年にそれが生命体だと認識できなかったのも無理はない。

生命体とはすなわち同胞のことだった。それ以外の生命になど逢ったことがない。

唯一の例外が『欺く者』だ。それが生命だったとしたらの話だが。

その『欺く者』と比べても、物体はひどく異質な存在だった。

しかし、それは生命体のようにふるまう。剝《む》き出しの有機質だ。少年はそんな生命体が存在することにショックを受けた。

不思議と嫌悪は感じない。

それどころか懐《なつ》かしくさえ思う。

「きみは……」

いうべきことばを見つけられることができぬまま、少年は絶句した。

尋ねたいことはいくらでもあるのに、それが形にならない。

だが、尋ねる必要はなかった。少女はすでに答えを用意していた。

空間を封じていた構造が消え、風景が現われた。

それは相変わらずせせこましく、少年の馴染《なじ》んだ宇宙とは大違いだった。

「これが地表よ。ただし、過去の」

少女とそっくりの物体が複雑な地形の中を這《は》い回っていた。

大気の底を蠢《うごめ》く、重力の鎖でからめとられた哀れな者たち。それが生命だとしたら、冒瀆《ぼうとく》のような気がした。

地表からは外皮に似たものがいくつも生えていた。ただしそれは生きていない。生きているのはそれに出入りする物体の群れだ。

「あなたから見るとあの建物はとても小さいの。あなたの翼に何万も建つでしょうね」

「そんなに小さいのか」

もっとも本体だけとれば少年も〝建物〟とそれほどかわらない大きさだ。

それにしてもあの動く物体はなんと小さいのだろう！

ほんとうに生きているのだろうか。

少女も同じくらいの大きさなのだろうか。

そして、自分もいま同じサイズに縮小されてしまったのか。

いや、少女は意識だけをつれてきたといった。驚きにひきずられて深く考えなかったが、いったいどういう意味なのだろう。もう肉体に意識が戻ることはないのか。

するとこれは死なのだろうか。

少年の不安とは関係なく、少女は話をつづけた。

「この時代、あたしたち人類は滅びかけていた。数が増えすぎたのね」

少年は自分の状態より少女の話に興味をむけることにした。

「きみたちにとってはこの惑星は無限に大きい入れ物だろうに」

「先祖たちもそう思っていた」

「そうじゃなかったのか」

「ええ。いつのまにか限界を超えていたのね。大気は汚れきっていた。食物は不足し、その食物にも有害な物質が蓄積されていった……」

風景が人類の姿に切り替る。つぎつぎに映しだされる彼らが病んでいることは少年にも伝わってくる。

「一部の人たちは真剣に憂慮していた。けれど、集団としては無関心だったの。相変わらず以前と同じ生活を繰り返していた。むしろ、快適な生活を求めて事態の悪化を加速しさえした。憂慮していた人々も実際にはどんな対策をたてればいいのかわからなかったんだわ。いまから思うとずいぶん見当はずれの意見もあった。そして、皆が滅びに直面しているとはっきり認識したとき、もう破局点を超えてしまっていたの」

密集してしきりにコミュニケートする人類たち。

「それでもなお効果的な対策はたてられなかった。人類が滅ぶのは困るけれど、自分が損するのはもっと困るというわけね。てんでに自分勝手な対策を講じはじめた」

めまぐるしく風景が変化する。

生殖機能を放棄する人類たち。

土壌を掘り返し、液体を混入する人類たち。

お互いに殺しあう人類たち。

列をつくる人類たち。その先に建物。そこは安らぎとともに死を提供する施設だ。

「多くの試みが無駄におわって、あたしたちは最後の希望をバイオテクノロジーに託した」

自分よりはるかに小さな生きものをつくって大気中に放つ人類たち。

「これが最悪の結果をもたらした。地上の生命を紫外線から守っていたオゾン層が破壊され、その影響はとくに単細胞生物に大きかった。有害物質を分解することを期待されていたバクテリアが突然変異を起こし、さらに有害な物質を合成しはじめた。バクテリアを駆逐するバクテリア、新しい有害物質を分解するバクテリアがつくられたけれど、同じことだったわ。際限のないどうどうめぐりにしかならなかった」

透明な半球が地表に現われた。人類たちはそこに移り住む。

「残された手段は一つ。人類がつくった生物は自然に進化したものに比べれば遺伝的に不安定だったわ。だから、抛《ほお》っておけばいつか先祖返りする。そうすればもう有害な物質を合成することはない。それまで浄化された大気を充たしたドームに住んでひたすら待つの」

半球をとり囲む人類たち。懸命に中に入りこもうとしている。

「でも、問題があった。事態が解決したってわけじゃないことよ。やっぱり、人口は多すぎ、食糧やエネルギーは不足していた。しかも、ドームの生活は余計に居住空間を限定し、エネルギーを消費する」

地表で閃光が弾ける。それは巨大な炎にみるみる育っていく。

「ドームに住める人と住めない人との間で戦いが始まり、貴重なエネルギーが浪費されたわ。けど、多少は建設的な試みもなかったではないの」

見慣れた宇宙空間。食欲をそそりそうな星屑が浮かんでいる。それは人類の容器に改造され、彼方めざして旅立つ。

いくつもいくつも。

星屑はどれも歌をうたっていた。同じ歌である。

「この歌は？」少年は訊いた。

「あたしたちの祈りの歌」少女は悲しげな微笑みとともに、「外宇宙で同胞を識別するために流していなければならないの。遭遇したときに無用のトラブルを起こさないとも限らないから。あなた本来の感覚ではこう感じられるはず」

特徴がない同胞の匂い。

『欺く者』は彼らの一団だったのだ。

「無謀な計画だったわ。だって、あたしたちはろくに星系の外に出たこともなかったんですもの。生存可能な惑星があるのか、あったとしてもどこにあるのか、はっきりしたことはなにひとつわからなかったわ。不確かな楽園にむけて船出させたようなものね。しかも問題はもうひとつあった……」

ドームのなかで暮らす人類たち。その視線は外にむけられている。

「いつになったら生態系が安定するのか、確率論的にしかわからなかった。それに、安定したからといってそれが安全なものになるかも保証がなかった。人類の生存に致命的な形で安定してしまう可能性も大きかったわ。取り合えず有害物質が生成されなくなったら、母なる自然の治癒能力・回復力に期待しようというだけのことだったんですもの。けっきょく、人類は自立できない甘えん坊だったのね」

ふたたび宇宙。この惑星の軌道上である。そこに同胞と瓜《うり》二つの外観をしたものが浮かんでいた。

少年は憎悪めいたものを覚える。

それはかすかな知性も感じられない。彼の種族を汚すまがいものだった。

「有機的な思考装置——第七世代コンピューターを搭載した生体光子帆船。生殖機能を持つ生きたフォン・ノイマン・マシンよ。もともとは破滅以前に他の恒星系を探索するためにつくられたもの。遺伝子工学究極の成果だわ。けれど、人が乗るには適さないから、放置されていたの。もう滅亡が時間の問題だと考えたグループがこれを使ってせめて人類の種だけでも残そうとしたの」

六色にぬりわけられた螺旋《らせん》。

「これが帆船の遺伝子。六種の核酸で成り立っているの」

「遺伝子って？　核酸ってなに？」

知らないことばの奔流に、少年は耐え切れなくなる。

「遺伝子は体の設計図みたいなもの。これに生命の姿形が全て刻みこまれているの。子供が親にそっくりなのは親から遺伝子をもらうから。核酸は……あたしにはうまく説明できないけれど、いまは遺伝子の部品だと思ってくれればいいわ」

説明は不十分だ。それに、知らない単語はまだたくさんある。

しかし、少年は口をつぐむ。質問しはじめると切りがない。

「そして、これは人類の遺伝子」

帆船の遺伝子の横に別の螺旋が出現する。これは色が四種類だ。

二つの螺旋が重なりあう。

融合した遺伝子は不定形の物質に納められる。

物質は分裂を始めた。

ひとつからふたつ。ふたつからよっつ。

やがて、物質と物質の切れ目は判別できなくなる。物質の塊《かたまり》は一つの物体となった。そして、物体は形をとりはじめる。少女によく似ている生物だ。

生物の体を外皮が覆《おお》う。小さな翼が形成されて、生物は少年のミニチュアになる。

「同胞だ……」

それは少年の種族の幼生だったのだ。常に母親の胎内にいるために、彼は見たことがなかった。

彼自身もあんな姿をしていたのだとは俄《にわか》には信じられない。

幼児となった同胞は星系の外に打ち出されていった。彼らを送るには光の束が使われた。少年を遠避《とおざ》けた光である。光は強力で、未発達な翼を持つ幼児さえ推進した。

「彼ら、つまりあなたの先祖たちに託して人類の遺伝子を残そうとしたの。星間生物への転換によって形態は懸け離れてしまったけれど、帆船のも乗った遺伝情報を選択的に除去すれば、人類に生まれ変る」

一体の同胞が惑星に近づいていた。この惑星ではない。だが、よく似ている。酸化型大気を持つ惑星だ。

「ここまでは記録映像。これからはシミュレーション映像よ。新種族に期待された役割を示すものなの」

彼は惑星に突進していった。少女の声をきく前の少年のように。

彼を抑し留める光は生じない。

彼はそのまま大気に身を投じる。

大気との摩擦で繊細な翼はひとたまりもなく破れ、外皮は灼熱した。

本体だけになった彼は大地に衝突し、深い溝《みぞ》を刻んで横たわる。

醒めることのない眠りが彼の意識に忍びこんだ。

入れ替わりに副脳が隠された機能を思い出す。

副脳はまわりの環境を調べ、彼をつくり上げた生物が住めると判断する。

彼の体内にある嚢《ふくろ》が変化をはじめる。その嚢は推進口の後に幾重と連なっており、彼が星の海を自由にわたっていたときには反動物質となる老廃物をためこむ器官だった。そこから老廃物が残らず排出され、血管の網が外側を覆う。

老廃物と一緒に彼に寄生していた生物も放出された。なかには彼と共生関係になかったものも含まれている。

堅い殻にくるまれ、白い綿毛を持っている。寄生主の貧相なパロディ。

それは集団となって風に舞い、星間生物の周囲を漂う。

岩間に落ちたそれは根を張り、緑を芽吹いた。

いっぽう、遺伝機構を形成する螺旋がほぐされ、無用となった六種の核酸が洗い流される。

四種の核酸がいくつかのパターンで紐状に配置され、二本づつ螺旋に撚《よ》り合わされる。

出来た遺伝子を原形質が優しく包み込む。

原形質の粒は保護液とともに嚢に注入され、しつらえられた有機質の寝床で分裂を開始する。

同胞が産まれる過程をふたたび見せられているよう。

しかし、産まれようとしているのは少年の同胞ではなかった。少女の同胞だ。発達した四肢や複雑な顔の構造が同胞の幼生との違いを主張している。

人類の幼生は這い回れるほどに成長したものから順に栄養補給管を切り、嚢から零《こぼ》れ落ちる。

同胞の幼生がそうであるように、幼い人類も産みの親の体のなかで保護される。

人類の場合、産みの親は女性であるとは限らないから、保護される場所はちがう。星間生物が活動していたときには消化器系の機能を果たしていた場所である。

星間生物の蓄積した養分は彼にとっては微睡みのあいだに消費してしまうほどしかない。しかし、矮軀《わいく》の人類にとっては数世代を養ってあまりある。

かつての腸壁から滋養にとんだ液体を飲む人類たち。

副脳に付随した声帯が発生し、人類たちに言葉と知識を与える。

やがて、人類たちは成長し、副脳もすべての知識を与えたことを告げる。

使命を終えた星間生物は命の残滓《ざんし》を消す。

人類は骸《むくろ》から新天地へとおずおず這い出していく。あたりは一面の緑だった……。

「これも狂気の計画というしかないわ。食糧として持っていくのは植物一種だけ。もし原住生物が食用に適さなければ、そのうちに食糧不足に悩まされたでしょうね。そうでなくても、食事の単調さで死んでしまうわ」

一切の風景が消え、もとの密閉された空間に戻った。

「どうしてこんなものをぼくに見せた？」

消化されかかった岩塊が口から逆流しそうな思いだった。

得体の知れない生きものが自分の体のなかにいる。しかも、その得体の知れない生きものこそが主で自分は仮の姿。

彼は人類の種を播《ま》くためにかりそめの生を与えられたに過ぎない。伴侶をえて家族を築くことも、種播く者をふやすため。

「知らないほうがよかったと思っている？」

「ああ、知らないほうがよかった。ぼくはなにを目的にして生きていけばいいんだ」

「じゃあ、今まではなにを目的にしていたの」

「なにって……」少年はしばし絶句する。「家族を持つことかな」

「なら、それを目的にしつづければいいじゃない」少女はあっさりいった。

「出来るわけないだろう！　これを見た後では。子供たちを送り出すときになんといえばいい。おまえたちは惑星に身を投げるために産まれてきたなんて、とてもきかせられないよ」

「そんなことのために産まれてきたんじゃないときかせればいいわ」

「え？」

「これは警告よ。そのためにあれを見せたのよ。二度と近寄らないで、こんなやくざな惑星には。どこかで酸化型大気の惑星を見つけたら、本能に狂わされる前に行ってしまいなさい。そして、そのことをあなたの家族に伝えなさい。ひとりでも多くの仲間に伝えるがいいわ。あなたに生きる目標が必要だというなら、ぴったりじゃない」

「けれど、ぼくたちはきみの同胞を運ぶためにつくられたんだろう。だとしたら……」

「なんて素直な人なの！」少女は天を仰ぐ。「あなたは知的生物なのよ。だれがなんのためにつくったかなんて関係ないじゃない。あなたはあなたのために生きなさい。自分たちの社会を築きなさい。それだけがあなたの使命よ」

「きみは創り主の一人だからそんなことがいえるんだ」

「創り主ですって⁉ ちがうわ。あなたの種族に卑怯な罠を仕掛けた生物よ。あたしはその生き残り。利己主義のために滅んだおろかな生物のね。さあ、もういきなさい、意識を肉体に返すわ」

「待ってくれ」少年は叫ぶ。「きみは独りなのか」

しばらくの間があって、少女は答えた。

「いいえ。あたしには家族がいるわ」

「きみは嘘をついている」

少女は笑った。

「驚いた、表情を読むの」

「ああ。声の表情をね」

「オーケー、そうよ。独りぼっち。けれど、だからなんだというの」

「もしも、ぼくが大気に身を投げたら、きみはずいぶん助かるんじゃないのか」

「馬鹿なこといわないで。あなたは死んでしまうのよ」

「でも、きみの仲間が産まれる」

「余計なお世話だわ。あたしは孤独を楽しんでいるの」

「それも嘘だ」

「そうよ！」少年を突然の眩暈《めまい》が襲う。「あたしは淋しいわ！　だから、さっさといってしまいなさい、あたしの気が変らないうちに！」

少女の姿が揺らぎ、密閉された空間は歪《ゆがみ》に溶けはじめる。

そして、暗黒。


少年の視界で無数の星々が輝いた。

意識が肉体に戻ったのだ。

自分の位置を確認すると、ほとんど動いていない。

少女との会見にはかなり時間がかかったように思えたのに、実際には一瞬のことだったのだ。

あれは夢の中の出来事だったのだろうか。

いや、そうではない。

第三惑星の衛星から光の道が星系外にのびている。

「その道に乗っていけばいいわ。ずっと速く移動できるはず」

——わかった。

少年は光のなかに分け入った。

翼が光を孕んで、少年は舞いあがる。

ぐんぐん少女の住む惑星から離れていく。

——きいているか？

「ええ、きいているわ」

——またいつか戻ってくる。

「いけない」

——大丈夫。自殺なんかしない。ただ話をしたいだけだ。

「ダメよ。早く伴侶を見つけるのよ」

——わかっている。そして、きみの話を語り継ごう。けれど、伴侶が見つからなかったら
……」

「見つかるまで探しなさい」

——ああ。そうしよう。

しかし、少年は孤独に耐えがたくなったら少女に逢いにこようと決心した。

少女の見ることが出来ない宇宙空間の風景をきかせてやろう。

そして、少女からは地表の景色、彼を創ったものたちの話をきこう。

——さようなら。

少年は別れを告げた。

「さようなら」

少女の声は弱々しい。距離が開いたためである。

もう少年は孤独ではない。ここにくれば少女の声がきこえる。彼女はどこにも行けないのだから。

静止衛星軌道上の無人観測基地は少年の軌跡をまだ追尾していた。彼は推進レーザーに押し出されて、月の軌道を横切ろうとしている。

少年は戻ってくるつもりだろうと少女は思った。

しかしその時に、少女はもういない。少年がオールト雲に達するまで生きていられるかどうかあやしいものだ。

長大な空間を移動する星間生物とは時間の尺度がまったくちがう。少年の代謝は少女の一万分の一に落とされていた。ふたりのあいだで会話が成立したのはプリティヴィーと名づけられたコンピュータ複合体のおかげ。プリティヴィーが時間を調整しなければ、接触はうまくいかなかっただろう。プリティヴィーのなかに少年の意識を格納することに成功しなければ、会話は少女にとってずいぶんまどろっこしいものになったにちがいない。

それに、少女の生涯はすでに終わりに近づいていた。少年の種族の定義にしたがえば、彼女はたしかに少女だった。伴侶とともに暮らしたことも、子どもをえたこともないのだから。だが、彼女自身の基準では、もう老婆といってもいい年齢なのだ。彼女の臓器は確実に衰え、多くのものが機械に置き換えられているが、それにも限度がある。おそらく少年にとってはほんの瞬《また》くほどの時間ののち、永久の眠りが彼女に訪れるだろう。もっとも、少年の目に瞼《まぶた》はないのだが。

「睡眠時間」プリティヴィーが告げる。

少女はため息をついた。

「わたしは二万五〇〇〇年も眠ったの。夢を見るのも飽きた」

「睡眠時間」

コンピューターは執拗だった。

かつてプリティヴィーに擬似人格が付与されていたのだとしても、あまりに永い時が摩滅させてしまったに違いない。大昔にたてられた生活スケジュールにそって、少女がなにをするべきかを告げるだけだ。気のきいた会話も出来はしない。

超長期人工冬眠――いくつもたてられた狂気の計画のなかではもっともましな部類に属する。

生態系が正常に戻るまで最低でも一〇〇〇年はかかるという結果をえた生存者たちは方針を変更した。

ドームを一〇世紀のあいだ維持する自信はあった。しかし、その中の社会は一〇〇年と保たないだろうと判断したのである。

それならいっそ機械に任せ、時が来るまで眠っているほうがよい。

こうして計画は実行された。

地殻変動する可能性の低い土地が選ばれ、冬眠センターが建設された。

冬眠センターの管理はプリティヴィーを中心として完全に無人化された。自動修復機能や予備装置群など何重にもフェイル・セイフがかけられたのはいうまでもない。エネルギーは太陽光に依存し、実質的に無限であった。問題は資材である。これは無限というわけにはいかない。

ありったけの資材が集積され、ほぼ完全に近いリサイクル体制が組まれた。

どうやら二〇〇〇年は冬籠《ご》もりできそうだった。

選抜された一五万人が眠りについた。

不幸なことに、二〇〇〇年が経過しても大気はなお有毒で、土壌も浄化されていなかった。機器を修復するための資材が不足したプリティヴィーは管理機構を縮小せざるをえなかった。無作為抽出された冬眠者が永劫《えいごう》の眠りに沈められた。

彼らを解凍するのは問題外だった。生存が絶望的であるだけではなく、自暴自棄となって他の冬眠者を道連れにしないとも限らない。

二万五〇〇〇年して、プリティヴィーが地表の安全を確認したとき、冬眠者は少女ひとりしか残っていなかった。

目醒めてすぐに、彼女は地表を探査した。

焦茶色の地面のあちこちに申し訳ばかりの緑があり、海は汚物を連想させる赤みを帯びていた。空に飛ぶ鳥はなく、地に走る獣はいなかった。まして、人類は。

もっとも衝撃的だったのは奇妙に盛り上がった丘。そのまわりだけは植物が盛大に繁茂していた。

数千年前に落ちてきた星間生物の骸《むくろ》。

宇宙空間からは大気中に含まれた毒が見抜けなかったのだろう。しかし、地表で大気を分析した副脳は使命を果たすことは出来ないと正しい判断を下したのだ。

少年がやってきたとき、少女はその丘を最初に思い出した。

彼をあんな姿にしてはいけない。わたしにはそんな権利がない……。

「プリティヴィー、彼の匂いを聴かせて」

「了解」

個人用の生存信号は性別・年齢層がわかるよう肉声の録音を発信することになっていた。

少年の種族も例外ではない。

ドームをテノールの歌声が充《み》たす。少年が人類として産まれたなら、彼の声帯から出るべき歌声が。

歌詞はとっくの昔に滅びた言語で綴《つづ》られている。しかし、彼女には意味がわかった。この歌ほど人類に愛された歌はない。多くの言語に翻訳され、あらゆる人々によって歌われた。喪《うしな》われた地球の緑を懐かしみ、その復活を祈願する歌。生態系の死が確実となったのち、地上はこの歌で満ちたものだ。

彼女はベッドに横たわった。いくつものチューブが這い寄り、老いた肉体に接続する。

プリティヴィーはやはりまちがっていた。体はたしかに草臥《くたび》れきっていたが、頭は冴えざえとして、眠気の気配すらない。

老いた少女は少年の歌声にあわせて悔恨に満ちた歌を口ずさむ。

歌うのを途中でやめて、風化の進んだ天井を見つめ、物悲しくも不思議に清冽な願い歌に耳を澄ます。そして、思った。いまも宇宙空間にこの歌は満ちているのだ。もしかしたら、どこかの惑星で、緑との再会を歓ぶ歌がつくられているかもしれない。

朽ち果てようとしている空間のなかで、地上最後の生存者は瞼を閉じた。

貂《てん》の女伯爵、万年城を攻略す

谷口裕貴

人間が奴隷状態にある世界で、知能を持つ獣人たちが繰り広げる、各々の身体能力を生かした攻城戦。壮麗にして異様なイメージが次々押し寄せ、クラクラさせられるような高密度の合戦絵巻だ。初出は『進化論　異形コレクション』（光文社文庫）。上田早夕里「魚舟・獣舟」の初出媒体でもあるなど、当時の新鋭作家を中心にSFの書き手が多数参加した読み応えのあるアンソロジーなので、SFホラーファンなら手に取ってほしい。

二〇〇〇年代の後半、小松左京賞最終候補からのWデビューで円城塔・伊藤計劃の二人がセットで注目されたが、二〇〇〇年代の前半に注目された新人二人と言えば、二〇〇一年に第二回日本SF新人賞を同時に受賞しデビューした『ドッグファイト』の谷口裕貴と『ペロー・ザ・キャット全仕事』（以上、徳間書店）の吉川良太郎だった。

谷口裕貴《たにぐちひろき》は一九七一年和歌山市生まれ。龍谷大学文学部史学科卒業。『ドッグファイト』は、異星を舞台に、犬との精神交感能力を持った少年が、犬たちを率いて占領軍に反抗を企てるアクションもの。サイキックレジスタンスSFという前景部分だけでなく、惑星開拓や宇宙進出の歴史などの背景設定も含めて読者のSF心をくすぐり、大型作家の風格を漂わせた。

しかしその後発表したオリジナル長篇は『遺産の方舟』（徳間デュアル文庫）のみ。異常気象による文明崩壊後の世界で、空母を拠点に生活する者たちが、散逸した芸術品を回収・保護すべく、日本人の遺したテラリウムに侵入する――という内容の百七十ページ弱

初出：『進化論　異形コレクション』／光文社／2006年

のノヴェラだ。単著として手に入るのは、これらにアニメノベライズ『THEビッグオーパラダイム・ノイズ』（徳間書店）を加えた三冊しかない。

単著刊行が少ない分、長篇クラスのアイデア（主にサイキックネタや獣人ネタが中心）を詰め込んだ異様な世界設定の短篇を発表し続けていた。〈SFマガジン〉には、二〇〇二年二月号「ロストロイヤル」のみ掲載。流刑地である火星に、惑星間国家の継承者のクローン胚が大量に届き、クローンたちがプリンスを僭称して火星居住者を巻き込んで抗争を始めるというストーリー。

主要な活躍の場だった徳間書店〈SF Japan〉誌には、短篇八作品を発表している。二〇〇〇年春季号「獣のヴィーナス」から始まる連作は、存在するだけであらゆる物質を変容させる最強のサイキック少女が、制御不能になり殺害された後の物語。世界各地で少女の呪いが発動して大量死を巻き起こし、その度に世界文学全集から召喚された複合人格によって討伐される、という山田正紀ばりにスタイリッシュな設定で繰り広げられるサイキックサスペンス。二〇〇四年冬季号「神々の世界」は腕翼人、火炎人、豹牙人、蛇身人など異形の種族たちが住まう地で、女王への謁見のため冬の山道を登行する熊巨人と子鼠との旅を描き、「貂の女伯爵、万年城を攻略す」に最もムードが近い。二〇〇五年冬季号「11月のおわり」は、太陽系上の様々な事件を解決してきた英雄たちが、エイリアンによる人類二十万人誘拐事件を解決しようとする物語だが、ホラー色の強いグロテスクな結末に辿り着く。二〇〇八年春季号「夏がくる」から始まる連作は、人類が銀河に散らばり、それぞれ独自の世界を作り上げた後の時代が舞台。バラバラになった世界が再び集まってきて巨大な〈新世界〉に併呑されるという環境下で、個々の世界と〈新世界〉の利益を調整する併呑調査局と、併呑される世界の資産を収奪しようとする世界狩人とがせめぎ合い、その中で併呑調査局に所属し飛行しながら世界の襲来（＝夏）を探すサマーファインダーとして活動する主人公を描く。見るからに長篇になりそうな作り込まれた設定だが発表は二作に留まっている。二〇一一年春季号に掲載した「グレゴリィ、手伝って」が紙媒体への最後の掲載となった。大魔術師二百五十人を一度に殺害した敵を倒すため、魔法の封印を解こうとする元魔術師の少女と、彼女に好意を抱く石工との少年の冒険を描いたファンタジーだが、四段組みで九ページというコンパクトさで纏められている。

この号で〈ＳＦＪａｐａｎ〉が休刊となったことは、谷口裕貴のみならず、日本ＳＦ新人賞デビュー作家にとって大きな損失だった。〈ＳＦＪａｐａｎ〉の母体であった徳間書店が、第三十三回で日本ＳＦ大賞の後援から外れるなどＳＦ事業を縮小していったこともあり、これらの作家は、新たな発表の場を模索するか作品発表を激減させていくかに二分されたが、谷口裕貴は後者だった。電子雑誌〈月刊アレ！〉二〇一三年二月号掲載の「消しゴムさん」を最後に表舞台から消えてしまったのである。

このアンソロジーを編んだ理由の一つに、現在ＳＦ執筆から遠ざかっている作家にできればもう一度ＳＦを書いて欲しい、という私個人の願いもあり、それが強く当てはまる書き手である。新作短篇、短篇の長篇化、新作長篇、あるいは『ドッグファイト』の文庫化など、どこかでＳＦシーンに復帰してくれることを祈っている。

嵐が来る……

そう思って、ぼくは空を仰《あお》ぎ見た。雲ひとつない秋晴れの空を目にして、自分の勘違いに苦笑いする。

山が身もだえているのだった。

その音が、嵐のように聞こえる。葉擦れの音が激しくたたきつける雨の音で、割れて崩れる岩が雷鳴だった。中腹あたりの池が決壊して、溢れて流れるのは、さながら城の雨樋《あまどい》を走る水音だった。

山が震えるたびに、上空を舞っていた鳥たちが大声で騒いだ。

鳥たちはとっくに山から逃げだしていたが、我が家が名残《なごり》惜しいのか、それとも死につつある山への惜別か、なかなか離れようとしない。

耳障《みみざわ》りだ、という女伯爵の不快は昨夜のうちに伝えられてある。

ロンニオ・ピーカの配下たちがさっと飛びたって、先端におもりをつけた縄をふりまわして鳥たちを落としていく。縄を扱うのに羽ばたきをやめねばならないから、そのたびに落下してまた羽ばたくので、長い尾がひらりひらりと踊り、おもしろ半分のように見える。カサギ《カ》には類縁の仲間に対する道義心はないのだろうか。

お喜びだろうと、ぼくは隣の貂《マルテース》の女伯爵、マリア・マルテースを盗み見たが、真っ白な毛に覆われた顔には感情はなく、真っ赤な瞳はただ山を凝視しているだけだった。

その瞳には魅入られる。赤と単純に呼ぶには冷ややかで、血の色という者もいるが、透明感が全然違う。スーラフ・ゲッコはなんと表現しただろう？　かの宮廷詩人は天井に貼りついて、技巧を凝《こ》らした言葉をそれこそシャワーのように、女伯爵に浴びせかける。そのきらびやかだが空虚な言葉を、ぼくは覚えられたためしがない。記憶に残るのは、深く切れこんだ口から覗く、自慢げに揺れるヤモリ《ゲッコ》の舌だけだ。

いよいよ山の最期《さいご》が近いらしい。

浮いたかのように、ぐらりと揺らぐ……下部から突きでて、山容を持ち上げたそれが、ぼくの目にはとても古びた、大樹の根に見える。ひねこびて巨大な根は、さらにもうひとつもうひとつと突きでてきて、緑豊かな山を中空に持ち上げた。

最後に、もう根とは形容のできない、はっきりと頭とわかるものが姿を現した。首を苦しげに振りながら、口を大きく開き、吼《ほ》える。

咆吼《ほうこう》はすさまじく、ぼくは背骨が震え、それが伝わって歯がカチリとなるのを感じた。

「やあ、一滴で大河を汚すというクレッツィ・ナーヤの練りに練った毒がようやく、ですな」

女伯爵の横に立つ、ジネマ・カプラがそう言って、満足そうにコブラ《ナーヤ》の毒婦人をほめた。

「三日三晩。億年も生きる亀には、矢がかすめるような時間だろう」

白髭の軍師は返した女伯爵の言葉に、山羊《カプラ》らしいメェメェという声で嬉しそうに笑った。

億年亀の咆吼は、次第に弱まっていき、絶えた。しかしその家ほどもある目からは力は失われず、丘の上に立つ女伯爵を、つまりはぼくのいるところを、睨めつけている。

怖くなって、ぼくは一歩退がった。

左翼の犬《カニス》の歩兵たちは、喜びの遠吠えを放っているし、チンパンジー《パーン》の弓兵は宙返りをし、手を叩いているのに、ぼくはもの怖《お》じしている。巨体を武器に、まさに戦場を蹂躪《じゅうりん》した亀なのに、憎みきれない。踏みつぶされた仲間たちに申し訳ないとは思うけれども、億年亀に対しては、敵という感情が沸かない。

それは畏敬であると思う。

ぼくの十二年の生涯にとって、億年という単位はあまりにも膨大だ。想像しようとして圧倒され、怖くなり、悲しくなった。何億年という時間を刻んできた生命を奪うのは、冒瀆《ぼうとく》だと感じる。

億年亀が力尽きて膝をつくと、全軍から喝采があがった。

女伯爵は床几から、ほっそりとしなやかな体を持ちあげ、声を限りに叫んだ。

「ムンノ・リーノケロース！」

英雄の名前に、全軍が歓呼で答える。

「リーノケロース！　リーノケロース！」

犀《リーノケロース》の攻城兵ムンノは、鋼鉄の突角にナーヤの毒をたっぷりと塗りつけて本来の角に装着し、億年亀に特攻した。もちろん踏みつぶされたのだったが、渾身の突進によってわずかに分厚い皮膚に傷をつけた。その毒が山のような巨体に染みわたるまで、三日三晩かかったのだ。

億年亀は、洞穴を吹き抜けていく風のような声を立てて、がっくりと頭を落とした。おそらくなにか言ったのだろうが、陸亀《テステュードー》の一族は大きくなりすぎると――喉の大きさのせいだろう――発声が不明瞭になる。億年も生きれば、風の音と変わらない。

「伝説の終焉ですな」

カプラが奇妙にうわずった声で言った。ジネマ・カプラには、造物主たる人から与えられたはずの把握力のある手がない。前肢に指はあるものの、ねじ曲がった蹄《ひづめ》になっていて、ごく短時間の二足歩行もできない。だから完全を憎み、破壊の学問に身を投じたのだろうと、ぼくは推測していた。

破壊の悦びに浸っている山羊から、貂に目を移すと、知恵と手とさらに加えて優美さをも授けられた女伯爵は、もう亀を見つめていなかった。

赤い瞳はテステュードーたちの本拠地、万年城を見つめている。

二〇〇〇の兵を踏みつぶした敵の死だ。さぞや感慨がおありだろうと、主人を窺《うかが》ったが、そこになんの表情も読みとれなかった。人は獣に知恵を与えたが、感情はどうだったのだろうと、ぼくは先祖に尋ねたかった。

城塞から、カラカラという乾いた音が連続して響いてくる。

それを聞いて、カプラはさらに満足を深くしたようで、蹄で音に合わせてリズムをとった。

音の正体は、名のあるテステュードーたちの甲羅が打たれる音だという。亀は死して甲羅を残し、子供たちは敬い保存する。裁判の時に打つための枹《ばち》は、罪人の亀の甲羅で作られていて、正義高潔の士揃いの甲羅は「不義を糺《ただ》し、不忠を討ち、テステュードーの永遠の歴史に徒なした者には、裁きを」と鳴ると聞いた。

夏至と冬至とに鳴らされるのを、ぼくはこの攻城戦のあいだに、実際に聞いている。おそらくは季節の喜びを謳《うた》ったのだとは思うが、騒々しいだけだった。万年城という名にふさわしい歴史をこの城塞は重ねていて、甲羅の数も相当なものだということがわかっただけだった。

しかし、今回の演奏は、はっきりと哀悼だと気づかされた。

ぱらぱらと驟雨《しゅうう》のような散漫な音で始まり、どんどんと低い音に繋がる。そして豪雨のような連打。とても音楽といえるものでないが——主人の趣味は音楽なので、傍《かたわ》らで仕えるぼくはそれなりに耳が肥えているつもりだった——主題ははっきりと伝わってきた。

万年城、危機の報せを受け、はるか南のムカイ＝ムベムベの地より、援軍に駆けつけてくれた、伝説の億年亀に感謝と哀惜《あいせき》の念を伝えている。獣たちに知恵を与えた神のごとき人間を直接見知る最後の生物であり、あるいは生の年輪を積むごとに時を旅する能力を得たので、じつのところ人に知恵を与えたのは億年亀であるという伝説を擁し、すべてのテステュードーたちの父祖であるとされている、億年亀の死に、城塞の亀たちは精一杯の努力で応えていた。

亀は少なくとも、敬意というものを知っている。マルコならそう言うだろう。かたや、貂の女御前はどうだ？ 施政は苛烈、外交は高慢、年に一度の発情期（おっと、障り、だったな）には目にしたものを殺しまくる。とくに人間の断末魔がお好みだ。おまけに人間は市民ですらない、奴隷の身分だ。やつらにいまの生活を与えたのはだれだ？ 知恵を与えたのはだれだ？ 人間だぞ！

「軍師殿」

女伯爵が物憂げに言った。

「おお、そうでありましょうとも。聞くに耐えませんな」

得たりと蹄を鳴らしたカプラは、喜々として命令を飛ばす。

陣のある丘のふもとの窪地に、討ちとった亀たちの死体置き場が作られていた。肉の腐るすさまじい臭いのするそこで、命令を受けて、ハイエナ《ヒュアエナ》たちが大腿骨の枹を振るった。

生じた音は、ボコンボコンというなんとも気の抜けた音だった。それでも力任せに叩きまくるものだから、音量だけはすさまじく、万年城からの鎮魂歌を汚していく。

楽器はこちらも亀の甲羅だった。戦場で倒れた亀から引きはがして、生乾きで腐った肉のこびりついたものを、打っているのだった。

万年城の亀たちは、すぐに許し難い愚弄《ぐろう》に気づいた。高潔な甲羅を、怒声のように一度、強く低く打つと、それっきり静かになった。

パーンたちが哄笑している。ヒュアエナたちは腐肉喰らいらしい、熱病的な陽気さで、互いの肩を叩きあって互いの労をねぎらっている。

カプラはメェメェとうるさかった。

「メェ！　ムンノの骨は、とんでもない嘘つき亀の甲羅を確かに、マルテースの伯爵家の血筋に間違いがございませんと、歌わせましたな」

「うむ」

女伯爵はそっけなく頷くだけだ。

すくなくとも真摯《しんし》でありましたのに。ぼくは主人に言いたい言葉を呑みこんだ。そりゃあ、いつも耳になさる孔雀《パーウォー》の楽士の音色には比べるべくもございませんよ、しかし、誠実でありましたのに。

「……コ。ニコ」

ぼくは主人の呼ぶ声に気づいて、あわてて顔をあげた。

「はい。ここに」

「軍師殿が喉が渇いたそうだ」

見ると、カプラはぼくの名を何度も呼んだのだろう、瑪瑙《めのう》色の瞳でにらみつけていまにも噛みつきそうな表情をしている。

「ただいま」

ぼくは急いで天幕のなかの甕《かめ》から水を汲んでくると、カプラの口にあてがった。手の使えないカプラは、地面に置いた器から飲むか、こうして介助されて飲むかしかない。もちろん首を下げて舌で水を舐めることなど誇りが許さないし、さりとて介助を受けることも気にくわない。

その腹立ちを、カプラは行動で示した。

三口ほど水を飲むと、顎を振って、素焼きの器をすっとばしたのだ。器は地面に落ちて砕ける。

ぼくは奴隷らしく、なんの感情も表さずに頭を下げると、地面に膝をついて破片を拾った。それを丘の中腹のヒュアエナの穴――ゴミ捨て場――へと捨てに行く。

ぼくはふと思った。ジネマ・カプラが先じゃいけないのかな？　あたりまえだ。カプラを先に殺してそのあとになにかする余裕を、主人が与えてくれるわけがない。

愕然とする。殺すことがあたりまえになっている。話を聞いたときには、あれほど恐ろしくて、考えることすらできなかったのに、時間がたったいまでは、当然のこととして受け入れている。悩んで苦しんで、自分のなかでどうにか折り合いをつけたことで、考えなくなっていた。いや、考えて納得したというのは嘘だ。恐怖のあまり忘れようとしていた。

億年亀が死んだということは、決行の日が――いや、日じゃない。もう時間だ――近いということだ。

女伯爵マリア・マルテースを殺せ。それがマルコからの明白な指示だった。カプラなんかどうでもいい、あの嫌ったらしいほど白い毛皮を、奴の血で染めろ。

ぼくは主人のもとに帰る前に自分の寝床に寄り道して、隠してあった中指ほどのナイフを、そっと袖口に忍ばせた。

震えが止まらなかった。

あの美しく妙なる曲線の喉に、ナイフを突きたてることなど、承諾した記憶なんかなかった。

なのにぼくはナイフを持つ。

テステュードーたちは歴史にとても詳しい。長命なためか、鈍重な動きが過去にこだわらせるのか、あるいは種族的強迫観念か、理由はわからないが、とても熱心に歴史を研究している。詳しいからこそ、記録を掘りあさってマルテースの血筋を調べ、正当性に難あり、とよけいなことを言ったものだから、マリア・マルテースの逆鱗《げきりん》に触れて今回の戦争になったのだけれども。

しかし、これほどとは思わなかった。

テステュードーたちは、獣を人工的に進化させて、知恵を与えた、神のごとき人類の記録を持っているというのだ。

どのくらい昔なのだろう？　億年亀の年齢と同じくらいということは、とてつもない昔だ。あの山のごとき巨体が掌に収まるぐらいだった頃を想像するのが困難なように、昔という言葉では収まりきれないほどに、昔だ。

万年城自体は、テステュードーたちの建築だ。城にしては低くて、がっしりとしていて、飾り気がない。尖塔と色とりどりの幟で飾られたマルテースの城──白雪城──と比べたら、地味すぎて岩のかたまりのように見える。ところがその由来となれば、我が白亜の城も、亀たちのねぐらに比べるとかすむ。

万年城の基部は、神人たちの武器庫だったのだという。

秘密裏の接触に応じて、万年城を訪れたマルコは、帰ってくると興奮気味ではあるがしっかりした口調でそう言った。

はっきりと覚えている。万年城包囲から、五八九日めのことだ。主人のための日誌もつけているから、日付は間違いがない。

暑い日で、午前中にリーノケロースたちが破城槌で単調な攻撃をしたが、それも尻すぼみにとりやめになった。午後になると暑さは耐えがたいほどになり、風はあるものの埃っぽくて、不快感を和《やわ》らげるどころか、煽《あお》るような風だった。いつだって元気なパーンたちがなにやら騒いでいるだけで、静かで、焦げつきそうな日だった。

あきらかに戦争は膠着《こうちゃく》し、攻める側も守る側にとっても好転するような材料はなかった。

女伯爵は一日天幕にこもりっぱなしで、軍師や将軍のお歴々が訪れても姿も見せず、さらには侍従のぼくでさえも寄せつけなかった。戦争に倦《う》んでいたのだと思う。

お城に帰れるかも、と淡い期待を持った。仕事がなくて手持ち無沙汰で、故郷を思い浮かべた。

海辺の白雪城は、夏は湿気が多くて蒸し、冬は雪は少ないものの烈風が止むことがなく、じっとしていると凍りつきそうに寒いのだが、たえず乾燥して変化の乏しいことよりはましだった。湿気を吸ってくたくたの藁の寝床、臭いだけの乾燥ニシンすら懐かしい。水にさえ事欠く野営生活は、寝食ともに最低であった。

岩清水を湛《たた》えた泉、海風になぶられる風見鶏、火の絶えることのないパン焼き窯、去年のリンゴを美しいまま閉じこめた氷室の氷、大広間の大シャンデリアで燃えるキャンドル、夏にはツノメドリが巣を作る尖塔……故郷のすべてが失ったもののように、悲しみとともによみがえってくる。漁の魚臭く、断崖に穿《うが》たれた穴蔵でしかない人間用居住区でさえ、懐かしく思いだせる。この逃げ場のない住居は、盛りのついた女主人がよく訪れる場所だ。

歯と爪に命を奪われた人間は数知れない――覚えていないが、ぼくの両親も、狂った貂の三日月のような爪と、かみそりのようにギラつく歯に殺されたそうだ。それでも、懐かしいと思った。

だから人間の野営地に足が自然と向いた。

じつのところ、貂の女伯爵にべったりと付き従っているぼくは、同胞たちに人気がない。

陰口を叩かれているのも知っているし、時には面と向かって罵倒されることもある。あかんぼうのぼくを侍従にと差し出したのは彼らなのに。主人の夜のお相手までつとめていると悪い噂も流されているが、三人の貂の殿御とのあいだに四〇人も子をなしている女伯爵に、そんな暇があるわけがないのに。

人間の野営地も、主人の不興を映したかのように静かで、どこか重苦しい空気が漂っていた。全員早く休むことにしたらしく、居並ぶ天幕がきちんと閉じられていた。

おそらくぼくはこの時点で気づくべきだった。まさか反逆を予測しないまでも、なにかがおかしい、と引き返すべきだった。

この暑さなのに、天幕を閉じているはずがないのだ。

砂埃で煤《すす》けた灌木が目印の、人間のテリトリーに足を踏み入れて数歩で、ぼくは後頭部を硬いもので殴られて、昏倒した。

たぶん、暑苦しさで目覚めたのだと思う。

気づいたぼくは、額に汗を浮かべたいくつもの顔に見下ろされていた。あかりは彼らの頭の上のほうにあるので、顔は影になって判別できない。

「気づいたな」

誰かが言った。

「死なさずに済んだか」

ほっとしたような口調。

「バカな、始末しておけ。死体はヒュアエナの穴に投げこんだらいい。突然のごちそうに、誰にも言わずに骨まで始末してくれるさ」

物騒なことを。ぼくは逃げようと身をよじったが、しっかりと縛りつけられていた。猿ぐつわも嚙まされていることに気づく。

「とんでもない。あのごちそうの歌……デロンとした羊の腸♪　プルンとした馬の目玉♪　コリコリにした蝙蝠の羽♪　あの延々続く歌に、ムニムニした侍従のチンポコ♪　の一節が追加されるぞ。遅かれ早かれ、だれかがおかしいと思う」

ヒュアエナたちの食べ物の喜びを歌う無邪気な歌に、自分が加わると考えると、愉快なような恐ろしいような複雑な気分になった。

「だがこのまま貂のところに帰すわけにもいくまい」

「そもそも聞いていないかもしれん」

「たとえそうだったとしても、こうして拘束してしまえば結果は同じだ」

「殺すか」

「殺そう」

「うむ……それしかないか」

ぼくの二の腕ほどもある長いナイフが抜かれ、オイルランプの光を反射して光った。

必死に逃げようと、体をめちゃくちゃに動かしたが、腕と足を縛った縄は緩まず、猿ぐつわさえびくりともしなかった。

さすがに人間は器用だな、与えられたものではなく、生来の手は、やはりどんな獣よりも細かく確かに動く。確かな縛《いまし》めに動きを封じられて、躊躇《ためら》いがちにだがたしかに近づいてくる刃先を見つめながら、ぼくは呑気にそんなことを考えていた。

刃先が止まる。

天幕の外で抑えられた声がして、ひとりの男が入ってきた。入り口近くなら、地面に転がされているぼくにも顔は見えた。マルコだ。奴隷長のマルコ。

「帰ったな、マルコ」

安心の滲んだ声にマルコは頷くと、奥まった眼窩の奥から、ぼくに鋭い一瞥《いちべつ》をくれる。

「なんだ？」

「貂のペットだ。このへんをうろついていやがった」

「ニコか。放してやれ」

「おい、マルコ……」

「構わん。こいつも人間だ。貂のペットになりさがったといえどもな。だがな、ニコ、放してやるが騒ぐな。それからしばらくここで話を聞け。そうすれば帰してやる」

もちろん異存はない。ぼくはなんども大きく頭を振る。

命を奪うはずだったナイフが縛めを切り、ぼくに自由をもたらした。

「みんな座ってくれ」

天幕のなかには七人の人間がいた。顔を判別できるようになると、それぞれが部下を率いる隊長クラスの人間だということがわかった。

彼らが三々五々地面に座るので、ぼくも邪魔にならないように後ろのほうで腰を落とした。

マルコはこちらに対面して、主人が使っているような床几に座った。材質もデザインも劣るけれども、それでもよくできた代物だ。そう、人間は器用なのだ。バーンもよく指が動くけれども、彼らは移り気で、じっくりひとつのものを完成させるには向かない。人間は器用だ。それこそ、獣に知恵を与えるほどに。

「グラフ・テステュードーに会った」

おお、と感嘆の声があがる。

一方、ぼくは驚愕のあまり、ヒッと短い悲鳴をあげた。

グラフ・テステュードー、万年城城主、陸亀の男爵。敵の総大将。

マルコは今にも逃げだしてしまいそうなぼくを手で牽制して、話を続ける。

「なかなかの人物だった。一緒にメシも食った。これもなかなかのものだった。食料、水とも豊富に備蓄されている——欺かれたのではない、この目で確かめた。亀だけに籠城戦は得意というわけらしい。準備万端、覚悟も怠りなし、だ。この戦争、まだ終わらんぞ」

失望の声は、ぼくがいちばん大きかったに違いない。故郷の幻影はまだ消えていなかったのだ。

マルコの話に、推測を加えると、グラフの交渉はすでに半年を経過しているらしい。小さくすばしっこく、そして腹に袋をもつフクロネズミ《ディデルビス》が信書のやりとりを仲立ちし、情報を交換した。

驚くべきことに、裏切りの一線はもう越えている。晩夏の蟹《カンケル》たちの突撃の失敗は、マルコが事前に情報を渡したからだ。硬い甲殻と鋭いハサミをもつカンケルは最強の歩兵ではあるが、移動に難があるために、背後から襲われるといとも簡単に崩れる。このときは破った城門の先に、効率よくバリケードが築かれていて、行動の自由を奪われた蟹たちはいともかんたんに虐殺された。

ぼくは血の気がひいて真っ青な顔をしていたのだろう、マルコは元気づけるかのように微笑んできた。

「やつらご自慢の書庫も見た。素晴らしいものだ。貂の書庫なぞ、カビの餌にしか過ぎん。莫大な記録がある。アレックス・獅子王《レオー》の進軍記も、幻の土竜《タルパ》の地底王国の地誌もある。東の王朝、西の帝国、北の森林、南の海の記録もある。地図もある。世界地図だぞ。奇妙な道具、不思議な器具、珍妙な服に、おそろしいキメラの剝製もある。たいへんなものだ。これらを破壊しようとする、マリア・マルテースのなんと罪深いことか。そして、人間の記録もある」

聞きたかったのは、そこなのだろう、隊長たちがグッと身を乗りだす。

しかしマルコは効果を高めるためだろう、話を逸らした。

「万年城の基部は神人たちの武器庫だという。深く深く降って、そこも見た。残念なことに神人の武器自体は現存しないそうだ、しかしその保管していた穴のすごいこと！　城ほども太く、海ほども深い。そこから放たれた矢は、数千万人を殺すそうだ。亀が言うには、その気になれば、この大地も壊せたそうだ！」

あがった唸りは、感嘆のためというよりも、何千万人を殺す矢というものが想像の範囲外だったからだろう。少なくとも、ぼくはそうだった。

それでもマルコは手応えを感じているようで、語気を強めた。たしかに隊長たちは熱気のようなものを放っている。

「それほどの武器を持っていた、神人は！　諸君、亀どもの記録にはあるぞ、たしかに記されているぞ。かつて世界は人間のものだった！　そして神人は滅びていない！」

力強く頷く隊長もいれば、得たりと手を打ちあわせる隊長もいた。

知恵のない自然の貂も山羊もいる。知恵のない人間はいない。それは人が獣に知恵を与え、自然の状態から進化させたからだ。ならば、与えるほどに知恵に溢れた人間はどこにいる？　東にだれも越えられない山脈がある。その奥に住んでいるという伝説がある。賢くなりすぎて肉体を必要としなくなって消えたと語る者もいる。単に滅びた、同士討ちで滅びた、アレックス・レオーに討伐されて滅びた、という説もある。

また、そんな人間は存在しない。獣は自然の状態から進化して、知恵を獲得したので、人間とはなんの関係もないという主張も、ちかごろ優勢だ。

ぼくも思わず身を乗りだしていた。

次のマルコの行動は劇的だった。腰の剣を抜くと、頭上の天幕を切り裂いたのだ。

帆布の隙間から星が見えた。

「亀たちの本によれば……見ろ。星だ。星は実は、この大地のような世界だそうだ。神人はそこへ旅だった――ゆりかごの子が立ちあがって歩むように、この揺籃の世界をあとにして、さらなる成長を求めて。神人の知恵は無限だ。彼らは鳥のように空を飛び、鳥よりもさらに高く飛んだ。空を破って、星を摑んだ。見ろ！　このあまたの星を！　あれがすべて人間のものだ。われわれの、もの、なのだ！」

神のごとき人間たちは滅びていない。旅だっただけなのだ。ぼくは興奮して、拳を突きあげた。するとそこには星があり、そっと手を開いて、力強く星を摑んでみた。ぞくぞくする感覚が体を走った。

隊長たちは押し殺した声で、快哉《かいさい》を叫んでいる。

聴衆の反応に、マルコは満足なようだった。満面の笑みで、証拠もある、と続けた。だれも疑ってなどいなかったが、たしかに書いてある文字だけでは、あとから冷静に考えれば疑問に思うかもしれない。

「万年城のなかには空から墜ちたお方がおられる」

天幕のなかの空気が凍結したように感じた。神人が……？

「神人ではない。なんというべきか、その下僕、あるいは使者、もしくは尖兵だろう。古い言語をお話しになるので、意味は完全には聞き取れないが、そんな感じだ。お姿は巨大だ……あれが神人の似姿とするなら、その巨体は推してはかるべしだ。頑健で長命で、もちろんのことでも聡明であらせられる。おれは光明の巨人と呼ばせていただくことにした。我々人間の未来を照らすお方だからだ。巨人殿は仰った。神人はいずれ帰還する。そして現在の人間の窮状を知られたなら、とても悲しみ、必要な措置を畜生どもに下すだろうと」

マルコは声を張らなかった。意味するところがぼくたちに、静かに染みいるように、ゆっくりと静かに言葉を切った。

「万年城を灰にさせては駄目だ……」

隊長のひとりが呟いた。

「そうだ。巨人殿は聡明ではあらせられるが、いかんせん、老体である。あるいはその言葉を鵜呑みにすることは愚かかもしれない。しかしだ、マリアの手に渡すわけにはいかない。あれは破壊するだけだ。人は世界の主人であり、獣たちの上に君臨する王であるという証拠があそこにはある。むざむざと焼かせては、この世界、あるいは未来の人類に対して申し開きができん」

隊長たちもぼくも互いに顔を見合わせる。とうとう最後の一点に来た。反逆か、否か。前者ならば新しい未来が啓《ひら》けるかもしれない。後者は、穴蔵のなかで貂の暴虐に耐えるだけだ。

沈黙が答えだった。

「よし。それぞれ部下によくよく言って聞かせろ。細かい点はのちほど詰める。ニコ、おまえには特別な任務がある。おまえでしかできぬことだ」

ああ、思いだした。

溢れてくる誇らしさと、興奮のなかのことで記憶がはっきりしなかった。

ぼくはそのとき、ナイフを手渡され、主人を殺せと言う命令を、後悔の余地などないとばかりに、熱意をもって承諾したのだった。


戻ると、天幕のなかで軍議が始まっていた。

軍のお歴々が集まって、地図を前にいろいろ論じている。

ぼくは飲み物を用意したり、言われるままに兵隊に擬した駒を動かしたり、暑さの苦手な主人を扇いだりと忙しかった。袖口からナイフが落ちるんではないかと気が気ではなかったが、細い紐でしばってあるのでそんなことはなかった。

困ったのは、抱いた殺意のせいなのだろう、視線がことごとく武器にいくことだ。

ピーカの槍爪は細くて鋭く、軽いためにぼくでも扱える。ワインを給仕するふりをして、槍を摑み、反転してそのまま腕を突きだせば、女伯爵の胸を突ける。

カニスの鉄顎はぼくが扱うには特殊すぎるけれど、卓の上に無造作に置かれているので、「お邪魔でしょう」などと気をきかせたふりをして、自然に手にできる。

リーノケロースの突角は重すぎる。パーンの矢は一撃必殺にならない。

標的にもっとも近いのは、女伯爵の傍らにある剣だ。主人は殺すときには鉄爪を好むが、地位をあらわす象徴として、装飾の施されたサーベルを持つ。宝石と彫刻で実用性には乏しいけれども、その刃が十分に殺しに使えることを、ぼくは知っている。なんとなれば、あれの手入れをしているのはぼくだからだ。だから、手にも馴染《なじ》んでいる。まわりの目を盗んで、なんども立ち会いのまねごとをしたこともあるから、いざというとき戸惑うこともない。

　手首の裏側で汗でひっついているチビたナイフよりもよっぽど確実だ。

　ぼくは、実行しようとしたのだろうか。無意識のうちに一歩を踏み出して、正気に返って慌てた。

　こんなところで実行すれば逃げられない。

　天幕から逃れたとしても、ロンニオ・ピーカに頭からのしかかられ、カニスに足を噛まれて動けなくされ、リーノケロースにぺちゃんこに押し潰される。そしてスーラフ・ゲッコに歌にされて、何百年も愚かさを笑われるというオチまでつく。

　ふう、と深呼吸して冷静さを取りもどすと、主人と目があった。

　赤い瞳が、いつになく興味を湛えて、ぼくを射ている。

　心臓が跳ねあがった。

　膝をついて額を地面にこすりつけ、謝りたいという衝動はとてつもなく大きかった。いま、頭の中でご主人様を、すくなくとも五回は殺しましたと告白してしまいそうだった。そのとき、衝撃を受けて、ぼくは地面に転がった。

　ドッと天幕のなかが、笑いに沸く。

　ぼくはリーノケロースの尻に弾きとばされたのだった。当の犀はぼくとぶつかったことも、また笑いさざめく他の将軍にも気づかず、特有のこもった声で、攻城戦をとくとくと語っている。

顔が熱くなった。赤面しているのだろう。願わくばこれが怒りではなく、恥ずかしがっているのだととってくれればいいのに。

主人のあの視線は、「そこに突っ立っていると、ぶつかるぞ」という意味だったのだ。それに笑っている将軍たちも気づいていた。

「さて、わがきまじめなピエロが座を和《なご》ましてくれたところで」

ジネマ・カプラが、笑いも、犀の持論もそこで打ち切った。

幸いにも、女伯爵が下がってよいという合図をしてくれたので、山羊に跳びかからずに済んだ。

ぼくは服についた土埃も払わずに、そのまま天幕を走りでた。

正午に近い太陽の光は強烈だった。怯んで全身の力が抜け、おかげですこし気分が紛れた。秋だというのにこの暑さだ。白雪城ではそろそろ暖炉に火をいれようかという季節なのに。

しかし、ぼくのなかで芽吹いて急速に育った殺意を収めるのに、好都合だ。クタクタに疲れれば、余計なことを考えなくなる。

誰何されてはつまらないので、ぼくは勉めてまじめな顔つきをして、いかにもお使いを頼まれてますよという風情を装いながら自陣を巡る。

ヒュアエナたちはやっぱり陽気に歌を歌っていた。新しく加わった一節は、億年亀の肝♪だ。ナーヤの毒が全身にまわった肉は、それがどこであろうと食べられないと思うのだが、ヒュアエナたちの意見は違うのだろうか。

パーンたちはこの炎天下、レスリングをしていた。暑さ寒さよりも、彼らは退屈を嫌う。体を動かしていない者は、ぺちゃくちゃとおしゃべりをしている。よく聞けば会話はまったく嚙みあっていないことに気づくはずだ。パーンのおしゃべりは際限がないが、相手の話はまったく聞かないので、常に一方通行である。ぼくも声をかけられそうになったが、女伯爵の用事の最中ですよ、という堅い表情で切り抜けた。

カニスたちはじっと暑さに耐えている。穴を掘ってすこしでも湿り気を帯びた冷たい地面を露出させて、そこに腹を押しつけて寝そべって、なんとかしのいでいる。戦地では思わぬ障害になることがあるので穴掘りは禁止されているが、知恵を獲得する以前の本能というものはどうしようもないらしく、黙認されているのが現状だ。

そうして小一時間も歩き回ると、汗だくになった。反抗心も疲れたらしくおとなしくなったので、主人のところに戻る。

女伯爵は、天幕の前で床几に座り、カプラを従えて丘の下を眺めていた。

「ただいま戻りました」

ぼくの報告に、主人は一瞥で応える。

眼下の戦場に、変化があった。万年城の城門が、誘うように大きく開かれていた。

カプリが鋭い声で命令を飛ばしている。それに応じて、ピーカの連絡兵たちが命令を伝えに飛びたっていった。

どうやらギリギリのタイミングで帰ってきたらしい。これ以上遅れたら、大目玉をくらうところだった。

三〇分ほどで我が軍は臨戦態勢を整え、一時間ほどで開かれた門の前に防御の陣形をとった。

「弔い合戦というわけですな。無謀な」

門から剣爪と鉄顎で武装したテステュードーの歩兵が姿を見せたとき、カプラが小馬鹿にした口調で批評した。

さてどうですかな？　ぼくは心中でカプラに反論して、強《こわ》ばった筋肉をほぐそうと気づかれないように体を動かした。

この合戦のはずだ。反逆のタイミングは、億年亀が死んで最初の激突。戦いの火蓋が切られようという、その瞬間に、人間の騎兵部隊は反旗を翻《ひるがえ》す。

そして、貂の女伯爵は喉を裂かれて、自らの血で純白の毛皮を汚しつつ死ぬ、というわけだ。

陸亀たちはしずしずと進軍して、貂の軍隊に対峙する形で陣を築いた。

「ん？　なんの音だ？」

マリア・マルテースが珍しく驚いた声をあげた。

城門から、黒い巨大なものが姿を現そうとしていた。

光明の巨人！　ぼくは思わず声をあげそうになった。

「なんとあれは……！」

カプラも声を失ったようだ。

億年亀とは比べようもないが、リーノケロースの何倍、いや海の王、鯨《バーラエナ》ほどの巨体がゆっくり出てこようとしている。

全軍に動揺が走っていた。鉄の規律で微動だにしてはならないのに、視線を敵から逸らして三々五々言葉を発し、なかにはおそれをなして後ずさるものもいる。

「億年亀といい、いろいろでてくるものだな」

「まったくですな。あれは……古書にある機械人形でしょう」

「白熊《ウルス・ブラン》のユーレウス極地探検記だな。読んだことがあるか？」

急に話しかけられて、ぼくは返事もできずただ、硬直した。光明の巨人のことを知っているる？　機械人形？

巨人の様子がおかしかった。鉄の体も持ち上げて、直立すると、ぶるぶると震えだした。

マルコの言うように、老いたりといえども偉大な姿にはちっとも見えなかった。

ついに立つことができなくなり、盛大な音をたてて膝から崩れると、動かなくなった。

「ニコ、聞け。あれはかつて人が持っていた下僕のなかで、もっとも下等なものだ。われら獣よりもな。命じられたことはなんでもする。主人が人であろうと、獣であろうと、従う。亀たちも好きなことを喋らせられるだろう」

頭が混乱して働かなかった。

「マダム……なにを……?」

「亀どもにだまされたな、と言っている」

なんてことだ。マルコたちの位置からでは、巨人が倒れて動けないところは見えない。

「マルコ!」

叫んだが遅かった。

人間の騎兵部隊は、鬨の声を上げると、馬首を翻し、パーンの弓兵に襲いかかった。

慌てたパーンたちがなすすべなく殺されたのは最初だけだった。カプラが命令を発すると、するすると退《ひ》いていき、リーノケロースたちが盾となって、人間の攻撃を防ぐ。

テステュードーたちもその機に乗じて、攻撃に移ろうとするものの、全軍が一斉に退却を始め、亀の足では追いすがることすらできなかった。

「やはり人間どもでしたな。賭けは負けました」

それでもカプラは嬉しそうに笑う。

「マダム……どうして……?」

ぼくは掠《かす》れた声でそう訊くのが精一杯だった。

「理由か。汗の臭い……だな。おまえたちはわれわれの感覚をいつも甘く見る。それに、亀どもが状況を打破しようと、ここぞこそ動いているのは予測できた。パーンも、カニスも接触を受けていたはずだ」

「そして虚栄心をくすぐられて、ころりとだまされるのは人間だ、そういう理由でございましたな。機械人形に驚かされて、わずかに被害がでましたが……出しますよ」

いまや全軍が万年城東のいつもの高台に集結して、陣を組み直していた。あの高台は億年亀が大きすぎて登れないことから、またテステュードーたちも上るのに時間がかかるため、崩れた陣を立て直すのに何度も使われているところだ。

人間の部隊は億年亀に踏み固められた平原で孤立し、立ち往生していた。

女伯爵が頷くと、戦場を白い奔流が駆け抜けた。

丘の背後に、常に予備として温存されていた、白貂部隊だ。マリア・マルテースの実子のみで構成され、忠誠心と練度、資質、すべてが最高の部類にある。

「やめて!」

殺戮が始まった。人間の騎兵は、素早く柔軟で、そして凶暴な貂に刃向かうすべすらない。

白が踊ると、赤が散った。

ぼくは悲鳴をあげていた。それだけしかできなかった。

しかし、マルコが倒れるのを目の当たりにして、自分の役割を思いだした。

ナイフを抜いて、貂の女伯爵の喉を狙う。

たちまちぼくは爪に引き裂かれた。不思議と痛みはなく、ただ、力が抜けた。

「ああ、おまえは気にいっていたのに、ニコ」

そう言う主人の顔には、やはり感情はなかった。

大きい平らなもので殴られた感覚があった。ぼくは倒れたようだ。

「マダム！」

カプラの慌てた声。

ぼくは力を振り絞って、顔をあげた。

全軍が自陣を立て直していた高台が妙な感じになっていた。ところどころ穴が開いているのだ。

次の瞬間には、軍の大半を巻き添えに全体が陥没した。

その穴から黒い昆虫が顔を出し、巨大な顎でリーノケロースをまっぷたつにした。蟻《フォルミーカ》だ。無敗のアレックス・レオーをついに打ち破った、伝説の黒い悪魔たちだ。

ははは。ぼくは声にならない笑いをあげた。機械人形といい、フォルミーカといい、万年城はなんて過去を貯めこんでいるのだろう。

「フォルミーカとはな……亀どもめ。ひそかに繁殖させていたか」

「高台全体にトンネルを掘らせて、地盤を緩くし——一気に落としましたか。ああ！　なんと！　億年亀が高台に登れないので、あの位置をわが軍の避難場所とこちらに刷り込んでおいて、人間どもを利用しておびき出し……」

「億年亀さえも、手段だったのだ。よくもまあ、やってくれる」

「これは……わたしの面目丸つぶれですな」

「気にするな。これほどの相手と出会えたことを感謝しろ。軍師殿！　全軍を立て直せ、亀どもはこれを機に、一気に攻勢にでてくるぞ」

「決戦、ですな」

「そういうことだ。ああ、忘れるところだった」

マリア・マルテースは軽い口調でそう言った。

それがぼくの見た最後の光景だった。

牙と、深紅の瞳。

雪女

石黒達昌

旧陸軍図書館の書庫から発掘された、低体温症に纏わる忘れられた記録。その著者は昭和初期、旭川の陸軍第七師団に配属されていた医師だった。一九二六年、医師の診療所に昏睡状態で運び込まれた女性は、特異な症状を示していた……。遠野伝承的な神秘性を、科学によって解体する紛うかたなきSF。形式・モチーフとも、私の創作に決定的な影響を与えた短篇だ。初出は二〇〇〇年刊の短篇集『人喰い病』（ハルキ文庫）。

石黒達昌《いしぐろたつあき》は一九六一年北海道生まれ。東京大学医学部卒業。文部科学省高等教育局医学教育課専門官、テキサス大学MDアンダーソン癌センター助教授。

一九八九年、研修医時代に友人を看取った医師の回想「最終上映」（福武書店刊の同題短篇集収録）が第八回海燕新人文学賞を受賞。現在、芥川賞候補作を頻繁に送り出す月刊文芸誌は〈群像〉〈文學界〉〈すばる〉〈新潮〉の四誌だが、当時は福武書店の〈海燕〉も同様の地位にある月刊文芸誌だった（小川洋子、小林恭二、松村栄子も海燕新人文学賞出身）。

デビュー以来、終末医療を核に死の実態へ漸近する文芸作品を発表していたが、トキ絶滅騒動から着想を得て〈海燕〉に発表した「平成3年5月2日、後天性免疫不全症候群にて急逝された明寺伸彦博士、並びに……」（福武書店刊の同題短篇集収録）が、一九九四年、第百十回芥川賞候補に。架空生物ハネネズミの特異な生態と絶滅を、図版やグラフも用いて、論文風の横書きレポート形式で記す生物学SFで、筒井康隆に激賞され、芥川賞選考会でも大江健三郎、日野啓三、田久保英夫らに称賛された。

初出：『人喰い病』／ハルキ文庫／2000年刊

福武書店がベネッセと名称を変えた後も、ベネッセより短篇集二冊を刊行。九五年刊『94627』収録作のうち「ALICE」は、量子力学研究所の女性研究員が、同性愛関係にあった同僚を殺害したことから生まれた、アイデンティティを脅かす奇妙な症例を描き、哲学的寓話SFと呼べる作品。九七年刊『新化』の表題作は、「平成3年5月2日〜」の後日談で、ハネネズミの近縁種エンジェルマウスに纏わる研究を記す。他に、蜂につきまとわれる男がテレビに取り上げられ、蜂の捕獲・調査が様々に試みられるユーモラスな「カミラ蜂との七十三日」を収録。二篇とも横書きレポート形式だ。九六年十一月号で〈海燕〉が休刊し、その後ベネッセも文芸出版から撤退したため、短篇発表の主要媒体は他の文芸誌に移る一方、書籍はSFレーベルから出版されていく。二〇〇〇年にハルキ文庫から短篇集二冊を相次いで刊行。ハルキ文庫版『新化』は「平成3年5月2日〜」と「新化」の二篇を再録し、それぞれ「新化　Part1」「新化　Part2」と改題した一冊だが、縦書きから横書きに直されて細部も修正されている。『人喰い病』は四篇収録の短篇集。表題作は、死に至る全身性皮膚潰瘍の正体を探る医学サスペンスSF。

二〇〇二年、廃院間近の病院の職員がニホンオオカミの痕跡を追う「真夜中の方へ」（〈文學界〉二〇〇二年一〇月号掲載、書籍未収録）で第百二十六回芥川賞候補。二〇〇四年、妻を癌で失った開業医の閉塞した日常を描く「目をとじるまでの短かい間」（『冬至草』）で第百三十二回芥川賞候補。

二〇〇六年に《ハヤカワSFシリーズ　Jコレクション》より『冬至草』を刊行。〈文學界〉初出の表題作は、ウランを含む土壌に育ち特殊な性質を得た植物の性質を研究し、歴史の暗部を掘り起こす。大森望編『逃げゆく物語の話　ゼロ年代日本ベストSF集成

〈S〉』（創元SF文庫）にも収録。〈SFマガジン〉初出の「希望ホヤ」は、癌で余命半年と診断された娘を救おうと、父親が奮闘する物語。「アブサルティに関する評伝」は〈すばる〉二〇〇一年十一月号初出だが、天才と称された若き科学者の業績が、全てデータ捏造の産物だったと発覚する筋立てで科学倫理の命題に切り込む、STAP細胞事件の顛末に酷似した予言的作品。

安楽死の真相を巡る医療ミステリ「ハバナの夜」（〈群像〉二〇一〇年十二月号、書籍未収録）以降、小説執筆から遠ざかっている。

SF読者へのお勧めは順に、ハルキ文庫版『新化』（or電書版『平成3年5月2日、後天性免疫不全症候群にて急逝された明寺伸彦博士、並びに……』）、『冬至草』、『人喰い病』、『94627』。書籍未収録作には、御伽噺の登場人物たちの証言集「失踪中の王妃からの手紙」（〈すばる〉一九九五年年四月号）、領土を拡大し続ける王国の寓話「王様はどのようにして不幸になっていったのか?」（〈小説TRIPPER〉一九九六年夏季号）、害虫の大量発生もの「その話、本当なのか」（〈文學界〉一九九八年一〇月号）、放射能汚染地での医療を描く「或る一日」（〈文學界〉一九九九年三月号）など異色作が多い。

前述の短篇集は（一部、収録作を入れ替えて）全冊電書化されている他、書籍未収録短篇も電子書籍『診察室』『検査室』にまとまっている。全てアドレナライズ刊。『冬至草』文庫化、既刊復刊、新作発表など新たな動きを、「石黒達昌ファンブログ」の管理人として、願ってやまない。

「低体温症」という病気がある。文字通り体温が低い病気で、通常は体温を奪われて出現し凍死にまで至る病態を意味するが、希《まれ》には体質的に安定して低体温が持続している状態をも意味する。こうした「体質性低体温症」は世界でもこれまで散発的に数例が報告されているのみで、いまだ病気の本態が明らかにされているわけではない。身体全体の代謝が低いため基本的には長寿であるとされるものの、他の病気の合併による病死の率も高く、既に寿命に影響しないことが判明している「体質性高体温症」のように平均予後について統計的な数字が出るまでには至っていない。「体質性」と一括しても、この中には、遺伝的な素因、脳の体温中枢の変異やホルモンの異常、そのほか冬眠物質産生など様々な病態が提唱されていて、個別の症例について特定の原因が解明されているものはほとんどなく、いくつかの病態の集合体だとも言われている。また時として、肌の色が白く白髪であるアルビニズムと呼ばれる色素産生異常を合併する例も見られることがあり、その関連についても研究が行われている。

小柳―原田氏病、高安病など日本人が発見した病気は決して多くないが、その中には医学的に重要な疾患がいくつか含まれている。これらのように人名を冠した病名でないために医師達にもあまり知られていないが、世界で最も早く「体質性低体温症」を報告したのは若い日本人医師であった。インターネットのMEDLINEでideopathic low temperature diseaseの項目を検索すると、Yuki Hという日本人著者名が表示されてくる。このYukiというのは昭和初期、北海道芦別・新城診療所に勤務していた軍医・柚木《ゆうき》弘法《こうほう》のことであり、体温28度の女性の症例報告がドイツの医学雑誌「ARZT」に掲載されたのが世界第一例であるとされる。体温28度とは心臓が不整脈を起こして停止し、また呼吸も完全に停止する温度であり、これは当時の医学常識からしても奇異なことであった。発表直後から青山後胤《こういん》・帝大教授や大槻《おおつき》巌《いわお》・養育院長など、権威と呼ばれた何人もの医師が病態解明に名乗りを上げたが、柚木はそれらを全《すべ》て断り、小さな診療所を拠点に一人だけで女性の治療を試みている。

しかし、代謝低下による寿命延長、冬眠様物質の存在など、病態について客観的な評価を行った柚木には、あまりにも衝撃的なその内容に対する反発から、「ペテン師」という称号がつけられ、公的医療費さえ認められない中、自費での治療を決心しなくてはならなかった。そして、雑誌発表からわずか一年後の１９２７年2月22日、北海道日報の夕刊には、医師と女性の不可解な死が報じられている。心中とも言われたその真相は現在に至るまでほとんど明らかにはなっていなかったが、奇しくも柚木が死亡してからちょうど７０年後の１９９７年2月22日、旧陸軍図書館（現・光淋博物館）の書庫に、第二次大戦以降封印されていた膨大な量の軍医療関係資料が見つかり、八甲田山行軍の犠牲者の検死報告などとともに、柚木の診療録と日誌も公開された。この日誌は日記のように毎日書き継がれた部分と、後に重要と考えられる部分の補足からなっており、全体のバランスはかなり悪いものになっているが、当時何が行われたのかについては詳細に書き込まれていて、一種散文的な記録ですらある。さらにその中に記された衝撃的な内容が明らかにされたことによって、柚木の命令によって長く沈黙を守ってきた当時の杉田妙看護婦（今も新城に存命）が重い口を開くこととなり、真実を再構成するいくつもの新事実が浮かび上がってきた。父親が軍の仕官であったという杉田は、当時まだ十六歳の少女で、看護婦というより看護婦見習いといった立場にあったが、柚木に最も近い立場でこの事件をつぶさに見ており、貴重な証言を残して今年他界した。以下の文章は、柚木のカルテ・日誌、および杉田の証言から、1926年に北海道芦別村新城で起こった事件を記したものである。

37歳の医師・柚木弘法が旭川の陸軍第七師団に配属になったのは1925年10月1日であった。雪中行軍の訓練が行われていた新城に診療所が開設されたのを機に、その診療所長として勤務を命じられたものだった。発見された当時の任官証の業務内容の欄には、「北方における特殊医学研究」の文字が書き込まれている。新城は芦別近郊の山中の地名であり、かつてここには、軍用木材伐採を兼ねた新兵の訓練場が存在していた。軍医総監・石黒宇宙治《そらじ》の命によって柚木が行おうとしていたのは、まだほとんど何の治療法も確立していないといってよかった難病・凍傷の臨床治療研究であった。凍傷の予防と治療薬の開発は、ロシアなど北方の戦線などに赴く兵士にとって最優先の課題とされながら、温暖な本州ではほとんど目にすることのない疾患であり、また研究者もさほど多くなく、寒冷地での経験が必要と判断されての派遣であったと考えられる。

柚木は、毎日のように診療所に運ばれる凍傷の兵士の診療から、現場でのゆっくりとした解凍やマッサージが禁忌であり、45度の湯浴で急速解凍が望ましいといった研究成果を次々とあげていた。また、白濁水泡を破った後に数種類の漢方の軟膏を試し、その比較検討を行ない、黴《かび》のエキスを用いた独自の混合による「高47号」と命名された特効薬を開発するに至っている。これらは医療事実でありながら同時に軍の機密でもあり、一切の対外的な発表は禁じられていたため、僅《わず》かに石黒への成果報告が行われていたに過ぎない。そのため凍傷研究者としての柚木の名前は知られていないが、その研究は同時期に寒冷地対策として凍傷研究を精力的に進めていたロシアのレベルに半歩先んじるものであり、当時としては画期的であった。

毎日薪《まき》小屋から宿舎の燃料である薪を運ぶ係をしていた権藤光男《ごんどうみつお》という兵士が、薪小屋に入って休んだまま昏睡《こんすい》状態になったらしい女性を発見し、診療所に運び込んだのは、近隣の旭川で日本最低温記録が観測された日（1926年2月22日）であった。運び込まれてきた女性は、白髪であり顔も蒼白《そうはく》で、体幹の硬直すら見られていたとカルテには記されている。

まず脈を取ろうとして腕を握った杉田看護婦は、そのあまりの冷たさに、一瞬、既に女性が凍死しているものと思ったことを記憶している。しかし、診察によってゆっくりとした脈を触れ、胸が微《かす》かに動いていて呼吸をしているのを確認した柚木は、慌てて蘇生を試みている。柚木が後にドイツ語で発表した論文には、搬送時、女性の体温は二十四度、脈は一分間二十回、呼吸数も三回であったと記されている。女性の状態はそれなりに安定していたが、不思議なことに、積極的加温によって血圧が低下するという所見が見られた。カルテには、

「加温が血圧低下を引き起こしたのは、低温下に収縮していた末梢《まっしょう》血管が加温によって過剰反応的に拡張した結果なのではないか」

という柚木の記載が見られる。ゆったりした心臓の動きに合わせて収縮していた血管が血圧を維持していたのだとすると、加温によって心臓の動きが変わらない場合、血管の拡張による抵抗の減少は確かに血圧低下を意味する。特殊体質によるものだったかどうかは別として、こうした症状のため治療と言ってもほとんどが室温での経過観察にならざるをえず、多少病態は異なるものの、柚木が凍傷で禁忌とした緩徐な解凍に相当する治療が行われた。他覚的には大して状態も変わらないまま女性の意識が戻ったのはそれから二日あまりしてからのことであったが、柚木の本当の驚きはその後にやってくる。はっきりと意識が戻り全身状態が安定した後も、女性の体温は三十度より上がらず、脈も変動しながらも三十回を越えなかったのである。

杉田の記憶によると、ユキの身長は現在の単位にして百五十五センチほどで、貧血を思わせるほど肌が白く、腰の辺りまである髪は白髪で、このため年齢はまだ若いと思われたものの不詳だったということであった。多少意思の疎通に不自由を感じるとされていたが、普通に言葉を話し、読み書きもできた。しかし、自分の姓名や住んでいた場所、なぜこの地に来たのかなど、これまでの自分に関するほとんど全ての記憶が失われており、「高度の記憶喪失状態であった」と記録されている。警察に通報され、即座に届出のあった行方不明者との照合もなされたが、該当する人間は見つからなかった。陽《ひ》に当たることを嫌い、冷たい水を好んで摂取する以外、低体温であることを除くと、他にこれといって際だった身体的異常は存在しなかった。またカルテに記載された血沈などの血液検査を見ても、赤血球数の減少といった貧血を示唆する所見は認められていなかった。残念ながら、それ以上の生化学的な検査については、興味が持たれるものの、当時の医療水準から施行はなされていない。

女性には便宜的に「新城ユキ」という名前が与えられた。新城は女性が見つかった地名、ユキは身元引受人になった柚木の音から取ったものだったが、後に作製された戸籍にはこの名前がそのまま女性の本名として記載されることとなった。ユキの奇妙な病態に興味を覚えた柚木は、凍傷研究のための学術患者として医療費・生活費の一切が国の負担となるよう、上司である石黒宛《あて》に嘆願書を書いている。「体質性低体温症」という柚木の命名が石黒に凍傷研究との関連を強く想起させたのか、嘆願書は審査も受けず簡単に受理された。しかし同時に、「然るべき病院に入院させての学術研究が相当と考える」という意向も伝えられてい

る。これに対し柚木は、

「積極的な加温が循環動態を悪化させた経験から、温暖な気候が患者の健康状態を著しく損なう恐れがある」

としてその申し出を断わり、新城での研究に拘《こだわ》った。これにはこの不思議な病態を自分一人で解明したいという柚木の意気込みもあったのかもしれない。こうして認められた潤沢な学術費用を使って診療所には新たに病床が作られ、たった一人の入院患者であるユキの診療が始まった。

さすがに軍事的な価値は認められないと判断されたのか、柚木はこの奇異な症例の第一報告を、ドイツの医学雑誌「ARZT」に行うことを石黒から許可されている。今も国立図書館に残っている1926年5月号の「ARZT」に柚木の論文を読むことができる。わずか半ページの簡単な症例報告レポートであったが、低体温と脈拍の減少などを主徴とした「体質性低体温症」という新たな病気の概念を提唱し、内容としては堂々たるものであった。欧米以外の地域からの雑誌掲載は極めて数少ない時代であったことを考慮すると、後進国日本からの記事は珍しいものであり、その業績が高く評価されたであろうことは想像に難くない。実際、この号の「ARZT」に掲載されている欧米以外の研究者は柚木のみである。もっとも、これは一部の研究者の間だけの学会雑誌発表であって、ユキの名前が世間的に知れ渡るのは、この症例報告のことを聞き知った日本新報の学術担当記者が、三面に「北の奇病」として報じてからのことである。全国紙にユキの記事が載る事態に至っても、肉親や知人として名乗り出る人間は現れなかった。

治療計画を立てていた初期のカルテを繙《ひもと》いてみると、当初、柚木は治療の主眼を、ユキの失われた記憶を呼び戻すことに置いていたことが分かる。発見された資料の中には、ドイツから日本医学会に期限派遣になった精神科医グラフと柚木の間で数度にわたってドイツ語で交わされた書簡が残されている。それらによると、当時、記憶研究の第一人者であったグラフの助言を受けて柚木が用いたのは、ドイツの研究者ブライトによって提唱されて間もない「連想法」という新しい方法であったことが分かる。現在でも用いられることのあるそのやりかた自体はごく単純で、患者に自由に絵を描かせ、それらに見られる一貫した傾向を分析することで潜在意識を探り出そうとするものである。そのやり方は現在においても、例えば、我々が人名を忘れた際、「あいうえおかきくけこ……」と順番に唱えることで思い出すよう努力する短期記憶回復術などに応用されている。精神科領域の薬物治療がまだ本格的に始まっていない当時としては、この程度であっても従来諦《あきら》められていた記憶を呼び戻す画期的な方法であると賞賛されていた。グラフは実際に診療所を訪れてユキの診察を申し出ていたが、その妻の病死によって急遽《きゅうきょ》帰国を余儀なくされ、他に記憶に関する専門家のいなかった当時、グラフに委託しようと考えていた実際の分析を、凍傷治療の専門家である柚木自身が行う以外なくなった。

残念ながらユキの描いた絵の原画は保存されていないが、カルテにはその画題を言葉にして柚木が簡単に記したものが残っている。自然や動植物、あるいは室内の静物を中心に描いた数十枚にも及ぶ絵の画題には、一見、何の共通点も見出せない。しかし、柚木はユキの画題に最も多く登場する「水」の要素に注目したようであり、

「画題には水に関するものが特に多く見受けられ、この分析が記憶を戻すための鍵《かぎ》なのではないだろうか」

　とある。柚木の記載によると、

「木を伝って垂れる滴から広がる巨大な水溜《た》まり」

「風によってできた波」

「夜の水面に浮かぶ星の光」

「黄金色に輝いている水から湧《わ》き出る雲」

「靄《もや》が垂れ込め雲が降りてきたような風景」

など、ユキの絵の中には何らかの形で水が登場することが多く、特に水のある風景を好んで描いていたとされている。しかし、杉田看護婦は、「水」の印象が柚木の関心を引き付けた最大の理由として、彼自身が杉田に語った、

「ユキの描いた海の風景が、内陸の新城からはるかに隔たっている」

　という点が重要だったのではないかとも証言している。海岸としては留萌《るもい》が最も近くに存在していたが、それでも結構な距離があり、内陸で育った人間が海を見たことがないことも珍しくなかった時代、柚木は、

「ユキが何らかの形で海のあった風景の中で暮らしていたことは間違いないように思われる」

という言葉を残している。もっとも、柚木がユキの水の記憶を「海」に限定していたのは、後になって誤りではなかったかとされたが、この時点ではひとつのきっかけとして重要なものとなった。

明治期、偶然にも同じ新城で木材伐採に従事していた作家・葛西善蔵《かさいぜんぞう》が記した小説「雪おんな」に次のような一節がある。

「私は親方に別れを告げて、午後の二時頃から、六里の路《みち》を炭山の町へと越した。そして途中から大吹雪に襲われ、町手前二里ばかしの峠へ来かかった時には、もう十時を過ぎていた。積もった雪は股《もも》を埋めた。吹雪は闇《やみ》を怒り、吠え、狂った。そしてまたげらげらと笑った。どうぞ御願《お》いで御座います。一寸《ちよつと》の間この児《こ》を抱いて遣《や》って下さい。この時のこの世ならぬ美しさの、真白な姿の雪おんなは、細い声して斯う云って自分に取縋《とりすが》った。私は吹雪の中を転げ廻《まわ》った。が、終《つい》に雪おんなの願いを容れてやらなかったのであった」

新城には昔から、小正月か冬の満月の夜、子供を連れて雪女が出歩き、行き違う人に子供を抱いたり背負ったりしてくれと頼み、言うことを聞くとだんだん重くなって雪中に埋められるという言い伝えがある。ユキが雪女に抱かれていた乳呑児《ちのみご》ではなかったのかと囁《ささや》き合う村人の噂《うわさ》に柚木は苦労している。まだそうした伝承が人々の心の中に現実的な力を持ってい

た時代であった。これには「ユキ」という命名も少なからず影響していたことが想像され、柚木は杉田に、

「何気なくつけた名前であったが、ずいぶんとまずい命名をしてしまった」

と漏らしている。しかし、既に戸籍への登録も済んでおり、変えようがなかったのだという。こうしたことが災いしてか、次第に、兵士の間でも、ユキの奇病が自分達《たち》にも伝染するという噂が囁かれ始めた。上官であり士官でもある軍医の柚木に表だった抗議の声は届かなかったが、診療所の給仕婦がやめ兵士が訪れなくなるといった村八分的な状況に、杉田がユキの食事を作ることもしなくてはならなくなっている。日誌には、

「ユキが診療所の外に出ているところを見つけられると子供達から投石を受けるなどの嫌がらせを受けた」

とある。白髪などユキの特異な外見がその原因と考えたのか、杉田に命じて髪を黒く染めさせたりもしたが、既に広まっていた噂を塗り消すまでには至らなかった。診療所の窓ガラスが雪玉で割られ、ユキが左手に大きな怪我《けが》をしたという事件が起こった直後、柚木は周囲の言葉をよそに、ユキを自分の住んでいる小屋に移すことを決めている。

柚木の命令で小屋に寝台が運び込まれ、柚木の診療中は杉田がユキの看護に当たり、夕方からは入れ替わりに柚木が戻った。夜は柚木も診療所に戻ったが、激しい吹雪の夜など、どうしても診療所に戻れない場合、小屋に泊まることもしばしばだったという。この点に関し、

杉田は、

「柚木先生はいわゆる清廉潔癖な人でした」

と述懐しているが、村人達は二人の関係を噂にし、こうしたこともますます二人を周囲から隔離することにつながっていったようである。また杉田自身の中にも疑惑は完全に消し切れていなかったようである。もっとも、柚木は、小屋でユキと泊まった時の様子について、妙な隠しだてをすることなく、いちいち日誌に記載している。狭い小屋の中での二人の体温差が柚木を悩ませていたらしいことが、

「ユキに快適な温度に合わせようとすると、人熱《ひといき》れで温まるどころか、夜ストーブをつけないと寝つくことすらできない」

という不満の言葉に見て取れる。診療所ではユキの適温に合わせてコートを羽織っていた柚木だったが、さすがにすきま風が容赦無く入り込む小屋の中では耐えられなかったようである。昼間だけの勤務であった杉田ですら、薄着のユキに対して、

「ユキさんの温度に合わせると、オーバーコートを着込まなければ、とてもじっとしていられないほどでした」

と証言している。一日の生活については、カルテに、ユキが「一日のうち十六時間を寝て過ごしている」と記録されている。さらにユキの低い体温表の脇に風邪をこじらせた柚木の熱型の記録された跡などもあり、その困難な状況を推察することができる。やがて柚木は、

「突然変異的に生まれた娘と同居できなくなった親がユキを捨てたのではないか」

という考えを持つようになり、

「親に捨てられるという衝撃がユキの記憶を奪ったのではないか」

という推測を書き込んだりもしている。

「寒い朝、狭い小屋の空気が二人の温度差で湿り、窓ガラスが曇ったため、そこにある文字が浮かび上がったのを見た。今までもずっとそこにあったが、気温の関係で現れたり消えたりして気づかずにいた文字のようだ。あるいは前後の文字は既に消えてしまっていたのかもしれない」

と、柚木はその日の発見を多少興奮気味に記している。柚木が見つけたのは「りゅう」またはは「りゆう」と読めた文字だった。ユキにも自分がそれを何日か前に書いた記憶があったが、無意識に書いたものが一体何を意味していたのかは分からないということだった。柚木はユキに同じ文字を書かせてもう一度、両者を比較検討している。字体がほぼ同じだったことから、ユキの話は真実だと思われた。そして、

「恐らく無意識のうちにユキが書いたものが痕跡《こんせき》としてそのまま残っていたのだろう」

と推理している。文字通り「理由」の意であるとも考えられたが、これは柚木に、「留萌《るもい》海岸」の「留」の文字を想起させることになった。それは次第に確信に近いものとなり、

「グラフ先生の予想通り、連想法によってユキの記憶の一部が引き出されてきたのではないか」

という結論めいたものにまで至っている。

その後も柚木は積極的に「連想法」を行い、ユキの様子を注意深く観察していたが、雪解けの時期を迎えても新たな進展は見られなくなり、柚木はユキを連れ、留萌の黄金海岸を実際に訪れて新たな展開をはかる決心をしている。

留萌までは広い道が通じていて軍の輸送車両を利用できたが、それでも、

「凹凸の多い山道は細く所々崖《がけ》崩れなどもあり、行きだけで二日がかりの行程であった」

と、ユキを連れた困難な道行きを記している。何十キロにもわたって続く上り下りの激しい山道を越えると、眼前に広い日本海が広がっていて、柚木は、

「険しい山行きが、真っ青な日本海を、一層美しく見せた」

と記している。杉田は、初春の荒れた海におびえ、砕け散って延びてくる波際には決して近づこうとしなかったユキの様子をはっきりと記憶している。夕陽に照り返す海は、黄金海岸というその名の通り美しく、柚木は杉田に、

「ユキの描いた絵に酷似している」

と漏らしていたという。さらに波の穏やかな砂浜の増毛《ましけ》まで足をのばして見て回っているが、ユキのおびえは変わらず、最後には柚木も、

「ここに暮らしていたとは思えない」

という感想を記すにまで至っている。

結局ユキの記憶は戻らないまま三人は新城に戻らざるを得なかった。帰りは車両の関係で

少し遠回りのコースになったが、新城へ向かう中間地点に差し掛かった時、杉田はユキが、

「いっちゃん」

とぼんやり呟《つぶや》いたのを耳にしている。「一已」という地名の場所に続く道を指し示す道路標識を見ての言葉だった。杉田はこの時、特に何も感じていなかったと振り返っているが、柚木の反応は即座であった。「いっちゃん」という音と「一已」の文字の一致を杉田に確かめている。「一已」はもともと「鮭《さけ》の産卵するところ」という意味のアイヌ語の当て字で、読み方に間違いはなかった。地元で生まれ育った杉田には不思議のない地名でも柚木には奇異で耳慣れない地名だったのだろう。その奇異な地名を正確に読んだユキにも違和感を覚えたことが想像される。杉田は問われるまま、北海道に住んでいても少し離れていれば読めない地名であるかもしれないことを柚木に告げている。柚木はこの発見にかなり興奮した様子で、車を一已に向かわせている。

柚木の行動は迅速であった。海から遠く隔たった何もない農村であったが、ユキがこの周辺に暮らしていたというよほどの確信を持ったのか、村役場に話をつけて、自分と、ユキと杉田用、二つの民家を借りての一已での宿泊と、その一帯の調査を決めている。この日から三日がかりで、杉田に発見時ユキが着ていたごわごわした硬い上着を持たせ、役場の人間の案内で、一已の住人全てのもとを訪ね歩いている。その一方、役場で最近行方不明になった者や離散した家族はいないかどうかについても詳細な調査を行ない、近隣の多度志《たどし》や朱鞠内《しゅまりない》を含めてその辺り一帯の農家をくまなく虱潰しに歩いたことが記録されている。

芽を出し始めた蕎麦《そば》の畑が至るところで見られる以外特に変わった光景は見られない場所だった。柚木の強引な上奏で期間中ずっとジープが使えることになり、ユキを連れて精力的に周辺地域を回っている。

「ジープから顔を出して風を受けているユキの表情もいつもより明るいように思われた」

と、柚木は記している。しかし、住人は少ないが地域としては広く、夏の日差しに照らされた平地の暑さの中、畑の畦道《あぜみち》を歩くユキはすぐに座り込んでしまったようであった。

初日、二日と目立った成果はなかった。もっとも、このあたり一帯では戸籍や住人の出入りについては、かなりいい加減に行われていたという発見をしている。例えば、戸籍上双子の姉妹が住んでいることになっている家族を訪れてみると、姉と妹の年齢がかけ離れているといったことがあり、母親に問いただすと、妹が生まれた時、一緒に役場に姉の届も出したということで、そのいい加減さに呆《あき》れたという話が日誌には記されている。

「母親に特別悪びれた様子は無く、この辺りでごく普通に行われているようで、特に姉は生まれが丙午《ひのえうま》なので嫁の貰《もら》い手がなくなると困るために届け出ないでおいて、そのまま忘れてしまったということであった」

と記されている。内地から来た入植者によって出来上がっていた北海道では、その慣習もどこからの入植者が多いかによって地方地方でずいぶんと異なっていたが、柚木には思いもよらないことに、一人の人間が容易に消去可能な現実が存在していたということになる。柚木は、

「戸籍上の失踪者がなくても、ユキがこの周辺に暮らしていた可能性があるのではないだろうか」

と書き、ユキが一己一帯のどこかで暮らしていた可能性が一層高くなったと判断していたようであった。さらにユキがこの近くに暮らしていた有力な傍証として、

「一己、幌加内《ほろかない》から朱鞠内と続く盆地が北海道の中でも寒さの厳しい所として有名な地であり、低体温のユキが生活していく上で快適な条件を持っていると考えられる」

という点を挙げている。

三日目の朝、柚木達は、一己の隣町の秩父別《ちっぷべつ》で、去年の冬に、例のごわごわした服を着たユキを見たという男を発見した。斉藤守という四十代の農夫で、薄着の女性が吹雪の中を歩いているのを見て不思議に思ったのだということだった。斉藤はその女性と二言三言言葉を交わしていた。斉藤はユキと思われる女性に、

「ここはどこですか」

と尋ねられ、斉藤は、

「いっちゃんだ」

とだけ短く答えたことを覚えている。女は妹背牛《もせうし》に続く道からやってきて、芦別に向かう道をふらふらと歩いて行ったのだという。斉藤がユキに興味を持ったのは彼女の着ていた赤い服がアイヌの「アッシ」と呼ばれる民族服であったことが原因だった。柚木もその時初め

てユキの着ていたごわごわした服が「アッシ」と呼ばれているものだと知る。昔、留萌で船に乗っていたという斉藤自身も、湿り気に強いこの服を着ていたが、もう既にその当時で「アッシ」は珍しいものになっていて赤く染色された物は初めて見たという。さらに斉藤は連れの男がいたこともなんとなく記憶していたが、それが本当に連れだったかどうかについては今一つはっきりしないということであった。ただその男については、アッシを着ていなかったという。

柚木は斉藤から旭川にアッシについて詳しい人物がいると聞き、翌日、小学校教師の松井俊という男の元を訪れている。松井によると、アッシはオヒョウの木の内皮を温泉や沼で熟成させ、柔らかく数枚に分かれ褐色を呈した頃に川で洗って細く裂いて糸にして織り込むことでできるアイヌの伝統的な衣服であり、斉藤の言ったように水に強いことが特徴であるということだった。普段着としても着用されていたというが、柚木は松井の話で、その製造過程に「水」が深く関与していることを感じ取っていた。松井は柚木に自分の集めているアッシをいくつか見せたが、柚木はユキのアッシが通常のものと大きく異なっていることに気づき、その点を問いただしている。松井によると、アイヌのしきたりでは悪霊の侵入を防ぐために、アッシの襟元、袖口《そでぐち》、裾回《すそまわ》りに模様や縁どりを配置する一定の法則のようなものが存在しているが、確かにユキのアッシにはそれが見られず、通常は行わない赤い染色と非対称の染みのような模様から、

「恐らくアイヌのものを真似《まね》た自家製のものだろう」

という結論を下している。柚木も、

「アイヌの場合、材料であるオヒョウを探すところから行うことを考えると、ユキの場合も沼や川といった水源が近くにあったためにこれを利用した衣服を作ったと考える方が合理的である」

と推論している。また、この時、虫眼鏡を使って子細にアッシを見ていた松井は、服の裏地の繊維に小さな硬い赤い実を見つけて、柚木に手渡している。

「何の実か分からないが、アッシに実を織り込む習慣はないから、その地にあった実がたまたま紛れ込んできたとしか考えられない」

という松井の言葉が残っている。さらに松井はその実の性状から、

「このアッシが織られた時に紛れ込んできたものならば、作られたのは一年以内であったのではないか」

という考えを告げている。

一己から妹背牛方向で沼や川があり、そう遠くない場所を探すために柚木は地図を広げているが、その時柚木の目に飛び込んできたのは隣接する雨竜という地名だった。山に雨竜沼という沼を持ち、近くには雨竜川という川が流れている。しかも一己から遠くない。最も決定的だったのは、「うりゅう」というその名前だった。そこにはあの「りゅう」の字が含まれていた。

柚木は一度新城に戻ることをせず、そのまま旅を継続している。次に訪れた雨竜沼は、山の谷間の中腹に位置していて、三人は麓《ふもと》から険しい山道を一日かけて歩かなくてはならなかった。杉田はこうした柚木の行動力に感心する反面、

「お医者さんといっても学者さんになると、まわりがみえなくなるものですね」

という正直な感想を漏らしている。ユキと杉田には強行軍であったが、途中で野宿にならないよう、まだ辺りが暗いうちに登り始め、昼過ぎにやっと湿地帯で小沼の集合している雨竜沼の水辺にたどり着いている。杉田は、水際を渡ってくる初夏の風が、柚木と自分には肌寒く、ユキには心地よさそうだったと、当時を振り返っている。

「広い沼地の周りには鮮やかな紫をした背の高い草の花が群生していて、ユキはそこで草を編み腕輪を作った」

と日誌にはある。それは柚木に「アッシを織るユキの姿を想起させる」ものであったのだろう。ユキが何かのきっかけを摑《つか》むことを期待して半日を過ごしたようだったが、ユキに際だった変化は観察されなかった。

その後、柚木は一己同様、雨竜の村を一軒一軒歩いて回っている。一己に比べると涼しく、ユキにとってもしのぎ易《やす》かったが、残念ながら今回はユキを見かけたという人間は見つからず、柚木も、

「自分は単にいくつかの偶然を間違った線でつなげただけなのかもしれない。斉藤という男

の話にもどれほどの信頼性が置けるのか」

という弱気な言葉を書き付けている。

しかし、村長をしていた岡部《おかべ》という男の家を訪れた時、八十になる岡部の母のツルが、ユキを見て、入植したてのころそっくりの女性を見たことがあるのを思い出したという話をしたことで、一気に状況は変化した。最初は何十年も前のことで柚木も興奮気味に話すツルを取り合っていないようだったが、

「自分の知っている女とこの娘は髪の毛の色が違う」

と言い出してから柚木の対応が変わった。ユキの本当の髪の色が白であることを知っているのは自分と杉田だけのはずで、ツルの話の信頼性が高いと判断したためであった。実際には年齢からしてツルの知っていた女性はユキの母親であっただろうと考えた柚木は、杉田にこの時のツルの話を筆記させており、日誌にはこの時の様子が細部に至るまで詳しく書かれている。それを要約すると以下のようになる。


ツルの一家が雨竜沼のほとりに小屋を建てて住み始めた時、近くの小屋に姉弟が住んでおり、ユキはその姉の方にそっくりだということだった。弟も姉によく似ており、まるで女性のような優しい顔立ちだったという。当時、その娘は十七八で、ツルは木の実を摘んでいたところをよく見かけた。ツルはその娘を「ちゅうちゃん」と呼んでいた。ちゅうちゃんにはどこかに兄や姉がいるという話を聞いた事があり、なんとなく「中」という意味の「ちゅう

ちゃん」ということだった。親の姿も見かけず、いつもかまどに火はなく、あまり生活感がなかったという。村の人間とはほとんど交流がなく、役人が訪ねてきた時にも居留守を使っていたのをツルは記憶している。弟は病気がちで、ほとんど小屋の外には出ていなかったが、ちゅうちゃんはその弟をとても大切にしていた。痩せた土地で蕎麦も育たず、二年ほどでツル達は越してしまい、その後の事は分からないという。

ツルの話はそれなりにしっかりしていたようであるが、杉田は話の途中からツルの話の信頼性は怪しくなったことを記憶している。

「ちゅうちゃんから百年かけて髪をのばしたという話を聞いた」

と呟き、加えて、ユキの左耳の下にある小さな傷跡が、

「わたしがちゅうちゃんにつけた」

と興奮気味に言い出すに至って、

「脇にいた息子も恐縮する有り様だった」

と、柚木は筆記している。

それでもツルの話にはそれなりの事実が含まれていると判断した柚木はかなりの興味を覚えたのか、

「ユキの本当の年齢はいくつなのか、低体温で身体全体の代謝が下がっている中、なんとなく寿命の延長は予想されていたこともあって、それが知りたい」

と日誌に記している。杉田も、

「ユキさんの仕草には、時々、外見から感じる以上の幼さを感じることがありました」

と証言しており、当時周囲の人間は、実はユキの正確な年齢を把握していなかったらしいことがうかがい知れる。さらに柚木は、

「絶対的な暦年齢は本人の記憶が戻らない以上判然としないが、ある程度の幅を持った生物学的年齢ならば推定は可能である」

としており、そのための方法を色々と挙げている。そして最終的に選択したのは、まさにツルの言葉を科学的に翻訳したやり方であった。つまり、柚木自身の言葉を引用するなら、

「腰の辺りまで伸びているユキの髪は、身体の全ての活性が落ちている状態では当然伸びる早さも遅いはずだから、実際にはかなり長い期間かかって伸びたはずである。ツルの百年という言葉が大げさだとしても、そこから逆算的に考えればユキの最低年齢が算出されてくるのは間違いない」

ということになる。しかし、それを杉田に手伝わせようとした柚木は衝撃的な事実を知る。以前柚木は杉田に命じてユキの白髪を黒く染めさせていたが、杉田は、最初に染めたままその後は染め直していないと告げたのだ。

「ほとんど根元に白い髪が出ていなかったから、染める必要がありませんでした」

と杉田は証言している。一度染め直しての測定が必要だと考えていた柚木だったがその必要もなくなり、すぐにユキの髪の毛数本が引き抜かれ、染料に染まっていない毛の部分の長

さが測定された。ユキが保護されてから八ヶ月で、一本平均僅かに0.22ミリという数字が出てきた。ユキの肩から腰までの七十センチを生育速度で割ると、約百七十年という数字が算出されてくることになる。当然、この結果は、杉田にとっても柚木にとっても、驚くべきものだった。杉田はこの時の様子を、

「信じられませんでした。突然伸び方が遅くなったとかということも考えられましたが、ツルさんの言葉通り、確かに計算上は二百年とかそういうことになったんです」

と振り返る。百七十年からツルとユキの推定年齢差七十を差し引くと、ツルが幼児期百年かかって髪を伸ばしたという話の内容と見事な一致を見せる。この結果はツルの話の中に出てきた「ちゅうちゃん」が「ユキの母親」ではなく「ユキ自身」であることを支持する衝撃的なものだった。

「ユキのこの特殊な体質は、家系的なものなのか、あるいは突然変異的なものなのか。言い換えると、姉弟は既に死にユキがただ一人の例外として孤独に存在しているのか、家族全体が外の社会から例外的に存在してユキの一族は名乗り出ることができないまま隠れ住んでいるか、どちらなのか。近親結婚では奇形児のできる確率が高いことから、ユキのような特殊体質が閉鎖集落の近親婚で誕生したと考えることもあながち突拍子もない仮定ではないように思える」

と、柚木は次に行き当たった疑問を、そう述べている。奇形児は間引いてしまうようなことが行われていた当時、おかしな子供を家族の恥と考えて座敷牢《ざしきろう》に隠し置いたといった話は

枚挙に暇がなかったし、集落がぽつんぽつんと離れて存在して互いの連絡に乏しかった中ではごく特殊な習慣を持った人々が存在しても不思議はなかっただろう。戸籍の信頼性の低さを考えると、両方の可能性が考えられたのだとも想像される。

この結果を受けて柚木は、雨竜沼周囲のかつてツルの小屋があった場所の探索を行っている。ツルにしても遠い昔のことで正確な場所を覚えておらず、山中で目印になるものもなく、何よりもほとんど歩行できないツルを連れての探索が不可能であることから、人海戦術で探索する以外なかった。幸い行軍訓練名目で十名の兵士を使うことを許された柚木は、杉田やユキの困惑をよそに沼周囲の原生林地帯を二週間近くかけて歩き回っている。その結果、朽ち果てた小屋の跡と考えられる枯れ木の集まりと、その近くに古い無人の小屋が見つかった。森の最も奥深い場所であり、その気になれば誰にも知られずに住み着くことも可能であっただろうと考えられた。ツルを背負って運んでの確認が行われているが、その結果、当初ツルが住んでいたと思われていた古い小屋が、実はちゅうちゃん達のものであり、ツルの小屋は既に朽ち果てていたことが判明した。ツルの記憶ではその幼年時代当時自分の小屋が新しくちゅうちゃん達の小屋は廃屋同然だったということから、ちゅうちゃん達の小屋は誰かが定期的に手を入れていたのだと思われ、実際に底板を調べてみると修復した痕《あと》が見られた。しかもその修復には明らかに様々な古さの木材が使われており、何年あるいは数十年にも渡っていたことが想像された。小屋には織り機があり、その掃き櫛《ぐし》に使われていた枝から、ユキのアッシに織り込まれていた実と同じものが見つかっている。ほつれた繊維や埃くずを払いながら梳《す》くための道具として葉や実の付いたままの枝を使っていたのが実の織り込まれてしまった原因と考えられた。新城から同行していた兵士の一人が、その葉を見て、あかひょうだもの枝であることを柚木に告げている。

あかひょうだもは、北海道では雨竜沼と摩周湖周囲と新城付近だけに生息している薄紅色の幹を持つ樹木であり、その皮はかつて染料として用いられていた。以前は蝦夷《えぞ》地の山のどこにも見られたが、あまり繁殖力が強くないところに染料としての需要が増え、気がつくと希にしか見られなくなったのだという。発見するのが難しくなると逆に使用されなくなり、ちょうどその頃出始めた鮮やかな赤を作る他の人工染料に取って代わられた。誰も採取する人間がいなくなったが、もう既に種としての多様性が失われ、雨竜沼と新城の周辺にしか生息できなくなっていたため、元のように繁茂することはなかった。面白い事に、本来白いあかひょうだもの実が希に赤くなると言われていて、雨竜では昨年がちょうどその年に当たっていたという。ユキの赤いアッシはそれほど古くないものであり、その赤い実が織り込まれていたことから、柚木は、アッシが織られたのは昨年であり、その赤い染色はあかひょうだもを使ったものではなかったのかと考えている。

さらに、柚木はユキに木綿の繊維を使って実際にこの織り機で布を作らせているが、はじめてであるにもかかわらず器用に織ったことが記録されており、

「記憶を失っている場合も、かつて身体を動かして覚えたことは忘れないという経験則から、

ユキがかつてこの織り機でアッシを織っていたことは間違いないのではないか」
と推測している。

柚木はこの頃、もしも不慮の事故でユキが死亡した場合、ユキの身体を解剖する承諾を本人から得て、立会人として杉田の印入りで陸軍の印章付き用紙に証書を作製している。同時に柚木は凍傷研究から遠ざかり、兵士達の治療もやめて、新城から雨竜沼山中の小屋へ移ることを決めている。本来任地を離れるのは軍医として認められる行為ではなかったが、雪が降るまでの間凍傷研究目的の診療ができないという、強引とも思える理由付けを行い、生活品一式を移させた。ユキの診察に一日の大半の時間を費やすようになっていた柚木がこの研究に賭《か》けていた様子をうかがい知ることができる。

雨竜沼の小屋での生活は全く二人だけのものとなり、唯一の理解者であった杉田の目にも奇異なものとして映った。当然、ユキが何かを思い出すことを期待してのものだったが、森中を迷わずに歩くユキの姿にこの地に対する慣れを感じることができたものの、新たな発見はなかった。ただ、柚木は、

「当地の気候がユキの身体に適しているのか、明らかに健康状態は良くなっている」
と記し、沼の点在する湿地の気候、中でも湿度がユキの健康を取り戻したのだと考えていたようである。

摩周湖畔に住む医師・東野小平から柚木に手紙が来たのはそんな時だった。手紙の内容は、

柚木の論文を読み、自分も同様の症例を体験したので、ぜひ知らせたいというものであった。その手紙に興味を覚えた柚木は、ユキを同伴し杉田を付き添いに東野に会いに行っている。東野は摩周湖から少し離れた山中で診療所を開業していたが、柚木はそのあたりの状況について、

「驚くほど新城によく似ている」

としている。杉田も、

「山路を歩くと新城にいるのかと錯覚するほどでした」

と証言しており、二人の感想はこの点で一致している。

三人を出迎えたのは四十三歳の髭《ひげ》をたくわえた東野医師であった。東野がユキを見て自分の診た患者にそっくりだったことに驚いていた様子を、杉田は印象深く記憶している。それは柚木に、

「東野の看取った患者がユキの一族の人間ではなかったのか」

と推測させるものであった。さらに日誌によると、東野の話の総括は以下のようなものであった。

「問題の症例を経験したのは、二十一年前で、やはり吹雪で行き倒れている白髪の女性が運び込まれたのだという。非常な低体温であるにもかかわらず意識ははっきりしており、最初から奇異な症例だと感じていたということだった。当時年齢は十代と思われ、何を尋ねてもまともな答は返ってこなかった。奇妙なことに、入院直後は低かった体温が徐々に上がり始

め、半年後には不整脈から突然死した。解剖は行われず、結局発表も行わなかった。残念ながら詳細な記録は残っていない」

柚木と杉田は、この後、唯一の遺品だと言って東野が取り出して見せた死亡患者の衣服が、ユキの着ていたのと全く同じ織りのアッシだったことに驚いている。柚木はそれを調べ上げた後、一己で自分がされたように、東野の目の前で、そのアッシの繊維の隙間から干涸《ひか》らびて小さく萎んだあかひょうだもの赤い実を取り出して見せている。東野もあかひょうだもの木のことは知っていたが、この辺りでは赤い実が成ることはなく、柚木の指摘に驚いていたということだった。

「赤いあかひょうだもの実の線をつなぐと、死亡した患者がユキの一族であった可能性は高いと思われ、ユキのものと同じ方法で織られたアッシを着ていたと考えられる」

と柚木は日誌に記している。

柚木はユキと杉田を伴って診療所の裏手にあった行き倒れの女性の墓に手を合わせているが、東野はこの時、村の人々が、その女性を雪女の末裔《まつえい》ではないのかという噂を立てたのだという話をしている。これもユキの場合と全く同様であった。

「長野県の白馬地方から移住してきた人間の多いその地方にも、新城とは異なる雪女の説話が存在していて、ユキの一族がこうした伝説と関係するのかとも思わせた」

と柚木は書き、東野の語った以下のような雪女の言い伝えを記している。

「雪の夜、猟師の親子が泊まっていた小屋に雪女がやってきて冷気を吹き、父親の方を殺したが、若者は今夜の事を誰にも言わないことを条件に生かされた。里に戻ってきた若者は雪のように白い女に会い、所帯を持ち、子供を授かった。幸せな生活を送っていたが、ある晩、男は自分が雪女に会ったことがあるという話をした。その瞬間、女は雪女に姿を変え、赤子を残して約束を破った男の元から去って行ってしまった」

これは新城の言い伝えと若干異なるが、「赤子を連れた雪女」という不思議な共通点を持つものであった。

雨竜に帰ってからの柚木の日誌には、

「ユキの身体の秘密を知ることで人間の体内の時計の進み方を調節できるのではないか」

という考えが言葉や表現を変え、繰り返し何度も述べられている。それは不老不死の研究にも通じるものだったと考えられる。柚木は、

「なんとかして、費用ねん出のためにも、これまでの発見を発表したい」

と書き記しているが同時に、

「低体温に伴う代謝の低下と寿命の延長に関しては、髪の成長とツルの証言以外にそれを根拠づける物的な証拠は存在せず、ユキが同胞と行動を共にしていたとして、なぜ一人だけが新城の雪山で保護されたのかが疑問点として残る」

と困難な状況を分析している。

それでも、柚木は、東京の医学会にこれまでの経過をまとめて報告することを決心し、実行に移した。ある程度の批判は覚悟していたようであるが、柚木自身、日誌に、

「発表が何の根拠も持たない売名行為だという酷評を受けた」

と、反応を正直に告白している。恐らく、あまりにも常識的ではない結果を、科学的根拠に乏しい生のデーターのまま提示したための拒絶反応だったのだろう。

学会記録を読み返すと、明らかにいくつかの点については誤解であったが、これは上司である石黒の逆鱗に触れ、凍傷研究に従事している軍医としての柚木の立場は微妙なものになった。一般兵士を対象にした臨床研究に戻るよう直接の指示があり、ユキの治療名目での研究費は一切認めないという通知が正式に下されている。ユキの診療所内の立ち入りは禁止され、勤務時間内に杉田がユキの小屋を訪れることもできなくなり、ユキの治療に診療所の薬剤を使うことも許されなくなった。柚木は仕方なく私費を投入しての診療を決心し、杉田へも個人的に給料を支払っている。見かけ上兵士の診療を再開し、夜に小屋でユキの診療を行うしかなかった様子が、

「先進的試みが理解されることは希であり、希少な症例の報告は、その報告者が信頼されなければ、基本的に不可能である。また、ユキを他の研究機関に移した場合、実験動物としての扱いを受けることは明白である」

という悲壮な言葉とともに綴られている。

状況が分かってくるにつれ、ユキにも自分がどこからやって来たのかが判然としない不安が付きまとうようになり、しきりにそれを同年代の杉田に訴えたという。相談を受けた杉田は、

「突然泣き出したり、ほとんど食べていなかった食事をまったく取らなくなったりして、柚木先生や私の手にも負えないことがしばしばでした」

と、当時の様子を回顧している。他方、柚木の方にも迷いが生じ始めていた様子が、

「代謝が下がり寿命の長いユキが人間の目ざす方向だとしても、長い睡眠時間と低下した行動力という単に引き延ばされただけの時間に、いったいどういった意味があるのか」

という言葉に見て取る事が出来る。そして、それとともに、

「この少女を助けたい」

という一文が見える。柚木は「永遠」という言葉に憧れる一方、「永遠」という言葉が作り出す闇から、この少女を救い出したいという思いを抱いたようにも思える。

柚木は時々兵士達の健康検診目的で診療所を訪れたが、ある日、重大な発見をしている。きっかけを作った杉田は、この時の様子を細部に至るまで克明に記憶している。

次から次へとやってくる兵士をさばく忙しさの中で、杉田は誤ってユキのアッシの上に検査試薬を落としてしまった。すぐに拭《ぬぐ》っても落ちず、責任を感じた杉田は、柚木には話さず水洗いしたり洗剤を使ってみたりしたが、駄目だった。正直に柚木に話すと、たった一つの

手がかりを汚すのはもったいないということで、二人がかりでしつこく汚れを落とそうとしたが、やがてそれが不可能である事が分かると、柚木は、

「これほど頑固に退色しないのは化学反応を起こしているからではないか」

と言い出したのだという。試薬は便に血が混じっていないかどうかを検査する時に使う特殊な染色液であった。オヒョウの樹皮自体には、動物性の成分は含まれていない。顕微鏡で汚れを眺めていた柚木は、染色された部分を含む、それまで模様だとばかり思っていた模様が、実は染色された血液の染みではないのか、という考えは持つに至っている。杉田は、柚木に命じられ、ほつれの一部をむしり取りもう一つ別の試薬で血液反応を試みているが、この結果も陽性であった。

「潜血反応検査の結果、ユキの着ていた服には多量の血液が付着し、あかひょうだもで薄赤く染められた中にあたかも模様のようになっていたため、見誤ったのだろう」

と柚木は結論を下した。これほどの出血があれば当然それに見合った傷があってしかるべきだが、カルテにはユキの身体にはそれらしい傷があるとは記されていないし、発見当初ユキが貧血であったという所見もない。さらに進んで、

「非特異的な血液反応で人間でない他の動物の血の可能性もあるが、ユキが何かの事件に巻き込まれ、記憶を失った可能性が大きい」

と、柚木は推論している。

その後、柚木が雨竜沼の小屋の床の探索を行った様子は、日誌の中、後に書き加えられたらしい部分に詳述されている。杉田もこの時の様子について証言を残しているが、柚木から説明のないまま自分が何をしていたのかについての明確な自覚はなかったという。非常に興味深いのは、事実を隠ぺいしようとしていた柚木の行為の詳細が、日誌の記載と杉田の証言を合成して初めて明らかにされたことである。

床は泥や埃で汚れていたが、それをきれいに掃除し、柚木と杉田は木張りの床に存在する無数の模様の一つ一つに丹念に反応液をかけた。アッシの時と同様、陽性と出たところには改めて別の反応液をかけて確かめる操作が行なわれ、それでも陽性に出れば、そのすぐ近くでもやってみて、広がりが観察された。あまりに狭い範囲だけの反応ならば擬陽性の可能性が高いと判断された。杉田は、

「根気のいる仕事でした」

と振り返る。杉田の記憶によると、ユキはその間、二人の作業には無関心に椅子に座って窓から外を見ていたという。未明から始めて小屋の中が薄暗くなってきた頃、二人の仕事も終わろうとしていた。そして、木の食卓が置いてある位置とその周辺から出口にかけて広い範囲に血の痕跡を示す地図が出来上がった。この時、柚木は杉田に、

「ユキが何か動物を捕ってきたのかもしれない」

と言っていたという。ところが、同日の日誌には、

「血液痕はその広がりに比べて飛び散ったような痕跡が見られないことから、死後の出血で

あると思われる」

と、まるで検死報告の一部のような、この時杉田に語ったのとは少し違ったニュアンスの言葉が並んでいる。

柚木は、暗くなった小屋の廻りを、杉田にカンテラを持たせて歩いている。柚木が落ちていた太い木の枝で地面を掘り返しているうち、柚木自身今まで太い木の枝だと思っていたものが黒く変色した大腿骨《だいたいこつ》だということに気づいて驚いていた様子を、杉田は記憶している。杉田が見ても、雨風に晒《さら》されて表面は木肌のようになっていたが、確かに汚れた骨のようにも見ることができたという。この時、柚木は杉田に、

「大きさや性状から猪《いのしし》のものだろう」

と語り、杉田も納得している。翌朝、小屋の周囲を虱潰しに探した柚木と杉田は、ほぼ完全に近い形の上腕骨と、あともう一つ、何か分からない平べったい骨のかけらを得た。

しかし、後に記された日誌からはまた別の現実が読み取れる。柚木はそれらの骨を大学の解剖学教室に送り、「人骨であるかどうか」の鑑定を依頼している。柚木は最初からそれらを人骨と考えていたようである。敢《あ》えて法医学教室に送らなかったのは、もしもそれらが人骨だった場合、公に事件にされる可能性があると考えたからだったのだろうと想像される。

後に、杉田は柚木から、

「鑑定の結果はやはり猪の骨だった」

とわざわざ告げられているが、日誌に添付する形で保存されていた大学からの報告書に、

「大腿骨、上腕骨ともに人骨であり、その性状から、年齢の若い人間と考えられ、偏平な骨片は男性の特徴を持った骨盤と推定されることから、全体として若い男性の人骨の可能性が高い。ただし、これらが一人の人間のものであるかどうかについては判然としない」

という文が見える。日誌と証言の食い違いから、柚木はこれをはっきりとした事件として認識し、杉田にはそれを隠ぺいしたという事実が浮かび上がってくる。公になればユキは警察に取り調べを受け、殺人犯として逮捕されるかもしれないという配慮が働いたのだろう。

さらに柚木は、

「ユキの潜在意識のなかにあったりゅうの文字は、ユキが同伴していた男性の名前ではなかったのか」

という考えを記し、犠牲者の名前をユキが無意識に印したのではないかとも推理している。一度失った記憶は長くて半年から一年かけて回復するが、それで回復しない記憶はもう元には戻らないという医学上の経験則がある。既にユキが見つかってから、十ヶ月が経とうとしていた。杉田は、雪が降る季節になっても、柚木が来る日も来る日も骨を眺めていたことを記憶している。それに対応するように、この時の日誌には、

「死んだ男性の骨が何かを語ってくれそうな気がしていた」

と書かれているが、もちろん、骨は柚木に何も語りはしなかった。しかしある時、柚木は、

「自分は突然、骨についていた筋を、傷痕として認識した」

と書いている。

「これまでは地面に転がっていた時についた何でもない筋だと思っていたものが、何度も何度も繰り返し見ているうちに、次第にどれも似たような形をしているように思えてきた。その目で見ると、どの傷も一様に削り取られた紡錘型をしていて歯痕だと直感した。しかも、野良犬か何かが嚙んだ痕のように思っていたが、虫眼鏡で眺めると平べったい傷もあり、肉食動物の鋭い牙《きば》ではなさそうだった」

と、柚木はこの時の印象を記している。歯痕がいくつかに分類され、大きさも考慮され、見合うような歯を持った生き物を推定するプロセスが細かく日誌に書き込まれているが、最も重要な点は、柚木が導き出した結論が、

「人間の歯痕と確信した」

ということだった。もしもその推理が真実だとするなら、死が、目的だったか結果だったかは別にして、人間が人間を食べたことになる。柚木は自身、

「そのあまりに背徳的な考えに絶望した」

という言葉を綴っている。それでも柚木は、自分の考えを科学的に実証するため、ユキの歯形を取らなくてはならなかった。杉田は何のためなのか分からないまま歯形を石膏で型どられたことを記憶している。同様の歯形がユキについても作られたのだが、意図としては、杉田の歯形はユキの歯形に対する女性の歯形の対照用として作られたようだった。すなわち、日誌によると、骨についた傷に歯形を合わせていく操作を行うと、杉田の歯形は合わなかっ

たが、ユキの歯形は「そのいくつかが見事に一致した」ということだった。「ユキの歯は通常人のそれよりはるかに硬く、特に錐《きり》のように尖《とが》った前歯、犬歯と小臼歯《きゅうし》は、実験的に与えた鳥の骨を容易に砕くほどだった」

という柚木の言葉が、

「ユキが遺骨に歯を突き立てた男性は誰だったのか。本当にユキが人間の肉を食べたのか」

という衝撃的な疑問と共に日誌の中には、以下のような興奮気味の言葉が並んでいる。

「東野の看取ったユキの一族と思われる女性もやはり記憶を失っていた。多くの一致点の中で、東野から聞いた時には不思議にも思わなかったが、他の点はユキの一族の体質として説明が可能でも、記憶の喪失という偶発的なものまで類似しているのはいかにも不自然な感じがする。記憶喪失も体質の一つと考えるのが良いのではないか。我々とは異なった体質を持つ人間の記憶が、我々同様に生まれてから死ぬまで一貫して連続している必然性はなく、低体温状態が記憶を消し去ることがあってもいいのかもしれない。あるいは長い寿命を維持するためには、実は定期的な記憶の除去が必要なのかもしれず、ユキの仮死状態がそのためのものであったと逆算的に考えてもよいのかもしれない。極度の低体温による仮死状態は彼女達にとっての冬眠状態のようなもので、睡眠が前日の記憶を薄らげるように、冬眠が記憶を消去するのではないか」

しかし、それを実証するためには、柚木自身、日誌の中で述べているように、「もう一度ユキを低温状態に置かなくては、真実は分からない」

ということになった。

「りゅう」という人間は一体誰だったのか、ユキの時に使った行方不明者のリストの洗い出しをもう一度してみても、姓または名の中にりゅうのつく人間は見あたらなかった。この時、かつて自分の書いた日誌を読み返していた柚木は、ある事実に気づいている。

「ツルの言ったちゅうという名前とりゅうという名前が（ゅう）という文字を共有していることに気づいた。「中」の意味でちゅうちゃんと呼んだのだと、勝手にツルが考えていただけで、実は、順序とは全く関係なかったのではないか。二人の姉弟は、単にちゅうちゃん、りゅうちゃんといった呼び名で呼ばれていただけなのではないか」

という一見突飛な推理がそれだが、現在のようにDNA鑑定による血縁判断など出来ない時代であり、柚木の仮定を直接証明する方法はなかった。それでも柚木は、ユキの身体的特徴との比較を行うべく、小屋の周りの徹底的な再探索を行っている。主たる目的は人間の特徴を最もよく反映している頭蓋骨《ずがいこつ》を見つけることであったが、完全な形のものは見あたらず、既に分解してしまっていたとも考えられた。杉田は自分も参加した、掘った土をいちいちザルで濾《こ》す作業が困難を極めたことを記憶している。

強い雨が山肌を削って自然と土が掘り返された日、しかし、柚木は鍵となる小さな骨片を見つけている。見逃してしまいそうなものであったが、柚木がカルテにスケッチを残しているその骨片は、鋭く尖った歯であった。それは犬歯としての特徴を備えた小臼歯であり、ユキの歯の特徴をよく表したものであった。柚木は、以前に作ったユキの歯形と一緒にその骨片を解剖学教室に送っているが、送られてきた解答は、

「変形した人間の歯であり顕微鏡的に曲線を分析するとその変形の程度が極めてよく類似していることから、患者の近親者のものと考えても矛盾しない」

というものだった。さらにこの時もう一度送付した大腿骨について、

「この歯でつけられたと考えられる傷が多発している」

という結論が出された。柚木のアイデアの一部が証明された形になったが、これは近親者の殺害というショッキングな内容を意味していたことになる。

この頃、柚木は、

「ユキの身体の体温を下げ代謝を落としている原因が、何かの物質に起因しているのではないか」

という考えを持っていた。現在のように生理現象が全て物質的に説明できるという概念さえ確立されていなかった時代であったことを考えると、冬眠が何かの物質によって誘起されるという柚木の考えは、それ自体が革新的なものであり、一体どこから柚木がこうした考えを持ち出してきたのか不思議に思われる。しかし、この考えを実証するためには、ユキの血を輸血することで低体温が他人にも伝わることを証明しなくてはならないと考えていた。

「幸いユキの血液型はO型であり、自分に輸血可能である」

と柚木は実験への意欲を表し、

「低体温の原因が明らかになればその治療も可能である」

という認識をも記している。

毎夜、柚木は、ユキの腕の血管から太い注射器一本分の血液を抜き、自分にそれを注射している。夕方には戻る杉田はその様子を見ておらず、二人の間でこうした実験が行われたことには全く気づいていなかった。この間、柚木は自身のカルテを作製し、自分の身体に起こった変化を詳細に記録している。最初、柚木の身体には何の変化も起こらなかったようである。思ったような結果が出てこないことに対して、

「輸血の量が少なすぎるのかもしれない」

とも記している。しかし、輸血が一週間になり、二週間を越えると、柚木の身体に変化が見られるようになった。体温が、ごく僅かではあったが、下降し始めたのだった。

「輸血の後、眠気が襲ってきて、何もしたくないだるさが身体全体を覆った」

と書かれている。三週間目に入ると、柚木の平均体温は一度も下がり、

「なんとなく意識が薄らぐ感じがして食欲も低下し、ユキと同じく一日一食の軽い摂食も苦痛になり、記憶力が極端に低下した」

とある。柚木は「低体温が記憶力障害を生む」という以前立てた仮説も含めて、冬眠様物質の移入という自分の考えが正しかったことに自信を深めたようだったが、奇妙なことに、

「毎日注射されるユキの血に「食欲」のようなものを感じ始めた」

とも記している。当初、柚木は実験を、自分の低体温化が証明された時点で中止しようと考えていた。しかし、四週間が過ぎてもなお輸血が続けられたのはこの「食欲」によるものだったのかもしれない。

こうした中、柚木は、ユキの身体にも変化が起こっているのを観察していた。やはりごくわずかではあったが、ユキの体温が上昇していたのだ。毎日つけている温度板の数字が、柚木の場合とは逆に、この一ヶ月で0.5度上昇していた。ユキの一族と考えられる女性が体温上昇を起こして死んだという東野の噺を思い出した柚木は、

「体温上昇は危険の徴候であるのかもしれない」

と記している。当初、それが僅かな量の脱血によるものであるとは考えられず、食べ物や住空間など環境の変化によるものなのか、病気などユキの内部に起因する変化なのかははっきりしなかった。ユキの様子にも格別の変化は見られなかったが、軽度の体重増加が見られ、その精査を進めていた柚木は意外な事実を知ることになる。その発見は、やはり不注意な看護婦杉田の勘違いに端を発していた。

十二月に入り、降った雪がいつ根雪になってもおかしくなかった頃、杉田は、ユキの尿に潜血反応の試薬をかけようとして、誤って隣にあった別の試薬をかけてしまったということをしでかしている。以前のアッシの時にもそうであったが、杉田はそそっかしいところのある看護婦のようであって、本人の言によると、かぶれの兵士に風邪の薬を出したりといった

投薬の間違いなども日常的におかしていた、ということだった。しかし、即座に自分の間違いに気づいた杉田は尿を破棄しているが、容器の底にごく僅か変色した反応液が残ったままであった。

午後、洗浄場に転がっていた見慣れない色の容器を見つけた柚木は、午前中に自分がそうした色を呈する検査を命じていないなかったことから、杉田に問いただした。杉田の話から柚木は何が起こったのか不思議に思い、使用した試薬の特定を行なっている。試薬はすぐに分かったが、なんとそれは外国からホルモン研究用に輸入していた妊娠判定用の試薬であった。平均体温が男性より高い女性に凍傷患者が少ないのではないかと考えていた柚木は、より平均体温の高い妊婦は凍傷にかかりにくいのではないかと考え、開発されたばかりの試薬を手に入れていたのだった。ユキの尿は妊娠反応陽性を示していたことになる。すぐに再検査がなされたが、結果は同じで尿の反応は陽性を示した。柚木が産婦人科的な診察を行うと、まだ妊娠の初期だと思われた。杉田は柚木によってユキの妊娠の事実に関して他言を禁じられており、その約束は今日まで続いていたことになる。杉田は今日までずっとユキの子供の父親を柚木であったと考えていたようである。その根拠として、妊娠の初期でありながらユキの周囲にいた男性は柚木のみであったことを挙げているが、後に述べるようにそれはユキの病態を考えると誤りであった。

この日の柚木の日誌には、

「通常の女性でも妊娠するとホルモンの関係で若干の体温上昇を観察するが、同様の変化がユキにも起こったと考えると体温上昇の説明がつく」

という冷静な分析が書き込まれている一方で、

「近親相姦による種の維持が死体食という儀式を伴っていたのではないか」

という当然引き出されてくるはずの、しかし、絶望的な推理も記されており、子供の父親をユキの弟と考えていたことが分かる。杉田にこのことを言わなかったのは、当時近親相姦は現在以上の罪であり、杉田を通じてこのことが他人に漏れることで、それでなくても排他的な扱いを受けていたユキがさらに苦しい立場に追い込まれるのを懸念してのことだったと考えられる。もっとも、これは杉田が考えていたように明かな矛盾であった。なぜならユキが保護されてからすでに十ヶ月以上の日数が経っており、妊娠の初期という診察結果と矛盾するからである。柚木はこの点について何も日誌あるいはカルテに触れていないが、髪の毛の伸びさえ極度に低い低体温という状況下において、妊娠という生理現象も酷くゆっくりとしか進行しない可能性があったことは容易に想像される。


低体温というごく特殊な体質を維持するためにはどうしても同じ体質を持った者同士の生殖が必要であったのだろうが、個体数が多くない以上必然的に近親者での生殖になってしまったのであろうし、それは世代が進むにつれ濃くなっていったのだろう。偶発的な出来事でなく、ユキの一族の儀式として確立されたものだったのだとしたら、同胞の子をはらみ、同胞の肉体を食して冬眠状態に入り、記憶を失って新たな生命を産むという、想像を絶する世界の出来事が展開していたことになる。しかも最も血の濃い姉弟の近親相姦によって誕生する生命は限りなく自己に近いものであったに違いないことを考えると、これは同時に自己再生の儀式でもあったのかもしれない。柚木が感じていたことを現代医学の言葉に翻訳すると、「ユキはクローン化された個体の一つであった」と表現されるはずであり、今から七十年近く前、すでに一人の軍医がこの問題に行き当たっていたことになる。

「肉体的には自己でありながら、自己としての記憶が失われているという皮肉な現象はそれをどう理解すればよいのか」

という柚木の残した言葉には、クローンという概念すらなかった時代の彼の戸惑いが感じられる。彼らと同じ習慣を持つ一族が他にもいたのか、あるいは彼らが残った最後の種族だったのか、それについて柚木は何らの推論も記していない。ただ、なぜユキの生殖があかひょうだもの赤い実の時期に行われたのかについて、柚木は古い地元紙を調べ上げ、

「あかひょうだもの実は数十年から百年に一度しか赤くならないとされている。その年には本来熱帯地方の産物である米がよく取れるとあり、年間の平均気温が高いことがうかがわれ、実際昨年も雨竜沼周辺は暖冬であった」

と書いている。さらに、

「気温の上昇が生殖に結びつくのは他の動物では一般的なことでありながら、人間の場合はそうした季節性は認められていない。しかしながら、ユキのように低体温で季節の変化に敏感な場合には、また別の生態が存在しても不思議ではない。気温の上昇によって雨竜沼の小屋から離れ、遠く離れた摩周湖や新城など、似た気候を持った地域に赴かなくてはならなか

ったのではないか。近親相姦でできる均一な体質を持った人間はその全てが環境変化に対応できなかった可能性がある」

と叙述している。

カルテの記録を時間の流れに従って辿ると、危険の徴候を察知して輸血実験を中止しても柚木の体温低下は止まらず、これについて、柚木は、

「冬眠様物質というのは我々には低濃度でも作用し、かなり安定していて身体の中で容易に分解されず、蓄積作用があるのではないか。あるいは物質としては消失していても不可逆的な体質変化を起こしたのではないか」

と考察している。妊娠によると思われるユキの体温上昇も止まらなかった。そして、

「ある時点から、ユキは目に見えて衰弱してきた」

とある。しかし、その看護をすべき柚木も、

「これまで経験したことのない全身倦怠感」

を覚えていた。二人とも水以外、何も口にしないこともしばしばであった。それでも比較的元気だった柚木は、妊娠に加えて脱血が悪影響を及ぼしたと感じたのか、

「型違いで輸血できない自分の血を、傷を作った腕から直接ユキに飲ませたりもした」

と記述している。ユキは好んで柚木の血を飲み、時には催促もしたようである。例えば寄生虫に罹患《りかん》している患者は通常とは異なる食物を好み、異食症という名前で呼ばれる。血を

好むのもこの異食症の一種なのではなかったのかという推測も成り立つ。さらに柚木は、

「ユキの記憶の中の水の印象は、実は水ではなく血の記憶だったのかもしれない」

という言葉も残している。ユキは本当に出産できるのだろうか、生まれてくる子供はどんな子供なのかという繰り返し綴られている懸念の中、

「東野医師の看取った女性もやはり妊娠していた可能性がある。詳細に探せば、どこかに一族の男性の骨が出てくるのではないだろうか。しかし、出産という行為自体に危険がある中、彼らはどのようにして自己を再生してきたのか」

という疑問を柚木は提示している。それに対する柚木の結論はどこにも書かれていない。

わずかに、

「もしも冬眠状態にあったユキをそのまま起こさずにいたら」

という結論のない文章は、ユキやその一族の女性を発見した時、無理に目覚めさせなければ、彼らなりの正常な出産が行われていたかもしれないという柚木の考えを示しているようにも思える。

「わたしがこの少女を救おうと考えたのは、まちがいだったのかもしれない」

日誌の最後には乱れた文字でそんな言葉が残っている。ここには彼らの眠りを醒ましてしまった事に対する悔恨の情が込められていたのだろうか。そこから先、しかし、この悔恨については記されず、ただ空白の頁が続いているのみである。

柚木とユキ、二人の遺体を最初に発見したのは、出勤してきた杉田であった。飲料用の井戸水を瓶に汲《く》んで小屋に着いたのは八時を少し回ったところだったという。北海道日報には、杉田看護婦によって遺体が発見されたのは雪解けの頃であり、この日の山は雲が低く下りてきたような深い靄に包まれていたのだと記されている。前日からの新雪が積もった山は、全体が音一つない静けさに包まれていた。

柚木はユキの病床で寄り添うように横たわっていた。杉田は、まず柚木を起こそうとしてその身体が冷たくなっていたことに気づき、ユキの呼吸が完全になくなっていることにも驚いて、村役場に駆け込み助けを求めている。地元の警察がやってきて、そこから新城の練兵場に連絡が行き、二時間ほどで車に乗った兵士達がやってきた。二人が同衾していたことが問題となり、また、変死の様相が強かったため、連隊長は、軍の機密に関わることとして地元警察を遠ざけた。その後、旭川第七師団から軍医・足利元康《あしかがもとやす》が呼ばれ、軍関係者だけによる秘密の検死が行われている。発見された陸軍医務局関連の書類の中には、柚木とユキの遺体の詳細を記したものも含まれており、

「新城ユキの遺体は病床の上にあり、柚木軍医の遺体はそれに寄り添うようにあった」

とある。髪の毛から始まって足の指にまで及ぶ詳細な所見が記録されているが、ユキの口元には、少量の血液が付着し、わずかに微笑んでいたようであったという。日誌の記載と照らし合わせ、柚木が飲ませた血液ではなかったかと想像されるが、事情を知らなかった足利は、

「死亡の際に口腔粘膜に傷が付いたものと考えられる」

と記載している。共に体表に外傷はなく、「自然死」であろうという検案がなされている。

最終的には、

「小屋に火の気がなく、二人の遺体はともについさっき亡くなったように瑞々《みずみず》しく、雪に閉ざされた環境で死体が冷凍保存されたような形になったため明確な死亡時間を推定することは不可能である。死因としては凍死として矛盾しない」

という総括がなされており、

「柚木医師がつけていた二人の温度板によると、徐々に下降してきた柚木医師の体温と上昇していた患者・新城ユキの体温の曲線は、前日の夜に交わっている」

という一文が、事実のみを記す形で置かれている。

編集後記

SF作家
伴名練

というわけで、『日本SFの臨界点［怪奇篇］』お楽しみ頂けただろうか。

本書は、私の短篇集『なめらかな世界と、その敵』（早川書房）が好評を博したどさくさまぎれに企画を通した二冊のうち一冊。「怪奇」という比較的広がりのある言葉で、私の好きな作品を詰め込んだ方である。

国内作家のSFホラーアンソロジーをもっと読みたい、という方に更なるお勧めを。井上雅彦編のホラーアンソロジー《異形コレクション》は一九九八年から二〇一一年までに四十八冊＋番外篇九冊が刊行された超ロングヒットシリーズだが、SF作家の登板も多く、『異形コレクションSF傑作選』も編めそうなくらいにはSF短篇も掲載されている。特に『侵略！』『悪魔の発明』『宇宙生物ゾーン』（以上、廣済堂文庫）、『ロボットの夜』『進化論』（以上、光文社文庫）はテーマからしてSFなので、当然SFホラーファンには楽しめる内容となっている。

SFホラーと言えば村田基・小林泰三・田中啓文・牧野修は名前が挙がる筆頭だが、私が特に好きな作品はアンソロジーにも収録されていたり入手が容易だったりするので今回は収録を見送った。村田基「生と死の間で」（角川ホラー文庫『夢魔の通り道』）、小林泰三「酔歩する男」（角川ホラー文庫『玩具修理者』）、田中啓文「銀河を駆ける呪詛」（ハヤカワ文庫JA『銀河帝国の興亡も筆の誤り』）、牧野修「踊るバビロン」（ハヤカワ文庫JA『楽園の知恵』）の名前を挙げておきます。

また、「恋愛篇」でも似たようなことを書いたが、男性作家の作品に偏ってしまったのが心残りだった。リストではかなり後の段階まで、〈SFマガジン〉でデビュー済の新人女性作家のWEB掲載作品を候補に挙げていたが、編集者と話し合い、いずれ普通に短篇集が出て広く読まれる作品だろうという判断から、今回は収録を見送った。

私一人の選択によって日本SF史に女性作家が全然いなかったという印象を与えるのも不本意なのと、光波耀子「黄金珊瑚」を掲載した縁もあるので、日本SF初期における女性作家の活躍についてざっと纏めておく。

◆日本SF初期と女性作家（新井素子以前）

光波耀子は「黄金珊瑚」が〈別冊宝石〉一九六四年三月〈世界のSF〉特集号に転載されたものの、アマチュアに留まったのは著者紹介に記した。SF的な作品もある幻想小説家・倉橋由美子には、福島正実が執筆を打診した（長山靖生『日本SF精神史 完全版』河出書房新社）が、『世界SF全集』（早川書房）第三十五巻に「合成美女」が収録されるに留まった。

〈SFマガジン〉での日本人女性作家初登場は、一九七二年三月号、藤本泉「ひきさかれた街」。第二次大戦後、東西陣営に分割統治される東京を描く作品。藤本泉は小説現代新人賞からデビュー済の作家で、後年には江戸川乱歩賞を受賞することになるが、七〇年代には「ひきさかれた街」を皮切りに、〈SFマガジン〉・〈奇想天外〉に中短篇を寄稿していた。それらは全て電子作品集で読める。

一九七五年十一月号「女流作家特集！」（注：現在では「女流作家」という呼称は忌避されている）は、シャーリイ・ジャクスン、アーシュラ・K・ル＝グィン、ゼナ・ヘンダースン、キャロル・エムシュウィラー、マリオン・ジマー・ブラッドリーの小説、パミラ・サージェントの評論を訳載するとともに、鈴木いづみ「魔女見習い」、山尾悠子「仮面舞踏会」を掲載。女優・鈴木いづみは既に作家としても活動していたが、ラジオでの眉村卓との共演がきっかけでSF執筆を始めた。山尾悠子「仮面舞踏会」は、ハヤカワ・SFコンテスト最終候補作を特集に合わせて事後承諾で掲載したもの。鈴木いづみ・山尾悠子はこの後続々と短篇を発表し、女性SF作家と言えばこの二人という時代が数年続く。活動の精華はそれぞれ『契約　鈴木いづみSF全集』（文遊社）、『増補　夢の遠近法　初期作品選』（ちくま文庫）に集められている。

七六年には〈奇想天外〉六月号に、小泉喜美子が「ぼくと遊ぼう」で登場。『弁護側の証人』（集英社文庫）でデビューし推理作家として活躍した小泉喜美子だが、幻想やSFの領域に踏み込んだ短篇は『太陽ぎらい』（ふしぎ文学館）などに収録されている。

同年、ベストブック社から刊行された、石川喬司・伊藤典夫編『夢の中の女　ロマンSF傑作選』は、十作品のうち三作品が女性作家の手によるもの。収録作は鈴木いづみ「魔女見習い」、戸川昌子「聖女」、藤本泉「十億トンの恋」。乱歩賞受賞の推理作家・戸川昌子については、竹書房文庫の日下三蔵選《異色短篇傑作シリーズ》から二〇二〇年九月に『くらげ色の蜜月』が刊行予定。

一九七七年。〈SFマガジン〉から遅れること二年、〈奇想天外〉三月号も「女流作家SF特集」と銘打ち、藤本泉「クロノプラスティック602年」、岸田理生「鏡世界」、鈴木いづみ「わすれた」、小泉喜美子「正体」を掲載。演劇界で活躍した岸田理生は、「鏡世界」以降、幻想的なSFを〈奇想天外〉に発表。当時の短篇は『最後の子』（角川ホラー文庫）に収められている。

既に人気漫画家となっていた萩尾望都は、〈奇想天外〉四月号に小説「音楽の在りて」を発表。小説作品は遥か後年に『音楽の在りて』（イースト・プレス）にまとまった。光瀬龍とのイラストストーリー「宇宙叙事詩」は〈SFマガジン〉一九七七年十月号から開始。

そして決定的な年となったのは一九七八年。第一回奇想天外SF新人賞の佳作受賞作として、〈奇想天外〉二月号に新井素子「あたしの中の……」、大和眞也「カッチン」が同時掲載。新井素子の口語体作品はとりわけ大きな脚光を浴び、後続に影響を与えた。〈SFマガジン〉十二月号では乱歩賞作家であり後の《グイン・サーガ》作者・栗本薫が「ケンタウロスの子守唄」で、幻想小説家・殿谷みな子が「少年のいる季節」で同誌初登場（栗本薫は中島梓名義で評論「日本SF作家ノート」を〈奇想天外〉四月号から連載していた）。以降、「女性作家」でくくって追うのは難しくなるほど書き手は増えていくので、この先はオーソドックスな日本SF史をご覧頂いた方が早いだろう。

◆古いSF作品を探す方法

「最近の日本SFが気になってきてこの本を手に取ったのに、思っていたより趣味的なラインナップで困惑している。現代のSFを知りたければどこから手を付ければいいか知りたかった」という方もいらっしゃるだろうが、そんな方には『2010年代SF傑作選』（ハヤカワ文庫JA、全二巻）をはじめ、あんな本やこんな本がお勧め——という話は、［恋愛篇］巻末に、「【アンソロジーガイド　Part1】SFが気になりはじめた方へのガイド」として掲載したので、恐れ入りますがそちらをご参照ください。本書の付録としては、先ほど日本SF史の話題も出たことだし、「最近の日本SFについてはよく知っているけれど、古い作品も読んでみたい」、という方のためのガイドを下記にご提供する。

【アンソロジーガイド　Part2】昔の日本SFが気になりはじめた方へのガイド

現代の日本SF作家で気になる人のものは概ね読みつくしたけれど、もう少し歴史を遡ってみたい、という人（大学ＳＦ研なら三年目くらいの人）のための案内である。

まずは【Ｐａｒｔ１】でも名前だけ挙げた、大森望編『**ぼくの、マシン　ゼロ年代日本ＳＦベスト集成〈Ｓ〉**』『**逃げゆく物語の話　ゼロ年代日本ＳＦベスト集成〈Ｆ〉**』（創元ＳＦ文庫）。これらはゼロ年代すなわち二〇〇〇〜二〇〇九年のＳＦ短篇を精選したもので、『２０１０年代ＳＦ傑作選』では漏れてしまった、八〇〜九〇年代デビューの（現在も活躍する）作家についてもかなり広く押さえている。〈Ｓ〉の方が未来や宇宙やテクノロジー寄りの作品、〈Ｆ〉の方がファンタジーや幻想寄りの作品なので好みに合わせてどうぞ。

そして、【Ｐａｒｔ１】でＶ巻を紹介した『**日本ＳＦ短篇50**』（ハヤカワ文庫ＪＡ）。これは日本ＳＦ作家クラブの五十周年記念事業で編纂されたアンソロジーで、一九六三年から一年ごとに一作品で五十作を集めたアンソロジーになっている。解説で各十年ごとの歴史も概説されているので当時のＳＦ出版の動きも分かる優れものだ。収録作は下記。

Ｉ（一九六三年〜一九七二年）

光瀬龍「墓碑銘二〇〇七年」／豊田有恒「退魔戦記」／石原藤夫「ハイウェイ惑星」／石川喬司「魔法つかいの夏」／星新一「鍵」／福島正実「過去への電話」／野田昌宏「OH! WHEN THE MARTIANS GO MARCHIN' IN」／荒巻義雄「大いなる正午」／半村良「およね平吉時穴道行」／筒井康隆「おれに関する噂」

Ⅱ（一九七三年〜一九八二年）
山野浩一「メシメリ街道」／眉村卓「名残の雪」／矢野徹「折紙宇宙船の伝説」／小松左京「ゴルディアスの結び目」／横田順彌「大正三年十一月十六日」／夢枕獏「ねこひきのオルオラネ」／神林長平「妖精が舞う」／梶尾真治「百光年ハネムーン」／新井素子「ネプチューン」／大原まり子「アルザスの天使猫」
Ⅲ（一九八三年〜一九九二年）
山田正紀「交差点の恋人」／田中芳樹「戦場の夜想曲（ノクターン）」／栗本薫「滅びの風」／川又千秋「火星甲殻団」／中井紀夫「見果てぬ風」／野阿梓「黄昏郷」／椎名誠「引綱軽便鉄道」／草上仁「ゆっくりと南へ」／谷甲州「星殺し」／森岡浩之「夢の樹が接げたなら」
Ⅳ（一九九三年〜二〇〇二年）
大槻ケンヂ「くるぐる使い」／宮部みゆき「朽ちてゆくまで」／篠田節子「操作手（マニピュレーター）」／藤田雅矢「計算の季節」／菅浩江「永遠の森」／小林泰三「海を見る人」／牧野修「螺旋文書」／田中啓文「嘔吐した宇宙飛行士」／藤崎慎吾「星に願いを」／北野勇作「かめさん」
Ⅴ（二〇〇三年〜二〇一二年）
林譲治「重力の使命」／冲方丁「日本改暦事情」／高野史緒「ヴェネツィアの恋人」／上田早夕里「魚舟・獣舟」／伊藤計劃「The Indifference Engine」／小川一水「白鳥熱の朝に」

／飛浩隆「自生の夢」／山本弘「オルダーセンの世界」／宮内悠介「人間の王 Most Beautiful Program」／瀬名秀明「きみに読む物語」

前から順に読んで途中で挫折した人を何人も知っているので、好きな時に好きな巻から読んでください。たぶんVが最初でいいと思います。もちろん日本SFの歴史を全て含めようとすれば五十人ではおさまりきらないし、日本SF作家クラブ会員の作品のみ集めており非会員の作品は入っていないという事情もある。

そこで追加で推すのが、大森望が編んだ『**SFマガジン700　日本篇**』（ハヤカワ文庫JA）。SFマガジン七百号記念で二〇一四年に出版された本で、SFマガジン掲載で書籍未収録の作品を、小説だけでなくマンガやエッセイも含め集めたアンソロジー。『日本SF短篇50』を補うべく、日本SF作家クラブ非会員の短篇も多く集めている。収録作は以下。

手塚治虫「緑の果て」／平井和正「虎は暗闇より」／伊藤典夫「インサイド・SFワールド　この愛すべきSF作家たち（下）」／松本零士「セクサロイド in THE DINOSAUR ZONE」／筒井康隆「上下左右」／鈴木いづみ「カラッポがいっぱいの世界」／貴志祐介「夜の記憶」／神林長平「幽かな効能、機能・効果・検出」／吾妻ひでお「時間旅行はあなたの健康を損なうおそれがあります」／野尻抱介「素数の呼び声」／秋山瑞人「海原の用心棒」／桜坂洋「さいたまチェーンソー少女」／円城塔「Four Seasons 3.25」

もうひとつ、忘れてはならないアンソロジーが《**日本SF全集**》（出版芸術社）だ。これは、全六巻で八十作品を収録して日本SFの歴史を総括しようと試みたもの。分厚いハードカバーの二段組みで、『日本SF短篇50』より高価ではあるが、その分、収録した作家数は一・五倍。これは現在、目次がWEBで探しにくくなっているが、収録作は下記。

●第1巻　1957-1971　日本SFの誕生!!
星新一「処刑」／小松左京「時の顔」／光瀬龍「決闘」／眉村卓「通りすぎた奴」／筒井康隆「カメロイド文部省」／平井和正「虎は目覚める」／豊田有恒「両面宿儺」／福島正実「過去をして過去を――」／矢野徹「さまよえる騎士団の伝説」／今日泊亜蘭「カシオペヤの女」／石原藤夫「イリュージョン惑星」／半村良「赤い酒場を訪れたまえ」／山野浩一「X電車で行こう」／石川喬司「五月の幽霊」／都筑道夫「わからないaとわからないb」

●第2巻　1972-1977　SFブーム到来!!
田中光二「メトセラの谷間」／山田正紀「かまどの火」／横田順彌「真夜中の訪問者」／川又千秋「指の冬」／かんべむさし「言語破壊官」／堀晃「アンドロメダ占星術」／荒巻義雄「柔らかい時計」／山尾悠子「遠近法」／鈴木いづみ「アイは死を越えない」／石川英輔「ポンコツ宇宙船始末記」／高斎正「ニュルブルクリングに陽は落ちて」／河野典生「機関車、草原に」／野田昌宏「レモン月夜の宇宙船」／鏡明「楽園の蛇」／梶尾真治「美亜へ贈る真珠」

●第3巻　1978-1984　SFの浸透と拡散

新井素子「あたしの中の……」／夢枕獏「蒼い旅籠で」／神林長平「言葉使い師」／谷甲州「火星鉄道一九」／高千穂遙「そして誰もしなくなった」／栗本薫「時の封土」／田中芳樹「流星航路」／式貴士「われても末に」／森下一仁「若草の星」／岬兄悟「夜明けのない朝」／水見稜「オーガニック・スープ」／火浦功「ウラシマ」／野阿梓「花狩人」／菊地秀行「ノクターン・ルーム」／大原まり子「銀河ネットワークで歌を歌ったクジラ」

●第4巻　1985-1989　新世代作家の台頭

草上仁「サルガッソーの虫」／中井紀夫「山の上の交響楽」／東野司「任務」／大場惑「ブレイキング・ゲーム」／清水義範「もれパス係長」／笠井潔「ニルヴァーナの惑星」／椎名誠「水域」／久美沙織「OUT OF DATA」／菅浩江「そばかすのフィギュア」／牧野修「インキュバス言語」／宮部みゆき「燔祭」

●第5巻　1990-1997　SFとホラーとファンタジー

酒見賢一「追跡した猫と家族の写真」／恩田陸「大きな引き出し」／佐藤哲也「ぬかるんでから」／北野勇作「シズカの海」／瀬名秀明「メンツェルのチェスプレイヤー」／小林泰三「時計の中のレンズ」／森岡浩之「スパイス」／高野史緒「空忘の鉢」／田中啓文「銀河を駆ける呪詛」／秋山完「天象儀の星」

●第6巻　1998-2006　SFの未来へ!!

飛浩隆「夢みる檻」／山本弘「メデューサの呪文」／藤崎慎吾「コスモノーティス」／古川日出男「物語卵」／森奈津子「西城秀樹のおかげです」／古橋秀之「終点：大宇宙！」／

上遠野浩平「ロンドン・コーリング」／秋山瑞人「おれはミサイル」／平谷美樹「量子感染」／野尻抱介「沈黙のフライバイ」／林譲治「エウロパの龍」／小川一水「老ヴォールの惑星」

各巻巻末では座談会形式で各作家の作風について触れられている。なお、「二〇〇六年」までの区切りになっているのは、二〇〇七年以降は創元SF文庫《年刊日本SF傑作選》が存在するため。つまり理論上は《日本SF全集》六冊と創元SF文庫《年刊日本SF傑作選》十二冊を読めば日本SF史が一望できることになる（今から十二冊読むのは大変だが）。

もっとも、《日本SF全集》は二〇一四年に第三巻が刊行されて以降、続きが出る気配がない。正直なところ四巻以降の収録作品には『日本SFの臨界点』に採りたいものもあったが、今後の刊行を信じて今回は断念した。

特筆したいのは第二巻の顔ぶれ。第一巻「日本SFの誕生!!」収録作家は十五人中十二人までが『日本SF短篇50』に入っているが、第二巻「SFブーム到来!!」では十五人中六人しか『日本SF短篇50』には入っていない。SFブームで大量の作家がSF界に登場したことが見て取れる。オールタイムベストに入ってくる作品も複数含んでおり、よほどの大型書店でなければ新刊では置いていないと思うが、きわめてお得な一冊としてお勧めしたい。

ここまでいちいち作家・作品名を挙げ続けたのは、日本SF史を概括するアンソロジーに収録されてきた書き手が（著者本人や著作権継承者の意向で収録NG、という場合はあるにせよ）どういったメンバーであり、どんな短篇が代表作とみなされてきたのか、目次を見るだけでもざっくりと知ってもらえるだろうという気持ちからである。知らない作家がいれば、どういう風にデビューしてどこの雑誌で活躍しどんなSF作品を書いてきたのか調べるだけでも面白い。そうして手を伸ばしていった作品が面白ければ喜びもひとしおである。そういうことを繰り返してきた私個人の感想かもしれませんが。

SF大会のファン投票で決定される「星雲賞」受賞作の一部を集めた、大森望編『**てのひらの宇宙　星雲賞短編SF傑作選**』（創元SF文庫）も、歴史を詳細に把握はしづらいがコンパクトに名作群を集めているので一読の価値あり。他に夢枕獏・大倉貴之編『**大きな活字で読みやすい本シリーズ　日本SF・名作集成**』（リブリオ出版）全十巻は境界領域の作家も含み、知名度の低い作品を集めてかなり野心的な目次になっているが、これは、一冊の収録数を抑えて大活字本にした特殊な形態のため、図書館で手に取るのが手頃なシリーズだ。ハヤカワ文庫JA『ゼロ年代SF傑作選』は〈SFマガジン〉の若手特集号の書籍化なのでやや異質。

あとは年次別で冊数のあるシリーズ、第一世代を知るうえで便利な筒井康隆編『**60年代日本SFベスト集成**』及び『**70年代日本SFベスト集成（1〜5）**』（以上、ちくま文庫）、一年間の〈SFマガジン〉掲載作から精選した『**S‐Fマガジン・セレクション〈1981〉〜〈1990〉**』全十冊（ハヤカワ文庫JA）、二〇〇七年発表分から二〇一八年発表分までの作品を毎年まとめた大森望・日下三蔵編『**年刊日本SF傑作選**』（創元SF文庫）全十二冊などがあるが、ここまで行くと分量が膨大になり、趣味の領域となる。好きな巻を好きに読みましょう。

そしてそんな年次別のアンソロジーも出ていない時代の作品は、基本的に雑誌などを漁るしかなく、私がやっていることでもあるが、趣味というか道楽のゾーンになる。

SFではないものの、他大の読書系サークルで上回生が下回生に何十冊もある必読リストを押し付けた結果、下回生が逃げ出したという話は、何例も聞いたことがある。読書会でもないのに「読まなければならない本」を他人に押し付けていくのは基本的にロクなSF読者では無いので距離を取るようにしてください。ここまで色々と書き連ねてきた私が教養主義を批判しても説得力が無さそうだが、SF界の未来のために、「SFファンを名乗りたいなら千冊読め」というタイプの人間は丁重にお引き取り願いましょう。

また、「このシリーズを全部読む！」「このリストの作品を全部読む！」と決意してもモチベーションが続かなかった結果、かえってSFから離れるというのも想定しやすいパターンなので、勉強しなければならないとか義務感にかられてやるのはやめておいたほうが無難です。だいたい現代のSFも読みたいですしね。

積んであった本をふとした時に手に取って読んだら、何十年も前の作品が自分の心に突き刺さる、そういう幸運な出会いを求めたいものです。今回本書に収録したものの中にはそんな出会い方をした作品が含まれています。

【Part3】日本SFを読み続けてきた読者へ（伴名練は何をしようとしているのか）

面白いSFをなるべく広い読者に読んでもらいたい。可能であれば、面白い作品であるにもかかわらず埋もれたものをなるべく発掘したい。それが願望である私にとって、Part1・Part2に「名前の出てこなかった」作家の作品群を、少しでもカバーすることは、課題の一つである。

〈SFマガジン〉〈SFアドベンチャー〉〈奇想天外〉〈SFJapan〉を中心とするSF雑誌に多数の作品を発表しながらも、短篇集がジャンルSF外の出版社から刊行されたり、そもそも刊行されなかったりして、SF界でもほとんど忘れられた作家。あるいはまた、ジャンルSF媒体とは別の場所で作品を発表していたがために、当時のSF雑誌の書評で取り上げられたものの、SFの歴史の中では傍流扱いされ語られなくなった作家。SF系の新人賞や雑誌上の企画でデビューしながらも、媒体の消失や変化によって活動が見えなくなっていった作家。日本SF史にはそういう書き手が少なからず存在する。

長篇作品なら一冊の本として刊行されているので、いったん歴史に埋もれてしまったものでも、どこかの編集者が目を付けて復刊することで、再評価のチャンスを得るというルートがある。しかし、短篇となると、様々な雑誌、あるいは《SFバカ本》《異形コレクション》《NOVA》のような書き下ろしアンソロジーに載ったまま、ほとんどの場合作者自身が掘り起こそうとしない限りは忘れ去られてしまう。

多くのSFの影響を受けて小説を執筆し、活動時期にたまたま《年刊日本SF傑作選》が存在する僥倖に恵まれたために短篇集刊行にこぎつけた私には、できる限りそういった忘却、散逸を防ぎたいという気持ちがある。

もちろん、SFの黎明期から現代までを完全にカバーすることは困難であり、ある程度の限界を意識しなければならないと思う。そこで念頭に置くべきは時代区分だ。

ここで参照したいのが日下三蔵『**日本SF全集・総解説**』（早川書房）。この本はみなさんご存知の通り、「アンソロジーではなく、「各作家一冊で架空のSF作家全集を編み、その目次・内容を紹介する」ことで作家紹介に変える特殊なブックガイドである。その目次をご覧いただきたい。

【第一期】星新一／小松左京／光瀬龍／眉村卓／筒井康隆／平井和正／豊田有恒／福島正実／矢野徹／今日泊亜蘭／広瀬正／野田昌宏／石原藤夫／半村良／アンソロジー（安部公房、新田次郎、都筑道夫、佐野洋、加納一朗、生島治郎、河野典生、山野浩一、石川喬司、久野四郎、宮崎惇、斎藤哲夫、戸倉正三、畑正憲）

【第二期】田中光二／山田正紀／横田順彌／川又千秋／かんべむさし／堀晃／荒巻義雄／山尾悠子／鈴木いづみ／石川英輔／鏡明／梶尾真治

【第三期】新井素子／夢枕獏／神林長平／谷甲州／高千穂遙／栗本薫／田中芳樹／清水義範／笠井潔／式貴士／森下一仁／岬兄悟／水見稜／火浦功／野阿梓／菊地秀行／大原まり子

第三期までで一冊にまとまり続きが書かれていないので、日本SF史の前半のみとなっているが、それはさておき、右記の作家名を見てピンと来るのではないかと思う。実は『日本

SFの臨界点』にはこの作家勢は一人も入っていない。つまり【第一期】～【第三期】に入った作家は、日下三蔵が全短篇を一度は読み通しているはずなので、いつか日下三蔵編の短篇集が編まれる可能性がある。そこで『日本SF全集・総解説』収録作家の短篇は一切入れないことに決めたのである。そうでなければ久野四郎「勇者の賞品」とか水見稜「ピナの生成と消滅」とか鏡明「一秒二四コマ」とかを入れたかった。

日下三蔵に限らず、日本SFには、古典（第一世代以前）から第二世代くらいまでの研究をする人は私の体感ではかなり多く、第一世代作家を中心とした再録アンソロジーは、他の世代に比べれば数多く出版されている。

『60年代日本SFベスト集成』と『70年代日本SFベスト集成』シリーズは二〇一四年、二〇一五年に再刊されたばかりだし、二〇一六年には日本SF作家クラブの『巨匠たちの想像力』全三巻（ちくま文庫）が刊行された。二〇一八年から刊行されている、小学校高学年以上を対象読者とした日下三蔵編『SFショートストーリー傑作セレクション』（汐文社）は既刊六巻を数え、順調に若い読者を増やしている。こういった企画が通るのは、担当者の努力のほかに、第一世代作家の強さ——国語の教科書にまで使われるような、ジャンルSF外にも名前の届くポピュラリティ、ファンの多さ、作品数からくるバラエティ、作品の短さなど様々な要因があると感じている。私も、大学一年生の時に「SFアンソロジーを編め」と言われたら第一世代の短篇を選びまくっていたと思うが、今ではその役目を私が担う必要はないだろうと理解している。

だからこそ、私は別の時代、たとえば八〇年代の半ばごろから二〇〇六年（《年刊日本SF傑作選》以前）までに多くの短篇を書いた作家の作品を少しでも再発掘したい。この時期は〈SFマガジン〉に何作も掲載されているのに本になっていないとか、〈SFアドベンチャー〉〈SF Japan〉に新人として登場し短篇を量産したのにそれきりというケースが多い。ラノベ誌や〈獅子王〉〈グリフォン〉なんて雑誌もあった。SFが今ほどには注目されていなかったタイミングゆえ正当な評価を浴びにくかった作品に、改めて光を当てたい。また、この時代の作家であればまだ存命の方が多く、現在、SF執筆から遠ざかっていても、きっかけがあれば新しい短篇集を出したり、SF界に戻ってきてくれる可能性もある。そういった祈りがこの二冊のアンソロジーには込められている。

もちろん、過去の作品ばかりに目を向けていれば懐古主義とも紙一重なので、新しめの作品と一緒にして読者のもとに届けたい。今回の本が売れればそういった試みを続けられるだろうが、売れなくて次の企画が通りにくくなった場合にも、ほとぼりが冷めた頃に改めて（より売れそうな手法を模索しつつ）続けたいと思っている。

とりあえず、『変な小説　奇想・実験SF傑作選』なら速やかに、『恋愛SFアンソロジー』ももう一冊すぐに編めます。『猫・犬・その他もろもろ　どうぶつSFアンソロジー』とか『改変歴史SFアンソロジー』とかなら少しだけ時間を頂ければできます。「こういうSFアンソロジーを編んでくれないか」というご用命も手伝えそうなら承ります。

一方でそういう再発掘活動にのみ邁進したいわけでもなく、二〇一〇年代デビューかつ出販点数のまだ少ない作家の短篇だけ、それも『2010年代SF傑作選』に比べてバランスを意識せず全部エッジ作品だけで固めた『現代日本SF最前線』みたいなアンソロジーとかも編ませてもらえるなら編みたい。いずれもご興味お有りの編集者の方はご一報ください。小説を書くのもやらなければならないので、ちょっとお待たせするかも知れませんが。読者の方や書き手の方にこの二冊のアンソロジーが届くことで、少しでも日本SFの未来に資することになれば、これ以上の喜びはない。

最後に謝辞を。

清新で美麗な表紙イラストを描いて下さったれおえん様。

無数の作家の方々への連絡を代行して下さったうえ、私のわがままで再録アンソロジーでは珍しい「電子版の刊行」実現に奔走して下さった溝口力丸様。

企画の初期段階から様々なアドバイスを下さった塩澤快浩編集長。

作品掲載をご快諾下さった作者・著作権者の皆様。

再録許可をして下さり、著者への取り次ぎも行って下さった版元の皆様。

アンソロジー企画を話題にして下さり、後押しして下さった読者の方々、SF界の皆様。

この本を手に取ってくださった貴方へ。

心より御礼申し上げます。

二〇二〇年六月

HM=Hayakawa Mystery
SF=Science Fiction
JA=Japanese Author
NV=Novel
NF=Nonfiction
FT=Fantasy

日本《にほん》ＳＦの臨界点《りんかいてん》［怪奇篇《かいきへん》］
ちまみれ家族

〈JA1441〉

二〇二〇年七月二十日　印刷
二〇二〇年七月二十五日　発行

（定価はカバーに表示してあります）

編者　伴《はん》名《な》練《れん》
発行者　早川浩
印刷者　西村文孝
発行所　株式会社早川書房
郵便番号　一〇一 - 〇〇四六
東京都千代田区神田多町二ノ二
電話　〇三 - 三二五二 - 三一一一
振替　〇〇一六〇 - 三 - 四七七九九
https://www.hayakawa-online.co.jp

乱丁・落丁本は小社制作部宛お送り下さい。
送料小社負担にてお取りかえいたします。

印刷・精文堂印刷株式会社　製本・株式会社フォーネット社

ISBN978-4-15-031441-5 C0193

本書は活字が大きく読みやすい〈トールサイズ〉です。